STURM IN UNSEREN HERZEN

Buch 2 Jenseits des Meeres

CLARE FLYNN

Übersetzt von
NATHALIE HOPPER
TRANSLATEBOOKS.COM

CRANBROOK
PRESS

PROLOG

Ehemaliger Minenbesitzer für Mord an Sohn hingerichtet

John William Kidd, 57 Jahre alt, wurde heute Morgen im Willagong-Gefängnis erhängt. Kidd wurde des Mordes an seinem ältesten Sohn Nathaniel Kidd, 29 Jahre alt, einem Soldaten, der seinem Land in Gallipoli diente, für schuldig befunden.

Kidd verweigerte die Möglichkeit, letzte Worte zu sprechen, bevor die Hinrichtung um halb sieben vollstreckt wurde. Ein Zeuge sagte, Kidd habe sich mit seinem Schicksal abgefunden.

Kidds Verbrechen schockierte die Stadt MacDonald Falls, in der die Familie Kidd lebte und in der John Kidd (bekannt als Jack) Eigentümer der Black Water Mine war. Im Mai wurde er nach einem dreitägigen Prozess verurteilt.

Sydney Mail, 12. Juli 1926

Im Glebe Harbour geborgene Leiche war Tochter des Mörders

Bei der Leiche einer jungen Frau, die vor drei Tagen aus dem Glebe Harbour geborgen wurde, handelte es sich um Mrs. Henrietta Winterbourne, 22 Jahre. Mrs. Winterbourne lebte getrennt von ihrem Ehemann Michael Winterbourne, von dem man annimmt, dass er Australien vor einem Jahr verlassen hatte. Der Gerichtsmediziner stellte einen Selbstmord fest, Unzurechnungsfähigkeit kann nicht ausgeschlossen werden. Das Opfer war die Tochter von John William Kidd aus MacDonald Falls, NSW, der letztes Jahr im Willagong-Gefängnis für den Mord an seinem ältesten Sohn Nathaniel, 29, erhängt wurde. Die Polizei teilte mit, man habe sich bemüht, den überlebenden Bruder von Mrs. Winterbourne, William Kidd, als nächsten Angehörigen zu benachrichtigen, jedoch ohne Erfolg.

Sydney Mail, 6. März 1927

❧ I ❧

KAPITEL EINS

SANSIBAR, AFRIKA, OKTOBER 1937

Als die *SS Christina* in den Hafen einlief, brannte die Sonne bereits herunter, und die kühle Meeresbrise lag hinter ihnen. Will Kidd liebte es, die Sonne auf seiner Haut zu spüren – die Wärme war für ihn wie Nahrung, kräftigend brannte sie das Leben in seinen Körper zurück, das ihm durch die kalte Finsternis der Transatlantikfahrten, die er im letzten Jahr gemacht hatte, entzogen worden war. Die Sonne erinnerte ihn an zu Hause, an Australien, wohin er niemals zurückkehren würde, sosehr er es auch wollte.

Er atmete tief ein, sog die warme Luft in seine Lungen und genoss nach Wochen auf See den Geruch von Festland. Auf dem Vordeck stehend, beobachtete Will die Möwen, die hungrig um das Schiff kreisten und bereit waren, im Sturzflug in die Wasseroberfläche einzutauchen, um alle Essensreste zu erwischen, die vom Schiff oder vom Hafenbecken geworfen worden waren. Vor ihm pulsierte das Land vor Hitze, und unter dem verzerrenden Dunst der Sonne war der Hafen ein leuchtender Farbtupfer, wo die dunkelhäutigen Arbeiter Säcke mit Getreide und Baumwolle, Ballen mit bunten Stoffen und Körbe voller tropischer Früchte und Gewürze

3

umhertrugen. Will konnte das reichhaltige Aroma dieser Gewürze in der Luft riechen, das sich mit dem Salzgeschmack des Ozeans und dem Schweiß der arbeitenden Männer vermischte, die ihre Waren zwischen Schiffen und Lagerhäusern transportierten.

Es dauerte mehrere Stunden, bis jener Teil der *Christina,* der für Sansibar bestimmt war, entladen war und der Laderaum wieder aufgefüllt war. Erst dann hatten Will und die meisten seiner Schiffskameraden frei. Dies würde nur ein kurzer Zwischenstopp sein – das Schiff würde in den frühen Morgenstunden des nächsten Tages auslaufen, kurz nach Sonnenaufgang, doch bis Mitternacht stand es ihnen frei, sich die Sehenswürdigkeiten Sansibars anzusehen, Eindrücke zu sammeln, die Basare zu erkunden, sich in den Bars am Kai volllaufen zu lassen und die Köstlichkeiten der würzigen Küche zu probieren.

Der Boden auf dem Hafengelände war heiß wie ein Grillrost. Überall waren Prostituierte zu sehen, die die vorbeischlendernden Männer ansprachen, weil sie wussten, dass die Seemänner wochenlang auf See sein konnten, ohne den Komfort und das Vergnügen genießen zu können, den ein Frauenkörper mit sich brachte. Einige Männer ließen sich darauf ein, trennten sich von der Gruppe und ließen sich voller Vorfreude von lächelnden Frauen mit strahlend weißen Zähnen und Haut, die poliertem Ebenholz glich, an der Hand wegführen. Will hatte ihnen noch nie einen zweiten Blick geschenkt. Als erfahrener Seemann – nach zehn Jahren auf See – wusste er, dass die schönsten Frauen nicht in die Nähe des Kais zu gehen brauchten, dass sie nicht auf die Jagd gehen mussten, weil ihre Beute zu ihnen kommen würde.

Mit seinem Crew-Kollegen und Freund Paolo Tornabene ging Will direkt auf ein hohes, schmales Gebäude im Herzen von Stone Town zu. Es war eine Bar, keine Spelunke – ein Treffpunkt, kein Bordell. An jenem Abend, als die beiden

Männer ankamen, herrschte reger Betrieb. Das Lokal, das von einer geschäftstüchtigen Libanesin geführt wurde, war immer gut besucht und dafür bekannt, dass man dort das beste Essen diesseits des Indischen Ozeans bekam. Es kam vor, dass Männer an der Tür abgewiesen wurden, doch für Will gab es hier im Rafqa's immer einen Platz.

Die Besitzerin, Rafqa Papas, war eine Witwe. Sie war vor fast zwanzig Jahren als frisch verheiratete Frau mit ihrem Ehemann aus Beirut nach Sansibar gezogen. Kurz nach ihrer Ankunft verstarb ihr Mann jedoch und ließ sie kinder- und mittellos zurück. Das einzige, was er ihr vermachte, war ein heruntergekommenes, baufälliges Gebäude. Rafqa hatte es in eine florierende Bar, ein Restaurant und ein Gästehaus verwandelt. Das waren die einzigen Fakten, die über sie bekannt waren. Wenn Will allerdings ehrlich zu sich selbst war, musste er sich auch eingestehen, dass sie mehr als nur ein bisschen verliebt in ihn war – doch er beschloss, nicht daran zu denken.

In Rafqas Lokal herrschte immer Hochbetrieb, Speisen und Getränke wurden von Live-Jazzmusik begleitet – die Sängerinnen und Sänger wurden von Rafqa persönlich ausgewählt, und sowohl aufgrund ihrer Schönheit als auch ihrer Stimmen handverlesen.

An jenem Abend fand man gemischtes Publikum an den Tischen, das jedoch hauptsächlich aus Männern bestand: die Crew anderer Schiffe, Kaufleute und Händler, britische und deutsche Einwanderer, die aufgrund ihrer Geschäfte nach Sansibar gezogen waren, ausgewählte Konsulatsbeamte unterschiedlicher Nationalität, der eine oder andere Polizist und an jenem Abend ein Tisch mit vier Deutschen. Zwei von ihnen trugen eine Marineuniform mit dem unheimlich aussehenden Hakenkreuz. Jemand hatte Will gegenüber einmal angedeutet, dass Rafqa eine Spionin sei – möglicherweise für mehr als nur ein Land. Will wusste nicht, ob an dem Gerücht etwas dran war, und um ehrlich zu sein, war es ihm auch egal. Ein Ort wie Sansibar war vermutlich voll von Spionen, und niemand wäre besser geeignet, diese Funktion zu erfüllen, als Rafqa Papas, deren Etablissement von Männern aller Nationalitäten und Rängen frequentiert wurde. Jeder, der etwas auf sich hielt, ging zu Rafqa Papas.

Will betrat mit Paolo die Bar und bahnte sich seinen Weg durch das Gedränge zu dem einzigen freien Tisch. Alles, was er wollte, war etwas zu trinken. Wahrscheinlich würde er auch etwas essen, nicht aus Hunger, sondern weil Paolo darauf bestehen würde – der junge Italiener hatte sich offenbar zu Wills Beschützer und Gewissen ernannt. Alles, was Will wollte – alles, was er jemals wollte – war, vergessen zu können, so viel zu trinken, wie er nur konnte, und dann einzuschlafen, vorzugsweise in den Armen einer Frau. Heute Abend würde diese Frau vermutlich Rafqa sein.

Sobald er hereingekommen war, sah sie ihn und schenkte ihm ein breites Grinsen, machte jedoch mit dem weiter, was auch immer sie gerade hinter der Theke tat. Das mochte Will an ihr – nie verlangte sie etwas, gestatte es sich selbst nicht, bedürftig zu wirken, löcherte ihn nicht mit Fragen. Stattdessen nahm sie einfach an, was er ihr anbot, wenn er ihr denn etwas anbot. Er machte sich keine Illusionen darüber, sie würde zwischen seinen Besuchen wie eine Nonne leben – doch wann immer er auf der Insel war, war sie für ihn da. Da die *Christina* regelmäßig auf Sansibar anlegte, hatte er bereits viel von ihr gesehen.

Dennoch, jetzt wollte er sich betrinken, den bitteren Geschmack des Alkohols in seiner Kehle spüren, die brennende Wärme, die sich in seinen Adern ausbreitete, das Gefühl der Taubheit, das seinen ganzen Körper durchdrang, wenn der Alkohol seine Blutbahn erreichte und den Schmerz betäubte. Vergessen. Das war es, wonach er sich sehnte. Die Gedanken auszulöschen, die ihm auf dem Festland im Kopf herumschwirrten, sein Urteilsvermögen trübten und ihm ständig vorhielten, er wäre ein Versager und hätte mit kaum dreißig Jahren sein ganzes Leben vergeudet.

Nach dem Essen kehrte Paolo zum Schiff zurück, nachdem er Will daran erinnert hatte, bis Mitternacht wieder an Bord zu sein. „Ich sage dir noch einmal, mein Freund, komm nicht zu spät. *Il Capitano* hat schon hundertmal gesagt, dass der Nächste, der zu kommt, sein Schiff verlässt."

Will winkte nur mit der Hand, ungeduldig darauf, dass sein Freund endlich verschwinden und ihn in Ruhe lassen würde. Er hob die Flasche an und füllte sein Glas auf. Rafqa hatte sich an den Tisch der Deutschen gesetzt. Quer durch den Raum konnte er leise ihr Lachen hören. Sie flirtete mit den vier Männern. Er unterdrückte einen kurzen Anfall von Eifersucht und drehte seinen Stuhl so, dass er sich von ihnen ab und der Band zuwandte. Nach ein paar Minuten blickte er sich um und sah, dass Rafqa sich nun mit einem der nicht uniformierten Deutschen unterhielt. Kein Gelächter mehr, und was auch immer sie besprachen, schien die anderen drei auszuschließen. Ein paar Minuten später sah Will aus dem Augenwinkel, wie der Mann nach draußen ging. Rafqa lehnte über den Tisch und lachte mit den anderen, dann folgte sie dem ersten Mann und huschte durch eine Seitentür, unbemerkt von allen – außer Will. Was hatte sie vor? Er sagte sich, dass es ihn nichts anginge. Etwa zehn Minuten später war sie wieder da und saß auf einem der hohen Hocker an der Bar.

Es war nach elf, als Rafqa sich endlich zwischen den Tischen zu ihm durchschlängelte. Inzwischen fühlte sich Wills Geist bereits an, als wäre er in eine weiche Decke aus Wolken gehüllt. Trinken half immer, den Schmerz zu betäuben und einen Teil der Schuldgefühle zu lindern, die ihn seit dem Tod seines Vaters plagten.

Sie ließ sich auf dem Sitz gegenüber nieder. Ihr Parfüm

war leicht, aber berauschend, und Will hätte am liebsten sein Gesicht zwischen ihren Brüsten vergraben und es eingeatmet.

„Du trinkst zu viel, William", sagte sie mit einem leichten Seufzen und lächelte. Sie streichelte kurz, aber zärtlich über seine Hand. „Man bildet sich ein, dass es die Dinge besser macht, doch es ändert nichts."

Ihre Stimme erregte ihn, wie immer. Wie warmer Rübensirup, leicht gehaucht, satt, klangvoll, ihn umhüllend. Er sah von seinem Whisky auf und musterte sie. Sie war eine schöne Frau. Älter als er – vielleicht sogar um zehn oder fünfzehn Jahre. Ihre dunkelbraunen Augen bargen stille Versprechen, und er spürte, wie eine plötzliche Welle der Lust über ihn hereinbrach.

Rafqa beugte sich vor und strich ihm eine Haarsträhne aus dem Gesicht. „Du siehst müde aus, William. Vielleicht zu müde?" Ihre Stimme war heiser.

„Ich bin nicht müde", sagte er. „Jetzt nicht mehr, und für dich niemals."

Sie lächelte, und einen Moment lang sah er die Traurigkeit hinter dem Lächeln – das feinste Stirnrunzeln, die Andeutung einer vergeblichen Hoffnung in den beiden dunklen Seen, die ihre Augen waren. Dann war der Ausdruck verschwunden und durch die zügige Effizienz ersetzt worden, die sie auszeichnete.

„Jeder hier scheint glücklich zu sein." Sie deutete mit ihrem Arm weiträumig durch den Raum. Die Bar war voll: Es waren jetzt mehr Frauen hier, die Band spielte sanftere, romantischere Klänge und ein paar Paare bewegten sich langsam auf der kleinen Tanzfläche. „Ich denke, sie können jetzt allein weitermachen und ich kann sie in Bebes fähige Hände übergeben."

Sie blickte zu dem korpulenten, silberhaarigen Araber hinter der Theke, dann neigte sie den Kopf in Richtung des Tisches mit den Deutschen.

Will sah, dass die uniformierten Männer aufstanden und das Lokal mit vier jungen Frauen verließen.

„Ich dachte schon, sie würden mir Ärger machen", sagte sie. „Aber sie sind voll mit Schnaps und haben gerade die Rechnung beglichen. Jetzt haben sie andere Dinge im Kopf."

Auch Will hatte andere Dinge im Kopf und griff über den Tisch nach ihrer Hand. Er zog sie auf die Beine und näher zu sich heran.

Rafqa stieß ihn weg. „Nicht hier. Das macht kein gutes Bild. Ich will nicht, dass die Leute einen falschen Eindruck von mir bekommen. Gib mir fünf Minuten, dann komm hinauf."

Sie ging weiter, hielt auf dem Weg zwischen den Tischen inne, um ein paar Worte mit einem Gast zu wechseln, und war dann durch die Tür mit dem Vorhang im hinteren Teil des Raumes verschwunden.

Will leerte sein Glas, schaute ungeduldig auf die Uhr, dann, als die fünf Minuten vergangen waren, durchquerte er den Raum und ging durch den perlenbesetzten Vorhang.

Zu seiner Überraschung hatte der Whisky weder seine Lust noch die Fähigkeit, sie zu befriedigen, gedämpft. Hätte er das getan, so war er sich sicher, dass der Anblick von Rafqa, die nackt im Mondlicht stand – ihr Haar umwehte ihre Schultern und ihr Parfüm erfüllte den Raum –, ausgereicht hätte, um ihn wiederzubeleben.

Danach legte sich Will erschöpft auf den Rücken, während Rafqa sich vom Bett erhob, sich in ein Seidengewand hüllte und sich im Schneidersitz auf einen Teppich am Fenster setzte, wo eine große Wasserpfeife stand. Will sah ihr zu, und das Verlangen durchströmte ihn erneut, als sie einen Teil des Inhalts einer Tabakdose mit dem eines kleinen, in Wachs eingewickelten Päckchens vermischte und alles in den Kopf der Wasserpfeife gab. „Nur das Beste für dich, William." Sie rührte ein paar Tropfen Honig in die Mischung, bedeckte sie dann mit einem Netz, legte Holzkohle darauf und zündete sie an. Sie steckte sich die Pfeife in den Mund und nahm einen langen, langsamen Zug, dann gab sie Will ein Zeichen, sich zu ihr zu setzen.

Er atmete das Haschisch ein, zog es tief in seine Lungen und spürte sofort, wie es seine Nerven betäubte. Sein Herz klopfte, sein Puls raste, die Gedanken verschwanden in einem überwältigenden Nichts, einer sanften Intensität der Empfindung. Die Zeit verlangsamte sich. Er sah Rafqa an. Sie war wieder in das Mondlicht getaucht und ihr Seidenkleid war von einer Schulter gerutscht. Plötzlich empfand er eine überwältigende Zärtlichkeit für sie. Es war mehr als nur Verlangen. In diesem Moment liebte er sie. Er hätte sein Leben für sie hingegeben. Seine übliche Zurückhaltung wich dem Wunsch, dieser Frau alles zu sagen, sich ihr zu öffnen, ihr sein Herz auszuschütten, ihr das Innerste seiner Seele zu offenbaren.

❧❦

AM NÄCHSTEN MORGEN ERWACHTE WILL IN EINEM Wirrwarr von Körperteilen. Er löste sich von Rafqa und stellte sich an das offene Fenster, von dem aus er die Dächer der Stadt überblicken konnte. Auf einigen der nahegelegenen Gebäude konnte er Frauen sehen, die bereits aufgestanden waren und auf den flachen Dächern ihre Wäsche wuschen, im Halbdunkel, bevor die Sonne voll aufging und die Arbeit beschwerlicher machte.

Sein Kopf pochte, sein Mund war trocken und er hatte ein mulmiges Gefühl im Magen – die späte Strafe für die tödliche Kombination aus Haschisch und Whisky. Als er zum Bett zurückblickte, in dem Rafqa nackt lag, ihr langes Haar über das Kissen ausgebreitet, stoppte das leise Atmen, sie öffnete die Augen und lächelte ihn an. Dieses Lächeln verriet viel, und obwohl er sich nur an wenig von dem erinnern konnte, was in der vergangenen Nacht zwischen ihnen vorgefallen war, fühlte er einen Stich im Herzen. Er wusste, dass er ihr mehr Zärtlichkeit und Zuneigung gezeigt hatte, als es ihre lockere Beziehung rechtfertigte. Das war es, was die Drogen manchmal taten – sie unterdrückten die Lust und ersetzten sie durch starke Gefühle der Zuneigung und Zärtlichkeit, die einer romantischen Liebe näher kamen, als Will es beabsichtigte. Obwohl die Details verschwommen waren, wusste er, dass sie sich geliebt hatten, statt nur Sex zu haben. Er wandte sich ab und starrte aus dem Fenster. Er wollte nicht, dass sie einen falschen Eindruck von seinen Gefühlen für sie bekam.

Hinter ihm rollte sie sich von dem niedrigen Bett und ging durch den Raum. Er hörte ein Rütteln und realisierte, dass sie Kaffee kochte. Rafqa machte großartigen Kaffee, so dickflüssig, dass man den Löffel hineinstellen konnte, und die Süße des Zuckers milderte die bittere Kraft der Arabicabohnen. Es lohnte sich, darauf zu warten. Er zog seine Hose an und schaute auf die Uhr. Es war schon nach fünf und es wurde schon hell. Er musste sich auf den Weg machen. Doch er wollte nicht auf den Kaffee verzichten und wusste, wie unwahrscheinlich es war, dass Kapitän Palmer seine Drohung wahrmachen und ohne ihn lossegeln würde. Es war bereits Stunden nach der Mitternachts-Frist.

Rafqa reichte ihm die Tasse. Die Flüssigkeit war kochend heiß und er blies auf die Oberfläche, um sie abzukühlen. Sie trug wieder das Seidengewand, und im kalten Licht der Morgendämmerung konnte er die feinen Linien um ihre Augen sehen. Trotzdem war sie immer noch wunderschön. Sie bewegte sich auf ihn zu und streckte ihre Hand aus, doch Will tat so, als hätte er es nicht bemerkt, trat einen Schritt zurück, versuchte, sich nicht anmerken zu lassen, dass sie zurückgewichen war, versuchte, den Schmerz in ihren großen, schmachtenden Augen zu ignorieren.

Verzweifelt bemüht, die Spannungen zwischen ihnen abzubauen und eine gewisse Normalität wiederherzustellen, fragte er: „Wer waren diese Deutschen gestern Abend?"

Sie zuckte mit den Schultern. „Zwei waren von einem Schiff, das gestern angedockt hat. Offiziere der Marine. Ich weiß nicht, wer die anderen beiden waren."

Während er an seinem Kaffee nippte, sah er zu ihr auf. Er wusste, dass sie gelogen hatte. Rafqa wusste alles, was in Sansibar geschah. „Ich habe gesehen, wie du mit einem von ihnen gesprochen hast. Es sah so aus, als würdest du ihn kennen."

Sie stieß ein heiseres Lachen aus. „Eifersüchtig, William?"

„Ich mochte sein Aussehen nicht. Es gefällt mir nicht, dass du dich mit Nazis abgibst. Ich habe dich gern, Rafqa."

Wieder ein trockenes Lachen. „Geschäftlich."

„Du solltest dich von den Deutschen fernhalten. Ich traue ihnen nicht."

Sie strich ihm die Haare aus dem Gesicht. „Es wird einen Krieg geben, William. Vielleicht nicht in diesem Jahr oder im nächsten, aber bald. Du musst aufwachen und ein paar Entscheidungen treffen. Hör auf, das Leben einfach an dir vorbeiziehen zu lassen. Entscheide dich, wem gegenüber du loyal sein willst."

„Willst du mir damit sagen, dass deine Loyalität den Deutschen gilt?" Er konnte es nicht glauben.

„Wie kannst du mich das überhaupt fragen? Wie könnte ich jemals ein solches Regime unterstützen mit dem Plan, die Welt mit der sogenannten Herrenrasse zu bevölkern?" Ihre Stimme klang wütend, herablassend. „Mein Land stand unter der Herrschaft der Osmanen und muss nun ertragen, dass die Franzosen Entscheidungen für uns treffen. Ich habe so viel Hass und viele Kämpfe wegen religiöser Gegensätze erlebt. Ich bin eine Patriotin und glaube an die Freiheit. Hast du eine Ahnung, was Hitler in Deutschland, in Österreich und in der

Tschechoslowakei getan hat? Hast du eine Vorstellung davon, wozu er fähig ist?"

„Ich interessiere mich nicht für Politik."

Sie schnaubte spöttisch. „Politik! Du kennst nicht einmal die Bedeutung des Wortes. Meine Freiheit und ja, auch deine Freiheit, William, sind in Gefahr, wenn Hitler nicht gestoppt wird."

Er wusste, dass er grausam und abweisend war, aber er konnte sich nicht helfen. Sein Kopf pochte, als würde sein Gehirn gegen seinen Schädel drückte und herausspringen wollen.

„Die Deutschen sind überall in Ostafrika, vom Kap bis hierher und noch weiter. Und ihre Freunde, die italienischen Faschisten, ebenfalls. Mosambik ist eine Brutstätte der Intrigen. Südafrika genauso. Überall Nazi-Sympathisanten. Du bist naiv, William. Aber zum Glück gibt es ein paar aufgeklärte Menschen, die sich der Bedrohung bewusst sind."

„Willst du mir damit sagen, dass du sie ausspionierst?"

Sie schüttelte ein wenig den Kopf. „Natürlich tue ich das nicht. Wer hätte schon Interesse daran, eine Frau wie mich als Spionin zu benutzen?" Sie lachte, doch er hatte das Gefühl, dass es ein wenig hohl klang. „Du musst jetzt gehen. Du hast mir gesagt, dass dein Schiff im Morgengrauen ausläuft. Jetzt ist es schon später."

Er drehte sich um und betrachtete das orangefarbene Glühen am Horizont, als die Sonne die Meeresoberfläche beleuchtete.

Dann stellte er die Tasse ab, zog Rafqa zu sich heran und strich ihr mit einem leichten Kuss über die Stirn. Sie lehnte sich unbeeindruckt zurück und legte ihre Hände auf seine Wangen. „Ach, William. Ich bin zu sehr in dich verliebt, als dass es gut für mich wäre." Sie zögerte einen Moment, dann fügte sie hinzu: „Aber danke für die letzte Nacht. Es war etwas Besonderes."

Ein Hämmern an der Schlafzimmertür durchbrach die Stille zwischen ihnen. Als Rafqa die Tür öffnete, stand Paolo Tornabene mit rotem Gesicht und völlig außer Atem auf dem Treppenabsatz. Er drängte sich an ihr vorbei ins Zimmer.

„Ich habe dir gesagt, Kidd, dass der *Capitano* das Schiff ohne dich ablegen lassen wird. Du musst jetzt mitkommen, sonst werde ich auch zurückgelassen."

„Scheiße!"

Keine Zeit für einen langwierigen Abschied von Rafqa. Will versuchte, sich seine Erleichterung nicht anmerken zu lassen, warf ihr ein kurzes Lächeln zu, verdrängte sein schlechtes Gewissen darüber, wie er sie behandelt hatte, und rannte hinter seinem italienischen Crew-Kollegen die Treppe hinunter.

Die beiden liefen durch die engen Gassen von Stone Town zurück zum Hafen und dem wartenden Schiff. Der Hafen war menschenleer, doch auf dem Deck der *Christina* herrschte reges Treiben, denn die Besatzung machte sich für die Abfahrt bereit. Die Luken wurden geschlossen, die Ladung überprüft, die Lademasten gesichert, es dampfte bereits, und die Besatzung schwirrte überall herum, um zu überprüfen, ob alles Bewegliche sicher verstaut war. Wenige Augenblicke nachdem Will und Paolo an Bord geklettert waren, wurde die Gangway angehoben und die Verankerungen gelöst. Das Horn ertönte, und das Schiff entfernte sich von der Kaimauer. Sie hatten es mit knapper Not geschafft.

Jede Hoffnung, dass Will sich unbemerkt an Bord der *Christina* schleichen konnte, wurde zerstört, als er den dröhnenden australischen Akzent des Bootsmanns hörte, der ihn über das Deck rief.

„Dachtest wohl, ich würde nicht bemerken, dass du sechs Stunden zu spät zurück an Bord gekommen ist, was, Kidd? Du bist nichts weiter als ein Schmarotzer."

„Noch sind es keine sechs Stunden."

„Keine Haarspaltereien, du Dreckskerl." Seine Stimme war schrill, und seine Wut zeigte sich darin, wie er seine Spucke versprühte, während er sprach.

Bevor Will antworten konnte, erschien der Kapitän des Schiffes hinter Cassidy. „Landgang war bis Mitternacht. Jetzt ist es fast sechs. Machen Sie weiter mit Ihren Aufgaben, Kidd. Ich sehe Sie um zehn Uhr im Aufenthaltsraum. Aber ich kann Ihnen jetzt schon sagen, dass es zwischen hier und dem Mittelmeer keinen Landgang für Sie und Tornabene geben wird."

„Bitte, Kapitän, bestrafen Sie Tornabene nicht. Er hat nur versucht ..."

„Unterbrechen Sie mich nicht." Der Kapitän kniff die Augen zusammen. „Jetzt haben Sie ihn auch noch um Neapel gebracht."

Will wollte sich selbst ohrfeigen. Neapel war Paolos Heimatstadt, und der Italiener hatte sich auf den Zwischenstopp dort und die seltene Gelegenheit, seine Mutter zu sehen, gefreut. Doch Will wusste, dass Protest zwecklos war und ihnen beide vermutlich noch mehr Entbehrungen einbringen würde. Er biss sich auf die Lippe und hatte Mühe, seine Wut hinunterzuschlucken.

Der eilige Kaffee mit Rafqa hatte ihm den Mund verbrüht, aber nichts gegen seine Kopfschmerzen getan. Wenn überhaupt, wurden sie nur noch schlimmer. Die Sonne brannte bereits heiß und Will fühlte sich leicht schwindlig. Das Haschisch war stark gewesen.

Glücklicherweise konnte er dank seiner langjährigen Erfahrung als Seemann die meisten seiner Aufgaben erledigen, ohne nachzudenken. Die See war ruhig, der Himmel klar, und die meisten Besatzungsmitglieder waren daran gewöhnt, in und aus diesem Hafen zu fahren. In den sechs Monaten, in denen sie in ostafrikanischen Gewässern hin und her gereist waren, hatten sie Sansibar mehrmals angefahren. Nun, da ihre Zeit hier vorbei war, fuhren sie in den arabischen Golf, durch den Suezkanal und dann durch das Mittelmeer zurück nach England. Für Will stellte diese Reise eine angenehme Abwechslung zu den elenden Transatlantikreisen dar, bei denen es ein tristes Hin- und Herpendeln über kalte, graue und oft feindliche Meere war.

Die *Christina* war ein Trampdampfer, der eine lange Rundreise machte, unterwegs immer wieder Ladung aufnahm und ablieferte und dabei kurze Strecken zurücklegte. Sie folgte keiner festen Route, sondern fuhr dorthin, wo sich Ladung befand, stellte diese zu und hoffte auf die nächste. Die Art der Ladung wechselte je nach Hafen ständig, von Zucker, Salz und Gewürzen bis hin zu Metallschrott und Maschinenteilen. Wenn es transportiert werden musste und der Preis stimmte, dann transportierten sie es. Männer wie Will und Paolo wollten nicht in eine nationale Marine eintreten – das Trampen bot Freiheit und Abwechslung, und die meisten waren der Meinung, dass die Handels-Seeleute besser ausgebildet waren als ihre Kollegen von der Marine. Die Besatzung bestand aus vielen unterschiedlichen Nationalitäten, darunter viele Lascaren vom indischen Subkontinent, die als hervorragende Seemänner und Köche bekannt waren, sodass die Verpflegung besser war, als Will es von den Atlantiküberquerungen gewohnt war.

Er hatte sich sehr gefreut, als er die Gelegenheit bekommen hatte, sich für diese Reise anzumelden, und wollte seinen Platz auf der *Christina* nicht verlieren. Mit Ausnahme des Bootsmanns mochte er die gesamte Besatzung und respektierte die Offiziere. Bis jetzt hatte er sich auch – trotz gelegentlicher disziplinarischer Entgleisungen – mit Kapitän Palmer gut verstanden. Will hatte vor sechs Jahren unter den Engländern auf den „Millionärsschiffen" der Furness Bermuda Line gearbeitet, die wohlhabende Industrielle und ihre Gäste zu ihren karibischen Urlaubsorten brachten. Doch Kapitän Palmer war weitergezogen und wurde durch einen Skipper ersetzt, den Will buchstäblich auf die Palme gebracht hatte. Will überstand nur eine Reise unter dem neuen Regime, bevor er entlassen wurde. Auf diesen Job folgten drei Jahre auf überfüllten Passagierschiffen, die zwischen Liverpool und New York oder Halifax verkehrten, bis ihn eine zufällige Begegnung in einem Liverpooler Pub wieder in Palmers Obhut und zu seinem Job als fähiger Seemann auf der *Christina* brachte. Und jetzt hatte er alles aufs Spiel gesetzt, weil er es sich erlaubt hatte, eine Wasserpfeife zu rauchen. Er verfluchte seine Dummheit.

Tornabene verließ gerade den Aufenthaltsraum, als Will zu seinem Treffen mit dem Kapitän des Schiffes eintrat. Der junge Italiener sah bedrückt aus. Palmer hatte seine Drohung wahr gemacht und seinen Landgang in Neapel gestrichen.

„Hat er dir auch den Lohn gekürzt?", fragte Will.

Paolo schüttelte den Kopf. „Ich hätte jedoch lieber den Lohn verloren als den Landgang."

„Es tut mir leid. Er hatte kein Recht, es an dir auszulassen."

„*Cazzo!* Wann wirst du endlich Verantwortung für dein eigenes Handeln übernehmen, Kidd? Ich gebe nicht *il Capitano* die Schuld. Ich gebe dir die Schuld." Er stieß Will beiseite und machte sich auf den Weg zurück zum Niedergang.

Als Will die Tür aufstieß, saß Captain Palmer an einem Tisch in dem sonst leeren Aufenthaltsraum. Will stellte sich vor ihn und versuchte, angemessen reumütig auszusehen.

„Sie strapazieren meine Geduld, Kidd. Ich habe Sie bereits gewarnt, dass ich Ungehorsam auf meinem Schiff nicht dulden werde. Sie benehmen sich, als würden Sie Ihre eigenen Gesetze schreiben. Bootsmann Cassidy beschwert sich ständig bei den Maats über Ihr Verhalten."

Will senkte den Kopf und blickte auf seine Schuhe. „Ich scheine einen schlechten Eindruck beim Bootsmann hinterlassen zu haben, Sir."

Palmer sagte einen Moment lang nichts und studierte ein ledergebundenes Buch, das vor ihm lag. „Die anderen Offiziere sagen, dass Ihr Verhalten keinen Grund zur Beanstandung gibt. Aber es ist wichtig, dass meine Mannschaft mit dem Bootsmann klarkommt. Ich möchte ein friedliches Schiff."

„Aye, aye, Sir."

„Und ich verlange Pünktlichkeit. Wenn Sie das nächste Mal zu spät kommen, werden Sie zurückbleiben. Und lassen Sie sich das, was Sie Tornabene eingebrockt haben, eine Lehre sein. Sie werden in Neapel an Land gehen, und ich werde dafür sorgen, dass Sie an Ihrem Crew-Kollegen vorbeigehen müssen, in dem Wissen, dass er eine Chance verpasst hat, seine Familie zu besuchen. Vielleicht werden Sie dann über den Egoismus Ihres Verhaltens nachdenken. Und denken Sie nicht einmal daran, mit ihm oder einem anderen Besatzungsmitglied zu tauschen."

„Sir." Will spürte, wie sich Scham mit Wut darüber vermischte, dass der Kapitän Paolo so etwas antat.

„Verdammt, Mann, wäre es nicht an der Zeit für Sie, erwachsen zu werden?"

Will starrte auf den Boden, die Hände hinter dem Rücken zu zwei festen Fäusten geballt.

„Was mich am meisten enttäuscht, ist, dass Sie so viel Potenzial haben; wenn Sie sich nur anstrengen und etwas Disziplin zeigen würden. Sie könnten eines Tages Offizier werden, sogar Kapitän Ihres eigenen Schiffes. Ein Mann mit Ihren Fähigkeiten und Ihrer Erfahrung sollte inzwischen so weit sein, Bootsmann zu werden. Stattdessen riskieren Sie, ganz von meinem Schiff geworfen zu werden."

Es war stickig im Raum, und Wills Kopf fühlte sich immer

noch an, als wäre er in einen Schraubstock gezwängt worden. Er wollte nach unten gehen und seinen Kater ausschlafen. Schweißperlen bildeten sich auf seiner Stirn.

„Ich ziehe Ihnen drei Tage von Ihrem Lohn ab. Kein Landgang zwischen hier und dem Mittelmeer. Ich möchte, dass Sie darüber nachdenken, was ich Ihnen heute gesagt habe. Sie müssen sich entscheiden, William Kidd, ob Sie Ihr Leben wegwerfen wollen oder versuchen, Karriere zu machen. So einfach ist das. Ich bin ein geduldiger Mann und habe mehr ertragen, als es die meisten tun würden. Doch ich bin nicht bereit, so weit zu gehen, wenn Sie sich nicht selbst helfen wollen. Habe ich mich klar ausgedrückt?"

„Ja, Sir."

„Ich habe dem Zweiten Offizier und dem Bootsmann gesagt, dass sie Sie genau im Auge behalten sollen. Jetzt gehen Sie mir aus den Augen."

Will ging, wütend und verärgert. Das Letzte, was er wollte, war, dass Jake Cassidy, der einzige andere Australier an Bord, ihm im Nacken saß. Die beiden Männer hatten nichts füreinander übrig. Soweit Will wusste, hatte er nichts Besonderes getan, um dies zu verursachen. Cassidy hatte sofort eine irrationale Abneigung gegen Will entwickelt und ließ keine Gelegenheit aus, an allem, was er tat, etwas auszusetzen. Als erfahrener, fähiger Seemann nahm Will das nicht hin. Doch Protest war zwecklos, also versuchte er, dem Bootsmann aus dem Weg zu gehen.

Es war schon Nachmittag, als Will begann, sich wieder wie ein Mensch zu fühlen. Während sie bei klarem, blauem Himmel und kaum einer Brise an der Küste entlangfuhren, zwang er sich, darüber nachzudenken, was der Kapitän des Schiffes gesagt hatte. Er wäre ein Narr, wenn er riskieren würde, diesen Posten zu verlieren. Der Aufenthalt in den Tropen hatte seine Lebensgeister erweckt − soweit er ihnen zutraute, sich wecken zu lassen – und die Aussicht, in die nördliche Hemisphäre zurückzukehren, gefiel ihm nicht.

Doch er fühlte sich eingeengt, unbefriedigt. Sein ganzes Leben lang hatte er sich danach gesehnt, zur See zu fahren. Als Teenager im Outback hatte er die paar Cent, die ihm sein Vater für die Arbeit auf dem Land gezahlt hatte, durch den Verkauf von Kaninchenfellen für einen Schilling pro Stück aufgestockt. Das Geld hatte sich vermehrt, bis er eines Tages den Mut aufbrachte, sein Zuhause und die Schikanen seines Vaters zurückzulassen und sein Glück auf See zu suchen.

Er war noch nie an der Küste gewesen, dennoch hatte er sich das Meer vorgestellt und davon geträumt, basierend auf den Geschichten, die seine Mutter ihm als Kind erzählt hatte, und den Büchern, die er gelesen hatte: Die *Schatzinsel*, die Abenteuer von Sindbad, dem Seefahrer, und *Robinson Crusoe*. Genug, um seine Fantasie während der Jahre, die er auf einer isolierten kleinen Farm im Busch verbrachte, zu beflügeln. Doch Will lernte bald, dass ein Traum scheitern kann, wenn er aus der Not heraus, und nicht aus Sehnsucht verfolgt wird. Sein lang ersehntes maritimes Abenteuer wurde zu einer heimlichen Flucht vor der Schande eines Vaters, der erhängt worden war. Die Anonymität einer internationalen Besatzung hatte ihn zwar vom Klatsch und Tratsch der australischen Gemeinde befreit, doch die Schuldgefühle, dass sein Vater hingerichtet worden war, weil er Will das Leben gerettet hatte, ließen ihn nicht los. Schuldgefühle, die auch daher rührten, weil er ihn nie im Gefängnis besucht hatte, weil er nicht in der Lage gewesen war, die schrecklichen Dinge zu sehen, die Jack Kidd durchmachen musste.

Es dauerte mehrere Stunden, bis Will mit Paolo sprechen konnte. Der junge Italiener ging ihm aus dem Weg, doch schließlich fand Will ihn an Deck, als die Sonne unterging. Er saß auf den Luken und lehnte sich gegen das Schott. Es sah aus, als hätte er einen Brief geschrieben – vermutlich, um seiner Familie mitzuteilen, dass er sie nicht wie geplant besuchen würde.

Die Sonne verschwand schnell, so wie sie es in den Tropen immer tat, und ging von einem Augenblick zum anderen von Tag zu Nacht über. Will setzte sich neben seinen Freund. Er schluckte und zwang sich, die Worte auszusprechen, von denen er wusste, dass sie wahr waren, die er aber nur mit Mühe zugeben konnte. „Es tut mir leid, Paolo. Ich habe mich dumm und egoistisch verhalten. Du hast versucht, mir zu helfen, und hast den Preis dafür gezahlt. Ich würde es dir nicht verübeln, wenn du mich zur Hölle schicken und nie wieder mit mir sprechen würdest."

Paolo sprach, ohne ihn anzusehen, er spuckte die Worte verachtend aus. *„Vai al diavolo. Mannaggia a chi t'é muort! Mannaggia a chi t'é vivo!"*

Will versuchte, die Spannung zu lindern. „Du wirst das für mich übersetzen müssen, Kumpel."

Paolo grunzte. „Ich habe getan, was du wolltest. Ich habe dir gesagt, du sollst zum Teufel gehen. Dann habe ich einen speziellen neapolitanischen Fluch hinzugefügt, der besagt, dass deine toten Verwandten ebenfalls in die Hölle kommen sollen und dass deine lebenden Verwandten auch verdammt seien." Er schnaubte ein wenig. „Ja, ich bin *incazzato*. Sehr, sehr wütend auf dich."

„Nun, ich enttäusche dich nur ungern, Kumpel. Aber meine Mutter starb, als ich noch ein kleiner Junge war, und da ihr Leben die Hölle auf Erden war, wäre ein echtes Leben in der Hölle sicher eine Wohltat. Mein Bruder ist auch tot, und was auch immer du gesagt hast, ich wäre dafür. Er verrottet sicherlich schon in der Hölle. Was meinen alten Herrn angeht, so ist es ziemlich wahrscheinlich, dass er auch dort unten ist, da Seine Majestät für ihn vorgesehen hat, dass er am Galgen baumelt." Er seufzte tief. „Auch wenn der alte Bastard es nicht verdient hatte, gehängt zu werden."

„Das tut mir leid, Will. Das wusste ich nicht." Paolos Gesicht sah in dem schwachen Licht erschüttert aus.

Er beschloss, seinem vertrauten Freund alles zu erzählen, und sagte: „Und was meine lebenden Verwandten angeht, so habe ich nur eine ältere Schwester. Und ich habe nicht mehr mit ihr gesprochen, seit mein alter Herr zum Galgen verurteilt wurde. Wenn du mich fragst, war es ihre verdammte Schuld, dass er verurteilt wurde, wo er doch nur meinen Bruder davor bewahrt hat, mich zu töten. Wenn du also deine Flüche auf sie herabregnen lässt, bin ich dir nicht böse, Kumpel."

Während er sprach, packte ihn eine Hand von hinten mit einem kräftigen Griff an der Schulter. „Dann habe ich Neuigkeiten für dich, Kidd, du Stück Dreck. Deine Schwester ist auch tot. Und schmort sicher in der Hölle."

Will drehte sich um und sah Jake Cassidy an. „Halte dich aus den Gesprächen anderer Männer raus, Cassidy."

„Du hattest keine Ahnung, nicht wahr?" Der Mann verzog den Mund. „Du weißt nicht einmal, dass deine eigene Schwester vor zehn Jahren gestorben ist. Was für ein Bruder du doch bist." Er stellte sich mit verschränkten Armen vor Will. „Nun, jetzt ist sie eine tote Verwandte und schmort mit ziemlicher Sicherheit in der Hölle, weil sie sich selbst umgebracht hat, stimmt's? Eine Todsünde für diejenigen von uns, die wie ich und *Turnybainy* hier Mitglieder der einzig wahren, heiligen katholischen Kirche sind."

„Verschwinde, Cassidy. Hausiere mit deinen Lügen bei jemand anderem." Will versuchte, Zuversicht in seine Stimme zu legen, doch es klang nicht überzeugend, nicht einmal für ihn. Wovon sprach Cassidy?

„Sie hat sich im Glebe Harbour ertränkt. Es hieß, sie

hätte sich nicht mehr auf den Beinen halten können – stockbesoffen soll sie gewesen sein. Ich war zu der Zeit im Hafen und sah zu, wie sie ihre Leiche herauszogen. Man konnte die Gin-Dämpfe aus einem Kilometer Entfernung riechen. Und die Fische hatten ihr die Augen herausgeknabbert." Er grinste breit. „Ich habe den Zusammenhang erst heute Morgen verstanden, als ich mich gefragt habe, wie ein echter Australier so ein nutzloser Trottel sein kann, wie du es bist, Kidd. Dann erinnerte ich mich an die Zeitungen, in denen stand, dass das Mädchen die Tochter eines der bekanntesten Mörder Australiens war, Jack Kidd – ein Mann, so verdorben, dass er seinen eigenen Sohn umgebracht hat. Damals hieß es, deine Schwester hätte nicht nur ständig getrunken und sich weißes Pulver in ihre hübsche kleine Nase gezogen, sondern wäre auch an der Sache beteiligt gewesen."

Will stürzte sich auf Cassidy und versuchte, ihn an den Armen zu packen, doch der Bootsmann war ein kräftiger Kerl und hielt ihn an den Schultern zurück.

Cassidy blickte auf den verblüfften Tornabene herab. „Such dir eine bessere Gesellschaft als diesen Verlierer, Itaka. Er wird von diesem Schiff fliegen, bevor wir wieder in Liverpool sind. Denk an meine Worte."

❧ 2 ❧

KAPITEL ZWEI

Als er in dieser Nacht in seiner Koje lag, dachte Will wieder an Rafqa. Er ließ das Bild ihres glänzenden schwarzen Haares, ihrer schönen, geschmeidigen Gliedmaßen und der Art, wie sie sich um ihn geschlungen hatten, erneut in seinem Kopf aufleben. Sein Verlangen nach ihr war unbestreitbar, aber sosehr er es auch wollte, er wusste, dass er sie nicht lieben könnte.

Will wusste nicht mehr, was Liebe war. Hatte er das jemals? Alles, was er wusste, war, dass die Liebe ihn verhöhnt und sich ihm entzogen hatte. Vor Jahren hatte er geglaubt, in die Frau seines Vaters verliebt zu sein. Seine Stiefmutter – wobei er es hasste, dieses Wort in Bezug auf sie zu benutzen. Doch Elizabeth hatte ihm klargemacht, dass seine Gefühle von ihr nicht erwidert wurden und auch nie erwidert werden könnten. Will hatte immer gewusst, dass sie seinen Vater nicht liebte, sondern eine Zweckehe eingegangen war. Doch herauszufinden, dass sie die ganze Zeit in den Mann verliebt war, den Will als seinen besten Freund ansah, seinen Schwager Michael Winterbourne, war mehr, als ein Mann ertragen sollte. Von beiden verraten –

war es da ein Wunder, dass er nicht mehr in der Lage war zu lieben?

Die arme Rafqa. Er empfand mehr für sie als für jeden anderen Menschen auf der Welt. Aber Liebe? Unmöglich. Er war eine leere Hülle. Ausgequetscht, ausgetrocknet. Und obwohl er das Meer nicht mehr liebte, hasste er die Vorstellung, an einem Ort festzusitzen. Es wäre, wie langsam zu ersticken. Was das Heiraten anging, so würde er sich niemals mit einer Frau niederlassen, auch nicht mit einer, die so begehrenswert war wie Rafqa. Er wollte es nicht, würde es niemals zulassen.

In der Dunkelheit lehnte er sich auf seiner Pritsche zurück und lauschte dem Chor von Atmen und Schnarchen um ihn herum. Wenn der Schlaf nur so leicht zu ihm käme wie zu seinen Kameraden. Als er so in der Dunkelheit lag, festigte sich seine Erinnerung an die vergangene Nacht. Im Halbschlaf fühlte er sich in das Zimmer im Obergeschoss zurückversetzt und stellte fest, dass er tatsächlich mehr gesagt hatte, als er hätte sagen sollen, und dass er Rafqa mehr Zärtlichkeit als beabsichtigt gezeigt hatte. Er spürte, wie ihm das Blut ins Gesicht schoss, fühlte die Hitze. Wenn er doch nur die Uhr zurückdrehen könnte, um zurückzunehmen, was er gesagt und getan hatte.

Das Erste, was Will nach dem Rauchen des Haschischs verspürte, war großer Hunger, als hätte er seit Tagen nichts mehr gegessen. Das war eine vertraute Erfahrung – Cannabis löste immer ein Verlangen nach Essen aus, auch wenn es keinen Grund gab, hungrig zu sein. Er beobachtete Rafqa, als sie durch den Raum zu der durch einen Vorhang abgetrennten Ecke ging, in der sie ihren Kaffee aufbrühte. Einen Moment später trat sie mit einem Teller voller Süßigkeiten, die in Honig getränkt und mit Pistazien und Mandeln bestückt waren, wieder hervor. Sie setzte sich nackt neben ihn auf den Teppich und begann, ihn langsam mit ihren Fingern zu füttern, während er das Gleiche für sie tat. Beide genossen die klebrige Süße des Gebäcks und leckten sich gegenseitig den Honig vom Mund und von den Fingern in einem langsamen, sinnlichen Intermezzo, das Stunden zu dauern schien, jedoch nur eine Frage von Minuten gewesen sein konnte.

„Du bist so schön", sagte er. „Schöner als alles, was ich je gesehen habe. Schöner als der Nachthimmel. Du glänzt wie die Sterne."

Statt über seine beispiellosen und untypischen poetischen Ergüsse zu lachen, brachte Rafqa ihn mit ihren Lippen zum Schweigen und zog ihn in einen honigsüßen Kuss, der zärtlich und bewegend war.

Im Nachhinein wusste er, dass es die schreckliche Magie war, die von den Drogen ausging, doch zu diesem Zeitpunkt, in der sinnlichen Musik des Augenblicks gefangen, war es ihm beinahe göttlich, spirituell, heilig erschienen.

Er verbrachte eine gewisse Zeit – er wusste nicht wie lange – damit, mit seinen Fingerspitzen jeden Zentimeter ihres Körpers zu erkunden, dann lehnte er sich zurück, während sie das Gleiche mit ihm tat, bis es ihm schien, als hätte er seinen Körper verlassen und sich in eine andere Dimension begeben, in der alles langsamer und intensiver ablief. Er wollte für immer dort bleiben, in diesem Zimmer, auf diesem Perserteppich, mit Rafqa.

Dann haben sie sich geliebt. Langsam. Zärtlich. All das Vergnügen, das er bisher erlebt hatte, die vielen Frauen, die er genossen hatte, verblassten im Vergleich zu dem, was er und Rafqa taten. Jede sexuelle Erfahrung, die er bisher gemacht hatte – auch mit Rafqa –, war genau das gewesen: Sex, meist lustvoll, selten emotional, und noch nie so wie in diesem Moment.

Nach dem langen, langsamen Liebesspiel hatten sie sich unterhalten. Er hatte der Libanesin mehr erzählt, als ihm lieb war.

„Sag mir, Will. An wen hast du dein Herz verloren?"

„Was meinst du?" Seine Stimme war rau und nervös.

„Du hast dein Herz genommen und es weggeschlossen, wo es niemand finden kann." Traurigkeit spiegelte sich in ihren Augen wider. „Nicht einmal ich. Nicht einmal jetzt, wo alles darauf hindeu-

tet, dass du es mir öffnen wirst. Doch du und ich wissen, dass das nie passieren wird.“

„Ich liebe dich, Rafqa“, sagte er schließlich, nahm ihr Kinn in seine Hände und blickte in ihre Augen.

„Tust du das wirklich, Will?“ Ihre Stimme klang zweifelnd.

Er zog sie wieder in seine Arme und presste seinen Mund auf ihren. Dann sprachen sie bis zum Morgen nicht mehr miteinander.

Es war eine Nacht gewesen wie keine andere. Zu diesem Zeitpunkt hatte sie für Will eine große Bedeutung gehabt.

Doch tatsächlich hatte sie überhaupt keine Bedeutung.

Jetzt, im kalten Tageslicht, auf hoher See, wusste Will, dass sein Geist und sein Körper ihn getäuscht hatten. Seine Gefühle für Rafqa waren liebevoll, manchmal leidenschaftlich, doch nie bedeutsam auf diese Weise. Damals, als er in seiner Koje lag und der Symphonie des Schnarchens um ihn herum lauschte, beschloss er, dass er nie wieder Rauschgift zu sich nehmen würde. Nie wieder würde er das Risiko eingehen, die Kontrolle zu verlieren und zuzulassen, dass ein anderer Teil von ihm – er konnte nicht leugnen, dass es tatsächlich ein tief vergrabener Teil von ihm war – in den Vordergrund trat.

Will fröstelte trotz der Hitze der Nacht und schämte sich immer noch. Die *Christina* fuhr die Küste entlang und es fühlte sich nah an, die Luft war heiß, dick, erschwerte das Atmen. In diesen wenigen haschischlastigen Stunden hatte er tatsächlich geglaubt, Rafqa zu lieben, Gott möge ihm verzeihen. Doch die Tragödie war, dass er, sobald die Wirkung der Drogen abgeklungen war, nichts mehr fühlte, nur noch jene Art von Anziehung, die jeder Mann für eine Frau wie sie empfinden würde.

Jetzt wusste er, dass er Rafqa hätte gestehen müssen, dass es unmöglich war, sie zu lieben. Es war ihm nicht möglich, irgendjemanden zu lieben. Das hatte er in dem Moment erkannt, als er wusste, dass Elizabeth, seine geliebte Lizzie, ihn niemals lieben würde. Rafqa hatte recht: Er hatte kein Herz mehr. Elizabeth hatte es aus ihm herausgerissen und es weggeworfen.

Da er erkannte, dass er keinen Schlaf finden würde, ging er nach oben an Deck, wo er im Dunkeln an die Backbordreling gelehnt stand und beobachtete, wie die dunkle Masse, die die Küste Afrikas darstellte, in weiter Ferne vorbeizog. Hier oben an Deck war es zwar weniger schwül, dennoch wehte kaum ein Lüftchen. Sie fuhren mit etwa acht Knoten, und als er zum Bug blickte, konnte er gerade noch die blassen Lichtpunkte von Mombasa erkennen. Die *Christina* hatte dort nicht angelegt, sondern fuhr direkt nach Aden, dann weiter durch den Suezkanal ins Mittelmeer. Will gefiel, was er bisher von Afrika gesehen hatte, und er bedauerte, dass die kurzen Hin- und Herfahrten entlang dieser Küste nun zu Ende waren. Palmer hatte recht. Er musste einige Entscheidungen treffen. Wenn er bei der Handelsmarine bleiben wollte, musste er darüber nachdenken, wie er weiter vorankommen wollte. Trotz der Ungerechtigkeit der heutigen Bestrafung von Tornabene, respektierte Will Palmer. Er war der beste Kapitän, unter dem er jemals gedient hatte – und davon gab es eine Menge. Wenn er einen weiteren Job auf der *Christina* wollte, musste er sich darum bemühen, wieder in die Gunst des Kapitäns zu kommen.

Welche Wahl hatte er denn? Er konnte nicht zurück nach Australien gehen. Dort gab es nichts für ihn. Seine Familie war tot. Der schäbige Abklatsch eines Eigenheims, das Wilton's Creek nun einmal war, war gewiss nach der Hinrichtung seines Vaters verkauft worden. Verkauft, um die angehäuften Schulden von Jack Kidds gescheitertem Kohlebergbauunternehmen zu begleichen. Und Elizabeth. Er konnte den Gedanken nicht ertragen, sie wiederzusehen. Zu wissen, dass sie jetzt wahrscheinlich mit Michael Winterbourne verheiratet war. Wenn Jake Cassidy die Wahrheit sagte, wäre mit Harriets Selbstmord das letzte Hindernis für sie beseitigt worden.

Die arme Hattie. Als sie klein waren, hatten sie sich so nahegestanden, doch nach dem Tod ihrer Mutter waren sie getrennt worden, als Harriet in die Stadt geschickt wurde, um bei der ortsansässigen Lehrerin zu leben. Die Trennung hatte sie auseinandergetrieben, bis sie schließlich keinerlei Gemeinsamkeiten mehr hatten und sich wie Fremde fühlten. Aber dass sie nun tot sein sollte – und zwar aus freiem Willen –, erschütterte ihn zutiefst. Zehn Jahre lang hatte er nichts davon gewusst. Hattie hatte immer schlechte Entscheidungen getroffen. Sie hatte noch mehr Mist gebaut als er. Vielleicht waren alle Kidds verflucht. Jeder einzelne von ihnen war vorzeitig und durch Gewalteinwirkung gestorben.

Wenn Will diesem Fluch ausweichen wollte, musste er anfangen, Dinge zu ändern. Wenn er eines Tages zu einem Leben auf dem Land zurückkehren wollte, müsste es irgendwo anders als in Australien sein – vielleicht in Amerika. Seit dem Ende der großen Depression und der Prohibition ging es dort aufwärts. Aber um einen erfolgreichen Neuanfang zu machen, brauchte er eine solide finanzielle Grundlage. Das würde bedeuten, dass er seine Ausgaben einschränken, seinen Lohn sparen und für seinen Matrosenschein lernen müsste.

Als Rafqa und der Kapitän ihm gesagt hatten, dass er Entscheidungen treffen und erwachsen werden müsse, hatte er das nicht gerne gehört, doch er wusste, dass sie recht hatten. Bis jetzt hatte er das Leben über sich ergehen lassen und sich passiv mitziehen lassen wie ein Stück Treibgut, das von der Strömung mitgerissen wird. Von nun an würde er seinen Kurs selbst bestimmen.

Ein Tag ging in den anderen über, während das Schiff langsam und behäbig durch den Indischen Ozean glitt.

Will verfluchte seine eigene Dummheit, die verursacht hatte, dass er während der geplanten Zwischenstopps in Aden, Jeddah und Port Said auf dem Schiff bleiben musste. Während eines längeren Hafenaufenthalts an Bord festzusitzen, war nie angenehm. Die Vergnügungen an Land waren greifbar nah, und das Eingesperrtsein auf einem heißen, stickigen Schiff war eine Qual. Alle Besatzungsmitglieder mussten dies von Zeit zu Zeit tun, jedoch gab es dafür eine fixe Einteilung. Meist beinhaltete dieser Plan ein paar Stunden Zeit, um an Land zu gehen, Post zu versenden, das Nötigste einzukaufen und ein paar Bier zu trinken. Die Verweigerung des Landgangs war eine sehr wirksame Strafe.

Die Gefangenschaft und die Schuldgefühle wegen Paolo stärkten Wills Entschlossenheit, sich für den Rest der Reise nichts mehr zuschulden kommen zu lassen. Er wollte es vermeiden, Cassidy eine Angriffsfläche zu bieten, die es ihm ermöglichen würde, das Versprechen einzulösen und Will von Bord zu werfen, bevor sie Liverpool erreichten.

Eines Morgens, als sie durch das Rote Meer in Richtung Suezkanal fuhren, tauchte Cassidy neben Will auf, der gerade den Rost von der Reling am Heck abkratzte, um sie neu zu streichen. Er genoss die Akribie, die solche Arbeiten erforderten, und die es ihm erlaubten, sich auf die Arbeit zu konzentrieren und alles andere auszublenden.

„Ist das erledigt, Kidd?" Der Bootsmann fuhr mit den Fingern unter die Reling. „Fühlt sich uneben an. Da ist noch mehr Rost."

„Aber ich bin schon bei der nächsten Farbschicht. Ich habe den ganzen Rost abgekratzt."

„Unter dem Lack ist noch Rost, den musst du auch entfernen. Ich will, dass es glatt ist wie ein Babypopo." Er grinste. „Ach so, du kennst dich mit Babypopos nicht aus, oder? Sagen wir also, wie der Hintern einer libanesischen Nutte."

Will wollte aufspringen und ihn verprügeln, doch eine Stimme in seinem Kopf sagte ihm, er solle seine Wut hinunterschlucken und es gut sein lassen. Eines Tages würde er sich an dem Tyrannen rächen, aber es hatte keinen Sinn, den Zorn des Kapitäns erneut auf sich zu ziehen. Cassidy erkannte, dass er die Genugtuung einer Antwort nicht bekommen würde, und entfernte sich, wobei er seine Hüften in einer Parodie des sexuellen Aktes schwang, während er ging.

Der Mann war krank im Kopf. Dennoch schien Cassidy mit dem Rest der Mannschaft gut auszukommen. Aus irgendeinem Grund, den nur Cassidy selbst kannte, war lediglich Will das Ziel seiner Schikanen und abfälligen Bemerkungen.

Will zählte die Tage bis zu ihrer Ankunft in Liverpool. Nicht, weil er dort sein wollte – das wollte er nicht –, sondern weil er gehört hatte, dass Cassidy vorhatte, zur White Star Line zu wechseln, die regelmäßigen nach Australien fuhr.

Vorausgesetzt Palmer würde ihn wieder aufnehmen, brauchte Will nur noch ein wenig durchzuhalten, und er wäre Cassidy für immer los. Eines war sicher. Er würde nie wieder auf einem Schiff anheuern, auf dem dieser Bootsmann das Sagen hatte.

❧

ALS SIE IN NEAPEL ANLEGTEN, SCHIEN DIE SONNE. ES WAR später Vormittag und es galt, zwei volle Laderäume zu entladen. Im Hafen herrschte reger Betrieb, und es wurden alle Hände gebraucht, um das Vorhaben zu bewältigen, das bis nach Einbruch der Dunkelheit dauerte. Kapitän Palmer hatte Besprechungen mit Frächtern und diverse Geschäfte zu tätigen, um die Wiederauffüllung der Ladung für die Weiterfahrt zu sichern. Er teilte der glücklichen Besatzung mit, dass der

Landgang bis acht Uhr am nächsten Abend dauern und das Schiff am nächsten Tag kurz nach Sonnenaufgang auslaufen würde.

Paolos Gesicht war ein Bild des Jammers. Er hatte seine Familie seit mehr als einem Jahr nicht mehr gesehen und es brach ihm das Herz, dass er die seltene Gelegenheit verpassen würde, die Kochkünste seiner Mutter zu genießen und seiner Großfamilie von den Orten zu erzählen, die er in seinem erst dritten Jahr als Seemann besucht hatte. Die Tatsache, dass sie sich so lange im Hafen aufhalten würden, machte es nur noch schlimmer – eine verlängerte Folter.

Will schämte sich zutiefst. „Ich würde alles dafür geben, wenn du heute an meiner Stelle an Land gehen könntest. Was ich getan habe, ist unverzeihlich. Du bist ein besserer Freund, als ich es verdiene. Du hättest dafür sorgen sollen, dass sie mich in Sansibar zurücklassen."

Paolo sah auf. „*Non fa niente*. Es wird in Zukunft noch andere Gelegenheiten geben, bei denen ich *la Famiglia* sehen kann. Es wäre schlimmer, ohne dich auf dem Schiff sein zu müssen, mein Freund."

„Was kann ich für dich tun, während ich an Land bin? Möchtest du, dass ich deine Familie besuche?"

Paolos Augen strahlten. „Würdest du das tun? Macht es dir nichts aus?"

„Verdammt, Kumpel, das ist das Mindeste, was ich tun kann. Ich bin bereit, mir von deiner Mutter eine Ohrfeige verpassen zu lassen."

„*Madonna!* Du bist ein tapferer Mann. Ich habe ein paar Geschenke, die du vielleicht zu ihnen bringen kannst? Dann wird *la Mamma* nicht so wütend auf dich sein."

Will schulterte die Tasche mit den Geschenken für Paolos Familie. Sie war bis zum Rand gefüllt. In seinen Taschen befanden sich Briefe für Paolos Eltern und jedes seiner Geschwister sowie eine handgezeichnete Karte, die ihm den

Weg zeigen sollte. Offensichtlich hatte der Italiener die gesamte Zeit, die er an Bord festgesessen hatte, besser genutzt als Will. Allerdings hatte Will ohnehin niemanden, dem er Briefe schreiben konnte.

Will hielt an einem Marktplatz, um Blumen für Signora Tornabene zu kaufen, und bahnte sich dann seinen Weg durch die engen, überfüllten Straßen, wich den zahlreichen Fahrrädern und Karren aus und duckte sich unter der Wäsche hindurch, die aus jedem Fenster hing. Obwohl es schon dunkel war, war es immer noch heiß. Barfüßige Kinder spielten draußen, ihre Gesichter waren schmutzig und ihre Kleidung abgetragen. Die Armut der Bürger Neapels war nur allzu offensichtlich. Trotz der offensichtlichen Entbehrungen lächelten die Menschen, und die Kinder sahen so sorglos aus, wie Will es auf seinen Reisen noch nie gesehen hatte. Da wurde ihm klar, dass dies auch für weite Teile Afrikas galt. Die Menschen akzeptierten, was das Leben ihnen bot, und verbrachten ihre Zeit nicht damit, sich zu beschweren oder sich mehr zu wünschen.

Er hatte sich ein kurzes Stück vom Markt entfernt, wobei er gelegentlich auf die mit Bleistift gezeichnete Wegbeschreibung, die Paolo für ihn skizziert hatte, gesehen hatte, als er Rufe – nein, eher Sprechchöre – hörte. Als er um eine Ecke auf eine kleine Piazza bog, stieß er auf eine Gruppe schwarz gekleideter Männer, die Transparente in den Händen hielten. Auf einigen war das Symbol der faschistischen Partei Italiens zu sehen – ein Holzbündel mit einer Axt –, auf anderen standen Parolen geschrieben, die Will nicht lesen konnte. Sie hatten die Arme erhoben und schrien im Chor; die einzigen Worte, die er verstehen konnte, waren *„Viva Il Duce"*. Der Anblick war erschreckend. Obwohl Will kein Interesse an Politik hatte und das Weltgeschehen weitgehend ignorierte, war der Aufstieg Mussolinis nicht an ihm vorbeigegangen. Als er dieser Gruppe von Faschisten begegnete, war es das erste

Mal, dass er mit Anhängern des Diktators in Kontakt kam, und was er sah, gefiel ihm nicht. Unwillkürlich fröstelnd ging er den Weg zurück, den er gekommen war, und bog in eine Querstraße ein, um den Platz weiträumig zu umgehen.

Die Tornabenes wohnten in einer Wohnung im dritten Stock eines Gebäudes, das genauso heruntergekommen und schäbig war, wie die Gebäude daneben. Nervös klopfte er an die Tür. Sie öffnete sich und ein kleiner Junge von etwa sieben Jahren starrte zu ihm hinauf. Erst da fiel Will ein, dass er kein Italienisch sprach und es unwahrscheinlich war, dass die Tornabenes Englisch sprachen.

Der Junge rief etwas über die Schulter ins dunkle Innere der Wohnung, und nach ein paar Augenblicken erschien eine stämmige Dame in einer Schürze. Sie musterte Will von oben bis unten und schwang dann, offensichtlich beruhigt durch den Seesack, die Seemannsschuhe und die schwarzen Schlaghosen, die Tür weit auf.

„Entra! Devi essere un amico di Paolo." Signora Tornabene wischte sich die Hände an ihrer Schürze ab, streckte Will eine Hand hin und band mit der anderen die Schürze auf. Sie rief etwas in einer rasanten Sprache, von der Will annahm, dass es sich um einen neapolitanischen Dialekt handelte – wäre es reines Italienisch gewesen wäre, hätte er es trotzdem nicht verstanden.

Er wurde hineingeführt – direkt in eine Küche mit einem behelfsmäßigen Holztisch und einem alten Herd. Signora Tornabene murmelte dem kleinen Jungen einige Anweisungen zu, und dieser verließ die Wohnung, wobei das Geräusch des sich beeilenden Jungen im Treppenhaus widerhallte.

Ein Mann trat vor und schüttelte Wills Hand. *„Sono il papà di Paolo",* sagte er. Will konnte genug Italienisch, um das Gesagte zu verstehen, war jedoch überrascht, dass es Paolos Vater war, denn der Mann sah aus wie sechzig. Das galt allerdings auch für die Mutter. Das Leben in Neapel musste wohl seinen Tribut fordern.

„Buonasera", sagte Will und wünschte sich, er hätte bei Paolo Italienischunterricht genommen, da er nun an die Grenzen seiner Kenntnisse gestoßen war. Er schaute sich um, unsicher, was er als Nächstes tun sollte. Die Tür öffnete sich und der kleine Junge, gefolgt von einer langen Schlange an Tornabenes, betrat den Raum. Alle standen in einer Reihe, um Will zu begrüßen.

Er war erstaunt und erleichtert über den Empfang, der ihm bereitet wurde, denn er hatte Ärger erwartet. Die Familie drängte sich um Paolos Bruder, als dieser den Brief vorlas, und Will kam der Gedanke, dass die älteren Mitglieder der Familie vielleicht nicht lesen konnten. Es gab Seufzer, Kopfschütteln und viele Handbewegungen, aber keine Wut auf Will. Paolo musste die Schuld für seine Abwesenheit auf sich genommen haben, statt sie auf ihn zu schieben. Seine Scham wurde immer größer. Sein Freund war über alle Maßen großherzig, und als er nun von jedem Familienmitglied begrüßt wurde, die jungen Männer mit Umarmungen, die beiden Töchter mit schüchternem Lächeln, verspürte Will zum ersten Mal seit Jahren ein plötzliches Gefühl des Verlustes, weil er keine lebende Familie hatte. Wie wäre es gewesen, wenn seine Mutter nicht gestorben wäre, wenn sein Bruder nicht der verkommene Kern gewesen wäre, der seine Familie ruiniert hatte, wenn sein Vater nicht sein eigenes Leben geopfert hätte, um das von Will zu retten? Wie wäre es gewesen, wenn Hattie zu Hause geblieben wäre, unter dem positiven Einfluss ihrer Mutter, statt von der ängstlichen Lehrerin, die sie nach dem Tod ihrer Mutter erzogen hatte, übermäßig verwöhnt zu werden? Wie wäre sein Leben anders verlaufen, wenn er sich damit begnügt hätte, Elizabeth als Stiefmutter in seinem Leben zu haben, statt sich in sie zu verlieben? Was wäre gewesen, wenn er seinen Vater im Gefängnis besucht hätte – hätte er ihn vielleicht überreden können, gegen seine Verurteilung Berufung einzulegen?

All das schoss Will plötzlich durch den Kopf, bevor er zum Tisch geführt wurde, um den sich die ganze Familie drängte. Er nahm die Tasche, die Paolo ihm gegeben hatte, und leerte den Inhalt auf die Tischplatte. Paolo hatte jeden Gegenstand mit einem Etikett an einer Schnur versehen, und die Familienmitglieder stürzten sich auf die Beute, bis Paolos Mutter etwas rief und dann begann, die Geschenke an die vorgesehenen Besitzer zu verteilen, die sie mit Freudenschreien entgegennahmen. Bei den Geschenken handelte es sich nur um Kleinigkeiten – zehn Stück für einen Penny auf den lokalen afrikanischen Märkten –, doch die Tornabenes freuten sich darüber, als wären es die wertvollsten Schätze.

Als Will sich in dem Zimmer umsah, fiel ihm auf, wie einfach es eingerichtet war und wie sehr es an allem fehlte, das nicht eine Funktion erfüllte. Sein Haus in Wilton's Creek war eine schäbige Bruchbude gewesen, bis Elizabeth gekommen war und es mit ein paar Kleinigkeiten umgestaltet hatte, und so war Will eine schäbige Umgebung nicht fremd. Doch die *Casa Tornabene* war blitzsauber, wenn auch völlig schmucklos. Erst zu dem Zeitpunkt entdeckte Will die grauhaarige Dame, die wie ein kleiner Gargoyle in einem Holzstuhl in der Ecke saß – *la Nonna,* die Großmutter, von der Paolo so oft gesprochen hatte. Als *la Mamma* ihr eine kleine geschnitzte Giraffe überreichte, begann die alte Frau zu weinen, ein Rinnsal von Tränen rann über ihre Wangen.

Verwirrt von dem Stimmengewirr um ihn herum wollte Will gerade gehen, als er zurück auf den Stuhl gedrückt wurde und man ihm ein Glas Wein und eine Schüssel mit einer Art Gemüsesuppe sowie einen Korb mit frischem Brot anbot. Er versuchte, mit Handbewegungen zu protestieren, aber *la Signora* ließ es nicht zu.

„Mangia, mangia!", sagte sie, während sie jedem Familienmitglied eine Schüssel reichte. *„Minestrone!"*

Will hatte noch nie eine so köstliche Suppe gegessen. Zu seiner Überraschung war sie auch sättigend, besonders in Verbindung mit dem knusprigen Brot. Da er es nicht gewohnt war, Wein zu trinken, sondern Bier bevorzugte, schätzte er den kräftigen Geschmack des lokalen Weins, den *il Signor* Tornabene aus einer riesigen Kanne in der Ecke in einen Tonkrug gegossen und ihm dann in einem Becher gereicht hatte. Es war zwar nicht der beste Jahrgang, aber dieser alltägliche, rustikale *Vino Rosso* ließ sich gut trinken.

Nach der einfachen Mahlzeit stellten sich die Tornabenes auf, um ihn erneut zu umarmen, einer nach dem anderen, und jeder schenkte ihm ein breites Grinsen.

Will polterte die Steintreppe hinunter und auf die Straße. Inzwischen war es nach elf, dennoch wimmelte es nur so vor Menschen, sogar Kindern. Alte Männer saßen auf Stufen und niedrigen Mauern, rauchten und sinnierten über die Welt, während junge Männer herumstanden, ebenfalls rauchten, aber wie Pfauen posierten und jede attraktive Frau beäugten, die vorbeikam. Es war seltsam, dass italienische Frauen so frisch und vital wirkten, wenn sie jung und ledig waren, und dass sie, sobald sie verheiratet waren und Kinder hatten, schnell in ein vorzeitiges Alter zu kommen schienen – es schien kein Mittelmaß zu geben. Aber da die meisten von ihnen große Familien und ein kleines Einkommen hatten, war es nicht verwunderlich, dass das Leben seinen Tribut an ihrem Aussehen und ihrer Figur forderte.

Das Haus der Tornabenes lag auf der Seite der Stadt, die dem Vesuv am nächsten war, und er konnte seine dunklen Abhänge in der Ferne sehen, die sich bedrohlich über die Stadt erhoben. Es wehte eine südliche Brise, und er konnte einen leichten Schwefelgeruch in der Luft wahrnehmen, der sich mit dem starken Geruch von Fisch und der Süße von reifen Tomaten vermischte. Da war auch noch ein anderer, unterschwelliger Geruch – ein schwaches Aroma von Feuchtigkeit und Verwesung, wo sich die alten Gebäude aneinander drängten und die Wärme und das Licht der Sonne nicht hingelangten. Eine Stadt der Kontraste – des strahlenden Sonnenlichts und der dunklen Schatten –, die sich auch in ihrer Architektur widerspiegelten. Eine uralte Stadt mit Relikten des alten Rom über Napoleon bis zu den Bourbonenkönigen, die alle ihre Spuren in einer Melange aus Gebäuden und Denkmälern hinterlassen hatten, Eleganz, die sich mit Symbolen von Macht und Stärke vermischte – und das alles inmitten einer kurzfristig entstandenen, planlosen Ansammlung von Häusern, in denen Armut und Krankheit keine Fremdwörter waren.

Will überlegte, ob er noch ein paar Bier trinken sollte, bevor er an Bord zurückkehrte. Früher wäre er direkt zu jenen Treffpunkten der Stadt gegangen, an dem sich Frauen anboten, hätte sich eine Frau gesucht, um am nächsten Tag im letztmöglichen Moment zum Schiff zurückzukehren. Stattdessen beschloss er, Paolo aufzusuchen und ihm mitzuteilen, wie herzlich und gastfreundlich seine Familie gewesen war – auch wenn beide Seiten kein Wort der Sprache des jeweils anderen verstanden hatten.

Als er ein laufendes Geräusch hinter sich hörte, zögerte er und war plötzlich achtsam. Neapel war bekannt für seine Taschendiebe und Räuber, und Will wollte nicht mit durchgeschnittener Kehle in einer verlassenen Gasse gefunden werden. Er stellte sich mit dem Rücken zur Wand in die Nähe eines Fensters im Obergeschoss, aus dem Licht auf die Straße schien, und drehte sich zu der Person um, die ihm folgte.

Es war eine junge Frau, deren Gesicht durch das Licht erhellt wurde. *„Signore.* Warten Sie. Bitte." Sie streckte die

Hand aus, um seinen Ärmel zu berühren. „Ich bin Loretta. Eine Freundin von Paolo."

Sie war etwa zwanzig Jahre alt, hatte langes, fast schwarzes Haar, das ihr über die Schultern fiel, und aufmerksame Augen in einem Gesicht, das ihn an eine der vielen Marienstatuen erinnerte, die überall in Neapel die Schaufenster zierten. Sie trug ein einfaches Baumwollkleid, das tief ausgeschnitten war und eng am Körper anlag, während sich ihre Brüste zusehends hoben und senkten, als sie wieder zu Atem kam.

Er streckte eine Hand zur Begrüßung aus. „Ich bin William. Du sprichst gut Englisch, Loretta."

Sie zuckte mit den Schultern und wischte das Kompliment beiseite. „Bitte geben Sie das Paolo und sagen Sie ihm, dass Loretta auf ihn wartet." Sie drückte ihm etwas in die Hand, dann lief sie den Weg zurück, den sie gekommen war, und verschwand im Netz der engen Gassen.

Es war eine kleine Silberkette mit einem Medaillon. Ein billiges Schmuckstück. Möglicherweise aus Blech, aber dennoch wertvoll für seinen Besitzer. Er steckte es in seine Tasche und machte sich auf den Weg zum Schiff, wobei er am Ufer noch ein paar Flaschen Bier kaufte. Er stopfte sie in den Seesack, zusammen mit dem Glas hausgemachter Tomatensoße und dem sorgfältig verpackten Gebäck, das Signora Tornabene ihm für Paolo mitgegeben hatte.

Wie es sich wohl anfühlte, eine Mutter zu haben, die Leckereien für einen kocht? Die sich um einen sorgt? Ein Mädchen, das bereit ist, auf einen zu warten, egal wie lange, bis man zurückkommt und sie heiratet; er nahm an, dass Loretta genau das gemeint hatte, als sie sagte, sie würde auf Paolo warten. Wenn Will auf dem Meer ertrinken würde, wer würde um ihn trauern? Vielleicht Rafqa – aber sie war realistisch genug, um zu wissen, dass es keine Zukunft für sie gab.

❧

Er fand Paolo auf dem Oberdeck sitzend, den Rücken gegen eine der großen schwarzen Trommeln der Ankerwinde gelehnt. Der Italiener starrte unglücklich auf die Bucht von Neapel, den Blick auf den Vesuv und die Gegend, in der seine Familie lebte, gerichtet. Will kletterte hoch, setzte sich neben ihn und reichte ihm eine Bierflasche.

Sie stießen ihre Flaschen aneinander.

„Du bist früh zurück. Hast du *la Famiglia* besucht?" Paolos Gesichtsausdruck war besorgt.

„Natürlich habe ich sie besucht. Deshalb bin ich auch gleich zurückgekommen. Ich hatte keine Lust, heute Abend etwas trinken zu gehen." Er stieß einen langen Seufzer aus. „Du hast eine wunderbare Familie, Paolo. So warmherzig und freundlich. Als ich sie kennenlernte, wurde ich traurig, dass ich keine eigene Familie habe. Ich habe mich einsam gefühlt, also dachte ich, ich komme zu dir, damit wir uns beide zusammen einsam fühlen können." Er zog eine tragikomische Grimasse.

Paolo lachte. „Hast du ihnen *i Regali* – die Geschenke – gegeben?"

„Ja, alle liebten sie. Deine Großmutter war sehr angetan von ihrer Giraffe. Sie musste vor Freude weinen."

„Madonna! Mi manca la nonna."

„Hör doch mal auf mit deinem Italienisch, Mann. Ich habe den ganzen Abend lang versucht zu verstehen, was sie alle gesagt haben, aber ich bin nicht schlau daraus geworden."

„Ich sagte, dass ich meine Großmutter vermisse. Wir stehen uns sehr nahe." Er rieb sich die Augen und drehte dabei den Kopf, um zu verhindern, dass Will bemerkte, dass er den Tränen nahe war.

„Sie ist eine wunderbare Person, deine *Nonna*. Nun, das sind sie alle, verdammt noch mal. Und das Essen war großartig. So gut habe ich seit Jahren nicht mehr gegessen. Apropos ..." Er holte die Päckchen aus seinem Rucksack und reichte sie seinem Freund, der sie mit einem Freudenschrei entgegennahm.

„Du wirst morgen mit mir essen, mein Freund." Er hielt das Glas mit der Tomatensoße hoch. „Ich werde die Nudeln kochen – *la Mamma* hat ein besonderes Rezept für ihre Soße." Er küsste seine Finger. „Die besten *Pomodori* der Welt wachsen an den Hängen des *Vesuvs*."

„Da ist noch mehr." Will reichte ihm das in Papier eingewickelte Gebäck.

Paolo ballte die Hände zu Fäusten und wedelte mit ihnen in der Luft. „*Sfogliatelle*. Jetzt kann ich glücklich sterben!"

Als Paolo sich beruhigt hatte, griff Will in seine Tasche und reichte ihm das Medaillon. „Nachdem ich deine Eltern verlassen hatte, habe ich deine Freundin Loretta getroffen und sie bat mich, dir das zu geben."

Es war, als ob die Seifenblase geplatzt wäre: Paolos überschwängliche Stimmung verflog.

Will, der den Stimmungsumschwung bemerkt hatte, sagte: „Sie muss mir vom Haus deiner Eltern gefolgt sein. Sie sagte mir, ich solle dir eine Nachricht überbringen."

Paolo sah weg.

„Hör zu, Kumpel, ich wusste nicht, dass du nichts mit ihr zu tun haben willst. Ich hatte keine Wahl. Sie kam einfach aus dem Nichts auf mich zu."

Paolo sagte nichts.

„Sie bat mich, dir zu sagen, dass sie auf dich warten wird. Das war alles."

„Das hat sie gesagt?"

Will nickte.

Paolos Kopf war noch immer abgewandt, er blickte jetzt aufs Meer. Will bemerkte, dass er weinte, still und leise.

Unsicher, was er sagen sollte, versuchte er, die Situation aufzulockern. „Sie ist ein echter Hingucker, diese Loretta. Das hast du gut gemacht, Kumpel."

Paolo drehte sich zu ihm, seine Augen glitzerten von den zurückgehaltenen Tränen. „Wir können niemals zusammen sein. Ihre *Famiglia* wird es nicht zulassen."

„Nun, du musst ihrer *Fameeelia* sagen, dass sie dir den Buckel hinunterrutschen können."

Paolos Stirn legte sich vor Verwunderung in Falten.

Will sagte schnell: „Schon gut, ich wollte damit nur sagen, dass du ihrer Familie keine Aufmerksamkeit schenken solltest. Wenn du und sie viel voneinander haltet, solltest du dich auf deine Ellbogen verlassen."

Paolo schüttelte den Kopf. „Ihre Familie hat viel Macht. Meine Ellbogen haben keine Chance gegen die *Camorra*."

„Das verstehe ich nicht, Kumpel."

„Es sind mächtige Leute, aber auch schlechte Leute. Lorettas Vater ist ein wichtiges Mitglied der Camorra. Er will, dass Loretta einen *Camorrista* heiratet."

„Willst du damit sagen, dass sie Kriminelle sind?"

Paolo lachte trocken. „Die Schlimmsten. Und jetzt, wo Mussolini versucht, die Camorra, die Mafia und all die anderen kriminellen Banden zu stoppen, haben sich einige von ihnen den Schwarzhemden angeschlossen, damit sie ihre Verbrechen von innen weiterführen können."

„Auf dem Weg zu deiner Familie bin ich einigen Schwarzhemden begegnet."

„*Stronzi!* Sie sind wie Hundescheiße. Ich hoffe, du hast dich von ihnen ferngehalten?"

Will nickte. „Sie sahen aus wie eine Bande von Schlägern. Ich habe einen großen Bogen um sie gemacht."

„*Cazzo!* Ich hasse diese Leute. Sie wollen mein Land zerstören." Er schlug mit der Faust gegen die Metalltrommel. „Und die Brüder meiner Loretta sind die Schlimmsten."

DIE *CHRISTINA* SEGELTE WEITER DURCH DAS MITTELMEER, nahm Kurs auf Liverpool und machte nur kurz in Lissabon Halt. Will bemühte sich, dem Bootsmann aus dem Weg zu gehen, doch das war eine fast unmögliche Aufgabe. Cassidy war wie ein Falke, der über seiner Beute kreiste, bereit, zuzuschlagen.

Als sie in Lissabon anlegten, nutzten Will und Paolo den spärlichen dreistündigen Landgang, wie durstige Männer, die eine Oase finden mussten. Es war früher Nachmittag, die Sonne war warm, und so steuerten sie eines der vielen Cafés in der Nähe des Kais an und teilten sich gegrillte Sardinen und gesalzene, gebratene Paprikaschoten.

Während sie aßen, ging Cassidy vorbei, und Will seufzte erleichtert auf, dass er sie nicht bemerkt hatte. Sie stießen mit ihren Bieren an, um zu feiern.

„Sag mir, *amico mio*, glaubst du, es ist wahr, was der Bootsmann über deine Schwester sagt, dass sie sich umgebracht hat?"

Will wandte den Blick ab. Er hasste es, über intime Dinge zu sprechen, über seine Vergangenheit, über alles Persönliche. Doch Paolos Familie hatte ihn in ihrem Haus willkommen geheißen, und er fühlte sich mit dem Italiener so verbunden wie mit niemandem mehr seit seinem Freund Michael Winterbourne. Doch diese Freundschaft hatte sich verschlechtert. Michael hatte ihn betrogen. Wills Vorsicht war tief verwurzelt.

„Ja", sagte er schließlich. „Ich denke, es könnte wahr sein. Hattie war ziemlich aufgewühlt."

Paolo bekreuzigte sich. „*Santa Maria, Madre di Dio*, wie schrecklich, sich das Leben zu nehmen." Er schüttelte den Kopf. „Deine Schwester muss sehr traurig gewesen sein, *molto disperata*, um so etwas Schreckliches zu tun."

„Vielleicht *war* sie verzweifelt." Wenn er an die Familie Tornabene dachte, konnte Will die Ungläubigkeit seines

Freundes nachvollziehen. „Hattie war nie glücklich. Sie wollte immer das haben, was sie nicht haben konnte."

„Was wollte sie denn?"

Will starrte auf das Wasser und zuckte mit den Schultern. „Wer weiß? Reich sein? Von den Leuten im Country Club akzeptiert werden? Dass unsere Mutter nicht gestorben wäre, als wir noch Kinder waren? Ein anderes Leben gehabt zu haben? Geliebt zu werden?" Während er diese Worte aussprach, wunderte er sich. Hattie war für ihn ein Rätsel gewesen. „Aber wenn sie sich gewünscht hatte, geliebt zu werden, hat sie alles Erdenkliche getan, um das zu verhindern. Sie hat einen Freund von mir geheiratet und ihn dazu gebracht, ein elendes Leben zu führen. Sie heiratete nur, um von zu Hause wegzukommen und meinem alten Herrn eine Abfindung zu entlocken. Sobald die Tinte auf der Heiratsurkunde getrocknet war, sagte sie ihrem Mann Michael, dass sie die meiste Zeit getrennt von ihm in Sydney leben würde." Er leerte seine Bierflasche. „Ich vermute, sie gab sich die Schuld daran, dass unser Vater zum Tode verurteilt wurde."

Paolos sah verwundert aus. „Warum? Wieso sollte es ihre Schuld sein?"

„Sie hat im Zeugenstand ihre große Klappe aufgerissen und alles nur noch schlimmer gemacht."

„Aber hat er ihn getötet? Seinen eigenen Sohn?" Paolo war entsetzt.

Will kniff sich in den Nasenrücken. „Er hatte keine Wahl. Mein Bruder war böse. Verdorben. Er hat meine Mutter geschlagen. Hat ihr die Seele aus dem Leib geprügelt. Und an diesem Tag war er hinter meiner Stiefmutter her." Will merkte, dass er das Erzählen tatsächlich als therapeutisch empfand. Er hatte all das so lange in sich getragen. Paolo urteilte nicht, sondern hörte ruhig und aufmerksam zu. „Als ich dort ankam, versuchte er, sich an ihr zu vergreifen. Er hatte ihr die Bluse schon halb heruntergerissen." Will starrte hinaus aufs Meer und runzelte die Stirn bei der schmerzhaften Erinnerung. „Ich ging dazwischen und bekam dafür ein Messer in den Bauch. Nat hätte mich fertig gemacht und sie vergewaltigt, aber Pa kam vorbei und hat ihn erschossen."

Paolos Gesichtsausdruck war ernst. „Dann hatte dein Vater keine Wahl. Warum wurde er dann hingerichtet?"

„Weil der dumme alte Narr sagte, er sei froh, dass Nat tot sei, und wünschte, er hätte ihn schon lange zuvor umgebracht. Dann erzählte meine Schwester dem Gericht, Nat habe herausgefunden, dass Elizabeth eine Affäre hatte. Das ließ die Geschworenen glauben, Pa habe Nat getötet, weil er wütend auf ihn war, weil er seine Frau zu Unrecht beschuldigt hatte."

„Sie haben ihn also für schuldig befunden? Das ist sehr traurig." In Paolos Augen spiegelte sich seine Besorgnis wider.

„Die Anwälte meinten, sie hätten eine Wiederaufnahme des Verfahrens, eine Reduktion der Anklage auf Totschlag und eine lange Gefängnisstrafe erreichen können, aber mein alter Herr wollte davon nichts hören. Er sagte, der Tod sei nicht mehr, als er verdiene."

Paolo runzelte die Stirn. „*Madonna. Che storia triste!* Eine sehr traurige Geschichte." Er sah Will eindringlich an. „Und du, *amico mio*, was willst du?"

Will lachte trocken. „Ich? Ich will gar nichts, Kumpel. Ein Bett zum Schlafen, einen Lohn, der am Ende der Woche ausgezahlt wird, und ein Mädchen in jedem Hafen."

„Du machst dich lustig, Will, aber innerlich sehe ich, dass auch du *traurig* bist. Vielleicht nicht so wie deine Schwester, aber du bist traurig."

Will lachte. „Nein, mein Freund. Ich bin nicht traurig." Er gab ein trockenes Lachen von sich. „Ich bin nicht derjenige, dessen Freundin aus einer kriminellen Familie stammt."

Paolo schaute ihn erstaunt an, schob dann seinen Stuhl

zurück und erhob sich. Ohne ein weiteres Wort drehte er sich um und ging zurück zum Schiff.

Will saß am Tisch und hatte keinen Appetit mehr auf Sardinen. Er forderte den Kellner auf, ihm noch ein Bier zu bringen, und stützte den Kopf in die Hände. Warum schlug er um sich und verletzte die einzigen Menschen, die sich um ihn sorgten? Das hatte er schon Rafqa angetan, und jetzt zeigte er Paolo gegenüber eine leichtsinnige Grausamkeit. Sobald ihm jemand zu nahekam, zog er die Fensterläden herunter und sperrte sie aus. Aber warum?

❧

DIE DURCHQUERUNG DES GOLFS VON BISKAYA IST OFT EINE Herausforderung. Die Meere dort sind nur in ihrer Unbeständigkeit vorhersehbar. Das Wetter in der Biskaya ist oft sehr unruhig, und die flachen Gewässer ziehen ungewöhnlich hohe Wellen an, die so manches Handelsschiff zum Sinken bringen, wenn es in einen Sturm gerät. Die Winde wehen den ganzen Weg von Amerika herüber, sodass die Wellen bei der Überquerung des Atlantik an Kraft gewinnen und die flachen Gewässer der Biskaya mit einer Heftigkeit erreichen, die selbst für die erfahrensten Segler eine Herausforderung darstellen.

Will hatte die Bucht nur ein paar Mal durchquert. Auf der Fahrt nach Süden vor acht Monaten war es ruhig und friedlich gewesen. Die Überfahrten, die er auf den Passagierschiffen zwischen Sydney und Liverpool gemacht hatte, nachdem er zum ersten Mal zur See gefahren war, waren rau, aber überschaubar gewesen und hatten eine Prüfung für seinen starken Seefahrermagen dargestellt. Er war an die rauen Gewässer des Mosambik-Kanals gewöhnt und näherte sich nun der Biskaya mit Respekt, aber ohne Angst.

Der Tag begann ruhig. Wären sie ein Segelschiff und kein

dampfgetriebenes Schiff gewesen, hätten sie wohl in der Flaute gelegen, doch Will kannte sich ausreichend mit dem Wetter aus, um zu wissen, dass man sich nie darauf verlassen konnte. Etwa eine Stunde nach Beginn der Überfahrt begann es zu regnen, zunächst leicht, dann immer stärker, je weiter der Morgen voranschritt. Gegen Mittag setzten Windböen ein, und die See schwoll an, hob und senkte sich, sodass die *Christina* hin und her schaukelte, während sie sich durch das zunehmend unruhige Wasser kämpfte. Wo heute Morgen eine dunkle, flache See auf einen blassgrauen Himmel traf, waren diese Elemente nun umgekehrt. Der Himmel war pechschwarz, und das Meer erhob sich in gewaltigen Wellen und brach wieder zusammen, wobei die *Christina* in einem furchterregenden Kessel aus Wasser umhergeworfen wurde.

Will hatte Glück – er gehörte zu den wenigen, die gegen Seekrankheit immun sind, egal unter welchen Bedingungen. Paolo hatte behauptet, er sei es auch, aber er hatte noch nie eine solche See erlebt, wie sie sich heute präsentierte. Während sich das Schiff hob und senkte, bewegte es sich auch noch seitwärts, als sich die Kraft der riesigen Wellen aufbaute. Paolo rannte zur Reling, bereit, seinen Magen zu entleeren. Will packte ihn am Arm. „Geh nach Lee, sofort!"

Paolo riss seinen Arm weg. Ihm war zwar schlecht, aber er war noch nicht bereit, sich mit seinem Kameraden zu versöhnen.

Will ignorierte sein Verhalten und zerrte seinen Freund irgendwie in den Windschatten, wo er seinen Kopf über die Reling hielt, während Paolo sich übergab.

„Du sollst deinen Mageninhalt nicht gegen den Wind spucken, damit es sich nicht über dich ergießt."

Paolo war blass und schwitzte.

„Blicke auf den Horizont. Halte deine Augen darauf gerichtet."

Paolo stöhnte.

Will stützte ihn und rief seinem Freund erneut zu, er solle sich auf den Horizont konzentrieren, während sich alles andere in dieser auf den Kopf gestellten, krachenden und tosenden Welt in einem unkontrollierten und heftigen Ballett bewegte. „Behalte ihn im Auge – er wird dir helfen, dein Gleichgewicht wiederzufinden. Denk daran, dich mit dem Schiff zu bewegen, kämpfe nicht dagegen an." Er holte einen kleinen Klumpen rohen Ingwer aus einer Dose in seiner Tasche und forderte Paolo auf, ihn zu kauen. „Das wird dir helfen, deinen Magen zu beruhigen, Kumpel."

Der Anblick des verschrumpelten Stücks Ingwer schien Paolo noch mehr Übelkeit zu bereiten.

„Vertrau mir. Kaue es langsam und es wird dir guttun. Der beste Weg, es zu bekämpfen, ist, sich abzulenken. Komm schon, wir müssen nach unten gehen. Es wird immer schlimmer", schrie Will, um trotz des Krachens der brechenden Wellen gehört zu werden.

Als sie wie zwei Betrunkene in Richtung Niedergang taumelten, einen Fuß auf dem Deck, den anderen auf dem Schott, und versuchten, sich gegen das Gefälle des Schiffes aufrecht zu halten, sahen sie Jake Cassidy vor sich, der mit einem Seil am Schott festgezurrt war und zwei der Lascare anbrüllte. Die Inder klammerten sich an die Reling, ihre Augen voller Furcht. Schnell wurde klar, dass Cassidy sie aufgefordert hatte, zum Bug zu gehen, um eine nicht angebundene Kiste zu befestigen, die über das Deck rutschte.

Die Lascare waren angsterfüllt – der Bug hob sich, als das Schiff die riesigen Wellen durchbrach, die in einer sintflutartigen Kaskade über das Deck brachen und sie über Bord zu schwemmen drohten. In nur wenigen Minuten war die See noch wütender geworden, und das Schiff wurde hin und her geworfen, als wäre es ein Stück Treibgut und kein mit Eisen verkleidetes Dampfschiff.

„Geht unter Deck! Alle!", schrie Will und drängte Paolo

durch die Luke, die zum Unterdeck führte. Seine Stimme wurde von Wind und Wellen verschluckt, also griff er nach Cassidys Arm und schob seinen eigenen Kopf durch die Luke. „Komm schon, geh unter Deck! Hier oben zu bleiben ist Selbstmord.“

Cassidy stieß ihn mit funkelnden Augen weg und wandte sich dann wieder den beiden Indern zu. Seine Stimme war heiser, als er sich bemühte, ihnen über den Lärm des Sturms und die Urgewalt der brechenden Wellen hinweg Befehle zuzurufen. „Bindet es fest – sofort!“

Einer der beiden Lascare musste den Befehl gehört haben, denn er trat vor und griff nach dem baumelnden Ende des Seils, das an der Kiste befestigt war. In dem Moment, als er es ergriff, wurde er von einer Welle überrollt und nach oben geschleudert. Will sah ohnmächtig zu, wie der Mann über ihre Köpfe hinweggezogen und über Bord geworfen wurde. Es geschah im Bruchteil einer Sekunde, und die Schreie des Mannes wurden vom Tosen des Meeres übertönt. Der zweite Lascar, der jetzt hysterisch war, stürzte sich auf Will, der ihn am Ärmel seiner Jacke packte und zum Schott zurückzog.

Während er „Mann über Bord!“ schrie, stieß Will, der bis auf die Haut durchnässt war, den überlebenden Lascar durch die Luke und drehte sich wieder zu Cassidy um. „Du musst unter Deck gehen. Es hat keinen Sinn, jetzt hier oben zu bleiben. Er ist weg.“

Bevor Will etwas tun konnte, erschien Kapitän Palmer in der offenen Luke. „Unter Deck, Sie beide. Sofort! Cassidy, gehen Sie und lösen Sie den zweiten Offizier am Steuer ab. Kidd, gehen Sie unter Deck und schließen Sie die Luke hinter sich.“

Mit hasserfüllten Augen starrte Cassidy Will an.

Die drei Männer warteten am oberen Ende der Leiter. Alle wussten, dass es entscheidend war, ihre Bewegungen mit denen des Schiffes in Einklang zu bringen. Als sich das Boot mit der nächsten Welle erhob, hielt sich Will an den Geländern fest und glitt die Leiter hinunter auf das untere Deck, wobei er sich vom entgegengesetzten Schwung des Schiffes tragen ließ. Cassidy folgte bei der nächsten Aufwärtsbewegung, und Kapitän Palmer bildete das Schlusslicht. Der Versuch, eine Leiter hinunterzuklettern, während die *Christina* sich abwärts bewegte, wäre wie der Versuch, durch Beton zu waten, der gerade aushärtete – es war besser, sich von den Kräften der Schwerkraft mitreißen zu lassen.

„Wir haben einen Mann über Bord?" Das Gesicht des Kapitäns war ernst.

Cassidy antwortete: „Einer der Lascare – er hat meinen Befehl, unter Deck zu gehen, missachtet."

Will war zu verblüfft, um zu sprechen. Er stand mit offenem Mund stumm da.

Der Kapitän sah Will an, machte jedoch keine Anzeichen, dass er seinen Schock registriert hatte. „Wir können nichts für ihn tun. Der arme Kerl hat auf diesen Meeren keine Chance." Palmer schüttelte den Kopf, sein Gesicht war grimmig. Ein Besatzungsmitglied an den Zorn der See zu verlieren, war für einen Kapitän nie leicht.

„Wer war er?"

Cassidy zuckte mit den Schultern. „Für mich sehen sie alle gleich aus."

„Sein Name war Ashok." Will wandte sich an Palmer, vermied es, Cassidy anzusehen, und konnte seine Wut kaum unter Kontrolle halten. Er wollte Palmer die Wahrheit darüber sagen, was passiert war, wusste aber, dass es nichts bringen würde. Cassidy würde es leugnen. Er war ranghöher als Will, und in der Handelsmarine galten Lascare als entbehrlich.

Dennoch wollte Will die Sache nicht auf sich beruhen lassen. Der überlebende Mann, Sachin, konnte seine Geschichte bestätigen. Aber würde man ihnen glauben?

Hätte nur Tornabene auch gesehen, was passiert war, doch zu dem Zeitpunkt war er schon durch die Luke verschwunden gewesen. Will wusste, dass er es Palmer erzählen musste. Auch, wenn der Kapitän ihm vielleicht nicht glauben würde.

Der Sturm hielt mehrere Stunden an, aber die *Christina* hielt den Stößen gut stand. Will saß neben Paolos Koje, während seinem Freund weiterhin der Mageninhalt hochkam – inklusive des Wassers, das Will ihm immer wieder zu trinken gab. Die halbe Besatzung musste sich übergeben – sogar einige der alten Hasen.

Inzwischen schien Paolos Wut auf seinen Freund verflogen zu sein. Will strich dem Italiener über den Rücken, während der sich über einen Eimer beugte. „Keine Schande, mein Freund. Man sagt, dass sogar Lord Nelson in einem Sturm seekrank wurde."

Es war früh am nächsten Morgen, als Will die Gelegenheit nutzte, mit dem Kapitän zu sprechen. Er ging zu seiner Kabine und klopfte an die Tür. Palmer hörte zu, als Will ihm erzählte, wie Cassidy den beiden Lascaren befohlen hatte, die lose Kiste festzuzurren, obwohl sie beide nicht am Schiff gesichert waren.

„Und Cassidy selbst?"

„An das Schott gebunden."

„Zeugen?"

Will schüttelte den Kopf. „Tornabene ging unter Deck, kurz bevor es passierte. Nur ich und Sachin."

Palmer stieß einen langen Seufzer aus und stützte seine Stirn auf eine Handfläche. „Ich habe gestern Abend mit Bootsmann Cassidy gesprochen. Er war kategorisch der Meinung, dass die Lascare sich seinem Befehl widersetzt hätten, unter Deck zu gehen."

Will starrte geradeaus und schluckte. Das könnte ihn seine Karriere kosten.

„Dann hat er gelogen, Sir. Die beiden Männer waren völlig

verängstigt. Das Deck war geflutet. Ja, wir hätten die Kiste verloren, aber wir hätten keinen einzigen Mann verloren."

„Vielleicht sollte ich Bootsmann Cassidy herrufen und Sie Ihre Behauptungen vor ihm wiederholen lassen."

Will stöhnte auf. „Er wird es leugnen, Sir." Er bohrte seine Nägel in die Handflächen und ballte die Fäuste hinter seinem Rücken.

Palmer betrachtete Wills Gesicht einige Augenblicke lang und schüttelte dann leicht den Kopf. „Ich will keinen Ärger auf meinem Schiff – besonders jetzt, wo wir uns auf der letzten Etappe nach Hause befinden. In Ermangelung von Zeugen wird sich Cassidy als ranghöchster Mann in der Besatzung durchsetzen. Er ist ein beliebtes Mitglied der Crew. Das wissen Sie genauso gut wie ich."

„Sachin war auch da, Sir, nicht nur ich."

Palmer schaute verlegen, dann schüttelte er wieder den Kopf. „Ich glaube Ihnen, Kidd, aber Sie wissen ja, wie es läuft. Mir passt das genauso wenig wie Ihnen." Er fuhr sich mit den Fingern unter die Nase. „Aber hören Sie – und das soll in diesem Raum bleiben –, ich werde nie wieder mit Cassidy arbeiten, und ich werde dafür sorgen, dass jeder Kapitän, den ich kenne, versteht, warum." Er nahm seine Pfeife und machte ein Streichholz an, dann legte er die Pfeife wieder hin, ohne sie anzuzünden. „Heute werden wir eine kleine Gedenkzeremonie für den armen Unglücklichen abhalten – wie war noch gleich sein Name?"

„Ashok, Sir."

„Wir werden dem Seemann Ashok einen schönen Abschied bereiten. Und jetzt zurück an die Arbeit, Kidd."

❧ 3 ❧

KAPITEL DREI
FEBRUAR 1938, SEAFORTH SANDS, LIVERPOOL

Der Wind zerrte an den Gräsern auf den Dünen, bog sie und zog eine feine Fahne aus Sand mit sich, die Hannah Dawson zwang, den Kopf zu drehen, die Augen zu schließen und in die andere Richtung zu schauen. Sie zog ihren Mantel eng um sich, versuchte, ihren Filzhut über die freiliegenden Teile ihrer Ohren zu ziehen, und wünschte, sie hätte daran gedacht, ihren Schal umzulegen.

Sie schlitterte den Hang hinunter in das Tal zwischen zwei Dünen, kauerte sich vor dem Wind zusammen, die Knie vor sich angewinkelt, nahm das Buch, das sie in der Bibliothek ausgeliehen hatte, aus ihrer Handtasche und begann zu lesen, wobei sie mit ihren Händen, die in Handschuhen steckten, auf den Seiten herumfuchtelte. Entweder so oder gar nicht lesen. Hannah hasste diese Heimlichtuerei, doch Bücher waren im Dawson-Haushalt verboten, abgesehen von der Bibel. Ihr Vater war in diesem Punkt sehr resolut. Alle Bücher, mit Ausnahme der Bibel, waren das Werk des Teufels. Das hatte Hannah schon als Kind auf die harte Tour gelernt. Ihr Vater hatte sie dabei erwischt, wie sie ein abgenutztes Exemplar von *Oliver Twist* las, das sie sich von einem Schulfreund geliehen hatte, und hatte es ins Feuer geworfen. Seitdem war ihre Liebe zum Lesen ungebrochen und sie hatte Wege gefunden, ihrer Leidenschaft heimlich zu frönen. Es schauderte sie bei dem Gedanken, was ihr Vater tun würde, sollte er von ihren heimlichen Bibliotheksbesuchen erfahren. Sollte er das Buch finden, das sie gerade las, wäre seine Wut grenzenlos. *Wie Wind in den Straßen* von Rosamund Lehman. Das „Oh, verdammt, oh, zur Hölle" des ersten Absatzes würde schon ausreichen, um es zu verurteilen, ganz zu schweigen von Ehebruch, Scheidung und Schlimmerem. Charles Dawsons aufbrausendes Temperament barg Grund zur Angst für Hannah, ihre jüngere Schwester Judith und ihre Mutter Sarah.

Eben erst an diesem Morgen hatte Judith beim Frühstück erwähnt, dass sie etwas später als sonst von der Schneiderei, in der sie arbeitete, nach Hause kommen würde, da es einen Eilauftrag für ein Hochzeitskleid gab. Sie hatte die Bemerkung an Hannah gerichtet, doch die Reaktion darauf kam von Charles Dawson und glich einer gigantischen Explosion.

„Du bist dort angestellt, um zwischen acht und halb fünf zu arbeiten, und ich erwarte, dass du jeden Tag um Viertel vor fünf in diesem Haus anwesend bist. Keine Ausnahmen."

„Aber, Vater, es gibt triftigen guten Grund. Mrs. Compton hat mich extra darum gebeten. Miss Finch war Anfang der Woche krank und so sind wir in Verzug geraten, und die Hochzeit ist am Samstag. Wenn ich heute Abend nicht ein wenig länger arbeite, wird sich die Anprobe der Braut verzögern."

Die Hand schlug so hart auf den Tisch, dass das Geschirr klapperte, der Tee in die Untertassen überschwappte und eine Gabel auf den Boden fiel. Bevor Hannah sich bücken konnte, um sie aufzuheben, hatte ihr Vater sie bereits quer durch den Raum getreten, wo sie gegen die Sesselleiste knallte.

„Ich hätte dir nie erlauben sollen, arbeiten zu gehen. Du

solltest zu Hause bleiben, bis du verheiratet bist." Er wischte sich mit der Serviette über den Mund und warf sie auf den Tisch. „Hochzeitskleider sind eine beschämende Nichtigkeit. Ich hatte keine Ahnung, dass du an der Herstellung solcher Dinge beteiligt bist." Er blickte seine Frau finster an. „Du hast mir gesagt, sie würde Mäntel nähen und Decken säumen."

Sarah Dawson sah weg und sagte nichts.

„Aber Vater ..." Judiths Gesicht zeigte eine Mischung aus Angst und Sorge.

„Halte den Mund. Du wirst um vier Uhr fünfundvierzig wieder in diesem Haus sein. Und ich will keine Diskussion."

Mit diesen Worten erhob sich Dawson vom Tisch, nahm seinen Hut von der Anrichte und verließ das Haus, wobei er die Haustür hinter sich zuschlug.

Als er weg war, brach Judith in Tränen aus. „Das ist nicht fair. Warum ist er so? Warum kann er nicht wie ein normaler Vater sein? Warum können wir nicht wie andere Menschen sein? Jetzt werde ich wahrscheinlich meinen Job verlieren. Was soll die Braut machen, wenn das Kleid nicht fertig wird?" Sie brach in weiteres Schluchzen aus.

Hannah legte ihrer Schwester tröstend die Hand auf den Arm. „Du könntest immer während der Abendessenszeit arbeiten, Jude. Das könnte helfen. Wenn du es Miss Finch erklärst, wird sie es verstehen."

„Wie sollte das jemand verstehen? Wie sollte jemand anderes wissen, wie es ist, einen Vater wie unseren zu haben?"

Währenddessen trank Sarah Dawson ihre Tasse Tee aus, stand vom Tisch auf und sagte: „Mir geht es nicht gut. Ich werde mich eine Weile hinlegen. Räum zusammen, Hannah." Sie sagte es, als wäre es etwas Ungewöhnliches, doch Hannah hatte den größten Teil der Hausarbeit erledigt, seit ihr Vater das Hausmädchen entlassen hatte, nachdem er behauptet hatte, sie wäre faul und er könne es sich nicht leisten, sie zu bezahlen. Sarah Dawson hatte ihre Grenzen gesetzt, und Hausarbeit war eine davon. Sie stammte aus einer wohlhabenden Kaufmannsfamilie und war nicht bereit, als Dienstmädchen zu arbeiten, nicht einmal in ihrem eigenen Haus. In letzter Zeit schien es Hannah und Judith, dass ihre Mutter mehr Zeit in ihrem Bett verbrachte als außerhalb.

Als Sarah nach oben gegangen war, tauschten die Schwestern einen Blick aus, und Hannah verdrehte die Augen. Sarah Dawson war passiv geworden, zurückgezogen, unterwürfig. Die Schwestern erinnerten sich daran, dass es nicht immer so gewesen war; aber im Laufe der Jahre hatte ihr Vater ihre Mutter so oft verprügelt, dass sie still geworden war und sich zurückgezogen hatte. Der Verlust ihres einzigen Sohnes, der zwei Jahre jünger gewesen war als Judith – er war an Keuchhusten gestorben, als er noch ein kleines Kind war –, der Tod von zwei weiteren Töchtern im Säuglingsalter und eine Reihe von Fehlgeburten hatten ihre Fähigkeit, Freude zu empfinden – ja, sogar zu leben –, ausgelöscht.

Das Verhalten von Charles Dawson war nicht vorhersehbar. Manchmal tat er so, als gäbe es die drei Frauen nicht, nahm seine Mahlzeiten schweigend ein und zog sich dann in den kleinen vorderen Salon zurück, den er als sein Arbeitszimmer bezeichnete. Hannah fragte sich, wie ein Raum, der weder Bücher noch Schreibzeug enthielt, die Bezeichnung Arbeitszimmer verdienen konnte. Sie vermutete, dass er vor dem Kamin einschlief, konnte sich aber nicht sicher sein, da sie alle keinen Zutritt hatten, wenn er sich dort aufhielt. Bei anderen Gelegenheiten, wie an diesem Morgen, provozierte ihn die kleinste Sache, sodass er in einer Wut explodierte, die seine Töchter verwirrt und seine Frau schweigend und eingeschüchtert zurückließ.

Nach dem Vorfall mit *Oliver Twist* hatte Dawson darauf bestanden, die beiden Mädchen aus der Schule zu nehmen und zu Hause zu unterrichten, eine Aufgabe, die ihrer Mutter zufiel, die weder die Neigung noch die Energie dazu hatte. Lesen und Schreiben, Fremdsprachen, Geschichte sowie Naturwissenschaften und Geografie wurden von Dawson als ungeeignete Fächer angesehen, sodass nur einfache Mathematik, das Studium der Bibel und Hauswirtschaft übrig blieben, die Sarah Dawson nicht im Geringsten interessierten. Hannah und Judith waren weitgehend sich selbst überlassen, und ihr Vater prüfte sie regelmäßig auf ihre Kenntnisse der Heiligen Schrift, unternahm aber sonst wenig. Ihre Bildung verdankten sie ihrer natürlichen Neugier, die bei Hannah durch unerlaubte Besuche in der Bibliothek und bei Judith durch Näh- und Stickunterricht bei der Nachbarin befriedigt wurde.

Ihre Bedürfnisse nach Bildung interessierten niemanden mehr, nachdem die gelegentlichen Anfragen der Schulaufsichtsbehörde aufgehört hatten, als Judith vierzehn Jahre alt wurde. Judiths Nähtalent hatte vor Kurzem zu einer Lehre bei einer Damenschneiderin geführt. Der heutige Ausbruch ihres Vaters deutete darauf hin, dass dies wahrscheinlich kein dauerhaftes Arrangement sein würde.

Hannah hatte eine gewisse Begabung für Zahlen gezeigt, und so wurde sie ab ihrem fünfzehnten Lebensjahr verpflichtet, an drei Nachmittagen in der Woche in den Geschäftsräumen ihres Vaters zu erscheinen, um bei der Buchhaltung zu helfen, mit der Aussicht, dass sie diese übernehmen würde, wenn der zuständige Angestellte in den Ruhestand ging. Vier Jahre später schien sein Ruhestand noch nicht näher gerückt zu sein. Hannahs Teilzeitbeschäftigung entsprang nicht der Überzeugung ihres Vaters, dass es Frauen erlaubt sein sollte, ihren eigenen Weg in der Welt zu gehen, sondern einzig und allein seinem Wunsch, die Ausgaben des Unternehmens zu senken. Es wurde von ihr erwartet, dass sie ihre Arbeit für nichts mehr als Kost und Logis im Haus der Familie verrichtet, was für ihren Vater eine beträchtliche Einsparung darstellte. In Anbetracht seiner extremen Sparsamkeit war Hannah überrascht, dass er Mr. Busby, den Angestellten, nicht dazu gedrängt hatte, seine Rolle aufzugeben, dennoch war sie dankbar, dass er das nicht getan hatte, denn das bisschen Freiheit, das sie genoss, würde zusätzlich beschränkt werden, sobald sie ganztägig unter der Kontrolle ihres Vaters stünde.

Das Geschäft, *Morton's Coffee Importers*, war ein angeschlagenes Unternehmen. Charles Dawson hatte einen unerschütterlichen Glauben an seine eigenen Fähigkeiten als Geschäftsmann, entgegen aller gegenteiligen Anzeichen. Er selbst hatte als Angestellter in dem Unternehmen angefangen, das der Familie seiner Frau gehört hatte. Nachdem Hannahs Großvater mütterlicherseits nach Australien ausgewandert war – sie war damals noch ein kleines Kind gewesen –, war die Firma verkauft worden, doch ihr Vater hatte dort weiter gearbeitet. Hannah kannte die Umstände nicht, unter denen er das Unternehmen schließlich übernommen hatte, aber seine Führung hatte keine Wende im Abwärtstrend des Unternehmens herbeigeführt. Vor zehn Jahren war die Familie gezwungen gewesen, aus Trevelyan House, ihrem einst eleganten Stadthaus nördlich von Liverpool, auszuziehen und in einem kleinen Reihenhaus aus Backstein in einer der überfüllten Straßen in der Nähe der Docks zu wohnen. Ihre Mutter hatte diese Demütigung nie überwunden.

Hannahs Lektüre wurde durch das Geschrei einer Gruppe von Möwen gestört, die nahe am Ufer ihre Kreise zogen und immer wieder in die Wasseroberfläche eintauchten. Sie blickte auf. Der Wind hatte die Wellen aufgepeitscht, sodass die dunkelgraue Wassermasse an der Mündung des Mersey in die Irische See von der Gischt durchbrochen wurde, die aussah wie der weiße Schweiß der Pferde. Es fiel ihr schwer, sich auf ihr Buch zu konzentrieren, so kalt war ihr. Bald würde sie am Ufer entlang zurückgehen müssen, dorthin, wo der Sand dem Beton und den Ziegelsteinen der Docks und somit dem Landesinneren wich. Während sie das Buch in ihre Tasche stopfte, erhob sie sich auf ihre Füße, denn sie hielt einen zügigen Spaziergang für die bessere Idee. Ihre Versuche, sich zu konzentrieren, waren durch abschweifende Gedanken getrübt worden, sodass es besser war, ihnen freien Lauf zu lassen, während sie versuchte, sich aufzuwärmen.

In letzter Zeit hatte Hannah viel nachgedacht. Sie war ängstlich geworden. Sehr ängstlich. Darüber, was ihr Vater mit ihr und ihrer Schwester vorhaben könnte.

❧ 4 ❧

KAPITEL VIER

Die *Christina* segelte weiter in Richtung Liverpool, dem letzten Ziel ihrer achtzehnmonatigen Rundfahrt. Wie am Ende einer langen Reise üblich wurden alle Matrosen entlassen und mussten sich eine andere Stelle suchen, unbezahlten Landurlaub nehmen oder warten, bis sie wieder auf demselben Schiff unter Vertrag genommen wurden. Die Handelsmarine war ein hartes Pflaster. Wenn ein Schiff das Pech hatte, zu sinken, wurde die Zahlung der Löhne der Besatzung eingestellt, sobald das Schiff unterging, unabhängig davon, ob sie überlebten oder nicht, oder wie lange es dauerte, bis sie gerettet wurden. Hätte Ashok dafür gesorgt gehabt, dass ein Teil oder sein gesamter Lohn an seine Familie in der Heimat überwiesen wurde, wären die Zahlungen in dem Moment eingestellt worden, in dem sein Körper über Bord gespült wurde.

Will schämte sich, dass er außer dem Namen des Mannes nichts über den Lascar wusste. War er verheiratet? Ein Vater? Würde sein Tod eine ganze Familie in Trauer versetzen und sie sofort verarmen lassen?

Bei der Zeremonie zu Ashoks Tod tat Jake Cassidy so, als

wäre der Tote ein enger Freund gewesen. Er senkte respektvoll den Kopf und formte seine Gesichtszüge zu einer Maske der tragischen Anteilnahme. Doch das verschmitzte Grinsen auf seinem Gesicht, als er dachte, dass niemand hinsah, war für Will Beweis genug, dass der Bootsmann keine Reue empfand. Als der Kapitän seine kurze Trauerrede für den verlorenen Seemann beendete, blickte Will erneut zu Cassidy und ballte die Fäuste, als er den falschen, frommen Ausdruck auf dem Gesicht des Bootsmanns wiedersah. Er brannte vor Empörung darüber, dass Cassidy nicht für die Nachlässigkeit und Grausamkeit zur Rechenschaft gezogen werden sollte, die den Lascar das Leben gekostet hatte. Er versuchte, sich mit der Tatsache zu trösten, dass sich, wenn Palmer recht hatte, das Verhalten des Bootsmanns schneller herumsprechen würde, als Cassidy seinen nächsten Vertrag unterschreiben könnte. Er würde vielleicht nicht für die Fahrlässigkeit, die in Wills Augen einem Mord gleichkam, angeklagt werden, aber zumindest würde er sich vielleicht in die Reihen der Arbeitslosen einreihen müssen.

❧

DER PIER HEAD NAHM DURCH DEN FRÜHEN MORGENNEBEL Gestalt an, und Will und Paolo lehnten sich an die Reling und beobachteten, wie sich das Schiff näherte. Die Skyline von Liverpool war den meisten Handelsseglern mit ihren drei eleganten Hafengebäuden – dem Cunard-Gebäude, dem Royal-Liver-Gebäude und dem Port-of-Liverpool-Gebäude – vertraut.

Will wandte sich an Paolo: „Was wirst du jetzt tun? Wirst du auf die *Christina* warten?"

„Der zweite Offizier sagte mir, dass es viele Wochen dauern wird – und ich muss Geld sparen. Weißt du, ich muss Loretta von Neapel und ihrer *Familie* wegbringen. Ich will sie eines Tages mit nach Amerika nehmen. Ich kann also nicht auf Arbeit warten. Vielleicht finde ich einen Job auf einem Schiff im Mittelmeer." Seine Lippen formten ein Lächeln, doch seine Augen sahen traurig aus.

„Viel Glück dabei. Momentan gibt es nicht viel Arbeit. Du weißt so gut wie ich, wie viele Reedereien in letzter Zeit an die Wand gefahren wurden."

Paolo runzelte verwirrt die Stirn. „An die Wand gefahren? Welche Wand?"

„Den Betrieb eingestellt. Du könntest es bei einer der norwegischen Reedereien versuchen. Sie haben viele der britischen Schiffe aufgekauft, und die meisten von ihnen haben auf Öl umgerüstet – besser als diese schmutzigen alten Kohleverbrenner. Oder du könntest versuchen, der Royal Navy beizutreten." Er zwinkerte Paolo zu. „Na ja, die würden keinen Italiener nehmen." Er grinste.

Paolo schüttelte entrüstet den Kopf. „Ich würde niemals die Uniform der britischen Marine tragen."

„Du könntest dich auch der italienischen Marine anschließen."

Paolo grunzte. „Um *il Duce* zu dienen? Niemals. Mussolini ist ein sehr schlechter Mensch."

Will sah seinen Freund an. „Nun, du bist ein gutaussehender Bursche, Paolo. Und dieser ganze italienische Charme. Vielleicht solltest du dich um einen Job auf einem Passagierschiff bewerben. Auf der Cunard vielleicht? Oder auf der White Star? Arbeite als Steward. Auf den Transatlantiküberfahrten soll das Trinkgeld der reichen Amerikaner immens hoch sein."

„*Certo* – aber das bedeutet, dass die Löhne miserabel sein werden." Paolo lachte. „Ich werde sehen, was ich bekommen kann. Ich muss die Suppe essen oder aus dem Fenster springen."

„Was?" Will verzog das Gesicht.

„Das ist eine italienische Redewendung – *o mangi questa minestra o salti questa finestra*. Ist es im Englischen nicht dasselbe?"

Will schnaubte. „Sollte es so sein, habe ich noch nie davon gehört, aber frag mich nicht, ich bin Australier. Ich glaube, die meisten Leute ziehen es vor zu sagen, dass Bettler nicht wählerisch sein dürfen."

Paolo lachte und wiederholte die Redewendung. „Das werde ich mir merken. Es wird mir sicher noch einmal nützlich sein."

Ihr Lachen verstummte, als die Stimme von Cassidy sie unterbrach. „Kommt in die Gänge, ihr elenden Simulanten. Fünf Laderäume sind zu leeren und zu schrubben, und wir brauchen die Abdeckungen von den Luken, bevor die Werftarbeiter an Bord kommen. Wenn ich eine einzige verdammte Kakerlake finde, wenn ihr fertig seid, werdet ihr die Laderäume noch einmal schrubben. Nur ihr beide. Und jetzt los!"

Will schluckte seinen Unwillen hinunter. Lange würde er Cassidy nun nicht mehr ertragen müssen. Die Handelsmarine mochte oberflächlich betrachtet entspannter erscheinen als die Royal Navy, da man dort keine Uniform tragen musste und ihr ein ungehobelter Ruf vorauseilte, aber auf ihren Schiffen herrschte ein klares Regiment und die Schiffsglocken gaben den Takt vor. Die Einteilung, die der Bootsmann vornahm, unterlag den Befehlen der Offiziere und letztlich denen des Kapitäns. Eine Reise konnte die Hölle sein, wenn die Offiziere oder der Bootsmann es so wollten.

Es dauerte den ganzen Tag, bis die Hafenarbeiter im Queen's Dock die Laderäume der *Christina* von ihrer Ladung, die aus Salz, Palmöl, Baumwolle und Kaffeebohnen bestand, befreit hatten, und den größten Teil des nächsten Tages, bis die Schiffsbesatzung die Laderäume zur Zufriedenheit von Cassidy von oben bis unten gereinigt hatte. Das Schiffsdeck sah chaotisch aus: ein Durcheinander von Planen, Tauen,

Lukenbrettern, Schläuchen und Kabeln. Nach Abschluss der Entlade- und Reinigungsarbeiten wurde die *Christina* ins Trockendock manövriert, wo die notwendigen Reparaturen an Rumpf und Aufbauten durchgeführt wurden. Dort mussten sie dann noch die Decks schrubben, die gesamte Entladeausrüstung verstauen und das Schiff generell für seine Zeit im Trockendock vorbereiten.

Es war schon nach sechs Uhr am nächsten Abend, als die Besatzungsmitglieder mit ihren Löhnen und Entlassungspapieren in der Tasche entlassen wurden. Dies war zwar die letzte Zahlung, die sie erhalten würden, bis sie eine neue Anstellung gefunden hatten, doch die meisten von ihnen wollten unbedingt in einen traditionellen Pub gehen und englisches Bier trinken, bevor sie sich am nächsten Tag auf die Suche nach Schiffen machen würden, die eine Mannschaft brauchten.

Will hatte keine Familie, um die er sich sorgen musste, und genug Geld in der Tasche, um mehrere Wochen − vielleicht Monate, wenn er sorgsam damit umginge − durchzuhalten. Sein Plan war es, in Liverpool zu warten, bis die *Christina* wieder in See stechen würde. Doch bevor er von Bord ging, hatte ihm der Kapitän mitgeteilt, dass das Schiff voraussichtlich für einige Monate im Trockendock liegen würde. Die ohnehin geplanten Reparaturen waren nach der Beschädigung des Schiffes durch den Sturm in der Biskaya noch umfangreicher geworden.

„Nutzen Sie die Zeit weise, Kidd. Sammeln Sie mehr Erfahrung. Sie sollten für Ihre Matrosenprüfung lernen." Er holte einen Stift aus seiner Tasche und schrieb etwas auf ein Stück Papier, faltete es und reichte es Will. „Wenn Sie die Küstenlinie entlanggehen, fragen Sie nach diesem Mann und sagen ihm, dass ich Sie geschickt habe. Vielleicht bekommen Sie so einen Job. Es ist zwar nur eine kurze Distanz zwischen hier und Dublin, aber es wird Ihnen helfen, einen Fuß in die

Tür zu bekommen und sich aus Schwierigkeiten herauszuhalten. Und wenn die *Christina* fertig ist, kommen Sie zu mir. Man kann nie wissen, vielleicht suche ich gerade einen neuen Bootsmann."

„Danke, Sir." Will steckte den Zettel in die Tasche seiner Donkeyjacke, hielt es aber für unwahrscheinlich, dass er tun würde, was Palmer vorgeschlagen hatte. Über die Irische See hin und her zu tuckern, klang nicht nach der Art von Job, den er machen wollte. Nachdem die *Christina* für eine Weile aus dem Rennen wäre, würde er es vielleicht auf einem anderen Transportschiff versuchen, das Richtung Süden fuhr.

Das ausgedehnte Hafengebiet von Liverpool bot ein reichhaltiges Angebot an Gaststätten. Paolo und Will wählten wahllos eine aus und gingen hinein. Das „Old Brown Jug" war voll mit Hafenarbeitern und Seeleuten, von denen die meisten nur wenige Stunden im Hafen verbrachten und die alle das Bier genießen und die Gelegenheit zur Entspannung nutzen wollten.

Die beiden Seeleute drängten sich an die Bar, kauften ein paar Bier und suchten sich einen Tisch in der Ecke, abseits des Lärms der Menge. Die meisten Männer in der Kneipe schienen über die Fußballergebnisse des Vortages zu diskutieren. Die beiden lokalen Mannschaften hatten unterschiedliche Ergebnisse erzielt: Liverpool hatte 4:0 das Heimspiel gewonnen, während Everton auswärts gegen Preston North End verloren hatte. Will hatte in der Vergangenheit, wenn er sich im Hafen aufgehalten hatte, einige Spiele besucht. Er war von den Leistungen von Dixie Dean beeindruckt und hatte so beschlossen, zu den Toffees zu halten. Er musste jedoch feststellen, dass Dean inzwischen weitergezogen war und die Mannschaft ihren magischen Torschützen verloren hatte.

Paolo verzog das Gesicht. „Ach, wie ich doch wünschte, ich wäre in Neapel. Als ich ein *Bambino war,* nahm mich mein Vater immer mit, um das *Calcio zu sehen.* Jetzt sitze ich hier fest, in eurem englischen Dreckswetter, eurem dreckigen Fußball, und werde mich nie an euer schreckliches englisches Bier gewöhnen."

„Sag nicht ‚euer', Kumpel. Ich sage es dir immer wieder, wir Aussies hassen warmes, schales Bier genauso wie jeder andere auch."

Jemand hatte eine Zeitung auf dem Tisch liegen lassen, und Will zog sie zu sich heran und warf einen beiläufigen Blick auf die Schlagzeilen, bevor er sie in die Hand nahm und begann, zu lesen. „Oh mein Gott! Hitler ist in Österreich einmarschiert. Rafqa sagte, sie rechne damit, dass es in Europa bald Krieg geben werde. Vielleicht hatte sie recht."

„Das gefällt mir nicht. Schrecklich." Paolo begann, über seine Schulter mitzulesen. „Mussolini ist *troppo* mit den Deutschen befreundet, und ich will gar nicht daran denken, was passieren wird, wenn es zu einem Krieg kommt."

„Wir könnten auf gegensätzlichen Seiten landen." Will versuchte, es wie einen Scherz klingen zu lassen, doch Paolo runzelte die Stirn.

„Ich muss einen Weg finden, Loretta aus *Italien* herauszuholen. Oder ich muss zurückkehren und mich ihr anschließen. Aber ihre Familie wird mich umbringen, wenn sie herausfindet, dass wir noch zusammen sind. Und wenn ich zurückkehre, bin ich vielleicht gezwungen, der *Regia Marina* beizutreten, und du weißt, was ich von der normalen Marine halte."

„Sollten wir in einen Krieg geraten, in dem Italien die Deutschen unterstützt, könntest du auch hier Schwierigkeiten bekommen. Sie könnten dich als ausländischen Spion behandeln und dich einsperren." Will grinste seinen Freund an, denn er hielt das für die unwahrscheinlichste aller Prognosen.

Doch Paolos Gesichtsausdruck war ernst. „Dann müssen wir zur Madonna beten, dass es nicht so weit kommt. Vielleicht spielt dieser Hitler nur ein Spiel. Zeigt seine Stärke, geht aber nicht weiter. Was meinst du?"

Mit einem Achselzucken sagte Will: „Du weißt mehr darüber als ich. Ich kümmere mich nicht darum, was in der Welt vor sich geht. Na ja, bis jetzt jedenfalls. Vielleicht sollte ich anfangen, die Zeitung zu lesen."

Er stand auf, nahm die beiden leeren Gläser vom Tisch und machte sich auf den Weg zur Bar.

Es ging so schnell, dass Will Cassidys Anwesenheit nicht einmal registriert hatte, bis die Faust des Bootsmanns sein Kinn traf. Durch den Schlag nach hinten geschleudert, stolperte er und ließ die Gläser fallen, die klirrend auf dem Boden aufschlugen und zerbrachen. Die Männer, die sich um die Bar befanden, wichen zurück und machten Platz um ihn und Cassidy.

Wills Kiefer brannte vor Schmerz und er bemerkte den Geschmack von Blut aus seiner aufgeplatzten Lippe.

„Du Stück Scheiße, Kidd. Du elender Mistkerl. Du hast mich um einen Job auf der White Star gebracht." Er holte mit der Faust aus, bereit zu einem weiteren Schlag, als Tornabene mit ausgestreckten Armen zwischen sie trat.

Cassidy räumte Paolo zur Seite, als wäre er völlig unwichtig, indem er ihn gegen einen Tisch stieß, woraufhin weitere Biergläser durch die Luft flogen. Der Bootsmann packte Will am Kragen seiner Jacke und zog dessen Gesicht dicht an das seine. „Du hast dem Kapitän gesagt, dass ich schuld am Tod dieses Kopftuchträgers bin. Du verlogener Mistkerl." Er fletschte die Zähne, sodass er wie ein wütender Hund aussah. „Ich habe in meinen Entlassungspapieren nur ein ‚Befriedigend' bekommen. Wie zum Teufel soll ich damit Arbeit finden?"

Als der ältere Mann seine Arme zurückzog, um für den nächsten Schlag auszuholen, war Will schneller und landete einen Treffer in den Solarplexus des Bootsmanns, der sich daraufhin krümmte. „Dieser Mann wäre noch am Leben, wenn du ihm nicht befohlen hättest, nach vorne zu gehen. Du hast ihn umgebracht. Und sein Name war Ashok."

„Du weißt alles über Mord, du verdammter Buschmann. Du, mit einem Vater, der dafür gehängt wurde. Und einem Bruder, der versucht hat, dich zu töten. Eine Familie von Schlägern und Mördern."

Will stürzte sich auf ihn, Wut und Adrenalin schossen durch seinen Körper. Bevor er einen weiteren Schlag landen konnte, spürte er, wie seine Schultern nach hinten gerissen wurden, als mehrere Männer vorstürmten und die beiden voneinander weg zerrten. Zwei von ihnen hielten Cassidy zurück, doch seine Wut war so groß, dass er einen der Männer, die ihn festhielten, in den Arm biss und sich losriss. Noch bevor irgendjemand realisierte, was geschah, hatte er ein Messer gezogen und stürzte sich auf Will.

In diesem Moment fühlte sich Will nach Wilton's Creek zurückversetzt, wo sein Bruder ebenfalls ein Messer gezogen und es in seinen Körper gerammt hatte. Er hatte es ihm in den Bauch gerammt und ihn so fast getötet. Das würde ihm nicht noch einmal passieren. Er würde nicht zulassen, dass ein Mann wie Cassidy die Oberhand über ihn gewann, ihn niedermachte, ihn auslöschte wie den armen Ashok. Eine neue Energie strömte durch Will. Er war nicht bereit zu sterben. Er machte einen Schritt zur Seite, um dem Angriff auszuweichen, stellte Cassidy dabei aber gleichzeitig ein Bein, sodass dieser darüber stolperte und stürzte. Das Messer schlitterte über den Boden der Kneipe und wurde durch das Sägemehl gebremst.

Sobald der Tumult losgegangen war, musste der Wirt schnell reagiert haben, denn zwei Polizisten betraten die Bar und gingen direkt auf die Streithähne zu. Ohne Fragen zu stellen, legten sie Cassidy und Will Handschellen an, packten sie am Kragen und führten sie unter Protest aus der Kneipe.

Paolo rannte ihnen hinterher. „Warum nehmen Sie meinen Freund mit? Er hat nichts verbrochen. Es war dieser Mann." Er zeigte auf Cassidy. „Er hatte ein Messer. Er hat den Kampf angefangen."

„Wenn du nicht auch noch verhaftet werden willst, solltest du verschwinden, Itaka."

Die Polizisten schoben Cassidy und Will auf den Rücksitz eines wartenden altenglischen Polizeiwagens, wo Cassidy seine Tirade fortsetzte.

„Du verdammter Buschmann-Bastard. Du dreckiges Stück Abschaum. Das wirst du mir büßen. Seit du an Bord gekommen bist, hast du mich mit deiner Art, wie du dem alten Mann in den Arsch gekrochen bist, angekotzt. Der Kapitän spricht normalerweise nicht mit Schiffsjungen. Was glaubst du, wer du bist, dass du eine Sonderbehandlung bekommst? Ich würde dich am liebsten umbringen, du Stück Scheiße." Dann wurden seine Drohungen vom Heulen der Sirene übertönt, als sich der Wagen auf die kurze Fahrt zur Polizeistation machte.

Nachdem man ihm den Inhalt seiner Taschen abgenommen hatte, wurde Will in eine Zelle geführt, dankbar, dass er endlich von Jake Cassidy getrennt war. Der Raum war kalt und leer. Außer einer Steinbank an einem Ende und einem Eimer, der als Toilette diente, befand sich nichts darin. Es gab nicht einmal ein Fenster. Er saß vornübergebeugt auf der kalten Oberfläche, dann stand er auf, um in dem engen Raum umherzugehen, denn Bewegung war ihm lieber, als zitternd dazusitzen. Er verlor sein Gefühl für Zeit, hatte aber auch kein Bedürfnis zu schlafen, und selbst wenn er das gehabt hätte, wäre es ihm vermutlich – auf der harten Bank ohne eine Decke – nicht gelungen.

Während er mit kleinen Schritten in der schmalen Zelle auf und ab ging, dachte er an seinen Vater. Wie hatte er die Wochen und Monate, in denen er eingesperrt gewesen war, überstanden? Will wusste, dass er verrückt werden würde, wenn man ihn hier lange festhielte. Vielleicht *war* sein Vater tatsächlich verrückt geworden – vielleicht war es besser gewesen, sich dem Henker zu stellen, als noch länger im Gefängnis zu sitzen und auf eine Berufung zu warten. Selbst wenn seine Strafe in Totschlag abgeändert worden wäre, hätte es Jahre hinter Gittern bedeutet.

Seitdem hatte Will sich eingeredet, dass er seinen Vater hasste – doch tief im Inneren wusste er, dass das nicht stimmte. Als Wills Mutter noch lebte, war er ein anderer Mensch gewesen, freundlicher, humorvoll. Ihr Tod und Nats Anteil daran hatten ihn verändert. Er war verbittert, verschlossen und kalt geworden. Doch seine Ehe mit Elizabeth hatte begonnen, diese Härte zu mildern, und obwohl Jack Kidd seinem Sohn niemals Zuneigung gezeigt hätte, wusste Will, dass sein Vater sich auf seine Weise um ihn gesorgt hatte.

Dort auf der harten Bank in der kleinen Zelle musste sich Will eingestehen, dass die Feindseligkeit gegenüber seinem Vater aus seiner eigenen Unsicherheit und aus der Überzeugung herrührte, dass er ihn enttäuscht hatte. Er fühlte sich, als hätte er jede Prüfung, die sein Vater je für ihn vorgesehen hatte, nicht bestanden. Als er gezwungen wurde, in der Kohlemine zu arbeiten, die Jack Kidd gehörte, hatte Will Angst, Elend und Klaustrophobie empfunden. Die kalte, dunkle Unterwelt der Grube war für ihn ein lebender Alptraum gewesen.

Seine Gedanken wurden durch das Geräusch des Türriegels, der aufgeschoben wurde, unterbrochen. Der Wachtmeister, der seinen Fall bearbeitet hatte, stand auf der Schwelle.

„Sie können gehen", sagte er mit starkem schottischem Akzent. „Halten Sie sich künftig aus Schwierigkeiten heraus. Hauen Sie schon ab, ich will Sie hier nicht wiedersehen."

„Und der andere Mann? Haben Sie ihn auch gehen lassen?"

Der Unteroffizier schüttelte den Kopf. „Er wird morgen wegen Körperverletzung vor dem Richter stehen. Der Zöllner und ein oder zwei andere haben alle die gleiche Geschichte erzählt." Er schmunzelte. „Er schreit sich immer noch die Seele aus dem Leib und gibt alles. Ich kann Ihnen sagen, dass ich ein paar neue Wörter von ihm gelernt habe. Sie haben Glück, dass Sie mit einer aufgeplatzten Lippe davongekommen sind. Und die Jungs, die Sie hergebracht haben, haben seine Drohungen auf dem Weg hierher gehört."

Erleichtert, dass er frei war und Cassidy nicht, versuchte Will, sich nicht über seine elende Nacht in der Zelle zu ärgern. Er steckte die Sachen ein, die man ihm bei der Verhaftung abgenommen hatte, und folgte dem Sergeant nach oben.

Paolo wartete auf einer Holzbank, als Will in der Lobby der Polizeiwache auftauchte. Die Uhr an der Wand zeigte, dass es bereits nach sechs Uhr morgens war.

„Guten Morgen, Kumpel", sagte Will. „Du bist ein echter Freund, dass du auf mich wartest. Was hältst du von einem ausgiebigen Frühstück? Geht auf mich."

❦ 5 ❦

KAPITEL FÜNF

Hannah betrat die Räumlichkeiten von *Morton's Coffee Company*, ein paar beengte Räume in der Nähe der Docks, die von einer Reihe angrenzender Lagerhäuser in Schatten gehüllt wurden. Der Raum war der Bezeichnung *Büro* nicht würdig, mit seinen Stapeln unbezahlter Rechnungen, seinen ungeputzten Fenstern, den ungefegten Böden, Spinnweben und Mäusekot. Als sie hier anfing zu arbeiten, hatte Hannah einen Besen genommen, um sauberzumachen, doch dann hatte ihr Vater sie daran erinnert, dass sie die Tochter des Besitzers und keine gewöhnliche Arbeiterin war. Sie wollte etwas erwidern, doch dann sah sie, wie sich seine Augen verengten und er seine Lippen aufeinanderpresste, also murmelte sie eine Entschuldigung und stellte den Besen in die Ecke, wo er seitdem verstaubte.

Sie war erleichtert, als sie feststellte, dass ihr Vater an diesem Nachmittag nicht an seinem Schreibtisch saß. Charles Dawsons Wutausbrüche und seine schlechte Laune hielten in der Regel ein paar Tage an, und es war immer klug, einen großen Bogen um ihn zu machen, bis er schließlich in einen Zustand stiller Verdrossenheit zurückkehrte.

Hannah grüßte den Angestellten, Mr. Busby, hängte ihren Mantel auf, stopfte ihre Handschuhe in die Taschen und hängte ihren Hut an den Haken. Der Hut war ein abgenutzter Filzhut, der seine besten Zeiten längst hinter sich hatte. Da sie kein eigenes Geld hatte, abgesehen von einem geringen Taschengeld für das Nötigste, hatte sie keine Möglichkeit, ihn zu ersetzen. Ihr Vater glaubte, dass Kleidung nur dazu diente, den Träger vor den Elementen zu schützen, seine Bescheidenheit zu bewahren und diese auch zu zeigen. Wechselnde Modetrends waren in seinen Augen ein vom Teufel begünstigter Genuss. Das Tragen von längst überholten, abgetragenen Kleidungsstücken aus den jüngeren, wohlhabenden Tagen ihrer Mutter gab Hannah das Gefühl, altmodisch und unattraktiv zu sein. Das Geschick ihrer Schwester im Umgang mit der Nadel half ihr – Judith war in der Lage, Kleidungsstücke so zu ändern, dass man bemerkte, dass es 1938 und nicht 1918 war –, doch die Bündchen und der Saum von Hannahs Mantel waren fadenscheinig und ihre Schuhe waren an den Absätzen abgenutzt. Sie musste sich mit dem traurigen Gedanken trösten, dass sie ohnehin nirgendwo hingehen konnte, selbst wenn sie bessere Kleidung gehabt hätte.

Mr. Busby, der auf ihre Begrüßung nicht reagiert hatte, sah endlich auf, nickte ihr zu und schob einen Stapel Rechnungen über den gemeinsamen Schreibtisch, die sie in das Hauptbuch eintragen sollte. Er war ein Mann um die sechzig, sparsam in Wort und Ausdruck. Hannah war es gewohnt, das Büro schweigend zu teilen, nur unterbrochen vom lauten Ticken der Uhr an der Wand über ihrem Kopf, von Mr. Busbys nervösem Husten und ihrer gelegentlichen Bitte, seinen Bleistiftspitzer benutzen zu dürfen – ein Gegenstand, den er mit einer Grausamkeit hütete, die eher zur Sicherstellung eines wertvollen historischen Artefakts gepasst hätte.

Die Zeit zog sich immer hin. Die Arbeit war anspruchslos, stumpfsinnig und unbefriedigend. Sie betete, dass ihr Kollege nicht allzu bald in den Ruhestand treten würde, denn hier Tag für Tag als unbezahlter Vollzeit-Lakai ihres Vaters zu arbeiten, war ein schrecklicher Gedanke. Als sie es eines Tages gewagt hatte, ihren nicht vorhandenen Lohn infrage zu stellen, hatte Dawson einen so schrecklichen Wutanfall bekommen, dass es sie immer noch erschaudern ließ, wenn sie daran dachte. Das war auch das erste Mal gewesen, dass er sie geschlagen und eine große Strieme auf ihrer Wange hinterlassen hatte. Der Gesichtsausdruck ihrer Mutter, als sie den Bluterguss gesehen hatte, war ein wortloses Eingeständnis dafür gewesen, dass sie selbst lange Zeit Opfer der Gewalt ihres Mannes gewesen war. Hannah war sich nicht sicher, ob die Augen ihrer Mutter Solidarität oder Resignation signalisiert hatten. Auf jeden Fall wollte sie nicht, dass sich der Übergriff ihres Vaters wiederholte.

Manchmal, wenn sie am Ufer spazieren ging oder eine Pause während der mühsamen Addition von Zahlenreihen einlegte, stellte sie sich vor, wegzulaufen. Wäre das so schwer? Aus dem Haus zu gehen und nie wiederzukommen. Aber wohin sollte sie gehen? Wie sollte sie überleben ohne einen Penny in der Tasche? Und was wäre mit Judith und ihrer Mutter? Judith würde niemals zustimmen, mit ihr zu kommen. Und wie sollte ihre Mutter ohne Hannah, die kochte und putzte, zurechtkommen? Es war zu viel, von ihrer Mutter zu erwarten, dass sie sich jemals selbst um den Haushalt kümmern würde. Außerdem, wenn ihr Vater sie finden würde – und das würde er bestimmt –, wäre die Prügel, die er ihr verpassen würde, mehr, als sie sich vorstellen wollte. Stattdessen erlaubte sie sich zu träumen, sich auf eine Fantasiereise zu begeben, weit weg von Liverpool, weg von dem armseligen, schäbigen kleinen Haus, das sie bewohnten, weg von diesem heruntergekommenen Büro.

Sie kramte in der Tasche ihres Rocks, zog ein altes Foto

heraus und betrachtete es unter der Schreibtischkante. Wie wertvoll es war, zeigte die Art und Weise, wie sie es zwischen einem Stück gefalteter Pappe aufbewahrte, aber auch so war es bereits ziemlich abgegriffen und verblasst. Hannah hatte es eines Nachmittags, als ihre Mutter schlief, auf dem Dachboden von Trevelyan House gefunden. Es war nicht lange nach der letzten von Sarahs vielen Totgeburten gewesen, und ihr Kummer und ihre Verzweiflung hatten dazu geführt, dass Hannah und Judith unbeaufsichtigt blieben. Das Betreten des Dachbodens war für die dreizehnjährige Hannah verboten gewesen – doch wer sollte sie daran hindern? Als sie auf eine Truhe voller Bücher, eine Geige und eine Fotografie in einem silbernen Rahmen mit zerbrochenem Glas stieß, war die ferne Erinnerung an ihre geliebte Tante blitzartig zurückgekehrt, zusammen mit der Erinnerung an die Musik, die das Haus erfüllt hatte. Musik – etwas, das ihr Vater lange zuvor schon verboten hatte. Hannah hatte das Bild aus dem Rahmen genommen, es in ihrer Bluse versteckt und bewahrte es seither sicher bei sich auf. In jener Nacht, bevor das Licht schwand, hatte sie im Bett gelegen und das Porträt genau betrachtet. Tante Lizzie, die ältere Schwester ihrer Mutter, war täglich in ihrem Leben präsent gewesen, bis Hannah eines Morgens – mit fünf Jahren – aufgewacht war und festgestellt hatte, dass ihre Tante verschwunden war. Von da an führte jede Erwähnung von Tante Lizzies Namen zu einer Ohrfeige von einem der beiden Elternteile oder dazu, dass sie auf ihr Zimmer geschickt wurde – bis schließlich die Erinnerung an ihre Tante verblasste. Das Foto zu finden war wie das Bergen eines vergrabenen Schatzes, ein Geheimnis, das sie mit niemandem teilte, nicht einmal mit Judith, die zu jung war, um sich daran zu erinnern.

Im Büro war es kalt. In der Ecke stand ein alter Kohleofen, der, wenn er überhaupt angezündet wurde, Mr. Busby zugutekam, jedoch nur das Schlimmste von der Kälte abhielt, wenn seine schwache Wärme Hannahs Seite des Schreibtisches erreichte. Sie fröstelte und überlegte, ob sie ihren Mantel wieder anziehen sollte.

Hannah schaute durch das schmutzige Fenster auf das Treiben im Hafen und beobachtete die Männer, die die Schiffe be- und entluden, wie sie sich gegenseitig zuriefen und zweirädrige Karren mit Kisten oder Säcken schoben, um sie vom Schiff zum Lagerhaus zu bringen oder umgekehrt. Über den Köpfen drehten sich Ladebäume, Winden, Seile und Rollen, die Säcke und Ballen von den Decks zu den Docks beförderten. Manchmal versuchte sie zu erraten, worum es sich bei der Ladung handelte, bevor sie am Boden ankam – obwohl an diesem Dock hauptsächlich mit Getreide und Baumwolle aus Amerika gehandelt wurde.

Das Kaffeegeschäft erlebte gerade eine Art Flaute. Großbritannien war eine Nation von Teetrinkern, und der steigende Kaffeepreis bei gleichzeitig sinkenden Löhnen und hoher Arbeitslosigkeit während der großen Depression war für *Morton's* ein schwerer Schlag gewesen. Die Reserven an Bargeld des Unternehmens waren aufgebraucht, und die Bilanz sah düster aus.

„Mr. Busby?"

Der Beamte sah auf und war sichtlich irritiert.

„Hat mein Vater jemals versucht, mit anderen Gütern als Kaffee zu handeln?"

Busby schaute entsetzt drein. „Das hier ist *Morton's Coffee.* Das war es schon immer, seit Ihr Urgroßvater es gegründet hat."

„Aber wenn niemand die notwendigen Preise für Kaffee zahlen will, könnte mein Vater dann nicht mit etwas anderem experimentieren? Etwas, das *die* Leute tatsächlich kaufen *wollen.*"

Mr. Busby schnaubte. „Ich habe von solchen Dingen keine Ahnung. Es ist nicht meine Aufgabe, zu spekulieren. Ich addiere und subtrahiere nur die Zahlen und bereite die Rechnungen vor."

„Genau. Sie sehen also genauso gut wie ich, dass es so nicht weitergehen kann."

Ein weiteres Stirnrunzeln legte sich auf Busbys Stirn. „Lassen Sie Ihren Vater nicht hören, dass Sie solche Dinge sagen. Gott wird in seiner unendlichen Weisheit für alles sorgen. Wir befinden uns nur hier auf der Erde, um seinem Willen gerecht zu werden, und das bedeutet, dass wir Dinge, die uns nichts angehen, nicht infrage stellen."

Ihr Kollege wandte sich wieder seiner Arbeit zu, und Hannah kaute auf dem Ende ihres Bleistifts herum, während sie ihn musterte. Er war klein und dünn, mit einem Gesicht, das so schmal war wie das einer Ratte, hatte schütteres Haar, das mit reichlich Brillantine aussah, als wäre es auf seinem Kopf angeklebt. Der Kragen seiner Jacke war mit Schuppen bedeckt. Sie fragte sich, ob es eine Mrs. Busby gab, und wenn ja, ob sie wohl genauso mürrisch war wie ihr Mann. Es hatte keinen Sinn, persönliche Fragen zu stellen, weder dem Mann selbst noch ihrem Vater, also nahm sie die nächste Rechnung zur Hand. Wie alles – so sahen es die beiden zumindest – ging sie auch das nichts an.

Während sie arbeitete, machte sie sich weiter Gedanken über das Unternehmen. Da die Ausgaben von *Morton's* so niedrig waren – seit der Übernahme durch ihren Vater war nichts mehr für das Gebäude ausgegeben worden, und Mr. Busby hatte seit Jahren keine Gehaltserhöhung mehr bekommen –, war es schwer zu verstehen, warum sich *Morton's* in einer solchen Notlage befand. Auch wenn die Umsätze zurückgegangen waren, verkauften sie immer noch Kaffee – doch das war offenbar nicht der Rede wert. Bisher war es ihr nie in den Sinn gekommen, die Merkwürdigkeit der Situation zu hinterfragen, da sie immer die unbestreitbare Tatsache akzeptiert hatte, dass die Zeiten hart waren und der

Markt schwierig, aber als sie auf die Zahlenreihen starrte, fiel ihr auf, dass etwas nicht ganz stimmte.

Sie presste die Lippen zusammen und beschloss, Mr. Busby zu fragen. „Wissen Sie, warum die früheren Eigentümer beschlossen haben, *Morton's* an meinen Vater zu verkaufen?"

Mr. Busby sah verwundert aus. „Was ist denn heute in Sie gefahren, Miss Dawson?" Er blickte sich nervös um, als erwartete er, Charles Dawson könnte sich jeden Moment auf ihn stürzen. „Das geht Sie nun wirklich nichts an. Und mich auch nicht. Ich tue das, wofür ich bezahlt werde, und dann gehe ich nach Hause."

„Ja, aber Sie sind schon lange bei *Morton's*, nicht wahr?"

„Ich habe seit meinem Schulabschluss für Ihren Großvater gearbeitet." Er blickte an die Decke, als ob er versuchte, sich diese Zeit vorzustellen. „Damals, vor dem Krieg, war alles anders. Wir hatten viel größere Büros in der Lord Street und ein eigenes Lagerhaus am Queen's Dock. Ihr Vater und ich waren zwei von etwa vier Angestellten. *Morton's* hatte den Löwenanteil am Kaffee-Importgeschäft in Liverpool."

„Nachdem mein Großvater es verkauft hatte, ging es also bergab?"

„Es begann schon vorher. Ihre Großmutter starb, und es schien, als ob Mr. Morton seinen Geist und sein Interesse an dem Geschäft verlor. Als er nach Australien auswanderte, beauftragte er seine Anwälte mit dem Verkauf. Die Käufer verloren sehr schnell das Interesse, als sie merkten, dass es nicht mehr die Goldgrube war, die es einmal gewesen war. So konnte Ihr Vater das Geschäft schließlich fast zum Nulltarif übernehmen."

Das war alles neu für Hannah. Zu Hause wurde nie über das Geschäft gesprochen. Sie vermutete zum Teil, dass der Handel für ihren Vater eine hässliche Sache war, etwas Schmutziges und Ungöttliches. Er schien wenig Interesse am

Schicksal des Unternehmens zu zeigen und betrachtete es nur als eine Quelle persönlichen Status.

„Was denken Sie, warum er *Morton's* gekauft hat? Mein Vater scheint keine große Lust auf das Geschäft zu haben."

Busby hustete. Er nahm ein Taschentuch heraus und wischte sich die Stirn ab. „Ich befinde mich nicht in der Position, mich zu solchen Dingen zu äußern."

„Aber Mr. Busby, Sie sind schon so lange hier, Sie müssen mehr wissen als alle anderen. Sie müssen doch eine Theorie haben."

Einen Moment lang dachte sie, der Beamte würde rot werden. Er öffnete den Mund, um etwas zu erwidern, doch die Tür flog auf und Charles Dawson betrat den Raum. Busby senkte den Blick und machte mit seiner Arbeit weiter. Dawson warf den beiden einen kurzen Blick zu, bevor er in das innere Büro – einen abgetrennten Bereich des Raumes – ging und die Tür hinter sich zuschlug.

Hannah kehrte zu dem Stapel von Rechnungen zurück und arbeitete frustriert weiter, denn einen Moment lang hatte sie tatsächlich geglaubt, dass sie bei ihrer Befragung von Mr. Busby etwas erreichen würde.

❧ 6 ❧

KAPITEL SECHS

Will und Paolo genossen ein herzhaftes Frühstück mit gebratenem Speck und Eiern, das sie mit einer Tasse Tee hinunterspülten. Nach zwei Jahren auf See auf einem britischen Handelsschiff hatte Paolo Speck und Eier zu schätzen gelernt, hielt aber Tee immer noch für eine Exzentrik und stöhnte ständig, dass er sich nach einer anständigen Tasse echtem italienischem Kaffee sehne.

Nachdem er seinen letzten Bissen gegessen hatte, begann Paolo zu sprechen. „Ich habe Neuigkeiten, *caro amico*. Gestern Abend, bevor ich losging, um dich auf der Polizeiwache aufzusuchen, sprach ich mit einem Mann, der Erster Offizier auf einem italienischen Schiff, der *Il Montefeltro, ist, welches das Mittelmeer bereist*. Er sagte mir, dass sie morgen vom Queen's Dock ablegen werden und noch Besatzungsmitglieder brauchen. Das ist perfekt für mich. Ein Schiff aus meinem Heimatland. Warum kommst du nicht mit?" Er bewegte seine Hände in einer flehenden Geste.

Will grinste. „Das ist klasse, Kumpel. Genau das, was du

brauchst. Aber nicht für mich. Ich spreche deine Sprache nicht."

„Ich konnte kein *Inglese*, bevor ich zur See fuhr, aber ich lerne schnell. Du kannst auch *Italienisch lernen*. Ich bringe es dir bei." Paolo streckte seine Hände aus.

„Nein, mein Freund. Das würde bedeuten, zum Anfang zurückzukehren. Wenn ich auf See bleiben will, muss ich mich weiterentwickeln, nicht zurück. Und ich bin nicht so schlau wie du. Ich bin zu alt, um jetzt eine neue Sprache zu lernen. Ich werde schon genug damit zu tun haben, so viel zu lernen, dass ich meinen Matrosenschein bestehen kann." Er rollte mit den Augen. „Ich war noch nie ein Freund des Lernens. Die Schule des Lebens, so bin ich." Er machte eine Pause und fügte dann eilig hinzu: „Angenommen, ich versuche es mit der Prüfung, was ich noch nicht einmal sicher weiß."

„Du bist ein guter Seemann und hast mir viel beigebracht. Du musst tun, was der alte Mann sagt, und lernen. Er hat recht, du könntest eines Tages *il Capitano* sein."

Will schenkte ihm ein schwaches Lächeln. Warum war er immer noch so unsicher? Was war die Alternative? Selbst wenn er die See zurücklassen und nach Amerika gehen würde, bräuchte er Geld, und die beste Möglichkeit, mehr davon zu bekommen, war, in seinem Job voranzukommen. Momentan war die Bezahlung miserabel, doch eine Position als Bootsmann und schließlich als Matrose wäre eine Verbesserung, wenn auch nur eine kleine. Besser als gar nichts. „Der Skipper nannte mir den Namen eines Mannes, der vielleicht eine Crew sucht. Er sagte, ich könnte etwas mehr Erfahrung mit einer anderen Linie sammeln und dann vielleicht den Job des Bootsmanns übernehmen, wenn die *Christina* wieder in See sticht. Wie sagt ihr Italiener – besser die Suppe essen, als aus dem Fenster zu springen? Vielleicht probiere ich die Suppe also aus."

„*Bravo!* Das ist ein guter Plan. Arme dürfen nicht wählerisch sein." Er grinste Will an. „*Ma mi mancherai moltissimo.* Ja, ich werde dich sehr vermissen, mein Freund."

Nachdem er sich von Paolo verabschiedet und sie sich gegenseitig geschworen hatten, dass sie sich eines Tages wiedersehen würden, machte sich Will auf den Weg zu den Büros der Coastal Line in der Nähe des Nelson Dock. Er war es Kapitän Palmer schuldig, mit seiner Empfehlung zu beginnen – und zumindest würde er bei Kurzstreckenfahrten nach Irland stets zur Stelle sein, um wieder auf der *Christina* anzuheuern, sobald sie wieder bereit wäre zu segeln.

Er versuchte, die Gedanken an Paolo Tornabene aus seinem Kopf zu verdrängen. Der Italiener war der einzige Mann – der einzige Mensch – gewesen, den er überhaupt in seine Nähe gelassen hatte. Paolos sonniges Gemüt, sein freches Grinsen und seine Lernbegierde hatten etwas an sich, das Will unter die Haut gegangen war. Im Gegensatz zu den meisten Besatzungsmitgliedern, die er in den elf Jahren auf See kennengelernt hatte, war Paolo ein ruhiger Typ, der gerne in geselligem Schweigen zusammensaß und wusste, wann er sich zurückhalten musste und nicht neugierig sein sollte – sodass Will begonnen hatte, sich ihm auf eine Weise anzuvertrauen, wie er es bei niemandem sonst getan hatte. Vielleicht war es die Tatsache, dass sie so unterschiedlich waren – Sprache und Kultur, familiärer Hintergrund, alles rund um ihre Lebensumstände. Und doch war Paolo in vielerlei Hinsicht so, wie Will als junger Mann gewesen war: naiv, eifrig, hungrig aufs Leben. Aber am meisten hatte Will die Art und Weise gerührt, wie der junge Italiener alles riskiert hatte, um ihn in Sansibar sicher zurück an Bord zu bringen und so dafür zu sorgen, dass Will die Schmach einer Rückkehr zum Heimathafen über das Konsulat und das nächste vorbeifahrende Schiff erspart blieb. Paolo hatte einen hohen Preis für seine Freundlichkeit bezahlt, und Will würde seinem

Freund immer zu Dank verpflichtet sein. Er hoffte, dass er eines Tages einen Weg finden würde, diese Schuld zu begleichen.

Als Will in den Büros der Coastal Line vorsprach, wurde jeder Gedanke, dass eine Stelle auf einem kleinen irischen Frachtschiff eine Beförderung zum Bootsmann bedeuten könnte, schnell zerschlagen. Obwohl die Arbeitslosigkeit seit dem Höhepunkt der großen Depression zurückgegangen war, konnten sich die Reedereien immer noch die verfügbaren Arbeitskräfte aussuchen, und Will hatte die Wahl, sich mit einer Stelle als einfacher Schiffsjunge zufriedenzugeben oder weiterzusuchen. Immerhin war man sich einig, dass er als Gelegenheitsarbeiter arbeiten und sich abmelden konnte, sobald die *Christina* startklar war. Er beschloss, „die Suppe auszulöffeln", wie Paolo es ausgedrückt hatte.

Er hatte noch zwei Tage Zeit, bevor er auf sein neues Schiff, die *Arklow*, gehen müsste, die gerade *en route* von Dublin war und in dieser Nacht anlegen sollte. Also schulterte er seinen Seesack und machte sich auf den Weg zur Seemannsherberge in der Canning Street. Aus früherer Erfahrung wusste er, dass man hier für ein paar Schilling ein Bett für die Nacht mit Frühstück bekommen konnte.

Es handelte sich um ein prächtiges Gebäude mit Zwillingstürmen und zwei beeindruckenden schmiedeeisernen Toren, die jeden Abend um zehn Uhr im Rahmen einer strengen Ausgangssperre verschlossen wurden. Diese schweren Tore waren irgendwann eingestürzt und hatten eine alte Dame und einige Jahre später einen Polizisten erschlagen. Es hieß, dass nun beide an diesem Ort spuken würden. Will glaubte nicht an Geister, doch er schritt immer schnell durch das Portal und warf einen nervösen Blick nach oben, um sich zu vergewissern, dass das Bauwerk nicht über ihm einstürzen würde.

Im Erdgeschoss der Einrichtung befand sich der „Pool", wo die Seeleute ihr nächstes Schiff suchten. An einer Reihe von Schaltern arbeiteten Angestellte, die ihre Macht ausübten, um über das Leben der Männer zu entscheiden, indem sie ihnen eine passende Arbeit verschafften, sie zu monatelangem Elend auf einem schlechten Schiff verurteilten oder sie abwiesen, ohne überhaupt eine Arbeit gefunden zu haben. Will stand Schlange, nur für den Fall, dass er etwas Besseres als den Irland-Job finden würde, aber die einzigen anderen Optionen waren ein Trampschiff mit Kurs auf den Polarkreis oder ein Platz auf einer der Mersey-Fähren. Er beschloss, dankbar zu sein, dass er einen Job bekommen hatte, der ihn beschäftigen würde, bis die *Christina* auslaufen konnte. Der Arktis-Tramp hätte bedeutet, dass er einen Vertrag für das nächste Jahr oder länger unterschrieben hätte – und da er den für Jobs an Deck zuständigen Mitarbeiter nicht kannte, hätte er bei allen anderen verfügbaren Anstellungen ganz unten in der Rangordnung gestanden.

Wills Unterkunft hier in der Seemannsherberge war einfach, aber nicht schlechter als das, was er von seinem Schiff gewohnt war. Die Zellen-ähnlichen Räume befanden sich zwar auf dem Festland, wurden aber als Kabinen bezeichnet. Sie waren mit Holz verkleidet, in einem hässlichen grün gestrichen und enthielten nur ein einfaches Eisenbett und eine Kommode, die wie das Äquivalent an Bord als Spind bezeichnet wurde, auch wenn es keinen Schlüssel dafür gab. Die Männer teilten sich eine Gemeinschaftstoilette und einen Waschraum. Der Ort erinnerte an ein viktorianisches Gefängnis – mit Galerien, die einen offenen zentralen Raum umgaben, jedoch feiner als die eines Gefängnisses, mit aufwändigen schmiedeeisernen Balustraden, auf denen Meerjungfrauen und Meerestiere abgebildet waren. Blind für die kunstvollen Schnitzereien, brauchte Will nur ein Bett und etwas zu essen. Und es war billig. *Bettler dürfen nicht wählerisch sein*, sagte er zu sich selbst und erinnerte sich dann daran, dass Paolo an diesem Morgen das Gleiche gesagt, sich aber falsch ausgedrückt hatte. Er würde ihn vermissen.

Will hatte keine Wurzeln – er war kaum mehr als ein Wanderer. Niemand wartete auf ihn, wenn er von einer langen Reise nach Hause kam. Es gab überhaupt kein Zuhause für ihn, keine Familie, keine Frau, die ihn mit einer anständigen Mahlzeit und einem warmen und einladenden Bett empfing.

Er verstaute seine wenigen Habseligkeiten im Spind, legte sich aufs Bett und starrte auf die Risse in der Decke, die fleckig war vom Tabakrauch. Es war den Bewohnern nicht gestattet, den ganzen Tag in ihren Zimmern herumzuliegen. So wie es eine nächtliche Ausgangssperre gab, mussten die Kabinen tagsüber unbesetzt sein, also schwang er sich aus dem Bett, ging wieder nach unten und verließ das Gebäude.

Nachdem er sich so gut wie möglich eingerichtet hatte, machte Will einen Spaziergang durch die Stadt und genoss das Gefühl festen Bodens unter seinen Füßen. Es würde lange dauern, bis er das unfreiwillige Schwanken, das alle Seemänner hatten, wenn sie an Land waren – es rührte von der ständigen Anpassung an den Wellengang des Meeres her – verlieren würde.

Liverpool war wie immer voller Menschen, das Quietschen und Klingeln der Straßenbahnen, das Hupen der Autos und Busse und das Brummen der Menschen, die ihren Geschäften nachging. Es war ein grauer, trister Tag, und er vermisste den Glanz der afrikanischen Sonne. Da fragte er sich, was Rafqa jetzt wohl tat, schob den Gedanken jedoch beiseite. Als er durch die überfüllten Straßen schlenderte, vorbei an den grandiosen, rußgeschwärzten viktorianischen Gebäuden, war die Erinnerung an Sansibar ein ferner Traum, eine andere Welt, eine unvorstellbar lebendige Palette explosiver Farben im Gegensatz zur Eintönigkeit dieser kohlefarbenen Straßen und des gleichfarbigen Himmels.

Zum ersten Mal, seit er vor mehr als zehn Jahren seine Heimat Australien verlassen hatte, gab Will zu, dass er einsam war. Es war nicht so, dass er ein Bedürfnis nach Gesellschaft, Konversation, Geselligkeit hatte. Nein, es war ein tieferes, dunkleres Nagen in ihm, eine Art Verzweiflung. War das alles? Alles, was die Welt für ihn zu bieten hatte? Die Zukunft erstreckte sich vor ihm, und wie sie aussah, gefiel ihm nicht – eine lange leere Straße ins Nirgendwo, gesäumt von einer Reihe von Schiffen und Häfen, unendlich weite, leerer Ozeane und ein endloser Himmel. Was war der Sinn von all dem?

Aus einem Impuls heraus ging er in eine Kneipe und bestellte ein Bier. Doch das Trinken trug nicht dazu bei, seine Stimmung zu verbessern. Schnell leerte er es, und bestellte ein weiteres, während er in die dunkle Flüssigkeit starrte und ihm die ganze Zeit die Worte „Ist das alles?", durch den Kopf gingen.

Drüben an der Bar diskutierten zwei Männer. Sie waren die einzigen weiteren Personen in dem Lokal, wobei einer von ihnen der Barmann war, der offensichtlich angeregt mit dem anderen Gast über Hitlers Übernahme Österreichs – oder *„der Anschluss"*, wie die Zeitungen es jetzt nannten – sprach.

„Es steht außer Frage, Ron", sagte der Barmann. „Auf die eine oder andere Weise werden wir bald wieder Krieg gegen diese Bastarde führen. Ich bin froh, dass ich beim letzten Mal zu jung war, und mit etwas Glück bin ich dieses Mal zu alt – und dann ist da noch mein schlimmes Bein."

„Ich bin natürlich selbst zu alt. Beim letzten Mal habe ich meinen Teil dazu beigetragen. Aber *dich* würden die nicht mal mit der Kneifzange anfassen. So verzweifelt könnten sie nie sein."

„Sei nicht so frech, alter Mann. Eines ist sicher: Diesmal werden wir uns nicht in den Schützengräben aufstellen und uns gegenseitig die Scheiße aus dem Leib ballern. Ich habe im *Echo gelesen*, dass künftige Kriege hauptsächlich aus der Luft geführt werden. Der kleine Piefke mit dem albernen Schnauzbart wird bekommen, was er verdient, sobald wir eine große, fette Bombe auf ihn abwerfen. Wir werden ihn, seinen verdammten Reichstag und seine im Gänsemarsch watschelnden Idioten in die Luft jagen. Die werden nicht wissen, wie ihnen geschieht!"

Der alte Mann prustete daraufhin los, und das Lachen ging in einen Hustenanfall über. Er streckte dem Barkeeper sein leeres Glas entgegen. „Noch einmal nachfüllen, wenn möglich, mein Freund. Glaube mir, es braucht mehr als eine Bombe, um diesen Teufel aufzuhalten. Bei der Geschwindigkeit, mit der er seine Armeen aufbaut, besitzt er vermutlich schon verdammt viel mehr Bomben als wir."

Der Barmann schüttelte den Kopf, als er das Bier zapfte. „Hat man uns nicht gesagt, dass es nie wieder einen Krieg geben würde, und jetzt, noch keine zwanzig Jahre später, sprechen wir schon wieder darüber, dass die Möglichkeit besteht."

„Ich habe vier Söhne unter fünfundzwanzig, und ich möchte sie nicht in Uniform sehen."

„Ob in Uniform oder nicht, wenn sie Bomben abwerfen, werden wir alle davon betroffen sein. Auch Frauen und Kinder."

„Ach was! Das würden sie nicht tun. Einen Krieg auf dem Rücken der Zivilisten austragen."

„Das sagst du. Letztes Mal haben sie Bomben von diesen Zeppelinen abgeworfen. Ich wette, sie würden nicht zögern. Man kann den Hunnen nicht trauen."

Will konnte nicht umhin, zuzuhören. Sie unterhielten sich laut, der Pub war ansonsten leer und es gab nichts, was ihn ablenken konnte. Die ganze Welt schien über die Bedrohung durch Adolf Hitler besser informiert zu sein als er selbst, und alle schienen zu glauben, dass es einen Krieg geben würde. Ein Teil von ihm wünschte sich, es würde so kommen. Das würde zumindest bedeuten, dass er etwas ändern müsste. Und der Krieg brachte auch die Möglichkeit mit sich, dass generell alles ein Ende haben würde. Dann würde er zumindest auch diese schreckliche, leere Sinnlosigkeit hinter sich lassen.

Zwanzig Minuten später sprach der alte Mann immer noch von der Möglichkeit eines Krieges. Will beschloss, dass er genug hatte. Er trank das letzte Bier aus und verließ die Bar.

Es war noch zu früh, um zur Seemannsherberge zurückzukehren, also ging er in Richtung Ufer und wanderte weiter, bis er die Küste von Seaforth erreichte. Die Hände in den Hosentaschen, den Kragen hochgeschlagen und die Wollmütze weit über die Ohren gezogen, ging er zwischen dem Meer und den Dünen im Sand entlang. Er war bestimmt eine Stunde gelaufen, bevor er umdrehte und den Weg zurückging, den er gekommen war. Die Dämmerung war bereits hereingebrochen. Er legte sich auf den Hang einer der Dünen und döste, von einer plötzlichen Müdigkeit übermannt, ein. Als er ruckartig wach wurde, bemerkte er, dass es bereits dunkel war. Er starrte hinauf in den schwarzen Himmel. Es war eine klare Nacht, also betrachtete er die Sterne und versuchte, die verschiedenen Konstellationen zu erkennen.

Eine bildhafte Erinnerung an die erste Begegnung mit seiner neuen Stiefmutter Elizabeth durchströmte ihn. Er hatte sie in Wilton's Creek getroffen, als sie versucht hatte, ein Feuer im Freien anzuzünden, ohne an das damit einhergehende Risiko zu denken. Will hatte sie angeschrien, das Feuer mit dem Fuß ausgetreten und dann zu seinem Erstaunen festgestellt, dass diese junge Engländerin die neue Frau seines Vaters war. Sie war ebenso erstaunt gewesen, festzustellen, dass ihr Mann einen Sohn im Teenageralter hatte. Jack Kidd war nie besonders gesprächig gewesen. Will musste lächeln, als er sich an jenen Abend erinnerte: als er ihr gezeigt hatte, wie man ein sicheres Feuer macht, wie sie Kartoffeln und den Fisch, den er gefangen hatte, gebraten hatte, wie sie danach geredet und gemeinsam die Sterne beobachtet hatten und er sie Lizbeth genannt hatte. Sie war überrascht gewesen, dass der südliche Himmel anders aussah als der nördliche, den sie aus England kannte. Er war sofort hoffnungslos verliebt gewesen und hatte sie mit einer erbärmlichen, hoffnungslosen Leidenschaft geliebt, die sie nicht bemerkt hatte. Als er jetzt hier im Sand lag, spürte Will immer noch den Schmerz der Scham und der Verlegenheit, den er empfunden hatte, als er ihr endlich seine Gefühle gestanden hatte, während Lizbeth ihn mit einer Freundlichkeit abgewiesen hatte, die ihn bis ins Mark erschüttert hatte. Er würde nie ihre Worte oder ihren Gesichtsausdruck vergessen, als sie ihm gestanden hatte, dass sie seinen Freund Michael Winterbourne liebte.

„Im Moment, Will, glaubst du, dass du mich liebst, aber ich verspreche dir, es ist nur eine Schwärmerei."

Nur eine Schwärmerei! Hier lag er nun, mehr als zehn Jahre später, und seine Gefühle waren noch genauso stark. Seine Liebe zu ihr hatte sein Leben geprägt und die Wahrscheinlichkeit, dass er jemals eine andere lieben könnte, zunichtegemacht.

Sie hatte ihm gesagt: „Deine Zeit wird kommen." Ihr Gesicht war voller Traurigkeit und Mitleid gewesen und er hatte es nicht länger ertragen können. Das war der Moment, in dem er beschlossen hatte, zur See zu fahren.

Er hatte Lizbeth an jenem Tag mitgeteilt, dass er sich die Sterne am nördlichen Himmel ansehen wollte, von denen sie ihm erzählt hatte. Jetzt, als er so nach oben sah und sie studierte, wurden seine Augen feucht. Er wischte die aufkommenden Tränen weg, richtete sich auf und erhob sich. Die Hände tief in die Taschen vergraben und den Blick auf die

Lichter der Stadt gerichtet, ging er zügig zurück zu den Docks in Liverpool.

Als er sich der Seemannsherberge näherte, stieß er auf eine große Gruppe von Schiffskollegen, darunter viele der Jungs von der *Christina*.

„Komm mit, Kiddo!", rief ihm einer von ihnen zu. „Heute Abend findet im Atlantic House eine Tanzveranstaltung statt."

„Mir ist heute nicht nach Geselligkeit zumute."

„Ach komm schon, Kumpel. Du wirst dich viel besser fühlen, wenn du erst mal ein Mädchen auf der Tanzfläche herumgewirbelt hast. Das sind alles nette Mädchen. Keine Flittchen." Der Sprecher war der zweite Maat. „Ein gutaussehender Kerl wie du sollte sich eine Frau suchen, mit der er sich niederlassen kann, jemanden, zu dem er nach einer langen Reise nach Hause zurückkehrt."

„Ach? So wie du, Fred?" Der zweite Maat war unverheiratet.

„Warum glaubst du, dass ich mitkomme? Die Hoffnung stirbt zuletzt!"

„Sie müssten schon blind sein, um dich auszuwählen", sagte einer aus der Mannschaft und erntete großes Gelächter, was Fred überhaupt nicht zu stören schien.

Vielleicht war es das, was Will brauchte – ein bisschen sinnloses Geplänkel unter Männern, die er kannte, ein paar Tänze mit einem hübschen Mädchen oder zwei, dann zurück in die Seemannsherberge, um sich auszuschlafen. Genug der Selbstbeobachtung, genug der Verzweiflung. Die Vorstellung von Musik, Gelächter und einem hübschen, strahlend lächelnden Mädchen in seinen Armen begann, attraktiv zu klingen. „In Ordnung, Jungs. Lasst uns gehen!"

Der Matrosenclub, das Atlantic House, war ein Zufluchtsort für die Besatzung im Hafen. Der von einem katholischen Priester geführte Club stand Seeleuten aller

Glaubensrichtungen, Rassen und Nationalitäten offen. Das Bier war billiger als in den Kneipen, und die regelmäßigen Tanzabende wurden gerne von jungen Frauen besucht, die einen Teil ihrer Freizeit mit einsamen Seemännern verbringen wollten. Die Mädchen wurden von Pater O'Driscoll überprüft und durften sich nicht mit den Männern treffen. Trotz dieser Beschränkungen entstanden aus den Begegnungen im Atlantic House viele Liebesbeziehungen, und viele Seemänner gingen in der Hoffnung hin, eine zukünftige Frau oder Freundin zu finden. Ob dies nun geschah oder nicht, es gab schlimmere Möglichkeiten, einen Abend im Hafen zu verbringen.

Die erste Stunde lang lehnte Will nur an der Bar und beobachtete das rege Treiben. Die Band war ziemlich gut und die Tanzfläche war voll. Ein Grund, warum es für die Seemänner besonders attraktiv war, war die Tatsache, dass die jungen Frauen alle anwesend waren, weil sie es für ihre christliche Pflicht hielten und daher selten eine Einladung zu Tanz ablehnten. Fred hatte ein rotes Gesicht und war glücklich, nachdem er mit einer nach der anderen getanzt hatte, und genoss nun seinen dritten Tanz mit demselben Mädchen – eine unscheinbare Person mit großzügigen Proportionen und funkelnden Augen.

„Sieht aus, als hätte der zweite Maat heute Abend sein Glück gefunden. Das Mädchen klebt an ihm wie eine Klette", sagte einer der Matrosen.

„Zumindest lassen sie nichts anbrennen", sagte einer der Heizer.

„Sie sieht gar nicht schlecht aus. Mal abwarten." Will gab dem Mann einen sanften Schubs.

„Na dann los, Kiddo. Unterbrich die beiden und fordere sie zum Tanz auf. Rette das arme Mädchen."

Will schüttelte den Kopf.

Trotz der Menschenmassen, des billigen Bieres, der

hübschen Mädchen und der lebhaften Tanzmusik blieb seine Stimmung düster. Es war kein Selbstmitleid. Stattdessen fühlte er sich, als wäre er in einem Vakuum gefangen, gefühllos und abgeschlossen von der Welt. Die Vergangenheit war ein Ort, an den er nicht denken wollte – sein blutrünstiger Bruder, die Hinrichtung seines Vaters, der Selbstmord seiner Schwester. Er wollte sich diesen Dingen nicht stellen. Vor allem aber wollte er nicht an Lizbeth denken.

Die Zukunft erstreckte sich vor ihm, weit und leer. Er fühlte nichts, konnte sich nicht vorstellen, jemals wieder etwas zu fühlen. Selbst Angst wäre ihm willkommen gewesen. Vielleicht würde er sie spüren, wenn es einen Krieg gäbe, und im Moment dachte er, dass er sie freudig in die Arme schließen würde – alles, was dieses Gefühl der Passivität, des Nichts beseitigen könnte, wäre ihm recht. Wie würde es sein? Wenn sich die Angst an seine Eingeweide klammerte? Vor Jahren, als er in der Kohlemine seines Vaters unter Tage hatte arbeiten müssen, hatte er sich zu Tode gefürchtet, es hatte ihm den Schweiß ins Gesicht getrieben und seinen Magen aufgewühlt. Er hatte es gehasst, zumindest hatte er etwas gefühlt. Besser als dieses hohle Vakuum. Er blickte durch den Raum und sah ein Mädchen allein dasitzen. Kurzerhand beschloss er, sie zum Tanz aufzufordern. Vielleicht würde die Musik seine Melancholie wegspülen – und die Wärme ihres Körpers an seinem könnte ihm wieder etwas Leben einhauchen.

Er nahm einen weiteren Schluck Bier, stellte seinen leeren Krug auf den Tresen und nickte einem der Besatzungsmitglieder, mit denen er trank – einem Nigerianer – zu. „Die nächste Runde geht auf dich, Abuchi." Dann ging er über die Tanzfläche, auf die junge Frau zu. Sie war eine sommersprossige Rothaarige mit blauen Augen. Nichts Besonderes, aber hübsch genug.

„Willst du tanzen?", fragte er.

Das Mädchen schenkte ihm ein Lächeln, schaute sich einen Moment lang unsicher um und sagte dann: „Den nächsten Tanz habe ich jemand anderem versprochen. Er ist weggegangen, um Zigaretten zu kaufen, und noch nicht zurückgekehrt." Sie sah zu ihm auf und grinste. „Ja. Warum nicht? Danke."

Will begleitete sie auf die Tanzfläche, als der Moderator die nächste Nummer ankündigte – ein Stück namens Harbour Lights – und die Band loslegte. Sie war eine gute Tänzerin, bewegte sich natürlich und ließ sich von ihm führen. Er ließ sich auf den Tanz ein und bemerkte, dass er sich in diesem Moment tatsächlich amüsierte. Er schaute auf ihren Kopf hinunter und fragte sie nach ihrem Namen.

„Peggy. Deiner?"

Er verriet ihr seinen Namen, und sie tanzten weiter, eine Nummer ging in die andere über, während sie über den Tanzboden wirbelten. Verloren im Takt ließ er zu, dass sich sein Kopf von allem anderen befreite, außer von der Musik, dem Gefühl des Mädchens an ihm und dem herben Duft des Parfums, das sie trug. Dann spürte er, wie eine Hand ihn an der Schulter packte, und bevor er begriff, was geschah, wurde er herumgewirbelt und von Peggy getrennt. Als ihn ein Schlag mitten auf der Brust traf, blieb ihm die Luft weg. Er flog quer über die Tanzfläche, rammte einige Paare, bis er schließlich auf dem Hintern – mit dem Rücken an einem Tisch – landete und ein klebriges Rinnsal verschütteten Bieres seinen Nacken hinunterlief.

Eine vertraute Stimme ertönte. „Du verdammter Bastard, Kidd. Deinetwegen wurde ich verhaftet. Du hast mich meinen Job gekostet. Jetzt versuchst du, mir mein Mädchen zu stehlen."

Cassidys Augen waren zusammengekniffen, voller Hass, seine Worte kamen wie Pistolenschüsse heraus, seine Wut strahlte wie Hitze von ihm ab. Er roch stark nach Alkohol.

Mehrere Matrosen, darunter auch der zweite Maat, stürmten auf ihn los, um ihn zurückzuhalten, als er erneut versuchte, sich auf Will zu stürzen.

Will rappelte sich auf, während Cassidy gegen die Männer ankämpfte, die ihn festhielten.

„Nehmt eure Hände von mir, ihr englischen Bastarde. Lasst mich diesen Wichser umbringen." Cassidys Gesicht war rot und er spuckte in Wills Richtung.

„Was, um Himmels willen, ist hier los?" Pater O'Driscoll mischte sich in den Streit ein. „Hört auf, solche schändlichen Wörter zu gebrauchen."

Das rothaarige Mädchen hatte zu weinen begonnen, ihre Augen huschten zwischen Cassidy und Will hin und her. „Ich habe doch nur mit ihm getanzt. Ich habe nichts Falsches getan, Vater."

„Nein, Peggy, du hast überhaupt nichts falsch gemacht. Setz dich in mein Büro, ich lasse dir ein Glas warme Milch bringen und dich nach Hause begleiten." Das Mädchen wurde von einer der anderen Frauen hinausgeleitet.

„Wer wird mir jetzt sagen, was mit euch beiden los ist?"

Will begann zu antworten, doch Cassidy unterbrach ihn. „Dieser Mann hat mich meinen Job gekostet. Ich habe die letzte Nacht wegen diesem verlogenen Mistkerl in einer Gefängniszelle verbracht."

„Ist das wahr?" Der Priester wandte sich an Will.

„Wir waren auf demselben Schiff, Vater. Gestern Abend hat er mich in einer Kneipe angegriffen und wir landeten beide auf der Polizeiwache. Heute Morgen haben sie mich freigelassen und mir gesagt, dass sie ihn festhalten, um Anklage zu erheben."

Cassidy fluchte wie ein Gottloser.

Der Priester kam auf ihn zu. „Zügle deine Zunge, junger Mann, bevor ich dir nachhelfe und die Polizei rufe. Du wirst im Handumdrehen wieder in dieser Zelle sitzen." Er sah sich um. „Ist jemand hier, der etwas davon bestätigen kann, was die beiden Kerle sagen?"

Inzwischen hatten sich alle anwesenden Männer, die von der *Christina* waren, versammelt.

Abuchi trat vor. „Der Bootsmann hat es auf Kidd abgesehen, seit ich an Bord gekommen bin."

„Er hatte es auf ihn abgesehen, seit Kidd auf dem Schiff angeheuert hat. Seit achtzehn Monaten. Man sollte meinen, dass die beiden Australier zusammenhalten", sagte ein anderer Matrose.

Der Heizer fügte hinzu: „Ich war gestern Abend im Brown Jug und Kidd trank in aller Ruhe mit einem der anderen Crewmitglieder, als der Bootsmann hineinkam und ihm eine reingehauen hat. Genau wie jetzt."

Als mehrere Männer gleichzeitig sprachen, hob der Priester die Hände. „Einer nach dem anderen. Wer ist der ranghöchste Mann hier? Sind irgendwelche Offiziere anwesend?"

Fred trat vor. „Ich, Vater. Ich bin der zweite Maat auf dem Schiff, mit dem diese Jungs hier gekommen sind. Was sie sagen, stimmt." Er wandte sich an den Bootsmann. „Ich weiß nicht, was in dich gefahren ist, Cassidy, Mann. Kidd hat dir nichts getan."

„Er hat dem Kapitän gesagt, dass ich den Tod des Schwarzen verursacht habe. Das hat mich mein Ticket gekostet." Cassidys Gesicht war rot angelaufen und die Sehnen in seinem Nacken traten hervor. Während er sprach, sprühte er einen Nieselregen an Spucke in die Luft. „Jetzt bin ich auf Kaution frei und stehe nächste Woche vor Gericht. Der verdammte Bastard hat mich ruiniert. Ich werde ihn umbringen." Er warf sich nach vorne, seine Augen weiteten sich, doch die Besatzungsmitglieder hielten ihn zurück.

„Für mich klingt es eher so, als solltest du dir gut überlegen, was du sagst", entgegnete der Priester. „Wenn du nicht noch eine Nacht in der Zelle verbringen willst, solltest du dich besser beruhigen. Wo übernachtest du heute?"

„Was geht Sie das an?"

Der Priester machte einen Schritt auf ihn zu, immun gegen Einschüchterung. „Ich möchte sicher sein, dass du ein Dach über dem Kopf hast, denn wenn nicht, bin ich sicher, dass die besten Männer seiner Majestät dir heute Nacht eine Zelle anbieten können. Würde dir das gefallen, Bürschchen?"

Cassidy holte tief Luft und schien sich ein wenig zu beruhigen. „Ich übernachte bei meinem Schwager in Everton. Direkt an der Scotland Road."

Der Priester sah die Gruppe von Männern an. „Ist jemand bereit, diesen Mann nach Hause in die Obhut seiner Familie zu begleiten?"

Zwei der Besatzungsmitglieder traten vor.

„Also, den direkten Weg", sagte Pater O'Driscoll, „Ohne unterwegs einen Abstecher in eine Kneipe zu machen. Für mich sieht es so aus, als hätte er für heute schon mehr als genug getrunken."

Nachdem sie gegangen waren, klatschte der Pfarrer in die Hände und rief der Band etwas zu. „Lasst uns mit dem Abendprogramm weitermachen, Jungs und Mädels. Und keinen Unfug mehr." Er legte eine Hand auf Wills Arm. „Nimm's leicht, junger Freund. Geht es dir gut?"

Will nickte.

„Gut. Dann ist ja nichts passiert. Vergiss es und amüsiere dich. Hier gibt es viele nette Mädchen, mit denen du tanzen kannst."

Doch Will hatte genug. Er hatte keine Lust mehr zu tanzen, und nachdem er das Bier ausgetrunken hatte, das Abuchi für ihn geholt hatte, machte er sich auf den Weg nach draußen und ging langsam durch die Straßen zurück zur Seemannsherberge.

‚❧ 7 ❧

KAPITEL SIEBEN

Traurig wachte Will am nächsten Morgen in der Seemannsherberge auf. Es war sein letzter Tag in Freiheit, bevor er sich der Besatzung der *Arklow* anschließen würde. Die Begegnung mit Jake Cassidy, das Ausmaß der Böswilligkeit dieses Mannes, hatte ihn beschäftigt, und fast die ganze Nacht wachgehalten. Hatte er sich dem Bootsmann gegenüber unfair verhalten? War er wirklich schuld, dass er einen Job nicht bekommen hatte?

Ein paar Minuten lang zweifelte Will an sich selbst, dann erinnerte er sich daran, dass der Lascar Ashok sein Leben auf sinnlose und grausame Weise verloren hatte. Und es gab keinen Zweifel an Cassidys Gewaltbereitschaft. Zwei Übergriffe in ebenso vielen Tagen zeigten, dass der Mann eine irrationale Wut in sich trug. Will war immer noch ratlos, warum sein australischer Landsmann ihn so abgöttisch hasste.

Statt seinen letzten freien Tag zu genießen, war Will unruhig und besorgt, bald wieder auf See zu sein. Er wollte Cassidy nicht wieder begegnen und hatte das Gefühl, dass der Bootsmann die Sache nicht auf sich beruhen lassen würde. Dieser letzte Tag der Freiheit war eine Enttäuschung – es gab nichts, das er gerne tun wollte, niemanden, den er in Liverpool kannte. Wieder überkam ihn das leere Gefühl, das er bereits am Vortag erlebt hatte.

Nachdem er im Laden, der sich direkt in seiner Unterkunft befand, ein paar Dinge für das neue Schiff eingekauft hatte, ging er in den Gemeinschaftsraum, wo er sich mit einer Zeitung niederließ und die Nachrichten studierte. Es gab noch mehr Berichte über die wachsende Bedrohung durch Hitler, die sich mit anderen Kolumnen deckten, in denen erklärt wurde, dass die Möglichkeit eines zukünftigen Krieges mit Deutschland um jeden Preis vermieden werden müsse. Er blätterte auf die hinteren Seiten und überflog den Sportteil. Immer noch unruhig beschloss er, ins Kino zu gehen. Im Dunkeln eines Lichtspielhauses sitzend, wäre es in Ordnung, einzudösen, und es wäre zumindest wärmer, als durch die Straßen zu laufen.

Im ersten Kino, das er aufsuchte, lief ein Film über ein Schiff der Royal Navy, das in Südamerika in einen Putsch verwickelt wurde. Das würde sich für ihn zu realistisch anfühlen. Er ging also weiter und erreichte ein anderes, größeres Kino. Hier wurde *Jung und Unschuldig* gezeigt, ein Thriller von Alfred Hitchcock. Will hatte ein paar Jahre zuvor *Die 39 Stufen* von demselben Regisseur gut gefallen, also bezahlte er seinen Schilling und ging hinein. Der Film erwies sich als gute Wahl, und er verlor sich in der Geschichte von unfähigen Polizisten, die den falschen Mann für den Mord an einem Filmstar jagten. Unweigerlich wurde dem Flüchtigen von einer attraktiven jungen Frau geholfen, in die er sich natürlich verliebte. In Filmen war alles so einfach – sogar ein Mann, der zu Unrecht des Mordes beschuldigt wurde, bekam ein hübsches Mädchen ab. So etwas gab es im wirklichen Leben nicht. Zumindest nicht laut Wills Erfahrung.

Als der Film zu Ende war, machte er sich auf den Rückweg zur Seemannsherberge. Er ging in Richtung Pier

Head und rauchte eine Zigarette, während Menschenmassen auf die Mersey-Fähren strömten oder sie verließen. Wie würde es sich wohl anfühlen, jeden Tag denselben Arbeitsplatz aufzusuchen, sich auf Fähren, in Straßenbahnen und Busse zu drängen und in Fabriken, in den Docks oder in einem Büro zu schuften? Unter Umständen war es wirklich besser, auf See zu sein. Das Leben dort konnte einsam sein, aber zumindest war jeder Tag anders.

Er beschloss, die Schwebebahn zum Gladstone Dock zu nehmen, wo die *Arklow* vor Anker lag. Obwohl er sich erst am nächsten Morgen zum Dienst melden sollte, wollte er das Schiff in Augenschein nehmen.

Es war eine kurze Fahrt, und als er sich von den Gleisen weg in Richtung des Schiffs auf den Weg machte, verließ gerade eine junge Frau ein heruntergekommenes Gebäude. Sein erster Gedanke war, dass es ungewöhnlich war, Frauen in den Docks zu sehen. Sie hatte etwas an sich, das ihn dazu veranlasste, sie genauer zu betrachten, als sie sich ihm näherte. Sie sah nicht wie eine Prostituierte aus – ihre Kleidung war zu bescheiden, eher altmodisch, ihre Frisur einfach und ihr Gesicht ungeschminkt. Als sie nur noch wenige Meter von ihm entfernt war, setzte Wills Herz einen Schlag aus.

Elizabeth.

Er blieb stehen, versperrte ihr den Weg und rief ihren Namen.

Mit überraschtem Gesichtsausdruck blieb die Frau stehen und sah ihm direkt in die Augen. Sie zögerte einen Moment, machte dann einen Bogen um ihn herum und beschleunigte. Er musste sie erschreckt haben.

„Bitte warten Sie! Ich muss mit Ihnen sprechen."

Sie begann zu laufen. Er konnte hören, wie intensiv sie nach Luft schnappte. Eigentlich wollte er ihr nachlaufen, doch dann siegte die Vernunft. Kein Wunder, dass sie verängstigt war. Er war ein Fremder an einem verlassenen Dock in der Abenddämmerung, und sie war allein. Er war ein Dummkopf.

Natürlich konnte sie es nicht sein. Er sah ihrer schwindenden Gestalt nach. Elizabeth musste inzwischen in den Vierzigern sein, und diese Frau sah aus, als wäre sie um die zwanzig Jahre alt. Doch in jeder anderen Hinsicht war sie das lebende Ebenbild der Frau, die sein Leben so stark beeinflusst hatte und der Grund für sein anhaltendes Unglück war.

Will erinnerte sich an das letzte Mal, als er seine Stiefmutter gesehen hatte. Es war schwer gewesen, ihr von seinen Gefühlen zu erzählen. Dennoch hatte er einen winzigen Funken Hoffnung gehegt, sie würde etwas für ihn empfinden. Doch sie hatte ihm mit unglaublich sanften Worten das Herz gebrochen und ihm klargemacht, dass ihre Gefühle für ihn nur mütterlicher Natur waren. Sein Gesicht errötete bei der Erinnerung an diese Demütigung.

Doch das Mädchen, das er gerade gesehen hatte, musste auf irgendeine Weise mit Lizbeth verwandt sein. Ihre Tochter? Eine jüngere Schwester? Die Ähnlichkeit war zu groß, als dass es sich um einen Zufall handeln könnte. Er musste es herausfinden.

Das Gebäude, aus dem sie herausgekommen war, war ein einstöckiger Backsteinbau – ein Lager oder ein Büro. Zu klein für eine Lagerhalle. Über der Tür befand sich ein hölzernes Schild, dessen Schriftzug im Laufe der Jahre verblasst war. *Morton's Coffee Importers Ltd.*

Ja! Es gab eine Verbindung. Morton war der Mädchenname von Elizabeth gewesen. Und hatte sie ihm nicht einmal erzählt, dass sie aus einer Stadt nördlich von Liverpool stammte? Damals war es für ihn nicht von Bedeutung gewesen – Will hätte sich damals nie gedacht, England jemals zu besuchen. Und jetzt, wo er darüber nachdachte, hatte sie erwähnt, dass ihr Vater ein Kaffeeimporteur gewesen war.

Dennoch, er hatte die junge Frau gehen lassen, er hatte die Chance verpasst, mit ihr zu sprechen, ihr Verhältnis zu Lizbeth herauszufinden. Sie war verängstigt gewesen, ihre Augen – Elizabeths Augen – offenbarten ihre Angst. Will verfluchte sich selbst. Warum hatte er auf diese Art mit ihr gesprochen?

Er ging auf das Gebäude zu und versuchte, durch die schmutzigen, angelaufenen Fenster zu spähen, um zu sehen, ob sich im Inneren jemand befand. Ein älterer Mann saß an einem Schreibtisch. Will stieß die Tür auf und ging hinein.

„Entschuldigen Sie bitte. Sind Sie Mr. Morton?"

Der Mann sah auf. „Es gibt keinen Mr. Morton. Schon seit vielen Jahren nicht mehr. Es wird wohl Mr. Dawson sein, den Sie suchen, und der ist nicht hier. Kann ich Ihnen helfen?" Mit zweifelndem Blick musterte er Will von oben bis unten.

„Die junge Dame, die ich hier gerade weggehen sah. Ich habe mich gefragt ..."

„Besser, man fragt sich nichts." Der Mann sah ihn finster an. „Wenn er Sie dabei erwischt, wie Sie nach seiner Tochter fragen, wird es Ärger geben. Wenn Sie ein vernünftiger Mann sind, halten Sie sich fern. Miss Dawson will nichts mit Leuten wie Ihnen zu tun haben." Der Mann stand von seinem Schreibtisch auf, ging zur Tür, öffnete sie, und hielt sie auf. „Guten Tag."

Will hatte keine andere Wahl, als zu gehen.

In dieser Nacht verfluchte Will die Tatsache, dass er am nächsten Tag nach Dublin segeln musste. Alles, was er wollte, war, zurückzugehen und abzuwarten, ob Miss Dawson zurückkehrte. Zumindest wusste er jetzt ihren Namen und dass sie unverheiratet war. Ihr Vater musste der Schwager von Elizabeth sein. Lizbeth hatte nie wirklich über ihre Familie gesprochen. Es war, als wären die Erinnerungen zu schmerzhaft gewesen. Er hatte den Eindruck, dass sie sehr unglücklich gewesen sein musste, bevor sie nach Australien ging.

Diese Gedanken gingen ihm durch den Kopf, bis er mit dem Bild der verängstigten jungen Frau im Kopf einschlief.

❧

HANNAH HATTE ES IMMER GEHASST, DAS BÜRO IN DER NÄHE der Docks aufsuchen zu müssen. Sie fühlte sich unwohl, wenn sie von so vielen fremden Männern umgeben war, und es gefiel ihr nicht, dass einige von ihnen sie beim Vorbeigehen von oben bis unten musterten, als würden sie sie in Gedanken ausziehen. Wenn ihr Vater nicht bei ihr war, pfiffen sie ihr oft hinterher. Sie redete sich ein, dass die meisten von ihnen es nicht böse meinten, dennoch fühlte sie sich dadurch nicht weniger verletzlich.

Sie hatte versucht, ihrem Vater zu vermitteln, dass es sie nervös machte, hier in den Docks zu arbeiten, nur damit er daraufhin von ihr verlangte, den 91. Psalm auswendig zu lernen und ihn ihm vorzutragen, bis sich die Worte in ihr Gehirn eingebrannt hatten. *Ich spreche zum Herrn: Meine Zuflucht und meine Burg, mein Gott, auf den ich vertraue.* Doch egal, wie oft sie die Verse des Psalms wiederholte, ihr Unbehagen über die Blicke der Männer wurde dadurch nicht geringer. Und Hannah wusste aus den Büchern, die sie heimlich gelesen hatte, dass Worte und Gebete nicht ausreichten, um das Böse, das in manchen Männern steckte, aufzuhalten. Sie ärgerte sich über die Selbstgefälligkeit ihres Vaters, der darauf bestand, sie in den Mantel seiner Religion zu hüllen, sie aber vor den echten, potenziellen Gefahren ungeschützt ließ. In der Dunkelheit ohne Begleitung durch die Docks zu gehen, würde für sie immer eine Quelle der Angst sein, also hielt sie, wann immer sie allein war, ihren Kopf gesenkt und ging schnell nach Hause.

Aber dieser Mann heute. Er hatte sie nicht auf diese Weise angesehen. Er hatte ihr nicht zugerufen, nicht gepfiffen und keine unhöflichen Gesten gemacht. Er hatte etwas gesagt, von dem er dachte, es wäre ihr Name. *Elizabeth*.

Es hatte sie erschreckt, ihr Angst gemacht. Es war nicht das erste Mal, dass jemand bemerkt hatte, dass sie ihrer verschwundenen Tante ähnelte. Eines Tages hatte sie sich auf dem Rückweg von ihrem geheimen Zufluchtsort in den Dünen befunden, als eine elegant gekleidete Dame den Namen Elizabeth gerufen hatte. Sie hatte sich umgedreht, woraufhin sich die Frau entschuldigt hatte.

„Wie merkwürdig. Ich habe Sie für jemand anderen gehalten. Jemanden, den ich seit Jahren nicht gesehen habe. Ich frage mich, ob Sie vielleicht verwandt sind. Ihr Name ist Miss Morton. Vielleicht ...“

Da sie sich an das Gebot ihres Vaters hielt, nicht mit Fremden zu sprechen, hatte sie nichts erwidert, war davongeeilt, und hatte die Frau, die ihr nachschaute, einfach zurückgelassen. Das hatte Hannah seitdem immer bereut. Es war ihre einzige Chance gewesen, etwas über ihre Tante herauszufinden. Sie war oft in dieselbe Straße zurückgekehrt, hatte die Frau aber nie wieder gesehen.

Jetzt hatte dieser Mann sie mit dem Namen ihrer Tante angesprochen. Sie hatte sein Gesicht nicht genau erkennen können. Er hatte eine tief in die Stirn gezogene Mütze getragen; es hatte bereits gedämmert, und die Straße war nur spärlich beleuchtet gewesen. Seine Stimme war ungewöhnlich – eine Art Akzent. Sie wusste nicht, woher – es war ein fast musikalischer Klang, und nicht der schottische oder irische Akzent der meisten Hafenarbeiter.

Hannah rannte, bis sie in Sichtweite ihrer Straße war. Wieder einmal hatte sie die Gelegenheit verpasst, etwas über Tante Lizzie und das Geheimnis ihrer plötzlichen Abreise herauszufinden. Alles, was ihre Mutter ihr gesagt hatte, war, dass sie nie wieder zurückkommen würde. Hannah hatte sich immer vorgestellt, dass sie zu ihrem Vater, Hannahs Großvater, nach Australien gegangen war. Aber sollte es so gewesen sein, warum hatte sie dann nie geschrieben?

Als sie sicher im Haus angekommen war, ging sie nach oben in das Schlafzimmer, das sie mit ihrer Schwester teilte, stopfte ihr Bibliotheksbuch in das übliche Versteck unter der Matratze und setzte sich auf das Bett. Sie zog das Foto ihrer Tante aus der Tasche und betrachtete es. Sah sie wirklich so aus wie sie? Sie würde es gerne glauben. Aber wer war dieser geheimnisvolle Mann? Woher kannte er Tante Lizzie? Sie bedauerte jetzt, dass sie nicht angehalten und mit ihm gesprochen hatte, und zwar nicht nur wegen ihrer Tante. Er hatte etwas an sich gehabt – sie konnte nicht sagen, was –, das sie wünschen ließ, sie hätte gewartet, um zu hören, was er zu sagen hatte. Als sie in dieser Nacht versuchte, einzuschlafen, kehrten ihre Gedanken immer wieder zu dem Mann in den Docks und dem Klang seiner Stimme zurück.

❧

DIE *ARKLOW* WAR IN BAUWEISE UND KAPAZITÄT DER *Christina ebenbürtig*, doch die Gewässer, die sie befuhr, unterschieden sich stark von denen, die Will in Afrika kennengelernt hatte. Hier war das Meer dunkel, so grau wie der Himmel, den es widerspiegelte. Man hatte ihm gesagt, dass die meisten Besatzungsmitglieder Iren waren, der Rest setzte sich aus einer Vielzahl von Nationalitäten zusammen, die von Liverpool aus segelten. Sie waren freundlich, doch keiner von ihnen erweckte in ihm die enge Verbundenheit, die er mit Paolo Tornabene erlebt hatte.

Der Tag verlief ereignislos, als die Besatzung die nun leeren Laderäume mit Ladung belud, bereit für die Rückfahrt nach Irland. Während die schweren Hebearbeiten von den Hafenarbeitern erledigt wurden, musste die Besatzung die Planen über die Luken ziehen, die Decks sichern und die

Ladebäume und Winden bedienen. Es war harte Arbeit, und die Planen waren riesig – teilweise so groß wie ein Tennisplatz – und schwer.

Einer der Hafenarbeiter war ein Ire. Er war freundlicher als die anderen – Hafenarbeiter neigen dazu, sich von der Schiffscrew fernzuhalten. Es gab eine inoffizielle Rivalität zwischen den Seeleuten und den Hafenarbeitern. Die Seeleute fanden, sie seien den Landratten im Allgemeinen überlegen, und die Hafenarbeiter hielten die Seeleute für Weicheier. Will hatte mit dieser Feindseligkeit nichts am Hut. Er nahm alle Männer für bare Münze. Die alte Seemannsweisheit „Wenn *du mir den Rücken kratzt, kratze ich deinen*", die aus der Zeit stammte, als die Neunschwänzige Katze die gängige Währung für Bestrafung gewesen war, war ihm immer logisch erschienen. Als der Mann ihm eines seiner Käsesandwiches anbot, nahm Will dankend an und schenkte dem Mann ein freundliches Lächeln und einen Händedruck.

Der Mann sagte ihm, er heiße Eddie O'Connor und sei erst kürzlich nach Liverpool gezogen. „Hier gibt es mehr Arbeit und besseres Geld als zu Hause, weißt du. Ich dachte, ich probiere es mal aus. Aber ich vermisse den *Craic*."

Als Will verwirrt dreinschaute, sagte Eddie: „Du hast also noch nicht viele Iren kennengelernt? Mit *Craic* ist die Geselligkeit gemeint, das Plaudern. Diese Liverpooler – die Scousers also – sind ein eng zusammengeschweißter Haufen. Es dauert ein wenig, bis man akzeptiert wird." Er lachte. „Selbst, wenn die meisten dieser Typen – oder ihre Mütter und Väter – ebenfalls von jenseits des Meeres stammen." Er zog an seiner Zigarette. „Kennst du jemanden in Dublin?"

Will schüttelte den Kopf.

„Dann nimm das." Er kritzelte mit einem Bleistiftstummel auf ein Zigarettenpapier. „Ich habe vier Brüder, drei arbeiten in den Docks und einer ist ein Seemann wie du. Mama ist eine Witwe. Mein alter Herr kam vor zehn Jahren ums Leben, als ein Kran auf ihn stürzte. Wenn du eine Unterkunft brauchst oder ein bisschen Spaß haben willst, besuche sie. Mama ist immer froh über ein oder zwei zusätzliche Scheine, seit mein Vater gestorben ist. Sie wird dich aufnehmen. Billiger als in der Seemannsherberge." Er kramte in seiner Tasche und zog einen Zehner-Schein heraus. „Den solltest du ihr geben. Sag ihr, dass ich versuchen werde, mehr zu schicken, sobald es mir möglich ist."

Erstaunt, dass ein Fremder ihm so viel Vertrauen entgegenbrachte, grinste Will und schüttelte die Hand des Mannes. „Danke, Kumpel. Ich sorge dafür, dass es deine Ma bekommt."

„Und wenn du wieder hier bist, werden wir ein paar Gläser zusammen trinken. Du findest mich meistens im Baltic."

Sie würden vier Tage unterwegs sein: die Überfahrt nach Dublin, das Ent- und Beladen, eine Nacht im Hafen und dann die Rückkehr nach Liverpool über Birkenhead, wo sie eine Menge Lebendvieh abliefern würden. Diese Tatsache hatte Will nicht sonderlich beeindruckt. Er mochte keine lebende Fracht. Das Schiff war unordentlich, es roch streng, und die Rinder erinnerten ihn an den Sklavenhandel – hilflose Kreaturen, die einem unbekannten Schicksal ausgeliefert waren. Im Falle der Rinder waren es die Schlachthöfe der Wirral-Halbinsel.

Zum ersten Mal, seit er vor elf Jahren zur See gefahren war, ertappte sich Will dabei, wie er zurück zum Land blickte, an jemanden Bestimmten dachte und sich wünschte, er befände sich noch im Hafen. Das Bild dieser verängstigten jungen Frau verfolgte ihn. Sie war seiner Lizbeth so ähnlich gewesen, doch er hatte sie abgeschreckt. Diesen Fehler würde er nicht noch einmal begehen. Sobald er wieder in Liverpool war, würde er es sich zur Aufgabe machen, sie anzutreffen und diesmal einen Weg zu finden, mit ihr zu sprechen.

❧ 8 ❧

KAPITEL ACHT

Judith platzte wie ein kleiner Wirbelsturm ins Schlafzimmer.

Hannah steckte das Foto ihrer Tante schnell unter den Saum ihrer Strickjacke, in der Hoffnung, Judith würde es nicht bemerken.

„Wo ist Vater?" Judith sah verärgert aus. „Wir sind immer noch nicht mit dem Brautkleid fertig, also habe ich schon wieder mein Abendessen verpasst, bin den ganzen Weg nach Hause gerannt, weil ich bis zur letzten Minute gewartet habe, und er ist nicht einmal hier. Ich hätte länger bleiben und das Kleid fertig machen können. Jetzt muss ich morgen früher anfangen und wieder die Abendessenszeit durcharbeiten." Sie verzog das Gesicht.

„Ich habe keine Ahnung, wo er ist. Er war heute Nachmittag nur etwa eine halbe Stunde im Büro, und du weißt ja, dass er mir nie sagen würde, wohin er geht."

Die beiden Schwestern riefen im Chor: *„Strebt danach, ruhig zu leben und euch um eure eigenen Angelegenheiten zu kümmern.* Thessalonicher, Kapitel vier."

Sie fingen an zu lachen. „Ich wette, du kannst dich nicht an die Versnummer erinnern", sagte Hannah.

„Da hast du recht – aber lass Vater nicht hören, dass du das Wort Wette benutzt."

Sie fingen wieder an zu lachen, dieses Mal etwas hilflos. Dann hielt Judith inne und schaute ihre Schwester an, den Kopf auf eine Seite geneigt. „Hat er schon mit dir über das Heiraten gesprochen?"

„Nein!" Hannahs Herz begann zu pochen. Ihre schlimmste Befürchtung könnte sich bewahrheiten. „Was meinst du? Was weißt du?"

„Nichts. Nur etwas, das Mutter gesagt hat."

„Was? Was hat sie gesagt?"

„Vater sagte, es sei an der Zeit, dass du heiratest. Ich vermute, er heckt einen Plan aus, um dich zu vermählen."

Hannah warf sich rittlings auf das Bett. „Das kann er nicht tun. Ich bin nicht sein Eigentum."

Judith antwortete mit einem schiefen Lachen. „Ach, nein? Versuch mal, ihm das zu sagen." Sie setzte sich neben sie und strich ihrer Schwester eine verirrte Locke aus der Stirn. „Sei nicht so mürrisch, Han. Du hast immer gewusst, dass es irgendwann passieren würde. Vater würde niemals zustimmen, dass eine von uns sich ihren Ehemann selbst aussucht." Sie schüttelte den Kopf und seufzte. „Selbst wenn wir jemals die Chance hätten, einen Mann kennenzulernen, was nicht der Fall ist. Und zumindest würdest du dann von ihm wegkommen. Du hättest dein eigenes Zuhause und könntest tun, was du willst."

„Wenn du das glaubst, bist du dümmer, als du aussiehst, Jude. Er wird dafür gesorgt haben, dass es genau so ein aufgeblasener Bibelfritze ist wie er."

„Hannah! Sag so etwas nicht! Er ist schließlich unser Vater. Und es ist falsch, sich der Bibel gegenüber respektlos zu äußern."

„Das ist mir egal." Sie griff nach Judiths Arm. „Hat Mutter noch etwas gesagt? Hat sie gesagt, wer es ist?"

„Nein. Ich glaube nicht, dass sie es weiß. Vater sagt ihr nur, was er ihr sagen will, und das ist nicht viel."

„Ich werde weglaufen. Wie unsere Tante es getan hat." Sie biss sich auf die Lippe und wünschte, das wäre ihr nicht herausgerutscht.

„Tante? Welche Tante? Seit Großmutter Dawson gestorben ist, haben wir keine Verwandten mehr."

Hannah hatte keine andere Wahl, als es ihr zu erzählen. „Wir hatten früher eine Tante. Die Schwester von Mutter. Ich kann mich an sie erinnern. Du warst noch ein Baby."

„Ich glaube dir nicht. Du hast eine blühende Fantasie, Han."

„Es ist wahr."

„Warum erwähnt Mutter sie dann nie?"

Hannah presste ihre Lippen zusammen. „Ich weiß es nicht. Ich glaube, sie müssen sich gestritten haben."

Judith schnaubte, ihr Blick war skeptisch.

„Einmal hielt mich eine Frau auf der Straße an und nannte mich bei ihrem Namen."

„Dummkopf! Sie hat wahrscheinlich jemand anderen gemeint."

„Nein, sie sagte Elizabeth Morton."

Judith runzelte die Stirn. „Es gibt wahrscheinlich viele Elizabeth Mortons. Nur weil der Nachname mit dem Mädchennamen der Mutter übereinstimmt, beweist das noch nichts. Und außerdem – hätte es sie gegeben, wüsste ich von ihr."

„Sie haben nie von ihr gesprochen. Sie ist einfach verschwunden. Ich bekam immer Ärger, wenn ich nach ihr fragte, also hörte ich schließlich auf zu fragen. Und du warst zu klein. Ich habe alles über sie vergessen, bis ..."

„Bis was?"

„Nichts."

„Damit kommst du nicht durch. Jetzt musst du es mir sagen."

Hannah atmete tief durch, dann griff sie unter ihre Strickjacke. „Bis ich das hier fand." Sie reichte ihrer Schwester das Foto.

Judith schnappte nach Luft. „Woher hast du das? Das könntest du sein."

„Ich habe es vor Jahren auf dem Dachboden unseres alten Hauses gefunden. Bevor wir hierhergezogen sind. Es steckte in einem Rahmen, dessen Glas zerbrochen war. Ihre Noten und ihre Geige waren auch dort. Die Geige war zertrümmert worden. Sie wurde in eine alte Truhe geworfen. Die Noten auch. Wahrscheinlich ist alles noch da oben, es sei denn, die neuen Besitzer haben es weggeworfen."

„Ich hatte keine Ahnung." Judith studierte das Foto und fuhr mit ihrer Hand über das Bild. „Sie sieht dir so ähnlich, Han. Wunderschön. Ist sie wirklich unsere Tante? Was meinst du, wo sie jetzt ist?"

„Ich habe keine Ahnung." Hannah grinste. „Vielleicht hat sie sich verliebt und ist durchgebrannt. Ist mit einem hübschen Kerl nach Gretna Green abgehauen."

„Du tust es schon wieder. Immer denkst du dir Geschichten aus." Sie gab Hannah das Bild zurück.

Sobald Judith es nicht sehen würde, würde sie es zusammen mit dem Buch, das sie versteckt hielt, unter die Matratze legen. Es war besser, dass ihre Schwester nichts von ihrem geheimen Bücherversteck wusste. Das würde nur bedeuten, dass sie auch in Schwierigkeiten käme, würde ihr Vater es jemals herausfinden.

„Ich denke, wir sollten Mutter nach ihr fragen", sagte Judith.

In der Sekunde wünschte Hannah sich, Elizabeth nie erwähnt zu haben. Sie ergriff die Hand ihrer Schwester und war erleichtert, dass sie den Mann in den Docks an diesem Nachmittag nicht auch noch erwähnt hatte. „Nein, Jude. Bitte, nicht. Mutter ist immer wütend geworden, wenn Tante Lizzie erwähnt wurde. Und was Vater betrifft: Bitte, bitte, ich flehe dich an. Sag es keinem von ihnen. Lass es unser Geheimnis sein."

Judith schaute zweifelnd, sagte aber: „Also gut. Aber denk nicht mehr darüber nach, wegzulaufen. Auch wenn Vater will, dass du heiratest. Das muss doch besser sein, als hier unter seiner Fuchtel zu leben. Er bezahlt dir keinen Lohn, ich muss meinen abgeben und wir sind immer noch arm. Man weiß ja nie, vielleicht ist dein zukünftiger Mann reich und gutaussehend."

Hannah lachte trocken. „Eher alt, fett, hässlich und pleite."

„Sieh es doch mal positiv. Keiner kann so schlecht sein wie Vater. Und du wirst ein eigenes Haus haben und bald darauf auch Kinder, für die du sorgen kannst. Das ist so viel schöner als unser jetziges Leben."

„Vielleicht sollte ich Vater vorschlagen, dass *du* denjenigen heiratest, um den es sich handelt." Sie sah den entsetzten Ausdruck auf dem Gesicht ihrer Schwester. „Genau. Du würdest die Idee genauso hassen wie ich. Es ist einfach, jemandem Ratschläge zu erteilen, nicht wahr?"

Judith lächelte und zuckte mit den Schultern. „Ich versuche nur zu helfen. Irgendwann wird es auch mir so gehen, nehme ich an. Aber im Moment ist Vater wohl froh, dass ich meinen Lohn bekomme."

„Ich weiß." Hannah glättete die Oberfläche der Bettdecke mit der flachen Hand. „Judith, hast du dich jemals gefragt, warum wir so arm sind? *Morton's* war früher, als Mutters Vater es führte, ein wohlhabendes Unternehmen. Mutter erzählte mir, dass sie immer schöne Kleider hatte und auf Bälle und so etwas ging. Und sie hatten ein großes Auto, als kaum jemand ein Auto hatte. Und Trevelyan House war riesig im Vergleich zu diesem Ort hier." Sie deutete mit dem Arm durch den Raum. „Sieh dich nur mal um."

Ihr gemeinsames Schlafzimmer war kaum mehr als eine Abstellkammer. Die Tapete war fleckig und blätterte ab, und das Fenster hatte einen Riss, den sie mit einem Stück Pappe abdeckten. Das reduzierte zwar das Tageslicht, hielt jedoch das Wetter ab. Die Vorhänge waren dünn und abgenutzt und reichten nur bis kurz über den Sims. Der Bodenbelag war abgenutzt und hatte sich zusammengezogen, sodass er nicht mehr bis zur Sockelleiste reichte. Darüber lag ein mottenzerfressener Teppich aus Trevelyan House, der zwar brauchbar war, aber schon bessere Tage gesehen hatte. Charles Dawson war der Meinung, dass es eine ungerechtfertigte Ausgabe war, Geld für Räume auszugeben, die nur zum Schlafen genutzt wurden. Die Schwestern waren dankbar, dass sie nur zu viert in dem Haus wohnten – in den angrenzenden Häusern in der Bluebell Street lebten viel größere Familien.

„Vielleicht ist Vater kein guter Geschäftsmann."

„Das stimmt sicher. Aber es sollte immer noch genug da sein, damit wir bequem leben können, wenn auch nicht im großen Stil."

„Hat er nicht einmal gesagt, dass der Markt schlecht sei?"

„Die Leute kaufen den Kaffee immer noch. Nur nicht zu sehr hohen Preisen."

„Vielleicht trinken die Leute nicht viel Kaffee. So wie wir. Stattdessen trinken wir Tee. Auch, wenn es Vaters Geschäft ist."

„Genau. Findest du das nicht seltsam?"

„Nicht wirklich. Ich denke nie über solche Dinge nach. Ich bin nicht wie du, Han." Sie lächelte ihre Schwester liebevoll an.

„Wo ist denn eigentlich dein Hut? Ich habe ein Stück

Ripsband herausgeschmuggelt, gerade lang genug, um es für dich zuzuschneiden."

„Oh, Judith. Was, wenn du erwischt worden wärst?"

„Es lag auf dem Boden und Miss Finch sagte mir, ich solle alles zusammenfegen und in den Mülleimer werfen. Spare in der Zeit, so hast du in der Not."

Hannah beugte sich vor und schlang die Arme um ihre Schwester. „Danke, ich weiß nicht, was ich ohne dich tun würde." Sie sprang vom Bett auf. „Es wird Zeit, dass ich das Abendessen zubereite. Das erledigt sich nicht von selbst."

❧ 9 ❧

KAPITEL NEUN

Will stand auf dem Vordeck, als sie den Liffey hinauf nach Dublin segelten. Er war bereit, die Dampfwinde zu bedienen und die schweren Taue zu lösen, die sie an den Pollern am Kai befestigen würden. Es war ein sonniger Tag, die Kälte brannte in seinem Gesicht, doch der azurblaue Himmel weckte seine Lebensgeister.

Es war das erste Mal, dass er in Dublin war, und er freute sich darauf, den Ort zu erkunden. Die schlechte Nachricht war, dass sie nur eine Nacht im Hafen bleiben würden, bevor sie am Morgen die Rückfracht verladen und eventuelle Passagiere zusteigen lassen mussten. Wenigstens würden die Tiere von Viehtreibern betreut werden – er war nicht scharf auf die Vorstellung, wütende Ochsen über das Deck zu jagen. Der Dubliner Viehmarkt öffnete um drei Uhr morgens, und es würde früher Nachmittag sein, wenn die Viehtreiber die Tiere auf das Schiff bringen würden. Der Rest der Ladung musste bis dahin verstaut sein, denn es war unmöglich, schwere Säcke und Kisten mit den Kränen über die Köpfe der Rinder an Bord zu hieven, die in offenen Ställen an Bord untergebracht sein würden.

Nachdem die Hafenarbeiter mit dem Entladen fertig waren, stand es Will frei, zu gehen. Andere Mitarbeiter würden die Aufgabe übernehmen, den Beladevorgang für den Heimweg zu überwachen. Er musste sich nun entscheiden, was er mit seiner Freizeit anfangen wollte. Es reizte ihn nicht, bei Eddie O'Connors Familie zu nächtigen. Der Gedanke, bei fremden Leuten zu übernachten, gefiel ihm generell nicht, also beschloss er, zum Schlafen an Bord zurückzukehren – aber erst, nachdem er ein paar Gläschen getrunken hätte. Es konnte nicht schaden, bei den O'Connors vorbeizuschauen, um herauszufinden, ob ein oder zwei von Eddies Brüdern Lust auf etwas *Craic,* wie Eddie es genannt hatte, und ein paar Pints des schwarzen Bieres hätten. Sie würden die besten Pubs kennen – und hatte Eddie ihm nicht gesagt, dass das Guinness in Dublin besser schmeckte als das exportierte Zeug, das man in England vorgesetzt bekam?

Die *Arklow lag* an der Nordseite des Liffey vor Anker. Da er sich daran erinnerte, dass Eddie ihm gesagt hatte, seine Familie wohne in der Nähe der North Wall, machte sich Will auf den Weg und hielt gelegentlich an, um nach dem Weg zu fragen.

Das Zuhause der O'Connors befand sich in einem Mietshaus, etwa fünfzehn Gehminuten von den Docks entfernt. Will erinnerte sich an seinen Besuch bei den Tornabenes in Neapel. Hier marschierten jedoch keine Faschisten durch die Straßen, und zumindest sollten sie sich verständigen können, auch wenn der schwere, irische Akzent vieler der Besatzungsmitglieder manchmal schwer zu verstehen war.

Als er das Treppenhaus des Gebäudes hinaufstieg, hörte er Schreie. Mit bangem Herzen stellte er fest, dass es aus dem zweiten Stock kam, wo Eddies Familie wohnte. Er zögerte, bevor er laut klopfte. Eine Frauenstimme dröhnte hinter der

Tür. „Wenn es um die Miete geht, müssen Sie morgen wiederkommen." Dann wurde die Tür aufgerissen.

„Wer sind Sie?" Die Frau war etwa sechzig Jahre alt, mit dunkelgrauem Haar, das sie locker zu einem Dutt zurückgebunden hatte. Sie war schwarz gekleidet – trug einen langen Rock, der aussah, als wäre er schon Jahrzehnte alt. Ihr Gesicht war sehr faltig und ihre Augen trübe. „Sie können Ihrem Chef sagen, dass er sein Geld am Ende der Woche bekommt. Jetzt habe ich noch keines."

„Ich bin kein Mieteintreiber." Er streckte ihr eine Hand entgegen. „Eddie sagte, ich solle Sie besuchen, Mrs. O'Connor. Mein Schiff aus Liverpool hat heute Morgen angelegt."

Sie zog die Augenbrauen hoch. „Eddie?" Sie gab ein schnaubendes Geräusch von sich. „Dieser nichtsnutzige Trottel. Wenn er nicht seinen ganzen Lohn verprassen würde, könnte ich die Miete pünktlich bezahlen. Er ist ein fürchterlicher Zeitgenosse. Und jetzt ist er auch noch über das Meer abgehauen, anstatt hier bei seinen eigenen Leuten zu bleiben und seine arme alte Mami zu unterstützen." Als sie ihre Hände an ihrer Schürze abwischte, wurde ihr Gesichtsausdruck etwas weicher. „Sie sagen, Sie haben ihn getroffen?"

„Gestern. Er hat beim Beladen des Schiffes geholfen." Er grinste die Frau an. „Er hat seine Jause mit mir geteilt."

„Jause?" Sie schaute erstaunt. „Was um Himmels willen ist das?"

„Sein Essen. Er gab mir ein Käsesandwich."

Mrs. O'Connor schimpfte. „Käsesandwiches! Und seine arme Mutter sitzt hier, zu pleite, um die Miete zu bezahlen." Sie stieß einen langen, tiefen Seufzer aus. „Na ja, ich sollte wohl dankbar sein, dass er lieber etwas zu essen besorgt, als alles mit seinem Kartenzocken zu verspielen. Und dass er immer noch die christlichen Werte in sich trägt, mit denen er aufgewachsen ist. Er ist wohl ein wirklich barmherziger Samariter, wenn er einem Fremden sein Sandwich gibt. Also dann,

Mister, kommen Sie besser herein", rief sie über ihre Schulter, als sie die Tür aufschwang. „Dieser Mann sagt, er sei ein Freund von unserem Eddie."

Das Zimmer war eng, düster und kalt – aber sauber und ordentlich.

Will erinnerte sich, dass er noch Eddies Geld hatte. Er zog den Zehn-Schilling-Schein aus seiner Brusttasche und reichte ihn der Frau. „Eddie hat mich gebeten, Ihnen das zu geben."

„Oh, das hat er wirklich getan? Also hat er seine arme alte Mutter doch nicht vergessen." Sie stopfte das Geld in ihre Schürzentasche.

„Er sagte, es täte ihm leid, dass es nicht viel ist. Er wird versuchen, bald mehr zu schicken."

Sie schnaubte ihre Zweifel aus. „Er ist ein guter Junge, mein Eddie, aber das werde ich erst glauben, wenn ich es sehe." Dann lächelte sie Will an. „Sieh an, ich vergesse meine Manieren. Sie werden sicher eine Tasse Tee trinken wollen, nicht wahr, Mister? Ich habe Sie nicht einmal nach Ihrem Namen gefragt, oder?"

„Kidd. William Kidd."

„William Kidd also – na dann, Willy the Kid." Sie lachte laut auf. „Der war gut! Setzen Sie sich. Bridget, stell den Kessel auf. Jungs, kommt her!"

Während sie sprach, erhob sich eine junge Frau – sie trug einen Wollschal und ein ähnliches Kleid wie ihre Mutter – von einem Stuhl vor dem erloschenen Feuer. Ihr Haar glänzte dunkel und umschmeichelte beide Seiten ihres schmalen, jedoch nicht unattraktiven Gesichts. Sie schenkte Will ein breites, strahlendes Lächeln, das eine kleine Lücke zwischen ihren Vorderzähnen erkennen ließ. „Freut mich, Sie kennen-zulernen, Mr. Kidd, freut mich sogar sehr." Sie ging in eine Ecke des Zimmers und stellte den Kessel auf den Herd.

Die Männer der Familie, die offensichtlich alle jünger

waren als Eddie, kamen herein und standen unbeholfen mit verschränkten Armen da.

„Das ist ein Freund von Eddie. Ein Seemann aus Liverpool. Er sagt, er hat ihn gestern getroffen."

Sie streckten nacheinander eine Hand aus, schüttelten die von Will und sagten ihm ihre Namen: Dermot, Seamus und Liam.

Es folgte eine peinliche Stille. Will bezweifelte, dass einer von ihnen ihn in einen Pub begleiten würde. Wenn das Geld so knapp war, wie sie behauptete, würde Mrs. O'Connor das wohl kaum dulden. Er war froh darüber. Die Männer sahen erbärmlich aus. Auch wenn die Sprache ein Hindernis dargestellt hatte, hatte er sich mit den Tornabenes leichter verständigen können als mit diesem Haufen.

Die Matriarchin deutete auf einen Stuhl, woraufhin er sich setzte und von der immer noch lächelnden Bridget einen Zinnbecher mit Tee entgegennahm. Die Männer traten von einem Fuß auf den anderen. Will wünschte, er hätte diesem Besuch nie zugestimmt. Er konnte es kaum erwarten, die Wohnung zu verlassen und die bedrückende Atmosphäre in diesem Raum hinter sich zu lassen.

Die ältere Frau beugte sich vor und musterte ihn eingehend. „Sind Sie ein verheirateter Mann, Willy?"

„Nein, das bin ich nicht." Vor ihren Augen rutschte er in seinem Stuhl hin und her.

„Ja, nun. Das Meer ist eine harte Geliebte. Es gibt nicht viele Frauen, die bereit sind, einen Mann mit ihr zu teilen." Sie sah ihre Tochter an und drehte sich dann wieder zu ihm um. „Aber Sie sind ein gutaussehender Kerl, das muss ich schon sagen. Und jeder Mann braucht eine Frau, Willy. Jemanden, der seine Kleider flickt, seine Mahlzeiten kocht, sein Bett warmhält und ihm Kinder schenkt, die ihn im Alter unterstützen." Wieder blickte sie zu ihrer Tochter, die sichtlich verlegen abwandte.

Will stürzte seinen Tee hinunter, ohne Rücksicht darauf, dass er sich damit den Mund verbrannte. Er konnte es kaum erwarten, aus dem Zimmer zu kommen. Die drei Brüder beobachteten ihn, schwiegen aber.

Er nahm den letzten Schluck und suchte vergeblich nach einem Ort, an dem er die leere Tasse abstellen konnte. „Nun, ich muss bald wieder an Bord. Wir haben viel zu tun und morgen geht es zurück nach Liverpool." Er stand auf. Die O'Connor-Frauen, wie auch Eddie, waren freundlich und zugänglich – doch die Männer wirkten langweilig und undurchschaubar.

Die drei Brüder starrten ihn an, schwiegen aber.

„Auf Wiedersehen, zusammen. Ich werde Eddie sagen, dass ich Sie getroffen habe." Dann reichte er Mrs. O'Connor die Tasse und ging.

Er eilte die Treppe hinunter und war auf halbem Weg, als über ihm eine Tür zuschlug und er dann das Geräusch von mehreren Füßen auf den Stufen hörte. Er sah nach oben. Die O'Connor-Brüder ratterten eilig hinunter.

Er wartete unten im Flur auf sie.

Seamus wedelte mit dem Zehn-Schilling-Schein herum. „Die Mami muss dich mögen. Sie sagte, wir können alle ein paar Bierchen auf ihre Kosten trinken."

„Aber die Miete?" Will wusste, dass es ihn nichts anging, aber er konnte sich nicht zurückhalten. Er war sich nicht sicher, ob Eddie sich darüber freuen würde, dass sein hart verdientes Geld von seinen Brüdern versoffen wurde.

„Wir bekommen morgen unseren Lohn, also ist das ein kleiner Bonus", sagte Liam und zwinkerte. „Komm schon, lass uns keine wertvolle Trinkzeit verschwenden." Er legte Will einen Arm um die Schultern und die vier machten sich auf den Weg.

Will war erstaunt, wie sehr sich die drei verändert hatten, seit ihre Mutter nicht mehr in der Nähe war. Kein Wunder, dass Eddie nach Liverpool geflohen war. Die Brüder unterhielten sich mit ihm und erklärten, dass Fintan, ihr ältester Bruder, irgendwo in Südamerika auf See war. Ein weiterer Geflohener also.

Als sie die Kneipe erreichten, stieß Liam die Tür mit der Schulter auf, und führte Will hinein. Der Laden war voll. Dem Aussehen der Gäste nach zu urteilen, waren es hauptsächlich Hafenarbeiter. Große, muskulöse Männer. Will wurde von den O'Connors an die Bar geführt, wo eine Art Vorstellungsrunde machten – sie schienen jeden zu kennen. Er erfuhr, dass es in den Dubliner Docks Tradition war, jedem Hafenarbeiter einen Spitznamen zu geben. Er konnte sich seinen eigenen nicht aussuchen, denn Dermot stellte ihn als ,Willy the Kid' vor. Will stöhnte innerlich auf – auf den Transatlantik-Schiffen war er oft Billy The Kid genannt worden, und er hatte gedacht, er hätte das hinter sich gelassen, als er nach Europa zurückgekehrt war. Wenigstens hatten sie ihn nicht ,Matilda' genannt, wie es einer der anderen Hafenarbeiter vorschlug, der seinen australischen Akzent aufgeschnappt hatte. Cormac war bei seinen Kollegen als ,Cocky Corm' bekannt. Seamus als ,Pockets' und Liam als ,Knees O'C'. Niemand machte sich die Mühe, Will über den Grund für diese Namen zu informieren, aber es war klar, dass sie jedem Mann so vertraut waren wie deren Vorname – wahrscheinlich sogar noch vertrauter.

Nach einer Runde Guinness klopfte Seamus Will mit der Hand auf die Schulter. „Du bist also ein alleinstehender Mann, Willy? Nicht einmal eine Freundin?" Will sah, wie die Männer sich gegenseitig ansahen.

„Keine Zeit, Jungs. Wie eure Mutter schon sagte, das Meer reizt nicht viele Frauen." Ihm gefiel die Richtung nicht, in die sich das Gespräch entwickelt hatte. „Und es sieht so aus, als wärt ihr selbst alle alleinstehende Männer."

Keiner der Brüder antwortete. Will spekulierte im Stillen,

dass Heiratspläne zweifellos die Zustimmung von Mrs. O'Connor erforderten – die wahrscheinlich nicht bereit war, auf ihre wöchentlichen Lohnpakete zu verzichten.

„Die Runde geht auf mich", sagte er, brach das Schweigen und beschloss, dass er zurück zum Schiff gehen würde, sobald er dieser Verpflichtung nachgekommen war. Die O'Connor-Jungs waren eigentlich nette Kerle, aber er fühlte sich nicht wohl mit den Blicken, die sie untereinander austauschten, als wäre er der Einzige, der keinen Spaß verstand.

„Mami hat gesagt, wir sollen dir ausrichten, dass du heute bei uns schlafen kannst. Umsonst. Als ihr Gast. Sie möchte, dass du und unsere Bridget euch besser kennenlernt."

Das war es also. Seine Befürchtungen hatten sich bewahrheitet. „Danke, Jungs", sagte er. „Aber danach diesem Bier gehe ich zurück auf mein Schiff. Ich muss in aller Herrgottsfrühe aufstehen."

„Wie ist der Name deines Schiffes?" Der Fragende war ein Mann, der sich zuvor als Chins Gilligan zu erkennen gegeben hatte.

Als Will es ihm sagte, lachte der Mann. „Ich und Topper hier beladen das Schiff. Das machen wir jede Woche. Ihr werdet erst morgen wieder gebraucht." Er lachte. „Somit ist noch genug Zeit für etwas *Craic* – und vielleicht auch für ein wenig Brautschau."

Langsam wurde Will wirklich unruhig. Die Aussicht, eine Nacht im Haus der O'Connors zu verbringen, war so verlockend wie ein Gang über die Planke. Inzwischen war er sich sicher, dass eine Verschwörung im Gange war, um ihn mit Bridget zu verheiraten. Sie waren eindeutig verrückt. Er war sich zwar sicher, dass Miss O'Connor ein charmantes und nicht unattraktives Mädchen war, doch er hatte nicht vor, ihr auf der Grundlage einer zehnminütigen Bekanntschaft den Hof zu machen. Will hatte nicht die Absicht, irgendjemandem den Hof zu machen. Nicht umsonst hatte er dem

Ruf der Ehe alle elf Jahre, die er auf See gewesen war, widerstanden.

Nachdem er sein fast volles Bier auf der Theke abgestellt hatte, machte er sich auf den Weg zur Toilette, und gerade, als er durch die Seitentür des Pubs hinaushuschen und zur *Arklow zurückkehren wollte, spürte er, wie ihn eine Hand an der Schulter packte.* Es war Liam.

In Wills Gesicht musste sich jene Panik widergespiegelt haben, die er empfand, doch Liam brach in schallendes Gelächter aus. „Du hast versucht, dich aus dem Staub zu machen, oder? Hast du gedacht, wir würden dich entführen und mit unserer Bridget verheiraten?"

Seamus und Dermot hielten sich die Bäuche vor Lachen.

Liam sagte: „Klar, hast du das gedacht, gib es zu!" Er zerrte ihn zurück an die Bar, wo sich alle vor Lachen krümmten.

„Dein Gesichtsausdruck, Willy, mein Freund! Blinde Panik. Dachtest du, du würdest eine Hochzeit mit Schrotflinte erleben?"

Will spürte, wie ihm das Blut ins Gesicht schoss, als ihm klar wurde, dass er Opfer eines Streichs geworden war. Erleichterung überkam ihn und auch er begann zu lachen.

Einer der Männer reichte ihm ein frisches Bier. „Mach dir keine Sorgen, Willy. Das ist ein Kassenschlager. Jeder Mann, der unsere Schwelle überschreitet, ist für Mary O'Connor ein potenzieller Schwiegersohn."

„Viele von uns wären mehr als glücklich, Bridget heiraten zu können. Aber das Mädchen will keinen von uns."

Dermot zwinkerte Will zu. „Sie hat sich in den Kopf gesetzt, Jesus zu heiraten. Sie will eine Nonne werden, eine Braut Christi, aber Mami ist strikt dagegen. Sie betet wie verrückt, dass ein Mann vorbeikommt und sie umstimmt. Aber wir kennen unsere Bridget. Ihr Entschluss steht fest.

Sobald sie ihren einundzwanzigsten Geburtstag gefeiert hat, wird sie an die Klostertür hämmern."

Obwohl er erleichtert war, dass er nicht von einer verrückten irischen Familie entführt und zur Heirat gezwungen werden würde, konnte Will nicht umhin, zuzustimmen, dass es eine schreckliche Schande war, dass eine junge Frau wie Bridget sich für das religiöse Leben entschied.

❧

ALS ER IN DIESER NACHT ZUM SCHIFF ZURÜCKKEHRTE, befanden sich die Ochsen bereits an Bord, nachdem sie vom Viehmarkt in Stoneybatter durch die Straßen Dublins getrieben worden waren, wobei sie sich zwischen dem Verkehr und den Straßenbahnen bis zu den Docks hindurchschlängeln mussten. Die Viehtreiber und ihre Hunde waren offensichtlich ein alltäglicher Anblick auf den Straßen und störten an Markttagen regelmäßig die Geschäfte im Norden Dublins. Will empfand es als seltsam, dass sich dies in einer Hauptstadt abspielte, als wäre sie ein ländliches Dorf.

Wills Abneigung gegen lebende Rinder als Fracht wurde auch auf der Rückfahrt nach Liverpool nicht vermindert. Das Meer war während der achtstündigen Rückfahrt über die Irische See sehr lebhaft, und die Rinder brüllten aus Protest, als sich das Schiff mit der Brandung hob und senkte. Seine schlimmsten Befürchtungen bezüglich des Geruchs bestätigten sich, und er war froh, die Tiere nur mehr von hinten sehen zu müssen, als die *Arklow* auf der anderen Seite des Mersey River in Birkenhead andockte.

Sobald sie Liverpool erreicht und den Rest der Ladung entladen hatten, machte sich Will auf die Suche nach Eddie O'Connor. Der Mann schuldete ihm noch ein paar Bier für den Streich, den ihm seine Brüder in Dublin gespielt hatten.

Doch als er Eddie davon erzählte, was passiert war, wollte er nichts davon wissen. „Komm schon, Will, es ist eine alte Tradition, einen Kerl, der neu in Dublin ist, auf den Arm zu nehmen. Und du bist so grün wie das Gras in Connemara, wenn du glaubst, meine arme alte Mami und meine kleinen Brüder würden dich entführen und zwingen, meine Schwester zu heiraten!" Er grinste Will an. „Und was macht dich so sicher, dass sie dich überhaupt gewollt hätte? Ich sage dir, es gibt weitaus bessere Männer als dich, die versucht haben, unserer Bridget den Hof zu machen."

Will hob den Blick und nickte mit dem Kopf. „Ja, ja, ich weiß. Aber sie wird Jesus heiraten. Deine Brüder haben es mir erzählt. Diese verdammten Mistkerle."

Eddie brüllte vor Lachen und klopfte Will auf die Schultern. „Da hast du recht. Sie sind verdammte Mistkerle. Aber ich liebe sie alle. Oh Gott, Willy Boy, ich vermisse die Familie."

„Warum gehst du dann nicht zurück nach Dublin?"

Eddie lachte verschmitzt. „Vielleicht eines Tages. Nun, ich werde wohl vorher verdursten, wenn du nicht sofort an die Bar gehst und mir etwas zu trinken besorgst."

Als sie sich mit ihren Bieren gesetzt hatten, nahm Eddie einen langen Schluck und zwinkerte Will zu. „Aber es ist kein Wunder, dass dich die Jungs herausgefordert haben, wo du doch ein Junggeselle bist und so. Es ist schon seltsam, dass ein Kerl wie du keine Frau hat. Du bist doch nicht eine von diesen Schwuchteln, oder? Ein warmer Bruder?" Er verzog das Gesicht.

Will rollte mit den Augen und beschloss, die Frage zu ignorieren. „Ich könnte dich genauso gut das Gleiche fragen. Dich und deine vier Junggesellenbrüder."

„Das liegt an Mami. Sie steuert uns mit eiserner Hand, und wie. Deshalb bin ich auch hierhergekommen. Es gibt ein Mädchen, das ich gerne heiraten würde, aber solange ich mit der Familie unter einem Dach lebe, habe ich keine Chance, genug Geld zu sparen, um ihr einen Heiratsantrag machen zu können. Ihr Name ist Maureen." Er kramte in seiner Jackentasche und zog ein Foto heraus. „Ist sie nicht das hübscheste Ding, das du je gesehen hast?"

Will gab ein paar angemessene Geräusche von sich und trank dann sein Bier aus.

„Du hast mir immer noch nicht gesagt, ob im Känguruland ein Mädchen auf dich wartet."

„Nein. Niemand." Endgültigkeit lag in seiner Stimme und es musste Eddie aufgefallen sein, denn der Hafenarbeiter erwiderte nichts. Nach ein paar Minuten ging das Gespräch weiter.

„Wann segelst du wieder?"

„Morgen in der Früh. Ich muss heute Abend wieder an Bord sein." Er warf einen Blick auf die Uhr. „Genaugenommen muss ich jetzt gehen. Ich muss Ladungswache schieben."

Eddie legte eine Hand auf seinen Ärmel. „Ich nehme nicht an, dass du mir etwas Geld leihen könntest? Nur um mich über Wasser zu halten. Immerhin hast du den Jungs geholfen, den Zehn-Schilling-Schein zu versaufen, den ich dir für die Mami gegeben habe."

Will holte einen Schein aus seiner Tasche und reichte ihn Eddie. „Versaufe nicht alles auf einmal, Kumpel."

❦ 10 ❦

KAPITEL ZEHN

Hannah näherte sich verängstigt der geschlossenen Tür des sogenannten Arbeitszimmers ihres Vaters. Der einzige Grund, warum er sie gerufen haben könnte, war, dass sie etwas falsch gemacht haben musste.

Aber Hannah arbeitete immer genau. Meistens hatte Charles Dawson eher an ihrer jüngeren und nachlässigen Schwester etwas auszusetzen. Judith schien ihn zu irritieren, also ging sie ihm aus dem Weg. Hannah war sein Liebling, wenn man bei einem Mann wie Dawson von einem Liebling sprechen konnte. Nicht, dass er oft mit ihr sprach. Die meiste Zeit zog er sich in sein Arbeitszimmer oder in sein Büro zurück. Aber irgendetwas an der Art, wie er sie manchmal ansah, war Hannah unangenehm. Sie konnte nicht genau sagen, warum – sie wusste nur, dass er Judith oder ihre Mutter nie auf diese Weise ansah.

Sie klopfte an die Tür und wurde aufgefordert, einzutreten.

Charles Dawson saß in einem Ohrensessel vor dem Kamin. Auf dem Rost brannte ein loderndes Feuer, und Hannah spürte sofort den Temperaturunterschied zu dem hinteren Teil der Küche, in der ihre Mutter, Judith und sie ihre Zeit verbrachten. Er saß wie immer kerzengerade in seinem Stuhl, die Knie gespreizt und die Arme verschränkt. Als sie ihn ansah, dachte Hannah daran, dass sie sich nicht erinnern konnte, ihren Vater jemals lachen gesehen zu haben.

„Vater?" Sie hörte das Zittern in ihrer eigenen Stimme.

Er starrte sie an, sein Gesicht starr und unergründlich, sagte aber nichts. Sie konnte die Wut spüren, die von ihm ausging.

Hannahs Herz schlug fast bis zum Hals, als er ihr die Bibliotheksausgabe von *Wie Wind in den Straßen* entgegenstreckte.

„Du hast dich mir widersetzt. Ich schäme mich für mein eigenes Kind. Die Frucht meiner eigenen Lenden. Dieses Buch ist abscheulich. Der reinste Dreck."

Hannah begann zu zittern und spürte, wie ihr in einer Mischung aus Angst und Wut die Tränen kamen. Wut über die Ungerechtigkeit, die alldem zugrunde lag.

Er sah sie mit Abscheu an. „Ich habe ein paar Seiten gelesen, und habe das Gefühl, Gift geschluckt zu haben. Es hat mich vergiftet. Schon auf der allerersten Seite." Er schrie bereits. Das Buch hielt er vor sich, die Brille tief auf der Nase, während er von der ersten Seite vorlas. *„Oh verdammt, oh Hölle* – Worte, die vom Teufel stammen, so beiläufig ausgesprochen von dieser ... dieser ehebrecherischen Frau. Wie konntest du so etwas Verwerfliches in dieses Haus bringen? Du, meine eigene Tochter? In diesem Buch geht es um eine Frau, die ein Verhältnis mit einem verheirateten Mann hat. Das ist abscheulich."

Bevor sie antworten konnte, begann er, die Seiten aus dem Band zu reißen, und warf sie ins Feuer.

„Aber, Vater! Es gehört mir nicht. Es gehört der Bibliothek. Bitte, hör auf!"

Er fuhr fort, wie wild das Buch zu zerreißen. „Ich werde

diesen gottlosen Leuten genau sagen, was ich von den entarteten, unmoralischen, perversen Werken halte, mit denen sie bei jungen Frauen hausieren gehen. Es ist eine Schande. Ist es das, wofür ich den Mitgliedsbeitrag bezahle? Du wirst diesen Ort nie wieder betreten. Ich schäme mich für dich." Sein Körper zitterte wie besessen.

Hannah schaute auf das Feuer und beobachtete das Knistern der Flammen, die die Seiten verschlangen, mit denen er es weiter fütterte.

Solange sie sich nicht entschuldigen und die unvermeidliche Strafe erleiden würde, müsste sie vor ihm stehen bleiben. Die Hände auf dem Rücken verschränkt, presste sie ihre Fingernägel in das Fleisch ihrer Handflächen. Die Worte taten ihr weh. „Es tut mir leid, Vater, ich war nur neugierig. Ich hatte keine Ahnung. Ich habe noch nichts davon gelesen. Mir hat nur der Titel gefallen. Das war alles. Ich wusste nicht, dass es ein schlechtes Buch ist." Die Lügen sprudelten aus ihr wie ein Fluss.

„Es gibt nur ein gutes Buch. Alle anderen sind das Werk des Teufels." Er fuhr fort, das Buch zu zerreißen und drehte sich zu ihr um, seine Augen kalt und wütend. „Und dieses Buch wurde von einer *Frau* geschrieben. Einer sündigen Tochter von Eva. Noch dazu eine Jüdin, die sich von den Lehren des Herrn abgewandt hat. Und du wagst es, diese Abscheulichkeit in mein Haus zu bringen."

Das anschließende Schweigen zog sich lange hin, doch gerade, als Hannah fragen wollte, ob sie den Raum verlassen dürfe, ergriff er wieder das Wort.

„Du bist eine Schlange inmitten dieses Hauses. Du bist eine Lügnerin. Du hattest dieses böse und sündige Buch unter deiner Matratze versteckt, weil du dachtest, es würde unentdeckt bleiben. Du bist eine betrügerische Isebel."

Wer hatte das Buch gefunden und sie verraten? Hannah

konnte sich nicht vorstellen, dass ihre Mutter die Kraft oder den Willen aufbringen könnte, die Matratze anzuheben. Und Judith konnte es ja wohl nicht gewesen sein. Ihre Schwester würde ihr Vertrauen niemals missbrauchen, und sie wusste nicht einmal, dass das Buch dort lag, oder doch?

Es dauerte nicht lange, bis diese Frage beantwortet war. Ihr Vater griff in seine Brusttasche und streckte ihr das Foto ihrer Tante entgegen. Das Blut schwand aus Hannahs Gesicht.

„Du hast deiner Schwester von dieser ... dieser ... Frau erzählt. Ich habe gehört, wie Judith deine Mutter fragte, ob sie eine Schwester habe. Sie sagte, du hättest ein Bild. Ich habe es zusammen mit diesem schmutzigen Buch unter deiner Matratze gefunden." Er sprach so schnell, dass Speichel durch den Raum flog, als er das anstößige Bild über seinem Kopf schwenkte. „Hinterlistige Kreatur! Du bist genau wie *sie*. Genauso schlimm wie diese dreckige, schmutzige Hure. Eine Verführerin. Eine Ehebrecherin." Er sah sie auf jene Weise an, die ihr immer Unbehagen bereitete. Jetzt wusste sie, warum. Es war ein Blick, der teils aus Hass und Verachtung, teils aus einer Art Verlangen bestand. Hätte sie nicht gewusst, dass es unmöglich war, dass ein Vater solche Gefühle für sein eigenes Kind hegte, hätte sie es für Begierde gehalten. Hannah hatte plötzlich Angst. Er war ihr eigener Vater. Es war nicht richtig, dass er sie ansah, als wolle er ihr die Kleider vom Leib reißen, ihr wehtun und sie dann umbringen.

Bevor sie irgendetwas tun konnte, hatte er das Bild von Elizabeth in zwei Hälften gerissen und in die Flammen geworfen, wo Hannah zusah, wie es Feuer fing, schwarz wurde und verbrannte. Sie stieß ein leises Schluchzen aus.

Der Schlag landete in ihrem Gesicht, bevor sie ihn kommen sah. Sie taumelte nach hinten und prallte mit der

Hüfte schmerzhaft gegen den Beistelltisch, das einzige andere Möbelstück im Raum. Die Bibel, die obenauf lag, fiel auf den Boden, was Dawson noch wütender machte. Er packte Hannah am Arm, zog sie zu sich heran und schlug ihr ein zweites Mal ins Gesicht.

Der Schmerz traf sie, wie ein Peitschenschlag; schneidend, brennend, stechend. Der Geschmack von Blut in ihrem Mund. Metallisch, warm. Sie kämpfte gegen die Tränen an. *Zeig ihm keine Schwäche. Gönne ihm nicht die Genugtuung. Lass ihn nicht gewinnen.*

Er bückte sich und hob die schwere, in Leder gebundene Bibel auf. Er zwang sie auf die Knie, und während er mit der Hand an ihrem Haar zog, begann er laut zu lesen.

„Die Lippen der Hure sind süß wie Honigseim,
    und ihre Kehle ist glatter als Öl.
    Hernach aber ist sie bitter wie Wermut,
    und scharf wie ein zweischneidiges Schwert.
    Ihre Füße laufen zum Tode hinab;
    ihre Schritte führen ins Totenreich."

Tränen und Blut vermischten sich in Hannahs Gesicht, doch sie konnte ihre Rocktasche nicht erreichen, um ein Taschentuch herauszuholen. Sie gab sich dem Schluchzen hin. Das machte ihren Vater noch wütender, woraufhin er sie stärker an den Haaren zog und ihren Kopf zurückriss, damit sie seinem Blick nicht ausweichen konnte.

„In der Offenbarung heißt es: *Aber ich habe wieder dich, dass du duldest das Weib Isebel, die sich eine Prophetin nennt und meine Knechte lehrt und verführt, Unzucht zu treiben und Götzenopfer zu bringen."*

Er schlug sie erneut und Hannah verlor das Bewusstsein.

ALS SIE WIEDER ZU SICH KAM, LAG SIE AUF DEM TEPPICH vor dem Feuer, ihre Wange glühte von den Schlägen. Hannah hörte Judith sprechen und erkannte verschwommen die Gesichtszüge ihrer Schwester. „Es ist in Ordnung, Hannah. Er ist weg. Er hat das Haus verlassen. Du bist jetzt in Sicherheit. Wir werden uns um dich kümmern."

Hannah spürte eine Hand auf ihrer Stirn und bemerkte, dass es die ihrer Mutter war.

„Er hätte das nicht tun dürfen." Sarah sah sie an, Sanftmut ersetzte ihren üblichen starren Blick. „Hat er dir sonst noch etwas angetan? Ich meine – abgesehen davon, dass er dich geschlagen hat?"

Hannah setzte sich auf. „Was meinst du damit? Abgesehen davon, dass er mich geschlagen hat? Reicht dir das nicht? Er hat mich zweimal geschlagen. Er hat mich so geschlagen, dass ich ohnmächtig wurde."

„Ich meine ... schon gut. Judith, geh und mach deiner Schwester einen Tee. Nimm viel Zucker."

Judith verließ den Raum und warf Hannah ein reumütiges Lächeln zu, als sie ging.

„Ich meine, hat er dich angefasst? Dich sexuell belästigt?" Sarahs Gesicht war blass, ihre Augen verengten sich.

Hannah war fassungslos. „Was ist das für eine Frage? Das ist zu abscheulich. Er ist mein Vater! Wie kannst du so etwas überhaupt fragen?"

Die Stimme ihrer Mutter war ruhig und kontrolliert, aber ihre Resignation war von Traurigkeit gezeichnet. „Weil ich gesehen habe, wie er dich ansieht. Weil ich weiß, wozu er fähig ist." Sie strich ihrer Tochter eine Haarsträhne aus dem Gesicht. „Er hat sich einem der Dienstmädchen aufgedrängt, als wir noch in dem anderen Haus wohnten. Natürlich hat er es abgestritten. Ich musste sie bezahlen, damit sie nicht zur Polizei ging." Sie wandte den Kopf ab. „Ich fürchte, ich habe ein Monster geheiratet, und es hat Jahre gedauert, in denen ich meine Augen vor seinen Missetaten verschlossen hatte, bis ich es mir selbst – geschweige denn dir – eingestehen konnte."

„Aber, aber … er ist ein gottesfürchtiger Mann, der die Kirche verehrt. Er ist voll von religiösen Überzeugungen. Stets verurteilt er die fleischlichen Sünden. Wie kann das, was du sagst, wahr sein? Das kann ich nicht glauben."

„Du musst mir glauben. Dein Vater ist ein Heuchler der schlimmsten Sorte. Er hat diese Familie ruiniert. Er hat die Firma meines Vaters ruiniert. Er hat mein Leben ruiniert."

„Wovon sprichst du, Mutter? Ich verstehe das nicht."

„Ich habe dich schon vor Jahren gewarnt, ihn nicht zu provozieren, indem du Elizabeths Namen erwähnst. Und jetzt stellt sich heraus, dass du ein Foto von ihr aufbewahrt hast." Sarah Dawson tauchte ein Tuch in eine Schüssel und wischte damit über Hannahs Stirn. „Törichtes Mädchen. Du solltest mittlerweile wissen, wie er ist." Sie hielt inne. „Wo ist das Foto?"

„Er hat es ins Feuer geworfen."

Sarah drehte den Kopf und blickte mit verzerrtem Gesicht in die Glut, die dabei war zu erlöschen.

Plötzlich sagte Hannah trotzig: „Warum können wir nicht über meine Tante sprechen? Sie ist deine Schwester. Warum darf man sie nicht erwähnen?"

„Er hat sie vertrieben. Ich habe mich dazu entschieden, ihm und nicht ihr zu glauben. Solange ich lebe, werde ich mir das nie verzeihen." Sie legte ihre Finger an die Lippen. „Irgendwann werde ich dir alles erzählen, aber nicht jetzt. Judith wird gleich zurück sein."

„Hat sie nicht auch ein Recht darauf, es zu erfahren?"

„Judith ist eigensinnig und unvorsichtig. Außerdem ist sie so zerbrechlich. Es ist schon schlimm genug, dass er dich verprügelt. Wenn er jetzt auch noch auf sie losgehen würde ..."

Judith kam mit einem kleinen Tablett ins Zimmer zurück. „Hier, Han. Damit wirst du dich gleich besser fühlen."

Sarah stand von ihrem Platz auf, auf dem sie neben Hannah auf dem Teppich kniete. „Geht ihm aus dem Weg. Alle beide. Ich gehe jetzt ins Bett. Ich möchte kein Abendbrot. Wenn ihr vernünftig seid, geht ihr zu Bett, sobald ihr gegessen habt." Sie ging zur Tür und schaute dann zu den beiden zurück. „Und schließt eure Schlafzimmertür ab."

❧

CHARLES DAWSON KAM MEHRERE TAGE LANG NICHT NACH Hause. Hannah hatte keine Ahnung, ob er auch nicht im Büro gewesen war, da sie nicht zur Arbeit ging. Ihr Gesicht war aufgedunsen und blau von den Schlägen, die er ihr versetzt hatte, doch es gab keine ernst zu nehmenden Verletzungen. Das Schlimmste jedoch war die Erkenntnis, dass sie Angst hatte. Angst davor, ihren eigenen Vater zu treffen. Zwei Tage lang blieb sie im Haus und schämte sich, ihr Gesicht in der Öffentlichkeit zu zeigen.

Sollte Hannah erwartet haben, dass die Besorgnis ihrer Mutter einen Neuanfang bedeutete, würde sie bald enttäuscht werden. Sarah kehrte in ihren üblichen Zustand der Energielosigkeit zurück und verbrachte Stunden im Bett. Es gab keine Anzeichen dafür, dass sie bereit war, weitere Informationen über ihre Vergangenheit oder ihre Schwester Elizabeth preiszugeben.

Am dritten Tag, als sie sich nach frischer Luft sehnte, beschloss Hannah, einen Spaziergang am Strand zu machen. Sie zog sich eine alte Schottenmütze tief in die Stirn, bedeckte ihr Gesicht so gut wie möglich mit einem gestrickten Schal und machte sich auf den Weg, wobei sie die Hauptverkehrsstraßen mied. Nachdem es ein kalter und stürmischer Nachmittag war, wusste sie, dass sich kaum Menschen am Meer aufhalten würden.

Sie ging in die Bibliothek, um zu gestehen, dass sie das Buch *Wie Wind in den Straßen* nicht zurückgeben konnte. Hannah wartete, bis die junge Bibliothekarin, die sie am besten kannte, allein am Schalter saß, und erzählte ihr, was passiert war. Ursprünglich hatte sie vorgehabt, eine Geschichte über einen Hund zu erfinden, der das Buch zerstört hatte, doch sie war eine schlechte Lügnerin. Nein, die Wahrheit war immer besser. Sie erklärte, dass ihr Vater einer religiösen Sekte angehörte, die der Meinung war, dass alle Bücher außer der Bibel vernichtet werden sollten.

Die Frau starrte sie mit offenem Mund an. „Er hat es ins Feuer geworfen?"

Hannah nickte. Sie war sich darüber bewusst, dass die Bibliothekarin sie genau musterte, und hoffte, dass ihr Schal und ihre Mütze die blauen Flecken noch verdeckten.

Die Frau schaute auf die Uhr hinter ihrem Schreibtisch. „Es ist Zeit für eine Pause. Komm mit." Sie trat hinter den Tresen und führte Hannah am Ellbogen in den hinteren Teil des Raumes und durch eine Tür in einen kleinen Vorraum. Neben mehreren Stühlen stand dort ein hölzerner Servierwagen mit einem Wasserkocher und einer Sammlung von Tassen und Untertassen.

Sie setzten sich nebeneinander.

„Dein Vater hat dich geschlagen, nicht wahr?"

Hannah hob reflexartig ihre Hand an ihr Gesicht.

„Lass mich sehen." Die Bibliothekarin zog den Schal hinunter und zuckte zusammen, als sie das Ausmaß der Prellungen sah. „Das sollte man ihm nicht durchgehen lassen. Niemandem, und schon gar nicht seinem eigenen Vater. Viel-

leicht könntest du versuchen, es einem Priester zu erzählen –
oder sogar der Polizei?"

„Nein. Bitte. Das würde alles nur noch schlimmer
machen." Sie stand auf. „Ich wollte Ihnen nur sagen, dass mir
das mit dem Buch leid tut, und Sie warnen, dass er hierher-
kommen und einen Aufstand machen könnte." Sie zog ihren
Schal wieder hoch, winkte der gutherzigen Bibliothekarin mit
der Hand zu und stieß die Tür auf. „Ich habe kein Geld. Aber
ich werde versuchen, einen Weg zu finden, die Bibliothek zu
entschädigen."

„Mach dir keine Sorgen. Es gehen viele Bücher verloren.
Und wenn er hier auftaucht, kann er was erleben. Bücher zu
verbrennen! Ist sein Name Adolf Hitler?"

Hannah ging los.

Die Bibliothekarin milderte ihren Tonfall. „Bitte warte."

Hannah schüttelte den Kopf, verließ die Bibliothek und
wünschte sich, nicht hergekommen zu sein.

Als sie in Richtung Ufer ging, bereute sie es, der Frau die
Wahrheit gesagt zu haben. Ihre Freundlichkeit hatte die
Sache fast noch schlimmer gemacht. Hannah hasste es, sich
selbst zu bemitleiden, geschweige denn das Mitleid anderer
auf sich zu ziehen, und jetzt hatte sie zusätzlich die Sorge,
dass die Frau es jemand anderem erzählen könnte. Es wäre
besser gewesen, zu sagen, dass sie das Buch in der Straßenbahn vergessen hatte. Ihre Nerven kribbelten vor Angst und
ihr Magen rebellierte. Was hatte sie getan? Warum war sie so
dumm gewesen?

Wie sie gehofft hatte, war der Strand menschenleer. Die Flut
war gerade im Anmarsch. Hannah ging zügig über den harten,
nassen Sand und dachte immer noch darüber nach, was die Frau
gesagt hatte. Was wäre, wenn sie zur Polizei ginge? Würde man
ihr dort vielleicht helfen können? Irgendetwas sagte ihr, dass ihr
Vater jegliche Anschuldigungen von sich weisen würde, selbst

wenn die Polizei sich für eine Angelegenheit innerhalb einer Familie interessieren sollte – er würde einen Weg finden, sie davon zu überzeugen, es wäre ein Unfall gewesen. Dann wäre sie schutzlos seiner noch größeren Wut ausgeliefert.

Sie hatte jene Nacht vor einigen Jahren nicht vergessen können, in der Judith und sie weinend im Bett gelegen hatten, als sie hörten, wie ihr Vater ihre Mutter im Nebenzimmer verprügelte und immer wieder rief: *„FRAUEN, UNTERWERFT EUCH DEN EIGENEN EHEMÄNNERN WIE DEM HERRN.“* Es hatte fast zehn Minuten gedauert, und die Schreie ihrer Mutter hatten sie bis ins Mark erschüttert. Als sie am nächsten Morgen, nachdem er das Haus verlassen hatte, versuchten, sie zu trösten, hatte Sarah sie weggestoßen.

Hannah marschierte weiter, weiter als sonst, über Waterloo und Crosby hinaus, fast bis nach Hightown. Als sie zum Himmel blickte, sah sie, dass dort dunkle Wolkenbänke hingen. So beschloss sie, umzudrehen und den Rückweg anzutreten, da sie keinen Schirm dabeihatte, als sie in der Ferne die Umrisse eines Mannes wahrnahm, der auf sie zuging. In ihrer Tasche kreuzte Hannah die Finger und hoffte, dass er vom Strand abbiegen würde, bevor sie sich begegnen würden. Sie blickte sich besorgt um, doch das Ufer war menschenleer. Den Blick auf die ferne Stadt gerichtet, erhöhte sie ihr Tempo und versuchte, zielstrebig und selbstbewusst zu wirken, wobei sie ihren Schal höher zog, um ihr Gesicht zu bedecken.

Er war jetzt etwa fünfzig Meter von ihr entfernt, und an der Stelle, an der sie sich begegnen würden, befanden sich die Dünen näher am Meer. Sie konnte ihm also nicht weiter ausweichen, es sei denn, sie würde die Dünen hinaufklettern oder ins Meer springen. Irgendetwas an ihm kam ihr bekannt vor. Sie senkte den Blick und ging weiter.

Als sie sich fast auf gleicher Höhe mit ihm befand, hob er seine Mütze, um sie zu grüßen. Sie erkannte den Mann von den Docks an jenem Abend wieder und hörte, wie auch er nach Luft schnappte, als er sie erkannte. „Sie sind es. Ich habe Sie schon überall gesucht. Bitte, warten Sie! Ich möchte Ihnen nichts Böses. Sie sehen nur genauso aus wie jemand, den ich mal kannte."

Hannah ging weiter, dachte an die strengen Worte ihres Vaters, doch der Mann drehte sich um und ging nun neben ihr her. „Ich glaube, Sie könnten mit ihr verwandt sein. Ihr Name ist Elizabeth Morton. Bitte, Miss Dawson." Wieder dieser komische Akzent.

Hannah drehte sich zu ihm um. „Woher kennen Sie meinen Namen? Was wollen Sie von mir?" Sie war unsicher, was sie tun sollte; Angst mischte sich mit Neugierde. Der Mann war älter als sie selbst, wahrscheinlich um die dreißig. Er sah aufrichtig aus, sein Gesicht offen und freundlich, und sie hatte wirklich so viele Fragen. Doch das Letzte, was sie jetzt wollte, war, dass dieser Mann, der ihre Tante gekannt hatte, sie mit einem Gesicht sah, das aussah, als hätte sie ein paar Runden in einem Boxring gegen den Champion gekämpft.

„Ich habe mich in dem Gebäude erkundigt, aus dem Sie gekommen sind. Dort teilte man mir mit, Sie seien Miss Dawson. Der Mann im Büro hat es mir verraten. Auf dem Schild am Gebäude stand *Morton's Coffee Company* geschrieben. Mir wurde klar, dass Sie mit ihr verwandt sein müssen, mit Elizabeth." Er streckte seine Hand aus. „Tut mir leid, ich bin Ihnen gegenüber im Vorteil – mein Name ist William Kidd. Elizabeth Morton war die zweite Frau meines Vaters. In Australien. Von dort komme ich her." Er strich sich das Haar aus der Stirn und setzte seine Mütze wieder auf.

Australien. Daher stammte also der Akzent. Sie reichte ihm die Hand, ohne ihren Handschuh auszuziehen. „Sie kannten sie? Meine Tante?"

„Ja." Sein Gesicht verzog sich zu einem breiten Grinsen

und er ballte die Fäuste in einer Geste des Triumphs. „Ich *wusste, dass* Sie verwandt sein müssen. Sie sind ihr Ebenbild."

Hannah verspürte eine kleine Welle der Freude. Er hatte ein hübsches Gesicht und strahlende Augen. Sie beschloss, dass sie ihn mochte. Sehr sogar.

„Ihre Mutter? Ist sie die Schwester von Elizabeth?"

Hannah schaute sich um, weil sie befürchtete, dass jemand sehen könnte, wie sie mit diesem Mann sprach, doch der Strand war leer. „Ja. Meine Tante ging weg, als ich noch ein kleines Kind war. Bis jetzt wusste ich nicht, wohin sie gegangen ist. Ich hatte ein Foto, bis vor Kurzem." Sie verspürte einen Gefühlsausbruch und hatte Mühe, ihn zu verbergen. „Ist sie noch am Leben? Geht es ihr gut?" Fragend blickte sie in sein Gesicht, ihre Aufregung wuchs.

Will schloss für einen Moment die Augen. „Soweit ich weiß, ja, aber ich habe sie seit mehr als zehn Jahren nicht mehr gesehen."

„Oh." Die Enttäuschung verschlang sie. Sie wollte mehr erfahren. „Sie sagten, sie sei mit Ihrem Vater verheiratet?" Hannah runzelte verwirrt die Stirn.

„Mein Vater ist schon seit vielen Jahren tot. Ich befürchte, das ist der Grund, warum ich den Kontakt zu Elizabeth verloren habe." Ein Stirnrunzeln verdunkelte seine Züge, und er blickte auf das Meer, um ihr nicht in die Augen sehen zu müssen.

Nach einem Moment drehte er sich wieder zu ihr und sah sie diesmal aufmerksam an. Hannah spürte, wie ihr das Blut ins Gesicht schoss. Was hatte er an sich, das diese Wirkung auf sie haben sollte? Es musste an der Art liegen, wie er sie ansah. Hannah konnte sich nicht erinnern, dass sie jemals zuvor jemand so angesehen hatte. Als wäre sie der einzig andere Mensch auf der Welt. Als gäbe es den Rest der Welt nicht − nur diesen leeren Strand und die beiden. Ihr Herz machte einen kleinen Sprung. Dann erinnerte sie sich an ihre blauen Flecken und zog an ihrem Schal, um ihn fester um die untere Hälfte ihres Gesichts zu ziehen. Sie spürte, dass er sie immer noch ansah, und wollte weg, bevor er sehen konnte, was ihr Vater ihr angetan hatte – und doch wollte sie nicht aufhören, mit ihm zu sprechen, wollte sich nicht von ihm entfernen.

„Möchten Sie vielleicht irgendwo eine Tasse Tee trinken, Miss Dawson? Wir haben eine Menge zu besprechen."

Nichts wollte sie lieber als das. Doch das würde bedeuten, dass er ihr ganzes Gesicht sehen würde. Den hässlichen blauen Bluterguss an ihrem Kiefer und den Schnitt an ihrer Unterlippe. „Ich kann nicht", sagte sie schnell. „Ich muss zurück, werde auf der Arbeit erwartet. Es tut mir leid. Ich kann nicht mit Ihnen sprechen, Mr. Kidd, aber ich bin wirklich froh, dass Sie meine Tante kannten. Auf Wiedersehen." Ohne Rücksicht darauf zu nehmen, dass sich ihre Schuhe voll Sand füllen würden, stolperte sie ohne zurückzublicken die Dünen hinauf in Richtung der nahen Straße. Ihre letzten Worte mussten unzusammenhängend geklungen haben. Während sie durch den tiefen Sand watete, spürte sie, dass er ihr immer noch nachblickte.

❧

SPÄTER VERFLUCHTE SIE IHRE DUMMHEIT. WARUM WAR SIE weggelaufen? Warum hatte sie sich nicht an einem anderen Tag wieder mit ihm verabredet? Die Verletzungen in ihrem Gesicht würden bald verheilt sein. Warum war es so wichtig, wie ihr Gesicht aussah, wenn sie doch nur mit ihm über ihre Tante reden wollte? Doch sie wusste, dass das nicht die Wahrheit war. Über Tante Lizzie zu reden, war ein Mittel zum Zweck. Sie befürchtete, dass er, wenn er die Schnitte und blauen Flecken in ihrem Gesicht sehen würde, nicht die

Anziehungskraft für sie empfinden könnte, die sie bereits für ihn zu empfinden begann.

Warum dachte sie überhaupt darüber nach? *Reiß dich zusammen*, ermahnte sie sich selbst. Mr. Kidd war ein Fremder, mit dem sie lediglich eine gemeinsame Bekanntschaft teilte. Nicht mehr als das.

❧

WILL STAND AM UFER UND BEOBACHTETE DIE JUNGE FRAU, die davoneilte. Irgendetwas stimmte nicht. Warum verbarg sie ihr Gesicht hinter dem Schal? Es war zwar kalt, aber nicht so kalt. Was hatte sie zu verbergen? Alles, was er hatte sehen können, waren ihre Augen. Große, schöne Augen. Lizbeths Augen. Sie hatte verängstigt gewirkt, und er glaubte nicht, dass es an ihm lag.

Er erinnerte sich daran, was der Angestellte bei *Morton's* gesagt hatte: dass ihr Vater wütend sein würde, wenn er wüsste, dass Will nach ihr fragte. Obwohl sie nur ein paar Minuten miteinander gesprochen hatten, fühlte er sich zu ihr hingezogen. Er beschloss, ihr zu folgen, doch als er die andere Seite der Dünen erreichte, war sie bereits im Netz der Wohnstraßen verschwunden.

Die Auswirkungen des Zusammentreffens mit dieser jungen Frau waren – bei aller Liebe – größer als erwartet. Will war überzeugt, dass er dazu bestimmt war, sie kennenzulernen. Warum sonst wäre er ihr in den wenigen Stunden Freizeit, die er im Hafen hatte, bevor die *Arklow* nach Dublin zurückkehrte, noch einmal begegnet? Für jemanden, der geglaubt hatte, gegen Frauen immun zu sein, übte diese Frau bereits eine starke Anziehungskraft auf ihn aus. Sein Instinkt sagte ihm, dass sie in irgendwelchen Schwierigkeiten steckte.

Während er zum Schiff zurückging, dachte er über Miss Dawsons Verhalten nach und fragte sich, warum er sich so viele Gedanken machte. Elizabeth war aus seinem Leben verschwunden. Aber die Gefühle, die diese junge Frau in ihm hervorgerufen hatte, waren nicht nur darauf zurückzuführen, dass er Elizabeth geliebt hatte, es lag an dem Mädchen selbst. In so kurzer Zeit war sie ihm direkt unter die Haut gegangen.

KAPITEL ELF

❧ II ❧

KAPITEL ELF

Er war nach Hause gekommen. Hannah, ihre Mutter und ihre Schwester aßen gerade zu Abend, als Dawson ankam und die Haustür zuschlug, als er das Haus betrat. Die drei Frauen blickten sich an, legten ihr Besteck ab und warteten darauf, dass er den Raum betrat, wobei ihnen die Angst ins Gesicht geschrieben stand. Doch er kam nicht herein. Stattdessen ging er direkt in sein „Arbeitszimmer".

Seine Stimme hallte zwischen den Wänden. „Warum brennt hier drinnen kein Feuer?"

Hannah stand auf. Ihre Mutter hielt sie – unerwarteterweise – mit einer Hand am Arm zurück. „Ich werde gehen."

Nachdem Sarah den Raum verlassen hatte, rollte Judith mit den Augen. „Wenn ein Feuer angezündet worden wäre, hätte er uns angeschrien, weil wir in einem leeren Raum Brennholz verschwendet haben."

„Ich weiß. Wir können nicht gewinnen."

Beide seufzten, nahmen ihre Messer und Gabeln in die Hand, doch keine von beiden hatte noch Appetit. Ein paar Minuten später begann das Geschrei.

Die Räume waren klein, doch die Wände waren dick, und die beiden Mädchen bemühen sich, zu hören, was gesagt wurde. Schweigend, als könnten sie die Gedanken der anderen lesen, erhoben sie sich vom Tisch, gingen in den Flur und stellten sich vor die Tür zum Arbeitszimmer ihres Vaters. Das Holz war dünner als der Backstein.

Die Stimme des Vaters war ein unhörbares Grollen, doch die ihrer Mutter war klar. „Ich muss verrückt gewesen sein, als ich mich entschieden habe, dich zu heiraten."

„Du hast mich geheiratet, weil dich sonst niemand genommen hätte." Dawson erhob seine Stimme und sprach nun deutlich. *„Ich habe dich* wegen *Morton's Coffee* geheiratet. *Ich habe dich* geheiratet, weil ich davon ausging, dass dein nichtsnutziger Vater einmal das Richtige tun würde, indem er mir die Firma übergibt. Aber er muss dich genauso abgrundtief verachtet haben wie ich. Deshalb hat er mich rausgeschmissen und die Firma verkauft."

„Er hat das Unternehmen verkauft, weil er wusste, dass du inkompetent bist. Er wusste, dass du das tun würdest, was du getan hast, sobald du es in die Hände bekommen würdest: es in den Ruin treiben. *Morton's* war einmal ein erfolgreiches Unternehmen. Du hast es ruiniert."

Judith und Hannah sahen sich gegenseitig an. Sie konnten sich nicht daran erinnern, wann ihre Mutter das letzte Mal etwas gegen ihren Vater gesagt hatte.

Die Antwort von Charles Dawson war nicht hörbar – zumindest die Worte nicht. Doch das Geräusch des Schlags, den ihrer Mutter einstecken musste, war deutlich zu hören, sogar durch die Tür hindurch.

Trotzig vor Schmerz sprach sie weiter. „Das ist die einzige Antwort, die dir einfällt. Immer die Faust."

„Sei still, Weib! Zeige Respekt! Ich bin dein Mann und Herr. *Du gehörst mir.*"

„Du bist kein Mann. Du bist schwach. Du bist nutzlos. Ein Feigling. Mein Vater hatte recht."

Ein weiterer Schlag, gefolgt von Sarahs dumpfem Wimmern.

Hannah griff nach dem Türgriff, doch ihre Schwester packte sie an der Hand und hielt sie zurück. „Tu es nicht. Das macht es nur noch schlimmer für sie. Für uns alle."

„Du widersetzt dich mir." Dawsons Stimme wurde immer lauter, von Wut verzerrt. „Du bist wie eine fette Schnecke. Du warst schon immer einfältig. Die Hässliche. Und deine Schwester war eine Hure. Deine Tochter ist auch eine."

Hannah keuchte.

„Sprich nicht von meiner Schwester oder meiner Tochter. Die, falls du es vergessen hast, auch deine Tochter ist." Das Geräusch, als sie gegen die Türe prallte, erklang.

Hannah zitterte, hatte Angst vor dem, wozu ihr Vater fähig sein könnte. „Lass uns reingehen. Wir sind zu dritt. Wir können ihn aufhalten."

„Nein. Bitte, Han. Du machst es nur noch schlimmer", flüsterte Judith, Tränen liefen ihr über die Wangen.

„Ich hätte Lizzie glauben sollen." Sarahs Stimme erhob sich fast einem Schreien. „Ich war eifersüchtig auf sie. Dumm von mir. Sie gab mir keinen Grund dazu. Es war meine Schuld. Alles meine eigene dumme Schuld. Und Gott weiß, warum." Ihre Worte wurden vom Schluchzen verzerrt.

Der Schrei, als er sie erneut schlug, war markerschütternd. *„Du sollst den Namen des Herrn, deines Gottes, nicht missbrauchen."*

„Du bist ein Heuchler. All dein Lesen in der Bibel und deine Religiosität, dabei bist du nur ein dreckiger Perverser, der seine eigene Lust nicht kontrollieren kann. Ich habe gesehen, wie du Hannah ansiehst. Und es ist genau das, was ich auch damals gesehen habe. Die Blicke, die du Lizzie zugeworfen hast. Meiner *Schwester*. Ich weiß, was du mit ihr gemacht hast. Ich habe es immer gewusst. Ich habe mir nur vorgemacht, es nicht zu wissen."

Judith umklammerte Hannahs Arm, ihre Augen waren groß und voller Tränen.

Hannah versuchte, sie zurück in die Küche zu ziehen, doch Judith schüttelte sie ab und blieb wie angewurzelt stehen.

„Du hast Elizabeth vergewaltigt. Du hast dich ihr aufgedrängt. Dann hast du mich gezwungen, sie aus dem Haus zu werfen. Du hast sie weggeschickt. All die Jahre und ich habe keine Ahnung, wo sie ist. Meine eigene Schwester. Du hast sie zerstört, wie du mich zerstört hast."

„Deine Schwester war eine Ehebrecherin. Sie hat mich mit Alkohol betäubt und kam in mein Bett."

Sarahs Stimme wurde lauter. „*Dein* Bett? Du meinst ihr Bett. Du bist in ihr Zimmer gegangen und hast sie vergewaltigt. Ich habe dich da drin gesehen, wie du betrunken auf ihrem Bett gelegen hast."

„Sie hat mich dorthin gelockt. Sie ist eine Isebel."

„Um Gottes willen, hör auf zu lügen."

Ein weiterer Schlag, dann: „Ich habe es dir gesagt – *du sollst den Namen des Herrn, deines Gottes, nicht missbrauchen.*"

Nach einer kurzen Stille erklang erneut Sarahs Stimme. „Verschwinde. Und zwar sofort. Ich werde dem Pastor genau sagen, was für ein Mann du bist."

„Und warum sollte der Pfarrer auf eine *Frau* hören?" Er sagte das letzte Wort, als sei es etwas Schmutziges.

Hannah und Judith hörten, wie ihr Vater lachte. „Der Pastor weiß, was für eine schlechte Ehefrau du mir gewesen bist. Er weiß, was für eine armselige Christin du bist. Eine faule, untätige, nutzlose Frau. Unfähig, mir mehr als einen Sohn zu schenken, bist du jetzt unfruchtbar und verschrumpelt. Du hast es nicht einmal geschafft, meinen Sohn am Leben zu erhalten."

Sie konnten das Weinen ihrer Mutter kaum noch hören. Diese letzten Worte schienen den Kampf in ihr beendet zu haben.

Hannah fand Judiths Hand. Sie sahen sich an, gingen die Treppe hinauf in ihr Schlafzimmer und schlossen die Tür ab. Ein paar Minuten später hörten sie das Knallen der Eingangstür, als ihr Vater das Haus verließ.

Hannah sagte: „Komm. Wir müssen jetzt zu Mutter gehen. Sie braucht uns."

Sie öffneten die Tür zum Arbeitszimmer ihres Vaters und erschraken. Ihre Mutter lag auf dem Boden vor dem leeren Kamin, ihr Gesicht blutverschmiert. Sie hielt sich mit der rechten Hand die linke und stöhnte: „Ich glaube, sie ist gebrochen." Gekrümmt vor Schmerzen fügte sie hinzu: „Mein Handgelenk hat bei dem Sturz das ganze Gewicht abgefangen."

Hannah half ihr, sich hinzusetzen. „Wir müssen dich ins Krankenhaus bringen."

„Nein!" Sarah sah verzweifelt aus. „Sie werden Fragen stellen."

„Nun, sie brauchen Antworten. Diesmal ist er zu weit gegangen." Sie sah ihre Schwester Hilfe suchend an.

Judith war in Tränen aufgelöst. „Oh, Mutter. Ich kann nicht glauben, dass er so grausam sein kann. Wir müssen dich ins Krankenhaus bringen. Vielleicht sollte ich zur Telefonzelle laufen und einen Krankenwagen rufen."

„Nein!" Sarah packte das Handgelenk ihrer jüngeren Tochter mit ihrer unverletzten Hand. „Sie könnten es der Polizei erzählen. Dann wird er auch auf dich losgehen."

Hannah wusste, dass ihre Mutter recht hatte. „Wir werden uns eine Geschichte ausdenken." Sie dachte einen Moment lang nach. „Wir sagen ihnen, dass du mit dem Absatz in einer Straßenbahnschiene hängen geblieben bist.

Du bist gestolpert, gefallen und mit dem Kopf auf den Bordstein geknallt.“

Judith schaute sie skeptisch an.

Hannah runzelte die Stirn.“ Wir müssen alle bei der gleichen Geschichte bleiben. Und jetzt komm mit. Wir müssen dich hinbringen, bevor er zurückkommt.“

Aber er kam in dieser Nacht nicht mehr zurück. Als die drei Frauen aus dem Krankenhaus zurückkehrten, war es fast Mitternacht. Sarahs Handgelenk war schmerzhaft wieder eingerenkt und eingegipst worden, und man hatte ihr Schmerzmittel verschrieben. Judith machte ihnen allen eine Tasse Tee, und sie zogen sich ins Bett zurück, dankbar und erleichtert, dass das Krankenhaus Sarah behandelt hatte, ohne Geld dafür zu verlangen.

Am nächsten Morgen, als Judith zur Arbeit ging, sah Hannah nach ihrer Mutter. Sarahs Gesicht war angespannt und verkrampft. Sie gab Hannah ein Zeichen, sich neben sie auf das Bett zu setzen. Hannah nahm die Hand ihrer Mutter und fragte sie, ob sie etwas Schlaf bekommen hatte.

„Warum bist du so nett zu mir, wenn ich es nicht verdiene? Ich war dir und deiner Schwester eine schlechte Mutter.“

Hannah wollte verneinen, doch Sarah zog ihre Hand weg.

„Sag mir nicht, dass es nicht wahr ist, wenn wir beide wissen, dass es stimmt.“ Sie starrte an Hannah vorbei durch das schmutzige Schlafzimmerfenster. Der Himmel draußen, über den Reihen der Dächer und Schornsteine, war klar. Es gab keine Bäume. Nur lange Straßen mit hässlichen Reihenhäusern aus rotem Backstein, von denen eines dem anderen glich.

„Ich hätte nie gedacht, dass ich einmal an einem Ort wie diesem landen würde.“ Sarahs Stimme klang wehmütig, verwirrt, als wären ihre Worte eher unüberlegt. „Als ich in deinem Alter war, war alles so anders. Keine Geldnot. Ständig neue Kleider. Unser Haus war ein glückliches Zuhause. Voller Musik. Fröhlich." Ihr Blick blieb auf das Fenster gerichtet, als ob sie sich die Szene bildlich vorstellen würde. „Meine Mutter war eine gute, freundliche Frau. Fürsorglich. Liebevoll. Mein Vater war am Boden zerstört, als sie starb. Das waren wir alle. Damals änderte sich alles für uns. Du warst ein Baby, also wirst du dich nicht an sie erinnern."

Die Augen ihrer Mutter quollen über vor Tränen. Hannah hatte sie noch nie so gesehen. Sarah zeigte nie Gefühle. Plötzlich mutig geworden, fragte Hannah: „Warum hast du Vater geheiratet?" Kaum hatte sie es ausgesprochen, bereute sie es, denn sie erinnerte sich an die Grausamkeit der Worte ihres Vaters am Abend zuvor.

Doch Sarah zeigte den Anflug eines Lächelns. „Damals war ich ein wenig verrückt. Eigensinnig. Unüberlegt. Trotzig. Meine Eltern mochten deinen Vater nicht. Manchmal denke ich, dass ich es deshalb getan habe. Um Aufmerksamkeit zu bekommen. Um anders zu sein." Sie drehte ihren Kopf und sah ihre Tochter an. „Ich habe es nie jemandem gegenüber zugegeben, nicht einmal mir selbst, aber der Hauptgrund war, dass ich eifersüchtig auf meine Schwester gewesen bin." Sie sah auf ihre Hände hinunter und verschränkte die Finger ineinander. „Auf Elizabeth. Sie konnte Charles nicht leiden."

Hannah presste ihre Lippen zusammen. Es war kaum zu glauben, dass ihre Mutter sich ihr gegenüber endlich öffnete.

„Elizabeths Verlobter, Stephen, wurde im Krieg getötet. Ich glaube, sie muss ihn wirklich geliebt haben, denn nach dem Krieg hatte sie viele andere Verehrer, die sie jedoch alle abwies." Sie schloss die Augen und holte tief Luft. „Einschließlich deines Vaters."

Hannah unterdrückte ein Keuchen.

„Ich nehme an, ich habe ihr all das verübelt. Sie schien alles zu haben. Sie war beliebt. Eine begabte Musikerin. Sie verstand das Kaffeegeschäft besser, als ich es je tat, und deshalb war sie Papas Liebling. Sie und Mama lasen gern, und beide waren musikalisch. Ich fühlte mich ausgegrenzt. Alles, was ich wollte, war, zu heiraten und Kinder zu haben. Lizzie selbst schien das nicht zu interessieren. Vielleicht habe ich es deshalb getan." Sie wischte sich mit dem Handrücken über die Augen. „Ich bin deinem Vater nachgelaufen, habe mich ihm aufgedrängt. Ich war noch sehr jung, und es war meine Art, Aufmerksamkeit zu bekommen. Mama und Papa mussten endlich auf mich aufmerksam werden. Charles ist fünfzehn Jahre älter als ich, und das gab mir das Gefühl, etwas Besonderes zu sein. Niveauvoller." Sie stieß ein trockenes, brüchiges Lachen aus. „Was für eine dumme Närrin ich doch war. Was für ein erbärmliches, dummes Mädchen."

Hannah war verblüfft.

Sarah drückte kurz Hannahs Hand und ließ sie dann los. „Aber ich würde es nie bereuen, dich und Judith zu haben." Sie schüttelte den Kopf. „Es ist ein Wunder, dass ihr beide euch so gut entwickelt habt, mit einer so nutzlosen Mutter und diesem ... diesem ... Mann als Vater. Ich hätte euch beide schon längst nehmen und gehen sollen, doch ich konnte nirgendwo hin. Ich hatte kein Geld. Und ich musste an euren Bruder denken, bis er starb, und jedes Mal, wenn ich dachte, alles würde gut werden, kam es anders. Seine Wut verschwand nie. Ganz im Gegenteil, sie wurde immer schlimmer. Als Timothy starb, ließ dein Vater es an mir aus. Ich war unendlich traurig und er schlug mich zum ersten Mal. Als ob es meine Schuld wäre, dass Timothy tot ist."

„Oh, Mutter! Warum hast du mir das nicht früher gesagt?"

„Ich habe mich geschämt. Ich hatte gehofft, du würdest es nie herausfinden. Ich gab mir selbst die Schuld. Er sagte mir immer wieder, es sei meine Schuld, weil ich mich nicht gut genug um Timothy gekümmert hätte." Sie schaute Hannah zum ersten Mal in die Augen. „Er hat Lizzie weggejagt. Oder besser gesagt, er hat *mich* dazu gezwungen, es zu tun. Ich habe meine eigene Schwester aus ihrem Haus geworfen. Aus unserem Familienhaus. Mitten in der Nacht. Vor achtzehn Jahren, und seither habe ich nichts mehr von ihr gehört. Sie könnte ebenso gut tot sein." Sie begann wieder zu weinen.

„Ich glaube nicht, dass sie tot ist, Mutter."

„Was meinst du?"

„Ein Mann. Am Strand. Er fragte mich, ob ich sie kenne. Er sagte mir, ich sähe aus wie sie."

„Das tust du. Oh, Hannah, jedes Mal, wenn ich dich ansehe, bricht es mir das Herz, wenn ich daran denke, was ich meiner eigenen Schwester angetan habe."

„Der Mann ist aus Australien."

Sarah richtete sich auf. „Australien?"

„Er sagte, sein Name sei Will Kidd und Elizabeth sei mit seinem Vater verheiratet gewesen."

Ihre Mutter hob ruckartig ihre Hände an ihren Mund. „Sie hat ihn geheiratet? Mr. Kidd?" Die Farbe war aus Sarahs Gesicht gewichen. „Ich habe angenommen, sie hätte das Ticket, das mein Vater ihr geschickt hatte, genutzt, um nach Sydney zu reisen. Aber ich hätte nie gedacht, dass sie diesen Mann heiraten würde. Was hat er noch gesagt?"

Hannah war verwirrt. „Was meinst du damit, dass sie diesen Mann geheiratet hat? Hatte sie ihn schon gekannt? Den Vater von Will Kidd?"

Sarah ignorierte die Frage. „Was hat er noch gesagt?", wiederholte sie.

„Nichts. Ich wusste nicht, ob er die Wahrheit sagt."

„Er hat die Wahrheit gesagt." Sarah umklammerte ihre Hand und drückte sie ganz fest. „Wo ist Elizabeth jetzt?"

„Der Mann weiß es nicht. Er sagte, sein Vater sei tot und er habe den Kontakt zu seiner Stiefmutter vor zehn Jahren verloren. Er ist ein Seemann."

„Du musst ihn finden. Ich muss ihn sehen. Ich muss alles herausfinden. Ich muss sie um Vergebung bitten, ihr sagen, dass ich mich geirrt habe." Sie drückte Hannahs Handgelenk fest an sich. „Erzähle auf keinen Fall deinem Vater davon. Niemals, niemals, niemals. Versprich es mir. Du musst diesen Mr. Kidd finden und ihm sagen, dass ich mich mit ihm treffen will."

„Bitte, Mutter. Sag mir, was los ist."

KAPITEL ZWÖLF

Hannah beschloss, wie üblich ins Büro zu gehen. Sie hatte einige Tage gefehlt, nachdem ihr Vater sie geschlagen hatte, doch jetzt waren die blauen Flecken verblasst, und sie wollte ihrem Vater keinen weiteren Grund geben, seine Wut auf sie zu richten.

„Ich dachte, Sie hätten die Grippe", sagte Mr. Busby, als sie das Büro betrat.

„Es geht mir wieder gut", antwortete sie, ohne zu lügen. Sie warf einen Blick auf die geschlossene Bürotür ihres Vaters.

„Mr. Dawson ist nicht da", sagte der Beamte. „Er hat sich in den letzten Tagen hier kaum blicken lassen." Der ältere Herr machte ein lautes, abschätziges Geräusch, und schob den Stapel Papiere unnötig vor sich.

Hannah sagte nichts. Sie nahm ihren Platz auf der anderen Seite des Schreibtisches ein und unterdrückte einen Seufzer.

„Hatten Sie einen Kampf, Miss Dawson?" Busby war heute untypisch gesprächig.

Hannah berührte ihre Wange. „Nein. Warum?"

„Ihr Gesicht ... Ich meine ... ach, nichts." Er sah peinlich berührt aus.

Hannah hielt den Kopf gesenkt, während sie sich durch die Zahlenreihen und Stapel von Rechnungen arbeitete. Wo war ihr Vater? Er kam immer seltener nach Hause, und sein jähzorniges Temperament war noch sprunghafter und unberechenbarer geworden. Wieder einmal fragte sie sich, ob sie zur Polizei gehen sollte. Er hatte sowohl sie als auch ihre Mutter angegriffen, also könnte ihre jüngere Schwester die Nächste sein. Judith war nicht so widerstandsfähig wie Hannah. Sie war zerbrechlicher, flatterhafter, und mit ihren gerade einmal siebzehn Jahren weniger reif und welterfahren als Hannah. Der jüngste Wutausbruch ihres Vaters, Judiths längere Arbeitszeiten betreffend, könnte durchaus zu etwas Schlimmerem führen. Und Judith war nicht vorsichtig genug – manchmal war sie im Umgang mit ihrem Vater zu leichtsinnig und ließ sich von ihrer eigenen Naivität und Unbedarftheit leiten.

Sie musste sich konzentrieren und aufhören zu träumen. Der Papierstapel war während ihrer Abwesenheit gewachsen. Sie nahm eine weitere Rechnung in die Hand und wollte sie gerade in das Hauptbuch eintragen, als sie innehielt.

„Mr. Busby, wissen Sie, worum es hier geht?" Sie las den Namen des Lieferanten vor, Merseyside Maritime Services. „Ich kann mich nicht erinnern, mit ihnen schon jemals etwas zu tun gehabt zu haben. Was machen die? Es geht um eine Menge Geld. Siebenundvierzig Pfund."

„Machen Sie einfach weiter, Miss Dawson. Ist das nicht offensichtlich? Deren Firmenname gibt ohnehin Auskunft über deren Tätigkeit."

„Ja, aber um welche Art von Dienstleistungen handelt es sich?"

Busby stieß einen langgezogenen Seufzer aus. „Maritime.

Wissen Sie nicht, was das Wort bedeutet?" Er sah sie irritiert an und senkte dann wieder den Kopf.

„Aber das kann alles Mögliche bedeuten. Welche Dienstleistungen sollten wir denn dort überhaupt in Anspruch nehmen? Der Kaffee geht direkt zu den Großhändlern. Wir verschicken ihn nirgendwo anders hin. Es fallen nur die Kosten für die Lagerung und den Transport an." Sie fuchtelte mit einigen anderen Zetteln herum. „Ich habe alle Rechnungen dafür. Diese hier ist für etwas anderes. Und wir haben noch nie eine Rechnung von ihnen bekommen."

Ein weiterer Seufzer. „Ich habe absolut keine Ahnung, und es wird auch nicht von mir erwartet, es zu wissen. Wenn Sie unbedingt eine Antwort finden wollen, schlage ich vor, Sie fragen Ihren Vater."

Hannah hatte nicht vor, das zu tun. Frustriert, arbeitete sie sich weiter durch die Rechnungen. Es war stinklangweilig, aber es erforderte auch ihre volle Aufmerksamkeit, sodass es nicht viel Platz für Tagträume gab. Eine Sache, die sie jedoch beschäftigte, war die Frage, wie sie Bücher zum Lesen bekommen und dann verstecken sollte. Die brutale Reaktion ihres Vaters auf die Entdeckung von *Wie Wind in den Straßen* schloss die Bibliothek aus – und sie wollte nicht, dass die Bibliothekarin sie drängte, zur Polizei zu gehen. Das war zu riskant. Und wo in ihrem kleinen, spärlich eingerichteten Haus könnte sie ein Buch verstecken? Wie sollte sie es sich leisten, welche zu kaufen, jetzt, wo die Bibliothek keine Option mehr darstellte? Sie musste eine andere Bibliothek finden und dort lesen, ohne die Bücher auszuleihen. Das war ein vernünftiger Plan. Es war auch einfacher, als an der Strandpromenade oder im Park zu lesen, vor allem, wenn das Wetter schlecht war. Ein Leben ohne den Anreiz und die Zuflucht, die Bücher ihr boten, war unvorstellbar.

Mr. Busby schob um vier Uhr seinen Stuhl zurück. „Ich muss heute Abend früher gehen. Sollte Mr. Dawson nicht zurück sein, wenn Sie gehen, schließen Sie bitte die Türe ab und legen Sie den Schlüssel unter den Löscheimer. Und gehen Sie sicher, dass niemand Sie dabei beobachtet." Er zog seinen Mantel an, grunzte zum Abschied und verließ das Gebäude.

Erleichtert, dass er gegangen war, nahm Hannah die Rechnung von Maritime Services wieder in die Hand und studierte sie. Die Adresse war ihr nicht bekannt. Wie die meisten anderen Rechnungen war auch diese mit gedrucktem Briefkopf versehen, doch der fällige Restbetrag war handschriftlich eingetragen worden und nicht mit der Schreibmaschine geschrieben. Nicht sehr professionell. Sie schnappte sich einen Zettel und kritzelte die Adresse darauf.

Gegen zwanzig vor fünf sie ihren Schreibtisch zusammen und zog ihren Mantel an, als es an der Tür klopfte. Noch bevor sie reagieren konnte, wurde sie geöffnet. Hannah zuckte zusammen, als der Mann, der sie Elizabeth genannt hatte, eintrat.

„Sind Sie allein, Miss Dawson? Können wir jetzt reden? Bitte."

Er sah verzweifelt aus, wollte, dass sie zustimmte.

Mit klopfendem Herzen sagte sie: „Nicht hier. Wir können hier nicht reden. Und nicht jetzt. Mein Vater ..."

„Würde es nicht gutheißen, ich weiß. Ihr Kollege hat es mir bereits gesagt. Können wir woanders hingehen?"

„Wohin?"

„Wir könnten eine Tasse Tee trinken. Um die Ecke gibt es ein Café."

„Nein." Hannah wusste, wenn ihr Vater vorbeikommen und sie in einem Café sehen würde, gäbe es Ärger. „Ich muss nach Hause." Sie wollte ihm vorschlagen, sie nach Hause zu begleiten, beschloss jedoch, dass es keine gute Idee wäre, ihm zu zeigen, wo sie wohnte. Sie konnte nicht riskieren, dass er an der Haustür auftauchte, wie er es gerade eben getan hatte. „Vielleicht morgen früh. Wir könnten einen Spaziergang am Strand machen. Jetzt ist es zu dunkel."

„Mein Schiff legt morgen früh ab. Ich muss heute Abend wieder an Bord sein. Bitte."

Die Neugierde auf das, was er ihr sagen wollte, und der starke Wunsch, Zeit mit ihm zu verbringen, kämpften gegen ihren Selbsterhaltungstrieb an. Sein Gesichtsausdruck war so aufrichtig. Doch wenn ihr Vater sie erwischen würde ... Er schien ihr Zögern als Signal zu verstehen, denn er sagte: „Bitte, darf ich Sie nach Hause begleiten. Wo wohnen Sie?"

Hannah kämpfte wieder mit sich selbst und sagte dann: „Ganz in der Nähe. Gleich nördlich von hier. In Bootle. Sie können ein Stück des Weges mit mir gehen."

Er hielt ihr die Tür auf und folgte ihr nach draußen. Hannah erinnerte sich an die Anweisungen von Mr. Busby, abzuschließen und den Schlüssel zu verstecken. Sie schloss die Tür ab, fällte ein schnelles Charakterurteil und legte dann den Schlüssel unter den Löscheimer, ohne zu versuchen, ihre Handlung vor ihm zu verbergen. Will Kidd zeigte keine Reaktion. Außerdem, was gab es da drinnen zu stehlen? Mr. Busbys Bleistiftspitzer?

Ein paar Minuten gingen sie schweigend nebeneinander her. Hannah hoffte, dass er ihr klopfendes Herz nicht hören konnte. Da sie sich der wachsenden Spannung zwischen ihnen bewusst war, begann sie zu sprechen, doch im selben Moment ergriff er das Wort. Hannah gab nach und wünschte sich dann sofort, sie hätte es nicht getan.

„Warum hatten Sie Ihr Gesicht bedeckt, als ich Sie neulich traf?", fragte er mit besorgten Augen.

„Es war kalt." Sie wusste, dass sie nicht überzeugend klang.

„Sie waren nicht bei der Arbeit. Ich war einige Male hier, als ich im Hafen war. Der Mann sagte, Sie hätten die Grippe, aber es war nicht die Grippe, oder?"

„Warum sollte ich lügen? Ich habe Ihnen doch gesagt, dass mein Gesicht bedeckt war, weil mir kalt war.“

Will sagte nichts.

„Hören Sie, Mr. Kidd, ich dachte, Sie wollten über meine Tante sprechen.“

„Ich würde lieber über Sie sprechen.“

Sie hielt an.

„Es tut mir leid. Das hätte ich nicht sagen sollen. Was möchten Sie über Lizbeth wissen?“

„Warum nennen Sie sie so?“

Er lachte leise. „Ich habe sie immer Lizbeth genannt. Mein spezieller Name für sie. Das war etwas, das es nur zwischen uns beiden gab.“

„Meine Mutter nannte sie Lizzie.“

„Lizzie? Wirklich?“

Hannah konnte sein Gesicht in der Dämmerung nicht klar erkennen, doch sie spürte, dass er lächelte.

„Erzählen Sie mir von ihr“, sagte sie. „Wie war sie so? Ich war noch klein, als sie ging, aber ich erinnere mich, dass ich tagelang geweint habe, als sie verschwand.“

„Ich habe sie geliebt.“ Schnell fügte er hinzu: „Ich meine, sie war eine wunderbare Frau. Ich war so glücklich, dass sie zu unserer Familie gehörte. Wir haben uns stundenlang unterhalten. Über alles – die Namen der Sterne, wie sehr sie die Musik liebte – und ich brachte ihr die Namen unserer australischen Vögel bei.“ Er blühte auf, als er über Elizabeth sprach, und Hannah unterdrückte einen unerwarteten Stich, der, wie sie vermutete, Eifersucht bedeuten musste. Sie sehnte sich danach, dass jemand so über sie sprach – nein, mehr als das, sie wünschte sich, Will Kidd würde so über sie sprechen.

Sie nahm sich selbst an der Nase und fragte: „Hat sie Ihren Vater geliebt?“

Will Kidd blieb stehen. „Nein, das hat sie nicht. Wie sollte sie auch?“ Sein Ton klang überraschend aggressiv.

„Weiß ich nicht. Ich weiß gar nichts. Wie sollte ich auch? Ich war noch ein kleines Kind, als sie wegging. Es kam sehr plötzlich. Meine Eltern haben nie über sie gesprochen. Ich hatte gehofft, Sie würden mir von ihr erzählen." Sie drehte sich um. „Ich denke, Sie sollten jetzt gehen." Sie spürte, wie ihr die Tränen in die Augen stiegen.

Will nahm ihren Arm und sah sie erschrocken an. „Bitte. Es tut mir so leid. Ich hätte das nicht sagen sollen. Es ist nur ..." Er zog sie unter das Licht einer Straßenlaterne und sah sie an, seine Augen waren gefüllt mit Aufrichtigkeit und – wenn sie sie beschreiben sollte – Sorge. „Bitte. Wir müssen uns eine Zeit ausmachen, zu der wir uns treffen können, um zu reden. Nicht so wie jetzt, im Vorbeigehen, in Eile. Ich möchte Sie kennenlernen."

Hannah sah zu ihm auf, zu seinem Gesicht, das so schön war; ein Gesicht, das sie immer wieder ansehen wollte. Sie spürte, wie das Blut durch ihre Adern rauschte, und hoffte, dass er im Halbdunkel nicht bemerken würde, dass sie rot wurde. Bevor sie sich beherrschen konnte, sagte sie: „Ich möchte Sie auch kennenlernen."

Er ballte die Fäuste in einer Geste des Triumphs.

„Ich komme in drei Tagen aus Irland zurück. Können Sie mich am Freitag treffen? Irgendwo, wo wir ungestört reden können?"

Aufgeregt und beschwingt versuchte sie, sich desinteressiert zu geben. „Es muss morgens sein. Freitagnachmittag muss ich arbeiten."

„Das klingt gut. Am Strand in Crosby, wo ich Sie neulich getroffen habe. Ist zehn Uhr in Ordnung?"

Hannah nickte. „Sie gehen jetzt besser. Und versprechen Sie mir, dass Sie nicht versuchen werden, mir zu folgen."

Er legte seine Hand auf sein Herz und sagte: „Seemannsehre."

Als sie sich auf den Weg nach Hause machte, verspürte sie

ein Gefühl der Vorfreude. Endlich würde sie etwas über ihre Tante herausfinden. Doch es war mehr als das. Sie musste zugeben, dass es vor allem die Aussicht auf ein Wiedersehen mit Mr. Kidd war.

Weder Hannah noch Judith kannten irgendwelche Männer außer denen, die ihr Vater überprüft hatte – wobei das nur wenige waren, und viel älter als sie, wie Mr. Busby oder Mr. Henderson, der Pastor aus der Kapelle ihres Vaters, der ihn gelegentlich zu Hause besuchte. Keiner der Dawson-Frauen war es gestattet, mit ihrem Vater die Kapelle zu besuchen. Ihre Religionsausübung wurde von Dawson beaufsichtigt und bestand darin, dass sie die Heilige Schrift lasen und Teile davon lernten, um sie ihm vorzutragen. Es war, als ob Charles Dawson glaubte, Frauen seien nicht würdig, Gott direkt zu bezeugen – alles musste durch ihn kanalisiert werden. So beschränkte sich Hannahs Wissen über Männer auf jene, denen sie auf der Straße begegnete oder die sie bei der Arbeit in den Docks sah – immer aus der Ferne und nie im direkten Gespräch. Als sie von Northport nach Bootle gezogen waren, hatte der Junge von nebenan versucht, sie über die Hausmauer in ein Gespräch zu verwickeln, doch ihr Vater hatte das unterbunden. Da es sich bei dem Nachbarn um einen pickeligen Jungen handelte, dessen Gesprächsfähigkeiten nicht über das Wetter hinauszugehen schienen, empfand Hannah dies nicht als großen Verlust. Keine dieser kurzen Begegnungen hatte in ihr den Wunsch geweckt, männliche Gesellschaft weiter zu erkunden. Doch Mr. Will Kidd war anders, und die Art, wie sie sich zu ihm hingezogen fühlte, war eine auf seltsame Weise beunruhigende Erfahrung für sie. Die Aussicht, ihn wiederzusehen und Zeit zu haben, sich richtig mit ihm zu unterhalten, erfüllte sie mit einer Mischung aus Erregung und Furcht. Was könnte sie ihm schon erzählen, was ihn interessieren würde?

◈

Will machte sich auf den Weg zum Baltic Pub, wo er seinen neuen Freund Eddie zu finden glaubte. Die Kneipe war überfüllt mit Männern, die Bier tranken, und Stimmengewirr und Gelächter drangen nach draußen. Er stieß die Tür zur Kneipe auf und sah sofort Eddie, der mit einem Bierglas in der Hand abseits der Menge stand.

„Ich habe mich schon gefragt, wann ich dich wiedersehen werde, Willy Boy. Hast du meine Familie getroffen, als du drüben in Dublin warst?"

„Dieses Mal nicht. Wir sind rasch wieder aufgebrochen."

„Schade. Ich würde dir ja gerne ein Bier ausgeben, aber ich bin im Moment etwas knapp bei Kasse."

Will kam zu dem Schluss, dass er das Geld, das er ihm geliehen hatte, wahrscheinlich nicht zurückbekommen würde.

„Ich hatte ein Pferd, das eine todsichere Wette war, und der kleine Lümmel stolperte am letzten Hindernis, als ich schon sicher war, dass ich gewinnen würde!" Eddie gluckste, nahm einen Schluck Bier und leerte das Glas. „Ich nehme nicht an, dass ..."

Will sah die Bardame an. „Zwei Glas vom Milden."

„Ah, du bist ein guter Junge, Willy Boy."

„Tu uns einen Gefallen, Kumpel, mein Name ist Will. Lass das mit dem Willy sein, wenn es dir nichts ausmacht."

„Nichts für ungut. Ab jetzt nur noch Will."

Sie nahmen ihre Getränke und zogen sich an einen Tisch in der Ecke zurück, weg vom Gedränge an der Bar.

„Du magst also Pferde, Eddie?"

„Klar, ich sage mir immer wieder, dass ich das Wetten aufgeben sollte, weil es ein dummes Spiel ist. Der einzige Gewinner ist der Buchmacher selbst."

„Darin besteht kein Zweifel. Ich dachte, du wolltest sparen, um zu heiraten?"

„Ich war mir so sicher, dass das Pferd als erstes durch Ziel geht, dass ich dachte, ich könnte meinen Hochzeitsfonds damit aufstocken."

„Wie viel hast du verloren?"

„Ich habe es dir schon gesagt. Ich bin pleite. Dieser nutzlose Gaul hat mich alles gekostet. Nur als Hundefutter und für Belgier geeignet."

„Wann wirst du wieder bezahlt?"

„Übermorgen."

Will zog ein paar Münzen aus seiner Tasche und reichte sie Eddie. „Also gut, ich will nicht hören, dass du das dem Buchmacher gegeben hast. Das ist alles, was ich entbehren kann, und morgen bin ich weg."

„Ach, du bist ein guter Mann, Will, das bist du. Ich werde dir jeden Penny zurückzahlen, wenn ich dich das nächste Mal sehe."

Einige Minuten lang tranken sie schweigend ihre Biere. Schließlich ergriff Will das Wort. „Ich habe dieses Mädchen getroffen ..."

„Das ist großartig!" Eddie klopfte ihm auf die Schulter.

„Nein, so ist es nicht. Wir sind entfernt verwandt – durch Heirat. Ihre Tante hat meinen Vater geheiratet."

„Ist sie ein Hingucker?"

„Ich habe dir gesagt, es ist nicht so eine Art von Bekanntschaft."

„Was ist es dann?"

„Eigentlich nichts ... Ich denke nur, dass ihr Vater sie vielleicht verprügelt."

„Sie verprügelt?"

„Sie geschlagen, geohrfeigt. Neulich hatte sie ihr Gesicht fast vollständig bedeckt, als ich sie am Ufer antraf. Sie hatte ihren Schal bis zu den Augen hochgezogen."

„Nun, am Meer weht oft ein kalter Wind. Vielleicht bist du als Seemann daran gewöhnt, aber für eine Dame ... Sie frieren schneller."

„Vielleicht." Will starrte in sein Bier. „Aber ich habe das Gefühl, dass sie etwas zu verbergen hatte. Sie wollte nicht anhalten, um zu reden."

Eddie lachte laut auf. „Kannst du es ihr verübeln? Das arme Mädchen hatte wahrscheinlich eine Heidenangst vor einem großen Kerl wie dir. Vielleicht dachte sie, du würdest sie entführen und an einen Zuhälter verkaufen. Nette Mädchen reden nicht mit Matrosen."

„Mit Hafenarbeitern reden sie noch weniger, mein Freund." Will stieß seinen Freund mit dem Ellbogen an. „Wie auch immer, ich habe dir schon gesagt, es gibt eine familiäre Verbindung."

„Wenn sie von ihrem alten Herrn geschlagen wird, kann man nicht viel dagegen tun." Eddie zuckte mit den Schultern. „Was in einer Familie hinter verschlossenen Türen vor sich geht, ist deren Sache."

„Findest du es in Ordnung, wenn ein Mann eine Frau verprügelt?"

„Nein, natürlich nicht. Aber es gibt einige, die mir nicht zustimmen würden. Viele denken, ein Ehemann hat das Recht, seine Frau zu disziplinieren, wenn sie aus der Reihe tanzt. Und was Väter betrifft, ... hat dir dein Vater nicht auch ab und zu eine Ohrfeige gegeben?"

„Das ist etwas anderes – wir sind beide Männer. Und er hat es nur gemacht, als ich ein Kind war. Er hat mir mit seinem Gürtel oder seinem Pantoffel einen Klaps gegeben. Aber er hat nie meine Mutter oder meine Schwester angefasst. Es war mein Bruder, der in unserem Haus der Gewalttätige war." Er leerte sein Bier und stand auf, um an die Bar zu gehen. Warum erzählte er Eddie all das, obwohl er den Mann kaum kannte? Er beschloss, das Thema zu wechseln.

Später am Abend, als er sich auf den Rückweg zur *Arklow* machte, dachte er immer noch an Miss Dawson und war sich zunehmend sicher, dass sie eine Art Verletzung in ihrem Gesicht verborgen hatte, als sie sich am Strand trafen. Er kannte sie kaum, und doch verspürte er ein überwältigendes Verlangen, sie vor demjenigen zu schützen, der sie verletzt hatte. Er ballte die Fäuste, dachte an ihr hübsches, feines Gesicht und wollte den Mann töten, der sie geschlagen hatte.

KAPITEL DREIZEHN

Das Wetter war schön, als sie wieder in Dublin einliefen, und Will beschloss, die wenigen Stunden Freizeit, die er vor dem Beladen hatte, für eine Erkundungstour durch die Stadt zu nutzen. Er schlenderte am Ufer entlang, bis er zur O'Connell-Brücke kam. Zu seiner Rechten, an der breiten Straße, befand sich das General Post Office, wo vor etwas mehr als zwanzig Jahren der Osteraufstand stattgefunden hatte. Da er sich nicht für Politik interessierte und nur wenig über Geschichte wusste, hatte er von den Unruhen in Irland nichts mitbekommen – aber Eddie O'Connor hatte ihm – in Entsetzen über seine Unwissenheit – alles bis ins kleinste Detail erzählt, als sie im Pub waren. Eddie selbst hatte den Aufstand verpasst, da er als junger Mann zur britischen Armee einberufen und an die belgische Front geschickt worden war.

Will blickte zurück auf die O'Connell Street und versuchte sich vorzustellen, wie sie in Rauch gehüllt war – der Geruch von Schießpulver in der Luft – und wie sich die Rebellen mit der britischen Armee einen erbitterten Kampf lieferten. Ein etwas rührseliger Eddie hatte ihm die

Geschichten jener Männer erzählt, die als Anführer des Aufstands verhaftet und daraufhin ohne jeglichen Prozess hingerichtet wurden. Nicht zum ersten Mal kam Will in den Sinn, dass Politik ein gefährliches Spiel war. Vielleicht war seine Vogel-Strauß-Methode der beste Weg. Er konnte sich nicht vorstellen, dass er sein eigenes Leben für irgendeine Sache aufs Spiel setzen wollte. Andererseits, wer wäre besser geeignet, so etwas zu tun, als ein Mann wie er – ohne familiäre Bindung und Verpflichtungen? Wäre er bereit, seinen Beitrag zu leisten, würde man ihn darum bitten? War all das Gerede über den Krieg genau das? Einfach nur Gerede, das zu nichts führte?

„Es würde mich wirklich interessieren, was Sie gerade denken." Die Stimme klang sanft. Will drehte sich um und sah Bridget O'Connor, die zu ihm aufsah.

„Miss O'Connor. Schön, Sie zu sehen."

„Wo wollen Sie hin, Mr. Kidd? Haben Sie sich verlaufen?"

„Ich mache nur einen Spaziergang. Ich dachte, nachdem ich noch in etwa eine Stunde Zeit habe, erkunde ich die Stadt."

„Möchten Sie eine Führung?" Ihre Stimme war zögerlich, doch ihr Lächeln war einladend.

„Müssten Sie dafür nicht einen Umweg machen?"

„Keineswegs. Ich würde mich freuen, Sie herumführen zu dürfen. Ich bin auf dem Rückweg von der Beichte. Ich war sowieso auf dem Weg zur anderen Seite." Sie deutete mit dem Kopf in Richtung des Liffey. „Normalerweise gehe ich selbst gerne spazieren, und Sie zu treffen hält mich dankenswerterweise davon ab, direkt nach Hause zu hetzen, wo Mami hunderte Aufgaben für mich bereithält und ebenso viele Vorträge, die dazugehören." Sie zwinkerte ihm kurz zu. „Das muss ich bei meiner nächsten Beichte erwähnen."

Sie gingen im Gleichschritt und überquerten die Brücke an der Südseite. Sie führte ihn hinüber nach College Green, durch das Gelände des Trinity College, dann an der National-bibliothek vorbei und schließlich nach St. Stephen's Green. An einem der Seen setzten sie sich nebeneinander auf eine Bank und sahen den Enten beim Schwimmen zu, während das Sonnenlicht durch die Bäume schien.

„Es ist schwer vorstellbar, dass dieser Ort einmal ein Schlachtfeld war", sagte Bridget schließlich. Sie erzählte ihm, was beim Osteraufstand hier passiert war. „Einer der Rebel-len, die hier kämpften, war eine Frau, wissen Sie. Constance Markievicz. Es hieß, sie habe einen Polizisten erschossen. Sie wurde von den Briten zum Tode verurteilt – doch letztlich ließen sie sie frei, weil sie eine Frau war." Sie lachte trocken. „Ich frage mich, ob sie das heute auch noch tun würden. Irgendwie bezweifle ich das." Sie trat mit den Füßen in die Luft.

Will wusste nicht, ob er ihr zustimmen sollte oder nicht, aber sie schien keine Antwort zu erwarten.

„Es tut mir leid, dass Mami uns verkuppeln wollte." Ihr Gesicht befand sich im Schatten, doch er spürte, dass sie lächelte. „Ich kann Ihnen versprechen, dass mich das sehr gedemütigt hat, Sie vermutlich auch. Aber Mami schreibt ihre eigenen Gesetze."

Will rutschte auf dem Sitzplatz neben ihr hin und her. Es fühlte sich uncharmant an, zuzugeben, dass es eine Erleichte-rung war, nicht als ernsthafter Heiratskandidat angesehen zu werden, aber enttäuscht zu wirken, wäre genauso schlimm.

Bridget fuhr fort. „Ich bin sicher, die Jungs haben Ihnen gesagt, dass ich eine Berufung habe und fest entschlossen bin, ihr zu folgen, egal, was meine Mutter denkt."

„Das haben sie."

„Komisch, nicht wahr? Sie wäre mächtig stolz, wenn sich einer der Jungs entschließen würde, Pastor zu werden – aber wenn es um mich geht, ist es etwas ganz anderes."

„Ich nehme an, Sie sind die einzige Tochter?"

„Vielleicht." Sie sah nachdenklich aus. „Jetzt sollten wir uns wirklich entspannen, diesen schönen Frühlingstag genießen und uns wie alte Freunde verhalten. Keine Hemmungen, nennen Sie mich ruhig Bridget." Sie hielt ihm die Hand hin, um seine zu schütteln.

Er nahm die dargebotene Hand und spürte sofort, wie eine Last von seinen Schultern fiel. Bridget O'Connors Anwesenheit hatte etwas Beruhigendes und Tröstliches an sich. Er lehnte sich an die Lehne der Holzbank und spürte die Wärme der Frühlingssonne auf seinem Gesicht. Sie verharrten eine Weile in kameradschaftlichem Schweigen, bis Will es schließlich brach.

„Warum ist deine Mutter so strikt dagegen, dass du eine Nonne wirst?"

„Um ehrlich zu sein, glaube ich nicht, dass sie das ist. Ich glaube eher, dass sie an mir festhalten will. Sie weiß, dass ich einer Heirat niemals zustimmen werde und sie mich am Ende zu Gott gehen lassen muss, aber sie versucht, es so lange wie möglich hinauszuzögern."

„Warum machst du das mit? Warum sagst du ihr nicht einfach, dass du ins Kloster gehst und fertig?"

„Trauer ist eine schreckliche Sache, Will. Sie nagt an einem Menschen und frisst ihn auf. Meine arme alte Mami ist noch immer nicht über den Tod meines Vaters hinweggekommen. Es ist jetzt fünf Jahre her, aber manchmal wache ich nachts auf und sie liegt neben mir im Bett, mit weit aufgerissenen Augen, und starrt an die Decke. Genau das ist das Problem, weißt du. Nach außen hin setzt sie ein fröhliches Gesicht auf, hat sich jedoch nie den Tränen hingegeben – nicht einmal in schlaflosen Nächten. Alles ist in ihr aufgestaut. Ein Mensch kann nicht all diesen Druck aufbauen, ohne ein Ventil dafür zu finden, und ich habe Angst, dass sie eines Tages nicht mehr funktionieren, sondern eine Art Zusammenbruch erleiden wird. Darum habe ich beschlossen, dass Gott will, dass ich im Moment bei ihr bleibe." Sie schob ihre Hände tief in ihre Manteltaschen. „Ich bete, dass sie vielleicht mit mir ins Kloster kommt. Dass auch sie sich Gott anschließt, aber momentan gibt es noch keine Anzeichen dafür, dass das passieren könnte. Dennoch vertraue ich auf die Muttergottes." Sie lächelte ihn an. „Du bist also selbst kein religiöser Mensch, Will?"

Will schüttelte den Kopf. „Die einzigen Male, die ich einen Fuß in eine Kirche gesetzt habe, waren die Hochzeit meiner Schwester und die Beerdigungen meines Halbbruders und meiner Schwester – sie starben, als sie noch klein waren. An der Diphtherie."

„Du hast also auch schon mit der Trauer Bekanntschaft gemacht." Sie legte eine Hand auf seinen Arm.

Will zuckte mit den Schultern. „Das ist schon lange her."

„Siehst du deine Familie oft? Es muss schwer sein, dass sie in Australien sind und du auf See."

„Ich habe keine Familie mehr. Sie sind alle tot. Ma, Pa, meine Schwester Harriet und Pas zwei Kinder, die er mit seiner zweiten Frau bekommen hat."

Sie drehte sich zu ihm und sah ihn lange an. Will zuckte zusammen, weil er wusste, dass sie dachte, er würde seinen eigenen Kummer ebenfalls in sich hineinfressen. Und vielleicht tat er das auch.

„Das tut mir so leid", sagte sie schließlich. „Ich werde dich in meine Gebete einschließen. Es muss traurig sein, wenn man so allein auf der Welt ist. Ich habe das Glück, fünf gesunde Brüder zu haben."

„Ich sagte doch, das ist alles schon lange her." Er schaute auf seine Uhr. „Ich muss zurück zum Schiff."

Bridget errötete. „Es tut mir leid, Will, ich habe dich verärgert. Das war nicht meine Absicht."

Will zwang sich zu einem Lächeln. „Ganz und gar nicht. Aber ich muss wirklich zurück."

Sie erhoben sich von der Bank und verließen den Park.

„Ich bringe dich auf einem anderen Weg zurück."

Diesmal gingen sie zügiger, und Bridget zeigte ihm ein paar besondere Orte, doch die Atmosphäre zwischen ihnen war angespannt. Als sie die Butt-Brücke überquert hatten und die *Arklow* weiter flussabwärts sehen konnten, verabschiedete sie sich von ihm.

„Ich habe unseren Spaziergang genossen, Will. Ich hoffe, dass wir uns bald wieder unterhalten können. Und es tut mir leid, wenn ich dir mit meinen taktlosen Bemerkungen zu nahegetreten bin. Ich werde auf jeden Fall in meinen Gebeten an dich denken."

„Ich bin es, der sich entschuldigen sollte, Bridget. Manchmal bin ich ein echter Griesgram. Abgesehen davon bin ich gar nicht mehr an die Gesellschaft einer Dame gewöhnt, da ich ständig auf See bin."

Sie griff nach seiner Hand und hielt sie einen Moment lang in ihren beiden Händen, die in Handschuhen steckten. „Gott segne dich, Will. Und ich werde auch dafür beten, dass dein Leben nicht ewig so weitergehen wird. Du hast es nicht verdient, einsam zu sein." Sie drehte sich um und eilte davon.

Will stand am Kai und sah ihr nach, bis Bridget aus dem Blickfeld verschwand. War es wirklich so offensichtlich? Wo er sich doch selbst nie eingestanden hatte, dass er so fühlte?

KAPITEL VIERZEHN

Sie hatten Verspätung beim Anlegen gehabt, und so kam Will mehr als eine Stunde zu spät zu seinem Rendezvous mit Hannah. Er fragte sich, ob es überhaupt einen Sinn hatte, jetzt noch aufzutauchen. Frustration und Enttäuschung machten sich in ihm breit. Er hatte keine Möglichkeit gehabt, sie zu informieren. Was musste sie von ihm denken? Sicherlich würde sie nicht noch immer an einem kalten Frühlingsmorgen an einem verlassenen Strand auf ihn warten. Doch für den unwahrscheinlichen Fall, dass sie es doch tat, rannte er in Richtung Seaforth und lief unter der Schwebebahn – der Dockers' Umbrella, wie sie im Volksmund genannt wurde – entlang.

Als er Seaforth Sands erreichte, erstreckte sich das Ufer vor ihm, eine leere Weite, in der niemand zu sehen war, abgesehen von einem Paar in der Ferne, das Stöckchen für seinen Hund warf. Er war enttäuscht, aber da er nichts anderes zu tun hatte, ging er weiter, die Hände tief in die Taschen vergraben, den Kragen hochgeschlagen, um sich vor dem kalten Wind zu schützen. Das Wetter war schön, aber kalt, und die blasse Sonne tauchte aus schweren Wolken auf. Er fröstelte und wünschte sich plötzlich, er wäre wieder in Australien. Zugegeben, in den Blue Mountains gab es auch kalte Winter, aber die Sommer waren oft heiß und die Luft war immer klar und leicht zu atmen. Hier war die Luft vom Rauch der Kohlefeuer verpestet, die Gebäude waren schwarz davon, und das Wetter hatte oft nichts Besseres zu bieten als deprimierenden Nieselregen.

Seine Gedanken wanderten zurück zu seinem Gespräch im Park mit Bridget O'Connor am Tag zuvor. All das Gerede über Trauer, der Blick in ihren Augen, als sie seinen Arm berührte. Es war nicht wirklich Mitleid gewesen, sondern eher aufrichtig empfundenes Mitgefühl. Vielleicht hatte sie recht, und er war wie Mrs. O'Connor – in all den Jahren, seit er aus Australien geflohen war, hatte er sich nie erlaubt, sich die Verluste und die Traurigkeit einzugestehen, die er erfahren hatte.

Ein Schwarm Möwen stürzte schreiend vor ihm in die Tiefe, und er beschloss, die rührseligen Gefühle beiseitezuschieben und das Tempo zu erhöhen. Er hatte es sich zur Gewohnheit gemacht, die Dämonen nie an sich heranzulassen, nie in der Vergangenheit zu schwelgen, nie an das zu denken, was hätte sein können, nur im Augenblick zu leben. Und vor allem erlaubte er es sich nicht, sich jemals in Selbstmitleid zu suhlen.

Er sah sie erst, als er sie schon fast erreicht hatte. Sie saß im Windschatten einer der Dünen, den Mantel eng um sich geschlungen und die Baskenmütze tief in die Stirn gezogen. Ihre Hände, an denen sie Handschuhe trug, hatte sie um ihre Knie geschlungen. Sein Herz schlug höher und er wollte triumphierend in die Luft boxen, doch hatte Sorge, sie wieder zu erschrecken.

Will ging auf sie zu. „Miss Dawson, es tut mir so leid, dass ich mich verspätet habe. Wir hatten eine unruhige Überfahrt, dann wurden wir beim Anlegen aufgehalten, und zu guter

Letzt war in einem der Laderäume etwas ausgelaufen, und wir mussten noch sauber machen. Ich wusste nicht, wie ich Sie darüber in Kenntnis setzen sollte."

Sie lächelte ihn an und ihr Lächeln erhellte ihr Gesicht. „Ich wollte die Hoffnung gerade aufgeben, Mr. Kidd." Sie bewegte sich, um aufzustehen, und Will streckte eine Hand aus. „Bleiben Sie sitzen, ich geselle mich zu Ihnen. Der Platz scheint windgeschützt zu sein." Es gefiel ihm, wie sie leicht errötete.

Hannah schaute einen Moment lang unsicher, dann strich sie den Sand neben sich glatt. „Ich glaube, mein Vater wäre nicht sehr glücklich darüber, dass ich mit einem jungen Mann in den Dünen sitze, aber was er nicht sieht ..."

Will grinste sie an und ließ sich neben ihr nieder. Plötzlich nervös geworden, kramte er in seiner Tasche nach seinem Tabak und begann, sich eine Zigarette zu drehen. „Macht es Ihnen etwas aus?"

Sie schüttelte den Kopf.

„Erzählen Sie mir von Ihrem Leben, Miss Dawson. Wie steht es um Ihre Familie, Ihre Arbeit?"

Hannah lachte ein wenig. „Da gibt es nicht viel zu erzählen, und was es zu erzählen gibt, ist nicht sehr interessant. Ich führe ein sehr eintöniges Leben. Ich wohne mit meiner Mutter, die die jüngere Schwester von Tante Elizabeth ist, meinem Vater und meiner Schwester Judith zusammen. Wir lebten früher in einer Stadt nördlich von Liverpool in einem ziemlich großen Haus, aber die Zeiten änderten sich – das Familienunternehmen geriet in die Krise, und so zogen wir vor einigen Jahren in ein kleines Haus in der Nähe der Docks." Sie sah zu ihm auf, ihre Augen wanderten über sein Gesicht und schließlich senkte sie den Blick wieder.

Sie sah Elizabeth so ähnlich, ihre Haare hatten denselben Braunton, die makellose helle Haut, die man berühren wollte, die gleichen, großen, schönen Augen. Und doch gab es einen

Unterschied. Will versuchte herauszufinden, was es war, und kam zu dem Schluss, dass Hannah ein eigener Mensch war – der Ausdruck in ihren Augen war einzigartig, der Tonfall ihrer Stimme, deren Höhen und Tiefen, die Art, wie sie ihr Haar immer wieder aus dem Gesicht strich, nachdem es der Wind verweht hatte, der weiche Schwung ihrer Lippen, die Form ihrer Nase, die etwas länger war als die von Elizabeth. Er konnte seinen Blick nicht von ihr abwenden. Jedes Mal, wenn er versuchte, wegzusehen, wurde er wieder zu ihr hingezogen, als ob ein unsichtbarer Faden an ihm zerrte und ihn an sie fesselte. Er wünschte sich, sie könnten für immer hierbleiben, Seite an Seite im Sand sitzen, während er zuhörte, wie sie ihm die nackten Tatsachen ihres Lebens und ihrer Arbeit in der Firma ihres Vaters erzählte.

„Wie ist Ihr Vorname?", fragte er. „Bitte nennen Sie mich Will."

Sie zögerte einen Moment und sagte dann leise: „Hannah. Mein Name ist Hannah."

Er wiederholte den Namen zweimal. „Er passt zu dir. Ungewöhnlich."

„Es stammt aus der Bibel. Mein Vater lebt sein Leben nach der Bibel. Es ist das einzige Buch, das er im Haus zulässt."

Will nickte überrascht. „Wirklich? Bist du auch religiös?"

Hannah zögerte. „Nein, aber das würde ich ihn nie wissen lassen. Ich weiß selbst genug über die Bibel, um ihn zu überzeugen, dass ich genauso fest daran glaube wie er."

„Das tust du also nicht?"

Sie wartete einige Augenblicke, bevor sie antwortete, als hätte sie überlegt, was die passende Antwort sei. „Nein. Ich glaube an Gott. An Jesus und die guten Dinge, die er getan und gesagt hat. Aber mein Vater scheint eher von dem Gott des Alten Testaments beherrscht zu sein, dem Gott des Zorns und der Rache." Sie starrte hinaus auf das graue Wasser des

Mersey. „Er gehört zu einer Gruppe von Männern, die die Worte der Heiligen Schrift in jedem erdenklichen Sinn wörtlich auslegen."

„Ich weiß sehr wenig über die Bibel, aber ist das nicht der Sinn der Sache? Wenn man daran glaubt, muss man dann nicht alle Inhalte leben?"

Hannah lächelte ihn an. „Menschen zu steinigen, Sklaverei zu dulden, Menschenopfer zu bringen? Als ich die Passage las, in der Abraham von Gott befohlen wird, seinen einzigen Sohn zu opfern, und er sich darauf einlässt, *kamen mir* Zweifel an einer ganzen Reihe von Dingen. Ich meine, wie kann es gut sein, dass Gott von jemandem verlangt, etwas so Schreckliches zu tun? So sinnlos. So grausam."

„Und hat er es getan? Hat Abraham seinen Sohn getötet?"

„Nein." Sie seufzte und lächelte ihn an. „Gott schickte einen Engel, der gerade noch rechtzeitig eingriff und ihn retten konnte, doch das macht die Sache auch nicht besser, oder? Er hatte ihn bereits gefesselt und auf einen Holzstapel gebunden, um ihn zu verbrennen, und hielt ihm sein Messer an den Hals. Erst dann erschien der Engel und sagte ihm, dass er das nicht tun müsse. Was für ein grausamer, böser Scherz! Wie hätte die Beziehung zwischen Abraham und dem armen alte Isaak danach wohl noch aussehen können? Wie hätte Isaak jemals wieder Vertrauen zu seinem Vater fassen können? Wie hätte er ihm in die Augen sehen können? Er müsste den Rest seines Lebens damit verbringen, über die Schulter nach hinten zu blicken, aus Angst, sein Vater würde sich anschleichen, ihm ein Messer in den Leib rammen und ihn dann verbrennen. Und selbst wenn er das nicht gewollt hätte – allein das Wissen, dass sein Vater bereit gewesen wäre, ihn aus einer Laune Gottes heraus zu töten, welcher Gott würde eine solche sinnlose Tötung verlangen – ganz zu schweigen von einem Vater, der seinen einzigen Sohn töten würde? Das wäre Mord gewesen! An seinem eigenen Sohn. Seinem *einzigen* Sohn."

Sie schien atemlos und entrüstet, als sie ihm all dies erzählte, und Will sah sie mit neuen Augen. Er mochte ihre Leidenschaft, ihre Lebendigkeit.

„Und dein Vater glaubt, dass dies richtig ist? Wie kommt das?"

Sie stieß einen tiefen Seufzer aus. „Er rechtfertigt es, indem er behauptet, es wäre ein Test über Abrahams Liebe zu Gott gewesen. Nachdem Gott den Engel rechtzeitig geschickt hatte, um Isaak zu retten, war alles in Ordnung." Sie schlug eine Faust in den Sand. „Aber das war es nicht. Oder? Nicht, nachdem Abraham tatsächlich bereit gewesen wäre, ihn zu ermorden."

„Und was ist mit jener Hannah aus der Bibel? Hat ihr Vater auch versucht, sie zu opfern? Warum hat dein Vater diesen Namen gewählt?"

Sie drehte ihm den Kopf zu und starrte ihn direkt an. Will spürte, wie sich sein Inneres in Pudding verwandelte und ein er von einem unerwarteten Verlangen überrumpelt wurde.

„Hannah konnte keine Kinder bekommen, war jedoch die erste Frau eines Mannes, der Kinder wollte, also nahm er sich eine andere Frau und bekam viele Kinder mit ihr. Die arme Hanna blieb unfruchtbar – was für ein furchtbares Wort. Sie betete zu Gott und versprach ihm, wenn er ihr einen Sohn schenken würde, würde sie ihn Gott zurückgeben."

„Wie Abraham?"

„Nicht ganz so schlimm. Nachdem sie jahrelang von der zweiten Frau verspottet worden war, bekam sie endlich einen Sohn und übergab ihn an Gott, dem er dienen sollte – ich nehme an, das bedeutet, dass er Priester wurde. Danach bekam sie zur Belohnung noch viele andere Kinder und war nicht mehr unfruchtbar." Sie nahm eine Handvoll Sand und ließ ihn durch ihre Finger rieseln.

Will stellte sich vor, wie diese Finger in seine verschränkt waren. Was war mit ihm geschehen? Er zwang sich, zur biblischen Hannah zurückzukehren. „Es klingt für mich seltsam, dass ein Mann sein Kind nach einer kinderlosen Frau benennt, aber ich finde, dass Hannah ein schöner Name ist."

Sie sah ihn mit diesem direkten Blick an, der sich anfühlte, als blicke sie direkt in seine Seele. Ein weiterer Anfall von Verlangen wurde durch ein überwältigendes Gefühl der Zärtlichkeit ihr gegenüber gemildert. Instinktiv griff er nach ihrer Hand. Bevor er wusste, wie ihm geschah, hatte er sie in seine Arme gezogen und küsste sie. Weder beabsichtigt noch geplant. Es geschah einfach. Anfänglich erwiderte ihr Mund den Kuss, woraufhin er sie näher an sich heranzog. Dann, als wäre sie von einer Hornisse gestochen worden, riss sie sich von ihm los, und er sah verblüfft zu, wie sie aufsprang und die Düne hinauf zur Promenade zu stolpern begann. Will griff nach ihrer Hand und hielt sie zurück. Ihre Augen waren ängstlich, ihr Blick verzweifelt. „Bitte, lass mich gehen."

Will ließ sie los. „Es tut mir leid! Ich hätte das nicht tun sollen. Bitte geh nicht! Ich weiß nicht, was über mich gekommen ist. Bitte verzeih mir. Ich verspreche, es nie wieder zu tun."

Ihr leichtes Zögern war alles, was er brauchte. Er watete hinter ihr her und spürte, wie der Sand unter seinen Füßen wegrutschte, als er versuchte, Halt zu finden und den Hang hinaufzuklettern.

Sie wartete oben, bis er sie erreicht hatte. „Ich hätte es nicht zulassen dürfen", sagte sie. „Es ist meine Schuld. Ich hätte mich nicht in diese Lage bringen dürfen."

Plötzlich sagte er mutig: „Warum nicht? Du machst doch niemandem den Hof, oder?"

Ihr Gesicht errötete. „Nein."

„Eben, was ist also das Problem?" Er atmete tief ein, und

beschloss, dass Ehrlichkeit der beste Grundsatz war. „Hör zu, Hannah, ich konnte nicht anders. Ich mag dich wirklich. Ich weiß, wir kennen uns kaum, aber ich habe das Gefühl, dich schon immer gekannt zu haben. Du erinnerst mich so sehr an deine Tante und es fühlt sich ...“ Seine Stimme versagte.

„Was?“

„Hör zu, lass uns spazieren gehen. Ich verspreche, dass ich dich nicht anfassen werde, aber ich muss es dir erklären.“

Hannah hatte einen zweifelnden Gesichtsausdruck, nickte jedoch. „Nur bis nach Blundellsands, dann muss ich zurück. Vater erwartet mich in ein paar Stunden im Büro.“

Sie gingen einige Minuten schweigend weiter, während Will nach den richtigen Worten suchte. Schließlich sagte er: „Ich war als Teenager in deine Tante verknallt.“

„Verknallt?“ Hannahs Augen weiteten sich, und der Anflug eines Lächelns umspielte ihre Lippen.

„Ja, auch wenn sie fast fünfzehn Jahre älter war als ich.“ Er hustete und beschloss dann, dass es keinen Sinn ergab, um den heißen Brei herumzureden. „Sie war viel jünger als mein Vater, und wir beide haben uns sehr gut verstanden. Für mich war sie das schönste Geschöpf, das ich je gesehen hatte. Ich war noch ein Kind, und sie kam mir wie ein Engel vor, der aus dem Nichts aufgetaucht war. Sie war viel zu gut für meinen Vater, und ich war wütend, dass ein alter Sack wie er mit ihr verheiratet sein sollte. Ständig lag ich wach und dachte an sie. Ich nehme an, es war nur eine jugendliche Schwärmerei, doch zu dem Zeitpunkt war es mir todernst damit.“ Verlegen machte er eine Pause. „Tatsächlich dachte ich bis vor Kurzem noch, ich wäre immer noch in sie verliebt.“

Hannah starrte ihn mit großen Augen an. „Wusste sie es?“

„Sie wird es wohl vermutet haben. Letztendlich habe ich ihr gesagt, was ich für sie empfand. Damals war ich neunzehn und davon überzeugt, dass es Liebe war.“

„Was hat sie gesagt?“

„Sie hat nicht über mich gelacht. Wenn ich jetzt zurückdenke, bin ich erstaunt, dass sie es nicht getan hat – aber ich bin auch dankbar dafür. So ist Lizbeth eben – immer freundlich und fürsorglich. Mit ihrer sanften Art hat sie mir eine Abfuhr erteilt und mir gesagt, dass ich eines Tages eine andere kennenlernen, und erkennen würde, dass meine Gefühle für sie nur eine Schwärmerei gewesen waren.“

Mit großen Augen beobachtete Hannah sein Gesicht aufmerksam, während sie weitergingen.

„Ich war wütend auf sie. Wütend auf alles. Wütend auf das Leben, auf die ganze Ungerechtigkeit.“ Er sah sie an und überlegte, wie viel er ihr sagen sollte, dann wurde ihm klar, dass es alles sein müsste. „Mein Vater saß im Gefängnis, zum Tode verurteilt, weil er meinen Bruder erschossen hatte.“

Er hörte, wie sie erschrocken den Atem anhielt.

„Der arme alte Teufel hatte lediglich Lizbeth verteidigt. Mein Bruder hatte sie attackiert – er hatte ihr die Bluse aufgerissen – und als ich versuchte, ihn aufzuhalten, stach er auf mich ein. Ich wurde ohnmächtig, doch bevor Nat Lizbeth etwas antun konnte, kam Pa herein und erschoss ihn. In den Rücken.“

„Aber das kann doch für das Todesurteil nicht ausgereicht haben? Nachdem er meine Tante beschützt hatte, und dein Bruder dich bereits verletzt hatte, hätte das doch zu seinen Gunsten gewertet werden müssen, oder?“

Will zuckte zusammen. Die Erinnerung war schmerzhaft. „Das Problem war, dass Pa zugab, er wäre froh, dass Nat tot war. Dem Arzt, der gekommen ist, um mich zu verarzten, hat er gesagt, er hätte ihn schon längst erschießen sollen. Und als Hattie ...“

„Hattie?“

„Harriet, meine Schwester. Sie war mit meinem Freund Michael verheiratet ...“ Seine Stimme verstummte. Er merkte, dass er zu viel gesagt hatte, doch jetzt gab es kein Zurück mehr. „Was ich erst später herausfand, war, dass Elizabeth und Michael Winterbourne verliebt waren. Sie hatten sich auf dem Schiff auf dem Weg nach Australien kennengelernt und gingen dann getrennte Wege. Dein Großvater war nur wenige Tage vor Lizbeths Ankunft in Sydney gestorben, und sie war verzweifelt. Kein Geld. Keine Familie. Ich verstehe immer noch nicht ganz, warum, dennoch hat sie meinen alten Herrn geheiratet."

„Warum hat sie ihn geheiratet, wenn sie in diesen Michael verliebt war?"

„Da bin ich überfragt. Ich nehme an, sie war verzweifelt und dachte, sie würde Michael nie wiedersehen. Doch dann, nachdem sie Pa geheiratet hatte, tauchte Michael wieder in ihrem Leben auf – er arbeitete für meinen alten Herrn. Ich habe keine Ahnung, was zwischen den beiden vorgefallen ist, aber am Ende heiratete er unsere Hattie. Gott weiß warum, denn es war offensichtlich, dass sie nichts füreinander empfanden – vielleicht tat er es, um sich an Lizbeth zu rächen, weil sie Pa geheiratet hatte." Er hielt einen Moment inne, um zu sehen, ob sie seiner verworrenen Geschichte folgte. Er sah, dass sie die Stirn runzelte, doch sie schien ihm aufmerksam zuzuhören. „Ich weiß, dass Hattie Michael nur geheiratet hat, um aus Falls wegzukommen – das war die Stadt, in der wir lebten –, und sie wusste, dass unser alter Herr ihr etwas Geld geben würde, sobald sie heiratete." Er kickte einen Haufen Seetang entlang des Weges. „Es war eine unglückliche Ehe. Alles ist aus den Fugen geraten. Drogen und Alkohol. Sie war immer ein Wildfang gewesen. Nachdem Pa verhaftet worden war, tauchte sie vor Gericht auf und hätte ihm genauso gut die Schlinge um den Hals legen können."

„Wie? Was in aller Welt hat sie getan?"

„Ich glaube, sie dachte, sie würde ihm helfen, indem sie Lizbeth belastet. Sie hat sie immer gehasst. Eifersucht, nehme ich an. Sie hat es ihr übelgenommen, dass sie Mas Platz eingenommen hat. Sie und Ma standen sich immer sehr nahe. Hattie hasste die Vorstellung, dass Pa wieder heiratete – besonders eine junge und schöne Frau wie Elizabeth."

Er drehte sich eine Zigarette, während sie weitergingen, dann nahm er ein Streichholz in die Hand, zündete die Zigarette an und zog den Rauch langsam in seine Lungen. „Sie erzählte vor Gericht, dass Nat herausgefunden hatte, dass Lizbeth und Michael ein Liebespaar waren, und die Staatsanwaltschaft drehte es so, dass Pa Nat umgebracht hat, um ihn davon abzuhalten, Lügen darüber zu verbreiten, dass Lizbeth eine Affäre mit der rechten Hand ihres Mannes hatte. Der alte Mann konnte den Gedanken nicht ertragen, dass sie und Michael tatsächlich verliebt waren. Michael war schließlich der Manager von Pas Kohlebergwerk, und Pa hielt große Stücke auf ihn. Jedenfalls reichte das zusammen mit den Aussagen des Arztes aus, um den Geschworenen ein Motiv zu liefern – also wurde er verurteilt."

„Wurde er hingerichtet?" Ihre Stimme war kaum mehr als ein Flüstern.

„Am Hals aufgehängt, bis sein Tod eintrat." Wills Stimme verriet seinen plötzlichen Gefühlsausbruch. „Ich war nicht dabei, habe den armen Teufel nicht einmal im Gefängnis besucht. Ich war zu feige, ihm gegenüberzutreten." Er wandte sich ihr zu, um sie anzusehen. „Diese Art von Mann bin ich also, Hannah."

Er erwartete, dass sie gehen würde, weil er sicher war, dass sie nach dieser Offenbarung nichts mehr mit ihm zu tun haben wollte, doch stattdessen streckte sie ihre Arme nach oben, legte sie um seinen Hals und lehnte ihren Kopf an seine Brust. Er spürte sein Herzklopfen und wusste, dass auch sie es hören konnte. Seine Arme legten sich um ihren Rücken und drückten sie fest an sich. Bewegungslos, einander umarmend, standen sie da, während über ihnen die Möwen kreischten und die Wellen an den Strand peitschten. Für Will fühlte es sich an wie eine Ewigkeit, auch wenn es nur ein paar Augenblicke dauerte.

Als sie sich schließlich trennten, wusste Will, dass sich etwas verändert hatte. Er hatte so intensive Gefühle erlebt, eine seltsame Mischung aus Verlangen und dem Wunsch, sie zu beschützen, vielleicht sogar vor ihm selbst. Hannah war verletzlich, unerfahren, unschuldig, und doch sehnte er sich danach, sie wieder zu küssen, sie zu halten, mit ihr zu schlafen. Er nahm ihre Hand in seine. Das Gefühl ihrer Haut an seiner eigenen machte selbst diesen kleinen Akt zu einer intensiven Intimität. Sie setzten ihren Spaziergang den Strand entlang fort.

„Ist Harriet älter oder jünger als du?", fragte sie.

„Sie war älter."

„War?" Hannahs Gesicht verriet ihre Überraschung. „Du meinst ..."

„Ja, sie ist tot. Angeblich ..."

Sie sah erstaunt aus. „Du weißt es nicht?"

„Nach dem, was mit Pa passiert ist, und ihrer Rolle bei seiner Schuldigsprechung, wollte ich nichts mehr mit ihr zu tun haben – ich war wütend – und wie ich schon sagte, sie hatte die Kontrolle verloren. Ich habe mich nicht einmal verabschiedet, als ich ging, um zur See zu fahren."

„Woher weißt du, dass sie tot ist?"

„Auf meinem Schiff war noch ein Mann aus Australien. Aus irgendeinem Grund hatte er es auf mich abgesehen. Ich habe nie herausgefunden, warum, denn ich habe ihm nie etwas getan, doch er hat mir vor ein paar Monaten erzählt, dass sie sich im Hafen von Sydney ertränkt haben soll. Sie war betrunken oder bis über beide Ohren zugedröhnt."

„Er könnte es sich ausgedacht haben. Woher sollte er wissen, dass sie deine Schwester war?"

„Der Prozess meines alten Herrn machte Schlagzeilen,

genauso wie Hatties Aussage vor Gericht. Sie hatte einen eindrucksvollen Auftritt hingelegt, war aufgetakelt gewesen und somit ein gefundenes Fressen für die Presse. Als Cassidy erfuhr, wer ich bin, und bemerkte, dass ich nicht über ihren Tod informiert war, erzählte er es mir mit dem größten Vergnügen."

Tränen sammelten sich in Hannahs Augen. „Oh, Will, es tut mir so leid. Es ist für mich unvorstellbar, wie ich mich fühlen würde, würde meine Schwester sterben. Ich würde nicht mehr weiterleben wollen." Er spürte den Druck ihrer Hand, als sie seine drückte.

„Hat und ich standen uns als Kinder sehr nahe, aber wir hatten uns auseinandergelebt. Nach dem Tod meiner Mutter ging sie von zu Hause weg und besuchte die Schule in der Stadt. Sie wurde arrogant, und als sie dann Michael heiratete, machte sie ihm das Leben zur Hölle." Er wandte sich ab und blickte auf das Meer, weil er befürchtete, dass seine Gefühle unter der Intensität von Hannahs Mitgefühl aus ihm ausbrechen würden. „Ich vermisse es, dass sie sowohl meine Freundin als auch meine große Schwester war, doch jene Frau, zu der sie geworden war, vermisse ich nicht."

Sie gingen ein paar Minuten schweigend weiter, bis Hannah zu sprechen begann. „Wenn mein Vater sterben würde, würde ich gar nicht um ihn trauern. Ich liebe ihn überhaupt nicht. Ich kann es nicht, obwohl ich es versucht habe. Immer und immer wieder. Aber ich kann es einfach nicht. Denkst du, das macht mich zu einem schlechten Menschen?"

Will lächelte, sehnte sich danach, sie erneut zu küssen, hatte aber Angst, sie zu verschrecken. „Ich könnte dich nie für einen schlechten Menschen halten, Hannah. Wenn du deinen Vater nicht liebst, dann muss das bedeuten, dass er es nicht verdient, von dir geliebt zu werden." Wieder wollte er sie nach dem Grund fragen, warum sie an jenem Tag am

Strand ihr Gesicht bedeckt hatte, doch irgendetwas hielt ihn zurück.

„Er ist sehr grausam zu meiner Mutter gewesen. Ich glaube, dass er vielleicht auch grausam zu Tante Elizh war, und sie deshalb weggegangen ist."

Will lächelte. „Nun, es ist nicht immer alles schlecht: Hätte er sie nicht dazu getrieben, nach Australien zu gehen, hätte ich dich nie kennengelernt."

„Ich muss gehen", sagte sie und ihre Miene änderte sich.

„Lass mich dich zurückbegleiten."

„Nur bis nach Seaforth. Ich will nicht riskieren, dass uns jemand sieht."

„Warum nicht? Wir haben nichts Falsches getan."

„Mein Vater wäre damit nicht einverstanden." Wieder füllten sich ihre Augen mit Tränen.

Will spürte einen Anflug von Emotionen. „Dann lass mich mit deinem Vater sprechen. Wenn du der Meinung bist, dass du mich magst, würdest du dann vielleicht mit mir ausgehen? Ich weiß, dass wir uns kaum kennen, Hannah, und doch habe ich das Gefühl, dass du mir schon sehr vertraut bist, und ich möchte dich besser kennenlernen."

Sie sah zu ihm auf, und in diesem Moment wusste er mit unerschütterlicher Gewissheit, dass er sie liebte. Ihre Augen verrieten ihm, dass sie dasselbe empfand. Es war, als wären sie bereits aneinander gebunden.

Doch dann wandte sie den Kopf ab. „Du darfst nicht mit Vater sprechen. Bitte versprich mir, dass du es auch nicht versuchen wirst. Er wird niemals zustimmen, und du machst alles nur noch schlimmer für mich." Sie drehte sich wieder zu ihm und sah ihn an. „Er ist furchtbar jähzornig. Als er herausfand, dass ich ein Foto von Tante Elizabeth versteckt hatte, hat er es ins Feuer geworfen. Würde er herausfinden, dass ich mit dir spreche, ... oder wenn er wüsste, dass du mich sehen willst ... Ich will dir gar nicht sagen, was er tun würde. Er ist zu allem fähig. Ich muss jetzt gehen, Will." Sie marschierte los, hielt dann jedoch inne und eilte zurück. Er spürte, wie sein Herz einen Sprung machte.

„Ich vergaß, es dir zu sagen. Meine Mutter möchte mit dir sprechen."

Will spürte einen Anflug von Hoffnung, der sich wohl auch in seinem Gesicht widerspiegelte, denn sie runzelte die Stirn und hielt ihre Handflächen abwehrend vor sich. „Sie möchte mit dir über Elizabeth sprechen." Sie griff in ihre Manteltasche und zog einen Zettel heraus, auf den sie etwas mit Bleistift schrieb. „Das ist die Adresse. Bluebell Street 15. Bitte komm an einem Nachmittag dorthin, damit du meinem Vater nicht über den Weg läufst."

„Warte!", rief er. „Wann werde ich dich wiedersehen?"

„Ich weiß es nicht." Beklemmung spiegelte sich in ihrem Gesicht wider. „Ich komme oft hierher. Vielleicht sehen wir uns hier am Meer wieder. Aber bitte, geh nicht in die Nähe des Büros, und wenn du nicht gerade meine Mutter besuchst, komm bitte nicht in die Nähe unseres Hauses." Ihre Augen waren angsterfüllt.

Will stand regungslos wie eine Statue da und sah zu, wie sie den Strand entlang in Richtung der Docks ging. Er zündete sich eine Zigarette an und blieb an Ort und Stelle am leeren Strand stehen und sah ihr nach, bis Hannah aus seinem Blickfeld verschwunden war. Dass sie nicht mehr da war, fühlte sich schmerzhaft an. Einen Moment lang war er sicher gewesen, dass sie dasselbe für ihn empfand, doch die Angst vor ihrem Vater war offensichtlich größer. Die Vorstellung, jemand könnte ihr wehtun, sie bedrohen, fühlte sich an, als würde jemand ein Messer in Wills Körper bohren. Er musste herausfinden, was genau vor sich ging, das ihr solche Angst bereitete, und dem Ganzen ein Ende setzen.

❧❦❧

HANNAH WAR AUFGEWÜHLT, ALS SIE ZU *MORTON'S COFFEE Company* eilte. Sie war ein schreckliches Risiko eingegangen, um Will Kidd zu treffen, und sie wusste, ihr Vater würde wütend sein, sollte er davon erfahren. Sie fürchtete die Auswirkungen dieses Zorns nicht nur für sich selbst, sondern auch für Will und – wie immer – für ihre Mutter und ihre Schwester. Doch der Morgen, den sie und Will zusammen verbracht hatten, war wie kein anderer Morgen gewesen. Hannah fühlte sich, als würde sie auf einer riesigen Welle von Emotionen reiten.

Sie ließ diesen Morgen noch einmal in ihrem Kopf Revue passieren. Die zunehmende Enttäuschung, die sie empfunden hatte, als sie dachte, er würde nicht auftauchen. Die Welle der Freude, als er hinter der Ecke der Düne auftauchte. Wie sehr es sich anfühlte, als hätte die Geschichte, die Will ihr über seine eigene persönliche Tragödie und die Rolle ihrer Tante dabei erzählt hatte, ein intensives Band zwischen ihnen geschaffen. Und doch war es der Moment, als er sie in seine Arme gezogen und geküsst hatte, den sie immer und immer wieder erleben wollte. Ihr Herz hatte sich gewünscht, dass dieser Kuss ewig andauern würde, dass sie darin versinken würde, dass sie in Wills Armen verweilen könnte und er sie nie wieder loslassen würde. Dennoch wusste sie, dass das Verlangen gefährlich war, und so hatte sie sich von ihm zurückgezogen. Der Schmerz in seinen Augen hatte sie veranlasst, auf dem Gipfel der Düne auf ihn zu warten. Alles, was sie wollte, war, ihn wieder zu küssen, doch dieses Risiko konnte sie nicht eingehen.

Wie war es möglich, dass Wills Abwesenheit bereits jetzt einen Abgrund in ihrem Leben aufgerissen hatte, der vor ihrer Begegnung mit ihm nicht da gewesen war? Wie war es möglich, dass man sein ganzes Leben – bis zum heutigen Tag – ohne solche Gefühle gelebt haben konnte und nun, in so kurzer Zeit, völlig von ihnen beherrscht wurde? Mit einer verwirrenden Mischung aus unbändiger Freude und lähmender Angst vor den Folgen ebendieser Freude betrat sie das Büro und zwang sich, so zu tun, als sei nichts geschehen.

❦

VIER TAGE SPÄTER GING HANNAH AM UFER SPAZIEREN. SIE war jeden Tag dort gewesen, in der vergeblichen Hoffnung, Will wiederzusehen. Vielleicht war er auf See. Warum hatte sie kein Treffen vereinbart? Hatte ihr abweisendes Verhalten ihn davon überzeugt, dass sie ihn nicht wiedersehen wollte?

Hannah war von ihren eigenen Gefühlen verwirrt. In dem einen Moment war sie von der Erinnerung an ihn beflügelt, im nächsten verzweifelte sie darüber, ihn vielleicht vertrieben zu haben. Sie redete sich ein, er sei älter als sie, weltgewandter. Wahrscheinlich hielt er sie für ein dummes Mädchen und hatte sie bereits vergessen. Wie sagte man so schön über Seeleute? Ein Mädchen in jedem Hafen. Es hatte sowieso keinen Sinn, denn ihr Vater würde ihr niemals erlauben, mit Will auszugehen. Sie hatte schon zu viele Risiken auf sich genommen. Besser, sie würde Will Kidd vergessen und ihr Leben weiterleben.

Aber sie konnte ihn nicht vergessen.

Als sie am Ufer entlangstapfte, den Kragen zum Schutz gegen den Wind hochgeschlagen, wünschte sich Hannah, sie hätte Will nie kennengelernt. Ihn kennengelernt zu haben und ihn dann so schnell zu verlieren, war mehr, als sie ertragen konnte. Alles ihre eigene dumme Schuld.

Sie wollte sich gerade umdrehen und nach Hause gehen, als sie ihren Namen hörte. Will hastete die Dünen herunter, halb rennend, halb rutschend. Ihr Herz machte einen Purzelbaum unter ihren Rippen und sie begann, auf ihn zuzulaufen. Er kam vor ihr zum Stehen, ergriff ihr Handgelenk und zog sie an sich. Bevor Hannah ihn aufhalten konnte, küsste er sie, und sie küsste ihn zurück.

„Ich habe heute Morgen um fünf Uhr angedockt. Seitdem bin ich hier am Strand auf und ab gelaufen. Ich hatte Angst, du würdest nicht kommen."

Sie schlang ihre Arme um seinen Hals und kümmerte sich nicht mehr darum, wer sie sehen könnte. „Ich war jeden Tag hier. Ich hatte Angst, dass du nicht zurückkommst."

Er drückte sie an sich und küsste sie auf die Stirn. „Wie könnte ich nicht zurückkommen, mein Schatz? Ich habe die Tage, Stunden und Minuten gezählt, bis ich dich wiedersehen würde."

KAPITEL FÜNFZEHN

❧ 15 ❧

KAPITEL FÜNFZEHN

Will stand auf der Türschwelle von Bluebell Street 15 und war nervös, was ihn wohl erwarten würde. Er klopfte zaghaft, halb in der Hoffnung, Hannahs Mutter sei nicht da.

Mrs. Dawson öffnete die Tür augenblicklich. Um eine Schulter trug sie eine Schlinge, in der ein eingegipster Arm lag.

Hinter ihr sah man in das Innere des Hauses, das düster und beengend aussah. Es gab einen kleinen Flur – kaum mehr als ein Vorzimmer, von dem zwei Türen abgingen.

Er sagte ihr, wer er war, und sie führte ihn in den hinteren Teil des Hauses, eine schäbige Stube mit offener Feuerstelle, in der Brennholz lag, das jedoch nicht brannte, und ein kleiner Tisch mit Stühlen stand. Dahinter befand sich eine Waschküche, die an der Rückseite des Gebäudes angebaut war. Sie entschuldigte sich für die mangelnden Formalitäten. „Mr. Dawson benutzt das vordere Zimmer als Arbeitszimmer. Wir müssen uns hier aufhalten.“

Will setzte sich, und Mrs. Dawson zog für sich selbst einen Stuhl heran, den sie ihm gegenüber platzierte. Dann stützte sie sich mit dem rechten Ellbogen auf den Tisch und beugte sich vor. Ihr Blick glich einer intensiven und eindringlichen Bewertung. „Ich hätte nie gedacht, dass ich über das, was ich Ihnen gleich erzählen werde, mit irgendjemandem sprechen würde, schon gar nicht mit einem Mann, und noch dazu einem Fremden.“

Er wollte ihr versichern, dass das, was sie sagen würde, unter ihnen bliebe, entschied sich aber dagegen und sah sie weiterhin an. Sarah Dawson sah weder ihrer Schwester noch ihrer Tochter sehr ähnlich – zumindest nicht auf den ersten Blick. Ihr Gesicht war leicht aufgedunsen, ihr Teint blass wie roher Teig, sodass die Konturen ihrer Gesichtszüge verschwommen wirkten. Doch als er sie jetzt ansah, erkannte er, dass ihre Augen denen der anderen beiden glichen, und als er sie noch genauer betrachtete, begann er, die Verbindung zu erkennen. Er war sich bewusst, dass sie nervös und schreckhaft wirkte. Sie zupfte mit ihren Fingernägeln an dem Gipsverband an ihrem Arm.

„Sie kannten meine ältere Schwester Elizabeth?“

Er nickte. „Sie war meine Stiefmutter.“

„War?“

„Ist. Aber mein Vater ist tot.“

„Das tut mir leid.“

Will ignorierte die Beileidsbekundung und wünschte, sie würde auf den Punkt kommen. „Ich habe Elizabeth von ganzem Herzen gemocht. Sie war stets gut zu mir. Eine wahre Freundin.“

„Ja. Jeder mochte Elizabeth.“ Sie stieß einen langen, tiefen Seufzer aus. „Sie war ein liebenswerter Mensch.“

„Was war der Grund dafür, dass Sie den Kontakt zu ihr verloren haben? Warum ist sie nach Australien gegangen?“

„Sie wollen nicht lange um den heißen Brei herumreden, nicht wahr, Mr. Kidd?“

„Bitte nennen Sie mich Will.“

„Nun, nachdem ich annehme, dass wir praktisch verwandt sind ...“

Er wartete, in der Hoffnung, sie würde seine Frage beantworten, doch sie stand zwischen ihnen im Raum.

Schließlich brach Sarah das Schweigen. „War sie glücklich?“ Sie beugte sich vor, die Augen immer noch auf die seinen gerichtet. Zu seiner Überraschung streckte sie die Hand aus und berührte ihn leicht, dann zog sie sie so schnell zurück, dass er sich fragte, ob es überhaupt passiert war.

„Elizabeth hatte ein schweres Leben, als sie erst meinen Vater heiratete“, sagte Will. „Er war nicht gerade ein umgänglicher Zeitgenosse. Er hat sie nicht gut behandelt.“

„Hat er sie geschlagen?“

„Nein. Das hätte er niemals getan. Zumindest glaube ich das, aber er war kalt. Distanziert. Erzählte ihr nichts, schätzte sie nicht. Zumindest nicht am Anfang. Er war ein reicher Mann, wusste es aber gut zu verbergen – auch vor mir. Er setzte Elizabeth in unserem Haus im Outback ab und überließ sie sich selbst.“ Er sah zu Boden. „Ein Mann und ein halbwüchsiger Junge, die in einer Hütte leben. Sie können sich vermutlich vorstellen, in welchem Zustand sich das Haus befand. Sie jedoch, sie hat sich um alles gekümmert. Hat es wieder in ein Zuhause verwandelt.“

Sarah lehnte sich in ihrem Stuhl zurück, die Augenbrauen hochgezogen. „Lizzie hat sich um den Haushalt gekümmert?“

Will nickte. „Bis wir in die Stadt zogen. Mein alter Herr hatte dort ein schickes Haus. Ein großes, herrschaftliches Anwesen. Das war eines seiner Geheimnisse. Sogar Diener waren dort beschäftigt. Er brachte sie rechtzeitig zur Geburt von Mikey dorthin.“

„Mikey?“

„Ihr erstes Kind. Er war süß wie Zucker. Ein wirklich guter Junge.“

„Ich bin froh, dass sie Kinder hat." Sarah lächelte zum ersten Mal. „Wie viele?"

„Zwei. Später kam ein kleines Mädchen dazu. Susannah." Er presste die Lippen zusammen. „Aber sie sind beide gestorben. Diphtherie. Eine schreckliche Sache. Mikey war erst drei. Susannah war noch ein Baby."

Er sah sie an und bemerkte, dass sie weinte.

„Ich weiß, wie sich das anfühlt. Ich hatte mehrere Fehlgeburten und habe meinen einzigen Sohn durch Keuchhusten verloren." Sie zappelte, zupfte immer noch an ihrem Gipsverband herum und krümelte winzige Gipsstücke auf den Tisch. „Arme Elizabeth."

„Sie musste viel Kummer in ihrem Leben ertragen", sagte er. „Aber sie hat immer das Beste aus dem gemacht, was ihr zufiel. Das ist eine der Eigenschaften, die ich an ihr geliebt habe."

Sarah nickte.

„Aber wir sollten nicht in der Vergangenheitsform von ihr sprechen. Ich bin sicher, dass sie lebt und gesund ist."

„Aber du weißt nicht, wo?"

„Ich nehme an, sie lebt immer noch in MacDonald Falls. Es sei denn ..."

„Es sei denn, was?"

„Es sei denn, sie wollte nicht an jenem Ort bleiben, an dem jeder wusste, wer sie war und mit wem sie verheiratet gewesen war."

Sarah runzelte die Stirn. „Du musst mir sagen, warum das der Fall sein könnte."

Also erzählte Will ihr, was mit seinem Vater geschehen war. Von der schrecklichen Nacht, in der sein Bruder Nat nach Jahren, in denen man ihn für tot gehalten hatte, wieder aufgetaucht war, versucht hatte, Elizabeth zu belästigen, und Will mit dem Messer verletzt hatte, als er versucht hatte, sie zu beschützen. Darüber, wie ihr Vater Nat erschossen hatte.

In den Rücken. Wie Jack Kidd sich geweigert hatte, Reue zu zeigen. Will erzählte ihr von dem Prozess, dem Urteil und der Strafe und wie sein Vater keine Berufung einlegen wollte.

Sarah hörte schweigend zu. „All das ist meine Schuld. Hätte ich Lizzie nur nicht weggeschickt, sie verleugnet, sie auf die Straße geworfen." Tränen kullerten ihr über die Wangen. Will kramte in seiner Tasche, holte ein sauberes Taschentuch heraus und reichte es ihr.

„Jetzt bin ich an der Reihe, dir zu sagen, warum Elizabeth nach Australien gegangen ist", sagte sie. „Mein Mann ist gewalttätig. Ein grausamer und kaltherziger Mensch. Er hat mich nie geliebt. Niemals hat er mir Freundlichkeit oder Zuneigung entgegengebracht. Auch unseren Töchtern nicht. Die einzige Person auf der Welt, von der ich weiß, dass er ihr jemals Respekt oder Zuneigung entgegengebracht hat, war seine Mutter. Und sie war genauso schlimm wie er. Vielleicht sogar noch schlimmer. Sie starb, kurz nachdem er mit ihr zu uns gezogen war. Vielleicht macht mich das zu einem schlechten Menschen, aber ich habe nicht einen Moment um sie getrauert. Ich habe mich gefreut, dass sie tot war. Sie war eine verbitterte, bösartige, kleinliche Frau, die alles tat, um mir das Leben zur Hölle zu machen und Charles dazu zu bringen, es ihr gleichzutun."

Will fühlte sich unwohl. Er kannte Sarah Dawson kaum, hatte sie heute zum ersten Mal getroffen, und es fühlte sich für ihn falsch an, sie schlecht über eine Frau sprechen zu hören, die längst tot war.

„Als die alte Hexe starb, wurde das ohnehin schon angespannte Verhältnis zwischen meinem Mann und mir noch toxischer. Will Kidd, du scheinst ein Mann von Welt zu sein, nicht wahr? Ich nehme an, ich darf offen sprechen?"

Er nickte, wünschte sich jedoch insgeheim, er hätte eine Fluchtmöglichkeit, weil er sich vor dem, was sie ihm als Nächstes sagen würde, fürchtete.

„Er teilte zwar das Bett mit mir, wollte aber nur selten eine körperliche Beziehung. Und wenn er es wollte, war es meist von Gewalt begleitet. Er mag es, Menschen Schmerz zuzufügen. Dadurch fühlt er sich mächtig."

Sie starrte Will direkt in die Augen, und er spürte, wie er rot wurde.

„Zwei Tage nach dem Tod unseres Sohnes hatte ich eine Fehlgeburt und verlor dann noch ein weiteres Kind, als es zwei Monate alt war. Das lag ohne Zweifel an den Schlägen, die er mir zugefügt hatte. Sie erfolgten ohne Vorwarnung. Ohne Grund. Selbst wenn er mit mir schlief, machte er es zu einer Art Bestrafung. Er versuchte, mir wehzutun. Er wollte mir Schmerzen zufügen, körperlich und seelisch." Wieder war ihr Blick starr, als würde sie Will herausfordern, wegzusehen.

Will schluckte und verlagerte sein Gewicht auf dem Stuhl.

„Charles Dawson ist ein Sadist. Ich kann mir vorstellen, dass auch viele andere Bezeichnungen auf ihn zutreffen, für die ich die Worte nicht weiß. Was ich jedoch sicher weiß: Er ist ein Feigling." Sie schloss für einen Moment die Augen. „Und ein Vergewaltiger."

Will spürte, wie das Blut aus seinem Gesicht wich. Er spürte, wie sich sein Magen umdrehte. Er war Hannahs Vater.

„Er hat meine Schwester vergewaltigt. Elizabeth. Ich zog es vor, ihm zu glauben und nicht ihr. Ich beschuldigte sie, mit ihm Ehebruch begangen zu haben. Unterstellte ihr, sie habe ihn verführt, ihn betrunken gemacht." Sie ballte die Faust und hob sie zum Mund. „Es ist sehr schwierig für mich, Will, aber ich muss dir alles erzählen. Es ist wichtig, dass du es weißt. Unser Vater hatte aus Sydney geschrieben und ein Ticket für Lizzies Überfahrt nach Australien mitgeschickt, weil er einen Ehemann für sie gefunden hatte. Es war dein Vater, Mr. Jack Kidd. Sie wäre nie gegangen. Es war unvorstellbar, dass Vater von ihr erwartete, die halbe Welt zu umkreisen, um einen Fremden, einen älteren Mann zu heiraten. Als sie den Brief las, lachte sie nur, und meinte, Vater müsse den Verstand verloren haben." Sarah bohrte einen Fingernagel in die hölzerne Tischplatte. „Wir stritten uns. Ich sagte ihr, dass unser Vater das Haus auf den Namen meines Mannes überschrieben hatte und Charles wollte, dass sie geht, um Platz für seine Mutter zu schaffen."

Sie legte eine Hand auf ihre Stirn und schwieg einen Moment lang, wobei sie hörbar atmete. Dann hob sie wieder den Kopf. „Schließlich nahm ich ihr die Entscheidung ab. Mein Mann hatte angefangen, in der Abstellkammer zu schlafen. Ich stand kurz vor der Geburt von Timothy, meinem Sohn, und wollte nicht, dass er mir zu nahe kommt. Ich bemerkte immer häufiger, wie er sie ansah, wusste, dass er sie wollte. In jener Nacht – es war der Tag, an dem Vaters Brief ankam – war ich früh zu Bett gegangen, wurde jedoch durch etwas geweckt. Die Badezimmertür war verschlossen, also ging ich in Lizzies Zimmer. Er lag auf ihrem Bett. Besoffen war er eingeschlafen und stank nach Whisky. Sein Morgenmantel war offen und er war nackt. Lizzies Bluse war zerrissen und blutig, ihre Lippe war aufgeplatzt."

Sarah schloss ihre Augen, sprach aber weiter. „Ich wusste, was er ihr angetan hatte. Ich wusste, dass er sie gezwungen hatte. Lizzie hätte niemals etwas mit ihm angefangen. Sie mochte ihn nicht, hatte mich davor gewarnt, ihn zu heiraten. Sie hat nie verstanden, was ich in ihm sah. Dennoch gab ich ihr die Schuld, weil ich mir nicht eingestehen wollte, dass mein Mann meine Schwester vergewaltigt hatte."

Sie stieß einen erstickten Laut aus und Tränen liefen ihr über die Wangen. „Ich habe sie mitten in der Nacht durch die Haustür hinausgestoßen und ihre Sachen auf die Straße geworfen."

Sarah stand auf und stellte sich ans Fenster, mit dem Rücken zu Will. Sie starrte auf die Schuppen hinter dem Haus, die zu den Reihenhäusern auf der anderen Seite gehörten. Wer auch immer diese Behausungen geplant hatte, war offensichtlich motiviert gewesen, so viele wie möglich auf kleinstem Raum unterzubringen. Der Regen rann an den Fenstern herunter und machte diesen hässlichen Anblick noch düsterer.

Eine Minute lang sprach keiner von ihnen, und Will fragte sich, ob sie fertig war und was er darauf antworten sollte. Er war wie betäubt vor Schock und an Elizabeths Stelle wütend. Er wollte Charles Dawson finden und ihm seinen feigen Hals umdrehen.

Plötzlich drehte sich Sarah um. „Wann hat sie ihren Sohn bekommen? Wie lange, nachdem sie deinen Vater geheiratet hat?"

„Ich weiß es nicht." Er kam sich dumm vor. „Ich war noch ein Junge und dachte nicht viel über diese Dinge nach. Als sie am Creek auftauchte, war sie bereits mit ihm verheiratet, und bald darauf wurde mir klar, dass sie ein Kind erwartete. Ich dachte, sie musste ihn schon eine Weile vorher geheiratet haben, bevor er sie aus Sydney herbrachte."

„Unser Vater? War Vater bei ihr? Ist er auch mitgekommen?"

Will schüttelte den Kopf. „Sie sagte mir, dass er bereits tot war, als sie in Australien ankam. Im Hafen ertrunken."

Sarah stieß einen Schrei aus und vergrub ihren Kopf in ihren Händen.

„Es tut mir leid", sagte er. „Ich dachte, du hättest das gewusst."

„Ich wusste nicht, dass er tot ist. Ich dachte, er müsste noch bei Lizzie sein. Das war das Einzige, was mich davon abhielt, verrückt zu werden – der Glaube daran, dass Vater und Lizzie noch immer vereint sind. Dass sie sich um ihn kümmerte, dass sie füreinander sorgen." Sie brach in Tränen aus.

Will rutschte in seinem Stuhl hin und her. Als er zugestimmt hatte, Sarah Dawson zu treffen, hatte er nicht geahnt, dass er so viel Schmerz verursachen würde.

Nach einigen Augenblicken schien sie sich zu beruhigen und fragte ihn: „An welchem Datum hat dein Vater sie nach Hause gebracht?"

„Ich weiß es nicht, Sarah. Ich sagte dir doch, ich war noch ein Kind. Es ist schon lange her, und ich kann mich nicht erinnern." Er schloss die Augen und versuchte, sich zu erinnern. „Ich war wütend, weil sie draußen ein Feuer angezündet hatte, als der Boden noch so trocken war wie eine tote Kuh in einer Dürreperiode."

„Welcher Monat?"

Er schüttelte den Kopf. „Es ist so lange her, Sarah."

Sarah schien im Geiste zu rechnen, indem sie mit ihren Fingern die Monate zählte. „Aber es war doch noch 1920?"

„Ja, ich glaube schon. Ja, ich bin ziemlich sicher."

„Wie lange nach ihrer Ankunft hat sie ihr Kind bekommen?"

Er sagte es ihr, und sie setzte sich wieder an den Tisch und stützte den Kopf in ihre gute Hand. „Ihr Kind muss von meinem Mann gewesen sein. Es sei denn, sie wurde auf der Reise schwanger, aber was auch immer ich vor fünfzehn Jahren für meine Schwester empfunden haben mag, heute weiß ich es besser. Sie war nicht die Art von Frau, zu der ein solches Verhalten gepasst hätte." Sie zupfte nervös an ihrem Gipsverband. „Nein. Ihr Sohn war das Kind meines Mannes. Da bin ich mir sicher."

Will brauchte einige Augenblicke, um zu begreifen, was sie da sagte. „Mikey war Hannahs Halbbruder?"

Sarah brach in Tränen aus. „Es ist gut, dass er gestorben ist."

„Sag das nicht. Er war ein guter Junge. Ein toller kleiner Kerl. Wir haben ihn alle geliebt. Lizbeth hat ihn geliebt."

Er sah auf seine Hände hinunter, dann hob er den Blick

und sah Sarah an. „Hannah ist auch das Kind deines Mannes. Und ich liebe auch sie." Er schluckte. „Mehr, als ich in Worte fassen kann. Ich kenne sie erst seit kurzer Zeit, aber es kommt mir wie ein ganzes Leben vor. Alles, was du mir über ihren Vater erzählt hast, erfüllt mich mit Schrecken, aber nichts kann meine Gefühle für sie ändern. Ich liebe jeden einzelnen Knochen in ihrem Körper. Sie ist das Beste, was mir je passiert ist. Sie hat mir einen Grund gegeben, leben zu wollen, während ich früher nur überleben wollte, um meine Zeit abzusitzen." Er wusste, dass ihm die Tränen in die Augen schossen. „Hannah hat in mir den Wunsch erweckt, für immer zu leben. Ich will sie heiraten. Ich *muss* sie heiraten. Sie darf keinen anderen heiraten. Sie muss mich heiraten." Noch nie war er sich einer Sache so sicher gewesen wie in jenem Moment, als er diese Worte aussprach.

Sarah Dawson sah ihn an, dann streckte sie ihre Hand aus und drückte seine. „Und sie empfindet das Gleiche?"

Bevor er zugeben konnte, dass er ihr die wahre Tiefe seiner Gefühle noch nicht eingestanden hatte, fuhr sie fort. „Wenn sie das tut, dann musst du sie heiraten. Aber ich warne dich, Will Kidd, mein Mann wird Himmel und Erde in Bewegung setzen, um dies zu verhindern. Er will Hannah mit einem Mann aus seiner Kirche verheiraten. Ich weiß nicht, mit wem. Ich kenne niemanden von diesen Leuten."

„Aber warum? Will er nicht, dass Hannah glücklich ist? Ich werde mich um sie kümmern. Ich verspreche dir, dass ich alles tun werde, um sie glücklich zu machen."

Sarah lachte. Es war ein hässliches Lachen, hohl und bitter. „Hannahs Glück kommt in den Berechnungen meines Mannes gar nicht vor. Charles Dawson kümmert sich nur um sich selbst. Hannah ist ein Aktivposten, etwas, das man eintauschen oder an den Meistbietenden verkaufen kann. Sie zu verheiraten ist etwas, das er nur tun wird, wenn es der Erreichung seiner eigenen Ziele dient." Sie lachte wieder. „Ihr

Glück? Wenn er sich um ihr Glück sorgen würde, hätte er sie nicht so geschlagen, als er herausfand, dass sie ein Foto von Elizabeth aufbewahrt."

„Er hat sie geschlagen?" Er legte beide Handflächen an seine Stirn.

„Sie hat es dir nicht erzählt? Anscheinend nicht. Vermutlich aus Scham. Das ist es, was mein Mann aus uns allen gemacht hat. Wenn er Gewalt und Wut an den Tag legt, ließ er uns glauben, es läge daran, dass wir irgendetwas schrecklich falsch gemacht haben. Seine jahrelangen Erzählungen darüber, er sei Gottes Vertreter auf Erden, muss seine Auswirkungen haben. Es tötet alles in einem Menschen; den Selbstglauben, das Vertrauen. Mich hat es dazu gebracht, aufzugeben, sodass ich meine Töchter vernachlässigt und sie schutzlos zurückgelassen habe." Sie lachte wieder, freudlos. „Da haben wir es! Ich selbst bin der beste Beweis. Ich trage die Schuld an dem, was er getan hat. Sogar in diesem Moment." Sie deutete auf ihren eingegipsten Arm in der Baumwollschlaufe. „Was glaubst du, wer das getan hat?"

„Ich werde ihn umbringen. Ich werde ihn dafür bezahlen lassen. Er wird dafür geradestehen, was er dir, deinen Töchtern und Elizabeth angetan hat, und dann werde ich ihn töten."

„Sei kein Narr, Will Kidd. Das würde nur dazu führen, dass du gehängt wirst wie dein Vater." Sie senkte ihren Blick. „Es tut mir leid, das hätte ich nicht sagen sollen. Aber es ist wahr, und gerade du solltest das wissen. Wenn du meine Tochter wirklich liebst, dann musst du dich darauf konzentrieren, sie von hier wegzubringen. Weg von ihm." Sie warf einen Blick aus dem Fenster. „Es ist schon spät. Wir haben lange genug geredet. Du musst jetzt gehen. Wenn er dich hier erwischt, wird es für uns alle schlimm ausgehen. Du gehst besser durch die Hintertür."

Sie führte ihn durch die Waschküche und öffnete die Tür zum Hinterhof.

Will drehte sich zu ihr um: „Wir müssen mit der Polizei sprechen."

Sie schüttelte den Kopf. „Oh Will, du bist so nett, aber du weißt nichts. Die Polizei wird sich nicht darum kümmern. Was sie betrifft, ist es ein häuslicher Vorfall. Sie können nichts tun, wenn so etwas innerhalb einer Familie passiert. Wenn sie jedem Fall nachgehen würden, in dem ein Mann eine Frau schlägt – allein schon in unserer Straße –, würden sie nie zu einem Ende kommen. Männer werden wütend. Manchmal ist es der Alkohol, manchmal ist es der Hunger. Oft nur, weil sich eine Frau oder eine Tochter in der Nähe befindet und nicht stark genug sind, um sich zu wehren. Drei Häuser weiter hat ein Mann seine Frau mit einem Kochtopf erschlagen. Hat ihr den Schädel gebrochen. Er sagte der Polizei, sie sei die Treppe hinuntergefallen. Er ist damit davongekommen. Mein Mann ..."

„... kann tun, was er will? Auch wenn er am Ende dich oder Hannah umbringt?"

Sie sah wieder weg. „Beten wir zu Gott, dass es nicht so weit kommt. Aber deshalb können wir es uns nicht leisten, ihn zu provozieren."

Er sah zu ihr hinunter. „Weißt du, jahrelang dachte ich, ich sei in deine Schwester verliebt. Als ich ihr schließlich meine Gefühle gestand, war sie unglaublich nett und sagte mir, dass ich eines Tages die wahre Liebe finden und erkennen würde, dass das, was ich für sie empfand, nur ein Schatten davon war. Ich war wütend auf sie. Doch sie hatte recht. Hannah zum ersten Mal zu sehen, fühlte sich an wie ein Schritt ins Licht. Als ich sie sah, erkannte ich sie sofort – und ich meine nicht die körperliche Ähnlichkeit. Es war viel mehr als das. Es war, als käme ich nach Hause. Bis dahin hatte ich nicht bemerkt, wie einsam ich war, wie unglücklich." Er sah weg, wich ihrem Blick einen Moment lang aus und drehte sich dann wieder zu ihr um. „Als ich Hannah kennenlernte, begann ich, auch mich selbst kennenzulernen, mich vielleicht sogar ein wenig zu mögen. Ich habe nur ein Halbleben geführt, Sarah, habe die Welt durch einen Nebel gesehen, sie nur teilweise erlebt. Aber jetzt hat sich der Schleier gelüftet, und ich kann sehen."

Sarah Dawson sah zu ihm auf, mit Tränen in den Augen. „Du bist ein liebenswerter Mann. Das kann ich sehen. Meine Tochter kann sich glücklich schätzen. Ich verspreche dir, Will, ich werde alles tun, was ich kann, um dir und Hannah zu dem Glück zu verhelfen, das ihr beide verdient."

KAPITEL SECHZEHN

Nachdem Judith zur Arbeit gegangen war, stand Hannah wie immer vom Tisch auf, um das Geschirr abzuräumen. Ihre Mutter streckte ihren gesunden Arm aus und hielt sie zurück. „Das mache ich später. Ich will erst mit dir reden."

Überrascht setzte sich Hannah wieder hin. „Was ist los? Ist etwas passiert?" Sie spürte, wie ein Schauer der Angst durch ihren Körper fuhr.

„Ich habe ihn gestern getroffen. Deinen Freund, Will, Elizabeths Stiefsohn."

Hannah spürte, wie ihr das Blut ins Gesicht schoss und ihre Wangen zu brennen begannen. Ihr Herz hämmerte in ihrem Brustkorb.

Ihre Mutter gluckste ein wenig. „Du hast die Farbe einer reifen Erdbeere. Du empfindest also dasselbe für ihn." Das war keine Frage.

„Was meinst du? Was hat er gesagt?"

„Nur, dass er sich in dich verliebt hat. So richtig. Er verehrt den Boden, auf dem du gehst." Sie lächelte ihre

Tochter an. „Er ist ein gutaussehender Mann. Du kannst dich glücklich schätzen."

Hannah konnte das Grinsen nicht unterdrücken, das sich auf ihrem Gesicht ausbreitete. „Er hat gesagt, dass er mich mag?"

„Er sagt, er *liebt* dich, er will dich heiraten."

Sie hielt sich die Hand vor den Mund und ein Gefühl der Freude durchströmte ihren Körper.

„Er hat es dir also noch nicht gesagt?"

Hannah schüttelte den Kopf, stumm vor Glück. „Wir hatten so wenig Zeit."

„Tut mir leid, wenn ich gewusst hätte, dass er dir nichts gesagt hat, hätte ich mich zurückgehalten, damit er es dir zuerst selbst sagen kann."

„Das ist nicht wichtig. Oh, Mutter!" Sie sprang auf und eilte um den Tisch herum, um ihrer Mutter um den Hals zu fallen."

„Pass auf meinen Arm auf, Dummerchen!"

Hannah kehrte zu ihrem Platz zurück. Sie konnte sich nicht mehr daran erinnern, wann sie und ihre Mutter sich das letzte Mal umarmt hatten. Es musste gewesen sein, als sie noch ein kleines Kind war.

„Du liebst ihn also auch?"

Hannah nickte, zu glücklich, um zu sprechen.

„Alles geht sehr schnell, aber ich kann sehen, dass ihr beide dasselbe fühlt."

„Meinst du wirklich, es geht zu schnell?" Hannah war sich sicher, dass ihr Gesicht ihre Besorgnis verriet.

„Wer bin ich, dass ich mir darüber ein Urteil erlauben kann? Ihr beide scheint euch sicher zu sein."

„Noch nie zuvor war mir einer Sache so sicher. Aber ich habe Angst. Wegen Vater."

„Der einzige Weg, wie du Will Kidd heiraten kannst – und

das musst du tun –, ist, es rasch und heimlich zu tun. Dein Vater wird explodieren wie ein Vulkan, wenn er es erfährt, aber wenn es einmal geschehen ist, ist es geschehen und er kann nichts mehr dagegen tun."

„Aber was ist mit dir? Wenn er herausfindet, dass du es wusstest?" Sie schloss die Augen und bedeckte ihren Mund mit den Händen. „Oh, Mutter, er könnte es an dir und Jude auslassen."

„Mach dir keine Sorgen um mich. Und Judith lassen wir aus dem Spiel. Du darfst ihr nichts von Will erzählen oder davon, was du tust. Du darfst es nicht einmal mir sagen. Je weniger wir wissen, desto besser. Du und Will, ihr müsst euch einen Plan ausdenken, wie ihr heiraten könnt, und deinen Vater kannst du mir überlassen." Sie hielt inne. „Aber wenn du meinen Rat willst: bring ihn dazu, dich von hier wegzubringen, irgendwohin, wo dein Vater dich nicht finden kann. Er hat mir erzählt, dass er regelmäßig zwischen hier und Dublin pendelt – vielleicht kann er dich dorthin bringen."

Hannah war aufgeregt, aber auch verängstigt. Es war nicht nur die Angst vor ihrem Vater. Es war auch die Angst vor dem Unbekannten. Nach Jahren der Einschüchterung durch Charles Dawson, des Eingesperrtseins in einem begrenzten Bereich, der von strengen Regeln – und der heiligen Schrift – bestimmt wurde, stand sie kurz davor, in eine völlig neue Welt einzutauchen. Eine neue Stadt, ein neues Land, Ehe, Liebe und wer weiß, was noch alles. Und das mit einem Mann, den sie erst dreimal getroffen hatte und kaum kannte. Dennoch war er ihr vertraut. Sie wusste ohne den geringsten Zweifel, dass sie ihn liebte, dass sie füreinander bestimmt waren.

Sarah sagte: „Genug geplaudert. Geh rüber zum Gladstone Dock, bevor sein Schiff heute Morgen ausläuft. Was auch immer ihr beide zusammen ausheckt, erzähle es weder mir noch Judith. Ich sage es jetzt, da wir vielleicht keine weitere Gelegenheit bekommen – bitte schreib mir und lass mich wissen, wo du bist. Schick den Brief nicht hierher. Schreib an mich, zu Händen von Mrs. Compton von nebenan. Aber erst, wenn du in Sicherheit bist. Steck den Brief in einen Umschlag, der an sie adressiert ist, und schreib ihr, sie solle ihn mir nur geben, wenn dein Vater nicht anwesend ist. Und was auch immer du tust, Hannah, wie sehr du auch in Versuchung gerätst, sag kein Wort zu Judith. Wenn du dich erst einmal eingelebt hast, können auch wir uns darum kümmern, wie wir von hier wegkommen, doch wenn Judith Wind davon bekommt, wird sie ihren Mund nicht halten können. Sieh nur, was für einen Ärger sie verursacht hat, als sie mich nach Lizzie gefragt hat." Sarah stand auf und begann, das schmutzige Geschirr abzuräumen. „Und jetzt beeil dich. Bevor du zu spät kommst."

❦

Als Hannah die Docks erreichte, konnte sie ihn nicht finden. Sie rannte am Kai auf und ab, wich Karren, Säcken und Kisten aus und ignorierte die Blicke und Pfiffe der Hafenarbeiter. Wo war Will?

Gerade als sie verzweifelt aufgeben wollte, nach ihm zu suchen, wurde sie von hinten gepackt, herumgewirbelt und fand sich in Wills Armen wieder. Das Pfeifkonzert war nun ohrenbetäubend. Er hob einen Arm, um die Männer zu stoppen, nahm ihre Hand in seine und zog sie, halb rennend, weg vom Kai zum Ausgang des Docks.

Draußen angekommen, gingen sie an der hohen Backsteinmauer entlang, Hand in Hand, ohne zu sprechen, bis sie den Eingang zu einem anderen Dock erreichten. „Wir können hier hineingehen. Da ist es ruhiger. Heute Morgen sind keine Schiffe drinnen." Er führte sie ans Wasser, zwischen den hohen viktorianischen Lagerhäusern, die das Dock umgaben. Sie setzten sich an den Rand des Kais, ließen ihre Beine über dem öligen Wasser baumeln.

Sie wandten sich einander zu, und Hannah spürte, wie ihr Inneres zu schmelzen begann. Sie sah Will in die Augen und stieß einen kleinen Freudenschrei aus, bevor sie sich seinen Lippen näherte. Dieses Mal leistete sie keinerlei Widerstand. Sie ließ sich von ihm küssen und konnte nicht verhindern, den Kuss zu erwidern, um das Verlangen nach ihm zu stillen.

Als sie sich schließlich atemlos voneinander lösten, drückte er ihren Kopf an seine Brust und streichelte ihr Haar.

Hannah platzte fast vor Glück. „Mutter hat mir erzählt, was du über mich gesagt hast. Dass du mich wirklich magst. Ich musste dich sofort sehen, ... um es wiedergutzumachen – nachdem ich dich weggestoßen habe, als du mich neulich geküsst hast."

Er nahm ihr Gesicht in beide Hände und sah ihr in die Augen. „Ich liebe dich. Das ist die Wahrheit, Hannah. Noch nie zuvor habe ich so für eine Frau empfunden. Niemals hätte ich geglaubt, dass das überhaupt möglich ist. Ich möchte nicht von dir getrennt sein. Ich will dich heiraten. Willst du mich heiraten? Bitte." Er nahm ihre Hand. „Ich habe nicht viel zu bieten. Momentan bin ich zwar nur Schiffsjunge, aber ich habe bereits zu lernen begonnen, um Matrose zu werden. Bisher habe ich das nicht ernst genommen, aber von jetzt an werde ich hart dafür arbeiten, das verspreche ich dir. Eines Tages kann ich mein Kapitänspatent machen, dann werde ich ..."

Sie hob eine Hand zu seinem Gesicht und legte sie an seine Wange. „Ich liebe dich auch, Will. Und die Antwort ist ja! Ich will dich heiraten. Ja, ja, ja!"

Ihre Münder trafen sich wieder. Hannah hielt sich an Will

fest, als würde er verschwinden, wenn sie ihn losließe. Der Kuss hielt an, keiner wollte ihn beenden.

Als sie sich schließlich voneinander lösten, sah Wills Gesicht ernst aus.

„Warum hast du mir nicht erzählt, was dein Vater mit dir gemacht hat?"

Sie sah weg. „Ich hatte Angst. Ich wollte nicht, dass du wütend wirst und ihn verfolgst. Ich wollte nicht, dass du Mutter und Judith Probleme machst, indem du Vater wütend machst."

„Ist dir klar, dass er dich mit jemandem aus seiner Kirche verheiraten will? Zweifellos noch so ein verdammter religiöser Irrer."

Hannah schaute zu Boden, dann sah sie ihm plötzlich selbstsicher in die Augen. „Das wird er nicht tun. Zumindest nicht in nächster Zeit. Ich führe den Haushalt und mache die Buchhaltung für ihn. Unbezahlte Sklavenarbeit. Das wird er so schnell nicht aufgeben."

„Deine Mutter ist sich da nicht so sicher. Sie hat mir gesagt, ich soll einen Plan machen, um dich aus Liverpool wegzubringen."

„Ich weiß. Das hat sie auch zu mir gesagt. Sie sagte mir, ich dürfe nicht einmal Jude wissen lassen, was passiert ist. Aber ich kann immer noch nicht glauben, dass es so schnell gehen muss. Vater ist ein schlechter Geschäftsmann, und ich bin sicher, dass er auch nicht besser darin ist, mich zu verheiraten." Sie gab ein zögerliches Lachen von sich, das nicht ehrlich klang.

„Dieses Risiko werde ich nicht eingehen." Er sah sie an, konnte sich nicht zurückhalten und küsste sie erneut. „Außerdem glaube ich nicht, dass ich mich beherrschen kann, wenn ich bei dir bin. Ich will dich von ganzem Herzen. Und ich respektiere und liebe dich zu sehr, um dir nicht sofort einen Ring an den Finger zu stecken."

Sie hob ihren Blick und sah ihn an, musterte sein schönes, freundliches, welterfahrenes Gesicht. Dann hob sie die Hand und strich über seine Wange, fühlte die Beschaffenheit seiner Haut, die ersten Spuren von Bartstoppeln – er hatte an diesem Morgen offensichtlich keine Zeit gehabt, sich zu rasieren. Als sie in seine Augen blickte, trübte sich sein Blick und drückte plötzlich Sorge aus.

„Ich bin älter als du, Hannah, habe schon viel erlebt." Er hielt inne, offensichtlich rang er um die richtigen Worte.

Hannah beugte sich vor und legte einen Finger auf seinen Mund. „Es ist alles in Ordnung. Nichts ist wichtig, außer wie sehr wir uns lieben, Will. Und nichts, was du sagst, kann etwas daran ändern, was ich für dich empfinde."

„Aber ... es hat viele Frauen in meinem Leben gegeben. Einige, die ich rücksichtslos behandelt habe. Erst habe ich sie verführt, dann bin ich einfach gegangen. Ich bin nicht der gute Kerl, für den du mich hältst. Ich habe mein Leben gelebt, als wäre mir alles und jeder egal. Ich habe getrunken, bis ich umgefallen bin; habe Drogen genommen, bin ohnmächtig geworden, ohne mich an das zu erinnern, was geschehen ist. Ich habe ..."

„Es ist mir egal. Nichts davon ist wichtig. Das liegt alles in der Vergangenheit. Ich liebe dich, Will. Egal, was du getan hast."

„Mein ganzes Leben lang war ich auf der Suche nach etwas, aber ich wusste nicht, was es war. Ich dachte, ich würde vor meiner Vergangenheit davonlaufen. Vor Elizabeth. Davor, was mit meinem Vater passiert ist. Vor meinem ganzen verdorbenen Leben. Aber jetzt weiß ich, dass ich nur im Dunkeln herumgetappt bin und gewartet habe."

„Gewartet?"

„Auf dich. Darauf, dass du in mein Leben trittst und mir einen Grund gibst, endlich zu leben." Er sprang auf und zog sie neben sich hoch. „Ich weiß, dass ich mit dir an meiner

Seite alles schaffen kann. Woanders hingehen. Jemand sein. Denn was immer ich tue, ich tue es für dich. Mit dir. Durch dich werde ich zu einem besseren Mann werden, als ich es ohne dich jemals könnte."

„Genug!" Sie legte ihre Hände auf seinen Mund. „Hör auf zu reden, William Kidd. Ich will, dass du mich wieder küsst, und zwar so lange, bis ich dich anflehe, aufzuhören."

Er beugte sich zu ihr, als sie sagte: „Aber – ich warne dich – das wird nie passieren!"

Sie wurden von drei lauten Tönen aus einem Schiffshorn unterbrochen.

„Verdammt! Ich muss los", sagte Will.

„Wann kommst du zurück?"

„In vier Tagen." Er nahm ihre Hand und sie gingen zurück zum Gladstone Dock. „Während ich in Dublin bin, werde ich mich darum kümmern, eine Bleibe für dich zu finden. Ich werde dir eine Fahrkarte für die nächste Überfahrt kaufen, und dir ein Zimmer besorgen. Wir können dort heiraten. Ich habe Freunde in Dublin, die uns helfen werden. Gute Menschen."

Sie klammerte sich an ihn, wollte ihn nicht loslassen.

Will küsste sie auf den Scheitel. „Ich werde bald zurück sein, mein lieber Schatz. Ich werde es mir zur Lebensaufgabe machen, für dich zu sorgen und dich zu beschützen. Bald werden wir zusammen sein."

ES REGNETE IN STRÖMEN. ZU NASS, UM DURCH DIE DÜNEN zu wandern. Wozu auch, nachdem Will immer noch in Dublin war. Obwohl Hannah sich danach sehnte, bei ihm zu sein, wusste sie, dass sie versuchen musste, ihn aus ihren Gedanken zu verbannen, bis er zurückkehrte. Bis dahin würde er einen Plan ausgearbeitet haben. In der Zwischenzeit hatte eine schlaflose Nacht sie zu dem Schluss gebracht, dass bei *Morton's* etwas Schlimmes vor sich ging. Es hatte sie schon seit einiger Zeit gequält, doch jetzt war sie sich sicher. Irgendetwas Ruchloses war im Gange. Könnte sie ein ernstzunehmendes Verbrechen aufdecken, hätte sie vielleicht einen Grund, zur Polizei zu gehen – es müsste nur etwas sein, worauf diese reagieren müsste. So könnte sie ihrer Mutter und Judith helfen.

Charles Dawson war ein Gauner. Als sich das Wort „Gauner" in ihrem Kopf bildete, wurde ihr klar, dass sie ihren Vater jetzt tatsächlich so sah. Er war ein Verbrecher. Ein Mann, der in der Lage war, seiner Frau und seiner Tochter schwere körperliche Verletzungen zuzufügen und ihr Leben zu einem seelenlosen Elend zu machen, wäre sicher auch zu anderen Verbrechen fähig. Je mehr sie darüber nachdachte, desto mehr war sie davon überzeugt, dass er in irgendeine Art von Finanzbetrug verwickelt war.

Sie beschloss, in den Picton-Leseraum der Hauptbibliothek im Zentrum von Liverpool zu gehen, um etwas über den Absender der seltsamen Rechnung herauszufinden. Auf dem Weg dorthin wusste sie, dass das Risiko, ihrem Vater über den Weg zu laufen, gering war, da er das Stadtzentrum mied, weil er behauptete, es sei ein Sündenpfuhl des Handels und der Korruption. Sie beeilte sich, wich den Pfützen auf dem Bürgersteig aus und sprang den Spritzern der vorbeifahrenden Autos und Straßenbahnen aus dem Weg. Sie brauchte länger, als sie erwartet hatte, und fühlte sich eingeschüchtert, als sie vor der imposanten William-Brown-Bibliothek mit ihrer mächtigen Eingangshalle, die von sechs Säulen gesäumt war, stand. Wäre der Regen nicht immer stärker geworden, hätte sie sich wahrscheinlich nicht getraut, hineinzugehen. Sie erklomm die Stufen und trat ein, wobei sie versuchte, sich von der Größe des Gebäudes nicht einschüchtern zu lassen.

Als sie den Picton-Leseraum betrat, konnte sie ein lautes

Keuchen nicht unterdrücken. Die Dimensionen der Rotunde überraschten sie. Sie wurde von einer großen Kuppel gekrönt und erstreckte sich über drei Ebenen mit Wendeltreppen, die zu den höheren Galerien führten. Noch nie hatte sie so viele Bücher gesehen. Ihr Vater wäre entsetzt, und diese Erkenntnis befriedigte sie. In der Mitte des Raumes befand sich eine hohe Holzsäule mit einer riesigen Lampe in Form einer umgedrehten Schale. Sie war so beeindruckt von diesem Ort, dass sie die Zeit vergaß, als sie zwischen den Regalen umherwanderte und die Menge und Vielfalt der Bücher bestaunte. Als sie auf eine Sammlung lokaler Straßenverzeichnisse stieß, erinnerte sie sich an die Aufgabe, die sie zu erledigen hatte, und nahm den neuesten Band von Kelly's Directory zur Hand. Sie blätterte durch die Seiten und suchte nach der Adresse. Schnell fand sie die Sutherland Street, doch für die Nummer 101, die Adresse auf der Rechnung, gab es keinen Eintrag. Die einzigen in der Sutherland Street aufgeführten Unternehmen schienen Einzelhändler zu sein, und keines von ihnen hatte eine höhere Hausnummer als siebenundachtzig. Verblüfft suchte sie einen Bibliothekar auf und fragte ihn, ob es möglich sei, ein Unternehmen nach dessen Namen zu suchen – vielleicht handelte es sich um einen Schreibfehler, da die Rechnung handgeschrieben war. Er wies sie auf ein anderes Verzeichnis hin, woraufhin sie den Band zu einem Tisch mitnahm und sich setzte, um nach Merseyside Maritime Services zu suchen. Wieder fand sie nichts. Das nächstgelegene Unternehmen, das sie finden konnte, war eine Firma namens Mersey Marine, die offenbar Kräne und Hebevorrichtungen für die Schifffahrt lieferte, sich jedoch in einem anderen Teil der Stadt befand. Sie beschloss, dass es dafür nur einen Grund geben konnte, und wollte die Überzeugung, dass etwas nicht stimmte, nicht länger unterdrücken. Es würde ihr nichts anderes übrigbleiben, als nachzusehen, was – sollte es diese Adresse überhaupt geben – sich in der Sutherland Street 101 befand.

Es dauerte nicht lange, bis sie eine Straßenkarte gefunden hatte, auf der die Sutherland Street eingezeichnet war. Es handelte sich dabei um eine lange Straße, die hinunter zu den Docks bei Kirkdale führte. Sie warf einen Blick auf die Uhr. Wenn sie jetzt losging, könnte sie auf dem Weg zum Büro von *Morton's* an den Docks von Bootle ohne allzu große Umwege diese Straße passieren. Sie musste sich beeilen, denn es war eine ziemlich weite Strecke, und sie hatte kein Geld, um ein Ticket für den Bus oder die Straßenbahn zu bezahlen, um zumindest einen Teil des Weges nicht laufen zu müssen.

Die Sutherland Street war eine typische Straße mit viktorianischen Reihenhäusern aus rotem Backstein. Kinder mit schmutzigen Gesichtern spielten Himmel und Hölle, während ihre Mütter in den Hauseingängen lehnten und sich unterhielten. Hannah eilte vorbei und überprüfte dabei die Hausnummern. Außer ein paar Tante-Emma-Läden, einem Gemüseladen und einer Molkerei gab es kaum Anzeichen für kommerzielle Aktivitäten. Ebenso wenig gab es Anzeichen für ein Gebäude, das zu den Merseyside Maritime Services gehören könnte. Sie erreichte die Nummer siebenundachtzig, eine Schusterei. Dahinter befanden sich sechs weiterer Wohnhäuser, doch dann endete die Straße an einer größeren Kreuzung. Auf der anderen Seite las sie einen anderen Straßennamen. Sie ging zurück und lief auf der gegenüberliegenden Seite der Sutherland Street entlang, fand jedoch keine Anzeichen für irgendetwas, das mit den Merseyside Maritime Services zu tun haben könnte.

Eine Frau, die in einem Türrahmen lehnte, sah sie neugierig an. „Hast du dich verlaufen, Kindchen?", rief sie ihr zu.

Hannah fragte, ob sie wüsste, wo die Merseyside Maritime Services sein könnten.

Die Frau schnaubte. „Nie gehört. Hier gibt es nur Wohnhäuser. Versuch es mal näher an den Docks, Liebes."

Hannah bedankte sich und machte sich auf den Weg. Eine Sackgasse. Wenn sie herausfinden wollte, wer oder was die Merseyside Maritime Services waren, blieb ihr nichts anderes übrig, als ihren Vater zu fragen. Doch das war keine Option.

Schon als sie *Morton's* betrat, wusste sie, dass etwas nicht stimmte. Sie hörte Stimmen aus dem kleinen Privatbüro ihres Vaters. Als sie ihren Mantel aufhing, sah Mr. Busby auf. „Ihre Mutter ist hier", sagte er.

Hannah sah ihn mit großen Augen an. Ihre Mutter hatte das Haus jahrelang nicht verlassen, und sie konnte sich nicht erinnern, wann sie das letzte Mal die Geschäftsräume von *Morton's* betreten hatte.

Busby zischte sie an. „Gehen Sie nicht hinein. Sie sind laut geworden. Jetzt, wo Sie hier sind, werde ich mich für eine Weile aus dem Staub machen. Ich muss ein paar Besorgungen erledigen."

Er zog seinen Mantel an und verließ das Gebäude. Hannah vermutete, dass er vermeiden wollte, Zeuge einer Konfrontation zu werden.

Sie setzte sich auf ihren Platz hinter dem Schreibtisch und dachte nicht mehr an die Merseyside Maritime Services, sondern sorgte sich stattdessen um ihre Mutter. Irgendetwas Außergewöhnliches musste sie dazu gebracht haben, sich in die Geschäftsräume ihres Mannes zu wagen, zumal ihr Arm immer noch eingegipst war und sich in einer Schlinge befand. Hannah war erstaunt. Dann wurde ihr klar, dass möglicherweise genau das der Grund war. Charles Dawson würde seine Frau an einem Ort, an dem es Zeugen geben könnte, nicht so leicht schlagen können. Sie spitzte die Ohren und versuchte zu verstehen, was gesagt wurde, doch es war nur noch ein leises Grummeln hörbar. Die lauten Stimmen, die Mr. Busby erwähnt hatte, waren einem kontrollierteren Austausch gewichen. Hannah glaubte, ihren eigenen Namen gehört zu haben, war sich jedoch nicht sicher.

Sie wollte gerade aufstehen, um mit dem Ohr an der Tür zu lauschen, als diese sich öffnete. Ihr Vater erschien, sein Körper füllte den Raum aus. Hinter ihm konnte sie gerade noch ihre Mutter erkennen.

„Hannah, begleite deine Mutter nach Hause. Dann komm sofort wieder hierher zurück. Nach ihrem Unfall sollte sie das Haus nicht verlassen."

Ihr Unfall? Jetzt versuchte er, vorzugeben, es sei ein Unfall gewesen – wohl wissend, dass sie und Judith im Haus gewesen waren, als er Sarah geschlagen hatte. Hannah sah ihre Mutter an, doch Sarah vermied es, ihr in die Augen zu sehen.

Hannah griff nach ihrem Mantel und zog ihn an.

Erst als sie außer Sichtweite von *Morton's* waren, sah Sarah Hannah endlich an. „Ich habe einen Verrückten geheiratet", sagte sie. „Ich bereue es nicht nur meinetwegen, sondern jetzt auch um deines und Judiths willen. Ich bezahle den Preis für meine eigene Dummheit, und es ist meine Schuld, dass auch du bald dafür bezahlen wirst."

„Was meinst du, Mutter? Hat er dich bedroht?" Sie hakte sich bei dem unverletzten Arm ihrer Mutter ein. „Sollen wir zur Polizei gehen?"

„Der Polizei wird es egal sein. Sie kümmern sich nicht um Leute wie uns. Ihrer Meinung nach ist dein Vater im Recht. Die Bullen interessieren sich nicht für Frauen. Sie sind der Meinung, es gibt Wichtigeres zu tun. Und du weißt, wie glaubwürdig er sein kann. Sie würden ihm im Handumdrehen aus der Hand fressen, während er den aufrechten, gottesfürchtigen Mann spielt, der Respekt verdient."

„Dann müssen wir weg. Wir könnten irgendwo hingehen, wo er uns nicht findet. Judith natürlich auch. Will kann das alles arrangieren. Wir können alle nach Irland gehen."

Ihre Mutter sah sie mit einem Ausdruck an, der zwischen

Zynismus und Traurigkeit schwankte. „Und woher sollen wir das Geld dafür nehmen? Du weißt so gut wie ich, dass dein Vater uns allen noch nie auch nur einen Penny gegeben hat."

„Will könnte uns helfen. Oder wir könnten einfach gehen. Verschwinden. Wir könnten irgendwo Unterschlupf finden. Ich könnte mir einen Job suchen. Judith auch. Wir können uns um dich kümmern, Mutter. Wir könnten das Geld verdienen, damit wir *alle* nach Dublin gehen können."

„Dummes Mädchen. Du warst schon immer eine Träumerin. Ich habe einen Fehler begangen, und jetzt muss ich die Konsequenzen tragen. Vielleicht können du und Judith fliehen, ich jedoch nicht."

„Ich werde dich niemals zurücklassen, Mutter."

Ihre Mutter widersprach nicht. „Es tut mir leid, Hannah", sagte sie. „Er wird versuchen, dich zur Heirat zu zwingen, und zwar nicht mit Will."

Hannah nickte. „Ich hoffte, es wäre nicht wahr. Ich dachte, bis dahin würden noch Jahre vergehen. Kann er das überhaupt?"

„Derjenige, der das Geld hat, hat die Macht. Wenn du nicht wegläufst, hast du keine andere Wahl, als ihm zu gehorchen. Ich werde beten, dass er, sollte er das wirklich tun, eine weise Entscheidung für dich trifft, denn ich kann ihn nicht aufhalten. Hast du etwas von Will gehört?"

„Er ist in Dublin. Er versucht, alles zu regeln. Er wird alles in Ordnung bringen, Mutter. Mach dir keine Sorgen. Ich werde mit ihm sprechen, sobald er zurück ist."

Sarah strich über das Haar ihrer Tochter. „Ich hoffe es, aber ich befürchte, es könnte zu spät sein. Ich bete, dass du eines Tages die Kraft finden wirst, mir zu verzeihen, dass alles so schlimm geworden ist. Und jetzt geh. Wenn du zu spät zurückkommst, provozierst du ihn."

Als sie zurück zum Büro in der Nähe der Docks eilte,

fragte sich Hannah, wie ein einzelner Mann die Macht haben konnte, so viele Leben zu ruinieren. Sie beschwor das Bild von Will Kidd herauf, dessen Augen in die ihren blickten, und flehte Gott an, dass Will die Dinge wieder in Ordnung bringen würde.

$\maltese$ 17 $\maltese$

KAPITEL SIEBZEHN

Hannah stand vor ihrem Vater, die Hände hinter dem Rücken verschränkt, ihre Handflächen nass geschwitzt. Sie versuchte aufzuhören zu zittern, doch in Wahrheit hatte sie Angst vor ihm. Seine Gewaltausbrüche gegenüber ihrer Mutter und ihr selbst gerieten immer mehr außer Kontrolle, und immer öfter hatte er eine unerklärliche Wut an den Tag gelegt. Würde er sie gleich wieder schlagen? Hatte sie wieder irgendetwas getan, das er für falsch hielt? Sie war so vorsichtig gewesen. Vielleicht hatte er die Sache mit Will herausgefunden? Hatte einer der Nachbarn ihn gesehen, als er bei ihrer Mutter gewesen war? Ihr Herz hämmerte, und sie betete, dass ihr Vater ihre Angst nicht spüren konnte.

Dawson lächelte sie an. Es war ein Lächeln, bei dem er seine schmalen Lippen auseinanderzog, so, dass kleine spitze Zähne zum Vorschein kamen. Ein Lächeln, das nicht bis zu seinen Augen reichte. Es erinnerte Hannah an eine Porzellanpuppe, die sie als Kind von ihrem Großvater geschenkt bekommen hatte – eine Puppe mit einem aufgemalten

Lächeln, das nicht zu den kalten Glasaugen passte, die ausdruckslos ins Nichts starrten.

Die Angst, geschlagen zu werden, wich einer anderen Art der Angst. Warum lächelte er sie an? Was konnte er nur von ihr wollen? Die Worte ihrer Mutter über die bevorstehenden Heiratspläne ließen ihr das Blut in den Adern gefrieren und sie spürte, wie sich ihr Magen zusammenzog.

Dawson deutete auf einen Stuhl, der in der Ecke stand, und gab ihr ein Zeichen, ihn heranzuziehen und sich zu setzen.

Sie setzte sich auf die Kante des Sitzes und zerrte am Saum ihres Rocks, um sicherzugehen, dass er weit unter den Knien endete. Ihr Vater lächelte immer noch dieses unheilbringende Lächeln. Es war schlimmer als sein Zorn. Sein Lächeln sah man so selten, dass sie nicht anders konnte, als misstrauisch zu werden – tatsächlich konnte sie sich nicht daran erinnern, ihn jemals überhaupt lächeln gesehen zu haben.

„Hilf mir auf die Sprünge, wie alt bist du, Hannah.“

„Ich bin einundzwanzig, Vater. Fast zweiundzwanzig.“

Er nickte. „Gut.“

Sie wartete, zu verängstigt, um zu sprechen.

Sein Blick schweifte über sie und verweilte einen Moment zu lange auf ihrem Busen. Sie zog ihre Strickjacke zu und verschränkte die Arme über ihren Brüsten. Warum sah er sie auf diese Weise an? Sie zuckte zusammen und wollte am liebsten aus dem Zimmer rennen. Endlich richtete sich sein Blick auf ihr Gesicht und sein falsches Lächeln verschwand.

„Ein gutes Alter, um zu heiraten. Deine Mutter hatte dich in diesem Alter schon bekommen.“

Sie schloss ihre Augen und fürchtete sich vor dem, was kommen würde. Alles, woran sie denken konnte, war Will und wie er jetzt in Dublin sein würde. Würde er sich um alles gekümmert haben? Ihre Überfahrt nach Irland, ihre Unterkunft, ihre Hochzeit?

„Hannah?"

„Ja, Vater."

„Und?"

Sie schluckte. Er köderte sie, quälte sie. „Ich glaube nicht, dass ich dazu schon bereit bin." Sie blickte auf den Boden und bemerkte beiläufig, wie abgewetzt ihre Schuhe waren. „Außerdem kenne ich niemanden, der mich vielleicht heiraten wollen würde." Während sie diese Lüge aussprach, fiel ihr plötzlich ein, dass er vielleicht tatsächlich Will meinen könnte. Vielleicht hatte ihre Mutter Dawson von ihm erzählt und ihn von der Idee überzeugt.

Doch diese schwache, flüchtige Hoffnung wurde zerstört, als ihr Vater sagte: „Natürlich nicht. Und so soll es auch sein."

Sie schluckte erneut. Plötzlich sagte sie trotzig: „Oder wen ich vielleicht heiraten wollen würde."

Er schnaubte. „Wollen würdest? Du? Du hast keine Wahl. Eine Frau ist nicht in der Position zu beurteilen, wer ein geeigneter Ehemann für sie sein könnte. Eine Frau ist von Gott dazu geschaffen, ihrem Mann, ihrem Herrn und Meister, zu dienen. Die Heilige Schrift ist eindeutig: *Auch ist der Mann nicht für die Frau geschaffen, sondern die Frau für den Mann.* Die einzige Person, die eine so wichtige Entscheidung treffen kann, ist dein Vater. So wie Abraham Rebekka zur Frau seines Sohnes Isaak wählte. Es ist das Geschenk eines Vaters. Ein Geschenk an Gott. Und die Frau ist ein Geschenk an den Mann. Die Bibel hat es festgelegt, und so müssen wir es befolgen."

Hannah war übel. „Aber, Vater, die Ehe ist eine lebenslange Verpflichtung. Ich sollte doch nicht gezwungen sein, mich an einen Mann zu binden, für den ich nichts empfinde, oder?"

Ihr Vater verzog den Mund zu einem weiteren falschen

Lächeln. „Deine Gefühle sind unwichtig, Hannah. Gott wird mich leiten, die richtige Entscheidung für dich zu treffen. Deine Aufgabe ist es, Demut zu zeigen und meinen Willen zu befolgen, und wenn du verheiratet bist, wirst du den Willen deines Mannes befolgen, so wie es für jede Frau vorgesehen ist. Die Heilige Schrift hat es so bestimmt." Er hob seinen Blick zur Decke, als würde er Gott anrufen. „Lass uns nun gemeinsam beten, dass dieser Eigensinn von dir genommen wird und du dich dem Willen des Herrn beugst, der durch mich umgesetzt wird."

Er griff nach vorne und packte sie am Kragen, riss sie vom Stuhl und drückte sie auf die Knie. Der plötzliche Aufprall auf dem kalten, harten Boden ließ sie nach Luft schnappen, doch sie protestierte nicht, denn sie wusste, dass es dadurch nur noch schlimmer werden würde.

Dawson nahm seine Bibel zur Hand und las eine Reihe von Versen vor, die seine Behauptung belegen sollten, dass die Frau nur für den Mann geschaffen wurde. Er wies sie an, ihm die Worte nachzusprechen, was sie – vor Angst zitternd – tat. Nach etwa einer halben Stunde, in der ihre Kniescheiben zu schmerzen begonnen hatten, erlaubte er ihr endlich, auf ihren Stuhl zurückzukehren. Er blitzte sie wieder mit seinem scharfzahnigen, falschen Lächeln an.

„Ich nehme an, du möchtest wissen, wer der Mann ist, den ich in Gottes Auftrag für dich ausgewählt habe?"

Ihr Mund war trocken und sie begann zu zittern. „Hast du dich schon entschieden, Vater?"

Er nickte. „Alle ist arrangiert. Ich habe mit dem Pfarrer gesprochen und er ist einverstanden."

Hannahs Brust zog sich vor Angst und Entsetzen zusammen, und ihr kam die Galle hoch. Nicht der Pastor. Mr. Henderson war älter als ihr Vater. Ein strenger Witwer mit wulstigen Augenbrauen und einer roten Knollennase. Sie hatte nie mit ihm gesprochen, denn sie und Judith gingen ihm immer aus dem Weg, wenn er ihren Vater besuchte. Der Gedanke, die Frau eines solchen Mannes zu sein, erfüllte sie mit Abscheu und Angst. „Aber ... Vater ... Er ist so alt."

Dawson lachte. „Dummes Kind! Glaubst du wirklich, dass ein so großer Mann wie der Pastor bereit wäre, dich zu heiraten – eine dümmliche junge Frau? Ich kann mir zwar keine größere Ehre vorstellen, als dass ein so weiser und von Gottes Geist erfüllter Mann eine meiner Töchter zur Frau nimmt, aber ich weiß, dass ich dafür nie würdig genug sein könnte." Sein unterwürfiger Tonfall ließ Hannah an Dickens' Uriah Heep denken.

Hannah atmete wieder auf. Niemand könnte jemals so schlecht sein wie der Pastor. Aber eine Zukunft ohne Will war ohnehin in keiner Weise denkbar.

„Pastor Henderson hat mir und dieser Familie jedoch eine große Ehre zuteilwerden lassen, denn er hat zugestimmt, dass du seinen Sohn Samuel heiraten wirst."

„Seinen Sohn? Ich kenne diesen Samuel gar nicht."

„Dazu wird noch genug Zeit sein. Samuel ist sein einziger Sohn."

„Hat Samuel selbst auch Mitspracherecht?"

„Samuel lebt sein Leben nach den Beispielen aus der heiligen Schrift. Er wird Isaak nacheifern, dem Rebekka zur Frau gegeben wurde. Ich möchte, dass du dieses Kapitel jetzt liest. Morgen erwarte ich, dass du die Passage gelesen und verstanden hast. Sag mir jetzt, in welchem Buch der Bibel du ihre Geschichte finden wirst."

Hannah zerbrach sich den Kopf, weil sie seine Wut fürchtete, sollte sie sich nicht richtig erinnern. „Ist es Genesis, Kapitel vierundzwanzig?"

Dawson fletschte die Zähne, um ein weiteres *falsches* Lächeln zu *zeigen*. Sie hatte ihn noch nie so oft lächeln gesehen. „Gut gemacht. Jetzt geh in dein Zimmer und lerne es, bis du es im Schlaf beherrschst."

„Wann werde ich ihn treffen?"

„So viele Fragen. Du wirst Samuel Henderson kennenlernen, wenn ich es für richtig halte. Denk daran, dass Rebekka Isaak heiratete, ohne ihn getroffen zu haben. Sie folgte dem Willen Gottes, und du wirst dasselbe tun."

„Aber ich werde ihn doch vorher treffen?"

„Ja. Dein zukünftiger Ehemann möchte dich vorher kennenlernen."

Sie fühlte sich plötzlich trotzig und sagte: „Dann ist er also nicht wie Isaak. Er vertraut darauf, dass der Diener seines Vaters die Entscheidung für ihn trifft."

„Sein Vater hat die Entscheidung für ihn getroffen, und er wird gehorchen. Es ist Gottes Wille."

„Und wann wird die Hochzeit stattfinden?"

„Ebenso. Wenn ich es entscheide. Und jetzt geh. Ich bin fertig mit deinem Geschwätz."

Hannah stand auf, verließ das Zimmer und eilte die Treppe hinauf, wo ihre Schwester besorgt wartete.

„Und?", fragte Judith.

„Du hattest recht. Er verkauft mich in die Sklaverei."

„Was?"

„So gut wie. Er sagt, ich soll mit Samuel Henderson, dem Sohn des Pfarrers, verheiratet werden."

Judith runzelte die Stirn. „Es passiert also wirklich?"

„Hast du daran gezweifelt?" Hannah warf sich auf dem Bett auf den Rücken, die Hände verdeckten ihre Augen. „Für einige Augenblicke dachte ich, er meinte, ich solle den Pastor selbst heiraten. Ich habe mich schon darauf vorbereitet, mich vor eine Straßenbahn zu werfen."

Judith erschauderte übertrieben. „Ich könnte es dir nicht verdenken. Hat er etwas über mich gesagt?"

„Nein."

Judiths Seufzer der Erleichterung war hörbar.

Hannah rollte sich auf die Seite, mit dem Rücken zu ihrer

Schwester. „Dann ist das also in Ordnung für dich, richtig? Solange du nicht involviert bist."

„Sei nicht so, Hannah. Du weißt, dass es nur eine Frage der Zeit ist, bis mir dasselbe widerfährt." Sie strich mit ihrer Hand über Hannahs Haar. „Lass uns nicht streiten, Han. Das hieße, ihn gewinnen zu lassen."

Hannah drehte sich zu ihr um und lächelte Judith an. „Du hast recht."

„Hat er gesagt, wann es passieren wird?"

Hannah schüttelte den Kopf. „Ich bin mir nicht einmal sicher, ob dieser Samuel Vater überhaupt kennt. Wir sind nur Spielfiguren in den Händen unserer Väter. Ich hoffe, dass es noch Wochen oder sogar Monate dauern wird. Er sagte, es wäre genug Zeit, um ihn kennenzulernen."

Judith grinste. „Vielleicht mag dich dieser Samuel gar nicht." Sie kicherte. „Nein, das kann ich mir nicht vorstellen. Jeder junge Mann wäre begeistert, dich zur Frau zu haben."

Hannah schenkte ihr ein trauriges Lächeln. „Oh, Jude, was soll ich nur tun?"

„Bete zu Gott, dass er dir die Kraft gibt, es zu ertragen. Bete zu Gott, dass dieser Samuel ein freundlicher, gutaussehender und liebevoller Ehemann sein wird."

Hannah schlug auf das Kissen ein. Sie fragte sich, warum sie nicht in der Lage war, sich gegen die Schikanen ihres Vaters zu wehren – aber sie hatte immer noch die verblassten blauen Flecken, die sie ebenso daran erinnerten wie der Anblick des gebrochenen Arms ihrer Mutter. Und ein Leben voller Zwänge und Zermürbung durch diesen Patriarchen hatte ihren Willen gebrochen.

Aber es war noch Zeit, Will zu treffen, ihn dazu zu bringen, seine Pläne zu beschleunigen, um ihr zu helfen und sie mitzunehmen. Er würde in spätestens ein paar Tagen wieder in Liverpool sein.

„ER IST GANZ UND GAR NICHT HÄSSLICH! ER SIEHT SOGAR ganz vorzeigbar aus, kein bisschen wie sein Vater." Judith stand mit der Nase am schmutzigen Schlafzimmerfenster und schaute auf die Straße hinunter. Es war Sonntagnachmittag, und sie hatten die Anweisung erhalten, in ihrem Zimmer zu bleiben, bis sie gerufen wurden. „Komm und sieh selbst, Han!"

„Geh weg vom Fenster. Sie könnten dich sehen."

„Das werden sie nicht. Bist du denn gar nicht neugierig?"

„Warum sollte ich? Ich werde bald den Rest meines Lebens Zeit haben, ihn anzuschauen. Das möchte ich so lange wie möglich hinauszögern."

„Du bist doof. Ich würde platzen, um herauszufinden, wie er so ist."

„Schade, dass du nicht diejenige bist, die Mr. Samuel Henderson heiraten muss."

Ein lautes Klopfen an der Eingangstür. Judith trat auf den Treppenabsatz und sah die Treppe hinunter. „Sie sind in Vaters Arbeitszimmer gegangen."

Ein leises Stimmengewirr drang durch die Decke.

„Ist Mutter bei ihnen?" Hannah sah von ihrer horizontalen Position auf dem Bett auf.

„Nein. Ich glaube, sie ist im hinteren Teil der Küche. Sie hat mir gesagt, dass sie mit der Sache nichts zu tun haben will und den Besuch meiden möchte."

„Kannst du hören, was sie sagen?"

Judith schüttelte den Kopf. „Ich riskiere es nicht, nach unten zu gehen. Vater würde durchdrehen, sollte er mich beim Lauschen im Flur erwischen."

Während sie sprach, hörten die beiden Frauen, wie sich eine Tür knarrend öffnete und die Stimme ihres Vaters die Treppe hinaufrief. „Hannah, komm herunter."

Hannah stand vom Bett auf, glättete ihr Kleid und strich sich die Haare zurecht. „Wünsch mir Glück." Sie schenkte ihrer Schwester ein trauriges Lächeln und ging dann die Treppe hinunter, wobei sie sich wie eine Märtyrerin auf dem Weg zum Schafott fühlte.

Samuel Henderson stand vor dem Kamin, sein Vater saß auf dem Stuhl, auf dem sonst ihr eigener Vater saß. Dawson setzte sich ihm gegenüber, und Hannah stand zwischen den beiden älteren Männern, da es keinen anderen Sitzplatz gab. Sie hielt den Blick gesenkt, um den Fremden, den ihr Vater als ihren Ehemann vorgesehen hatte, nicht ansehen zu müssen.

„Darf ich Ihnen meine ältere Tochter Hannah vorstellen, Sir?" Dawsons Tonfall war unterwürfig und kriecherisch, als er mit dem Pfarrer sprach.

Mr. Henderson grunzte und warf Hannah nur einen flüchtigen Blick zu.

Dawson wandte sich an den jüngeren Henderson. „Samuel, das ist Hannah."

Sollte sie ihm die Hand schütteln? Sie beschloss, dass dies unangebracht wäre, und blieb stattdessen wie angewurzelt stehen und wartete darauf, dass Samuel Henderson das Wort ergriff.

Er sah aus, als wünschte er sich, an einem anderen Ort zu sein. Irgendeinem Ort, nur nicht hier. Er drehte sich halb um, musterte sie kurz, dann richtete er seinen Blick auf ihren Vater. „Miss Dawson", sagte er – eher zu ihrem Vater, nicht zu ihr.

Der Pastor erhob sich von seinem Platz und kniete zu Hannahs Überraschung vor der Feuerstelle nieder. Einen Moment lang hatte sie den verrückten Gedanken, dass er ein Feuer machen würde, dann sagte er: „Jetzt werden wir gemeinsam beten und um Gottes Führung und Segen bitten."

Dawson kniete ebenfalls sofort nieder und wies Hannah

mit einem Nicken an, es ihm gleichzutun. Samuel lehnte weiter an der Wand, bis ein Husten seines Vaters ihn veranlasste, sich neben die anderen drei zu knien.

Hannah schloss ihre Augen. Es war unerträglich. Sie wünschte sich, der Boden würde sich auftun und sie verschlingen. Henderson Senior sprach die Gebete, seine Stimme war laut und pathetisch. Mit fest zusammengekniffenen Augen versuchte sie, so zu tun, als würde all das nicht geschehen, doch da sie die Stimme des Pastors nicht ausblenden konnte, konzentrierte sie sich eher auf den Klang der Worte als auf deren Bedeutung. Schließlich zitierte er aus der Bibelstelle, die Dawson sie hatte studieren lassen. *„Sieh, Rebekka vor dir, nimm sie und geh hin, sie soll die Frau des Sohnes deines Herrn sein, wie es der Herr gesagt hat."*

Aus dem Augenwinkel sah sie, dass Samuel Henderson die ganze Vorstellung ebenso zu beschämen schien wie sie selbst. Er kaute auf dem Nagel seines Daumens. Sein Gesicht sah sie nur von der Seite, und sie wollte nicht, dass ihr Vater bemerkte, dass sie sich nicht konzentrierte, also schaute sie wieder weg. Es herrschte ein langes Schweigen, bevor der ältere Henderson aufstand, gefolgt von den übrigen Anwesenden. Er nickte Dawson zu, der sagte: „Hannah, du kannst Mr. Henderson in den Salon begleiten. Sein Vater und ich haben etwas zu besprechen."

Der Salon war ein übertriebener Begriff für das, was man gewöhnlich als Hinterzimmer bezeichnete. Die Aussicht, ihren Verlobten dort für eine unbestimmte Zeit unterhalten zu müssen, war nicht sehr verlockend. Als sie die Türe öffnen wollte, kam ihre Mutter aus dem Zimmer, nickte Samuel Henderson zu und murmelte einen Gruß, bevor sie die Treppe hinaufging. Hannah fühlte sich im Stich gelassen.

Sie setzten sich gegenüber voneinander an den Tisch – die einzigen verfügbaren Sitzgelegenheiten in dem schäbigen

Raum. Dann bot sie ihm ein Glas Wasser an, das er ablehnte. „Tee?"

Er schüttelte den Kopf. „Sehen Sie, Miss Dawson, ich glaube nicht, dass Sie glücklicher über diese Farce sind, als ich es bin. Der heilige Paulus sagte, es sei besser zu heiraten, als zu brennen, aber ehrlich gesagt ist die Vorstellung, an den Scheiterhaufen gefesselt zu sein, im Moment nicht unattraktiv."

Sie war verblüfft und wusste nicht, ob sie lachen oder beleidigt sein sollte. Sie starrte ihn an, sah aber, dass er es absolut ernst meinte.

„Warum lassen Sie sich dann darauf ein?"

„Warum tun Sie es?"

„Ich habe keine Wahl."

„Ich auch nicht."

„Sicher nicht. Ich für meinen Teil bin finanziell vollständig von meinem Vater abhängig. Aber Sie?"

„Das ist meine Sache. Aber seien Sie versichert, wenn es nach mir ginge, würde ich das nicht tun."

„Nun, dann wäre das geklärt. Sagen Sie es ihnen lieber, bevor es zu spät ist." Sie deutete mit dem Kopf in Richtung jener Wand, die die beiden Räume trennte.

„Ich kann nicht."

Hannah kniff die Augen zusammen und musterte ihn. Er war etwa Mitte zwanzig, blondhaarig und blauäugig. Wenn er sich nach vorne beugte, kamen Anzeichen einer frühzeitigen Glatze zum Vorschein, die sonst nicht sichtbar war. Sein Gesicht wirkte gleichzeitig dünn und leicht aufgedunsen, als wären seine Züge verwischt worden, und er hatte eine arrogante, eher patrizische Ausstrahlung – aber Judith hatte recht, hässlich war er ganz sicher nicht. Ein mürrischer Blick umspielte seine Augen wie bei einem Kind, dem der Zugang zu einem Glas mit Süßigkeiten verwehrt wurde, aber alles in allem konnte man ihn als gutaussehenden Mann bezeichnen.

„Bitte, nennen Sie mich Hannah", sagte sie schließlich und beschloss, ihr Bestes zu geben, um mit diesem Mann auszukommen. „Darf ich Sie Samuel nennen?"

„Sam." Er lehnte sich in seinem Stuhl zurück und atmete tief aus. Bis zu diesem Zeitpunkt war er ihrem Blick ausgewichen, doch jetzt musterte er sie genau. „Hast du einen Freund, Hannah?"

Bestürzt log sie und verneinte. „Um ehrlich zu sein, hält mein Vater meine Schwester und mich davon fern, mit anderen Menschen in Kontakt treten zu können. Seine Ansichten sind etwas altmodisch, denn er ist ein frommer Mann mit starken religiösen Überzeugungen."

Sam schnaubte.

„*Implizierst* du damit, dass er es nicht ist?"

„Ich *impliziere* damit gar nichts. *Weh euch, Schriftgelehrte und Pharisäer, ihr Heuchler! Die ihr seid wie die übertünchten Gräber, die von außen hübsch scheinen, aber innen sind sie voller Totengebeine und aller Unreinheit.*"

Hannah starrte ihn an.

„Einer der wenigen Bibelverse, die ich nie vergessen habe, da die gleiche Beschreibung auch auf meinen Vater zutrifft. Auch er ist ein Pharisäer, ein Heuchler der schlimmsten Sorte. Deshalb habe ich mit Religion nichts am Hut."

Sie spürte, wie sich ihre Augen weiteten. Sam Henderson war ganz und gar nicht so, wie sie es erwartet hatte. Mit einem nervösen Blick auf die geschlossene Tür sagte sie: „Du bist also selbst nicht gläubig?"

Er zuckte mit den Schultern. „Ich nehme an, ich glaube an eine höhere Macht, aber sicher nicht an den zornigen, rachsüchtigen Gott, von dem mein Vater schwärmt, und schon gar nicht an die wörtliche Auslegung jedes einzelnen Wortes der Bibel. Sie wurde vor Tausenden von Jahren geschrieben. Eigentlich wurde sie gar nicht geschrieben. Alte Geschichten. Folklore. Das meiste Zeug aus dem Alten Testament unterscheidet sich nicht von den Mythen der nordischen oder der alten keltischen Götter. Es sind lediglich alte Geschichten, die mündlich überliefert wurden."

Hannah spürte, wie sich ein Lächeln an ihren Mundwinkeln abzeichnete, unterdrückte es jedoch. Was er sagte, war schockierend. Wenn ihre Väter das, was er gesagt hatte, mitbekämen, konnte sie sich zu gut vorstellen, wie sie reagieren würden.

„Wenn du nicht daran glaubst, warum machst du dann das ganze Theater mit, dass wir denselben Weg gehen sollen wie Rebecca und Isaac?"

„Weil es genau darum geht. Eine Rolle zu spielen." Er stand auf und begann, so weit wie möglich auf dem begrenzten Raum hin und her zu schreiten. „Unsere Ehe, Hannah, wird eine Vernunftehe sein. Sie befreit mich von einem Haken, an dem ich nicht baumeln möchte. Was dich betrifft, kann ich mir nicht vorstellen, warum du bereit bist, dich darauf einzulassen, aber ich nehme an, ich muss akzeptieren, dass du vermutlich tatsächlich so sehr unter der Fuchtel deines Vaters stehst." Er schob den leeren Stuhl zurück an den Tisch, schien es sich dann anders überlegt zu haben, zog ihn wieder hervor, setzte sich und überschlug die Beine. „Also, dann sind wir uns einig. Wir werden diese Scharade mitspielen und uns irgendwie arrangieren, sobald wir vom elterlichen Joch befreit sind."

„Eine Art Vereinbarung?"

„Wie ich schon sagte, eine Vernunftehe."

„Ist es, weil ... gibt es ... gibt es eine andere Frau, die du lieber heiraten würdest?" Sie spürte, wie sich ihr Gesicht rötete, und war ungläubig über die Wendung, die das Gespräch genommen hatte.

Er starrte sie mit zusammengekniffenen Augen an. „Nein. Es gibt keine andere Frau, die ich lieber heiraten würde. Du wirst gut genug sein." Er erhob sich. „Ich denke, die beiden hatten lange genug Zeit, um den Deal auszuhandeln, meinst du nicht auch?"

Sie wusste nicht, was sie sagen sollte. Ihr Mund stand offen, während sie ihn anstarrte.

Mit der Hand am Türknauf drehte er sich wieder zu ihr um. „Jeder würde denken, wir wären im letzten Jahrhundert und nicht im Jahr 1938." Er schüttelte ruckartig den Kopf, wie ein nasser Hund, der das Wasser aus seinem Fell schüttelt. „Trotzdem, was sein muss, muss sein, nicht wahr?"

Sie folgte ihm in den winzigen Raum zwischen den beiden Zimmern, den die Familie großzügig als Flur bezeichnete, und wartete am Fuß der Treppe, während er hineinging. Dann stieg sie langsam die Treppe hinauf, um ihre Schwester zu suchen.

Ein paar Minuten später hörten sie die Hendersons gehen. Judith lehnte sich aus dem Fenster, um sie zu beobachten, während Hannah auf dem Rücken auf dem Bett lag und planlos an die Decke starrte, wo sie einige Spinnweben entdeckte. Sie würde sie später mit einem Besen wegkehren.

Nach ein paar Minuten zog Judith den Vorhang wieder vor und drehte sich zu ihrer Schwester um. „Diesmal habe ich mehr gesehen. Er ist wirklich gutaussehend, Han! Du hast Glück. Ich kann nicht glauben, dass Vater ihn ausgesucht hat. Ich hoffe, ich habe genauso viel Glück, wenn ich an der Reihe bin. Sein Haar ist oben etwas dünn – aber man kann ja nicht alles haben!" Sie begann zu kichern.

Hannah sagte nichts.

„Hör mal, du kannst nicht einfach wie eine Taubstumme daliegen", sagte Judith. „Erzähl mir alles. Was hat er gesagt? Was hat Vater gesagt? Ich will alles wissen." Sie begann sogar zu kichern.

Hannah stieß einen tiefen Seufzer aus. „Da gibt es nicht viel zu erzählen. Der Pastor hat uns allen einen langen biblischen Exkurs aufgezwungen, und wir mussten zusammen knien und beten. Es war furchtbar."

„Das interessiert mich doch nicht. Was hat der Sohn gesagt? Du warst mit ihm eine ganze Weile in der Stube. Und Mutter war nicht einmal dabei! Hat er dich geküsst?"

„Natürlich hat er mich nicht geküsst."

„Nun, er *wird* dich doch heiraten, nicht wahr? War das nicht schon geklärt?"

„Ja, ich glaube schon."

„Meine Güte, du treibst mich noch in den Wahnsinn, Han. Sei nicht so ein Scheusal! Ich will jedes Detail wissen. Wann ist die Hochzeit? Ich werde dir natürlich ein Kleid nähen. Wie ist er denn so? Ach du meine Güte, es gibt so viel, was ich wissen will." Sie ließ sich neben Hannah auf das Bett plumpsen, nahm ihre Hände und zog sie zu sich heran. „Ich hätte gedacht, du wärst so aufgeregt, dass du es mir bestimmt unbedingt erzählen willst. Warum bist du so verschlossen? Du musst so erleichtert sein, dass er nicht irgendein fetter, alter Kerl ist."

„Um ehrlich zu sein, Jude, macht es keinen Unterschied, denn ich habe sowieso keine Wahl. Aber wenn du es wirklich wissen willst, ich glaube, er ist von dem, was hier passiert, genauso wenig begeistert wie ich. Ich glaube, wenn es nach ihm ginge, würde er einfach davonlaufen."

„Was? Das kann ich nicht glauben. Du bist umwerfend. Jeder Mann wäre überglücklich, dich zu heiraten. Hör auf, dich selbst herunterzumachen, Han."

Bevor Hannah antworten konnte, dröhnte die Stimme ihres Vaters die Treppe hinauf, der sie zurück in sein Arbeitszimmer rief. Sie warf Judith einen resignierten Blick zu und eilte die Treppe hinunter.

Als sie den Raum betrat, gab Dawson ihr ein Zeichen, sich zu setzen. „Du hast dich gut geschlagen, Hannah. Pastor

Henderson war überzeugt, dass du seinem Sohn eine geeignete Frau sein wirst."

Er schien keine Antwort zu erwarten, also setzte sie sich und wartete.

„Wir haben uns darauf geeinigt, dass die Trauung stattfinden wird, sobald die Genehmigung vorliegt. Der Pfarrer wird die Zeremonie selbst durchführen."

Hannah war fassungslos. „So bald?"

„Es gibt keinen Grund, zu warten. Sobald die Formalitäten geklärt sind, bringen wir es zu Ende."

„Aber die Vorbereitungen?"

„Welche Vorbereitungen?"

„Ich werde etwas zum Anziehen brauchen. Judith will mein Hochzeitskleid nähen. Und das Hochzeitsfrühstück muss organisiert werden." Diese Dinge waren ihr an sich völlig egal, abgesehen davon, dass sie für Verzögerung sorgen konnten.

Ihr Vater runzelte die Stirn. „Es wird keinen Firlefanz geben, den gottlose Menschen benutzen, um zu verschleiern, dass deren Ehen nicht von Gott geschlossen wurden. Deine Mutter und deine Schwester werden auch nicht anwesend sein. Du weißt, dass Frauen in der Kapelle nicht zugelassen sind."

„Nicht einmal bei einer Hochzeit?"

„Natürlich nicht."

„Wie kann *ich* dann dort sein?"

„Deine Anwesenheit ist unvermeidlich."

„Aber Judith ..."

„Judith wird tun, was man ihr sagt. Sie und deine Mutter werden zu diesem Anlass die Bibel studieren. Ich werde einige geeignete Stellen auswählen. Sie werden hier für dich beten."

Hannah starrte ihn an. Er war schon immer fanatisch in seiner religiösen Hingabe gewesen, aber in letzter Zeit hatte er die Dinge auf eine andere Ebene gehoben. Nicht zum ersten Mal zweifelte sie an seinem Verstand.

„Also, keine neuen Kleider. Kein Hochzeitsfrühstück. Keine Gäste."

„Richtig."

„Und wenn die Ehe vollzogen ist?"

„Du wirst mit deinem Mann zusammenleben."

„Und wo könnte das sein, Vater?"

„Samuel Henderson lebt in seinem Elternhaus. In der Nähe von Aintree."

„Das Elternhaus?"

Er sah sie an, als wäre sie eine lästige Fliege, die er am liebsten wegscheuchen würde. „So viele Fragen. Du und dein Mann werden bei Pastor Henderson leben und sich an alle von ihm auferlegten Regeln halten. Wie ich hörte, ist der Junge etwas eigensinnig gewesen. Der Pastor hofft, dass die Fürsorge und der Zuspruch einer Ehefrau ihn festigen und auf den von Gott bestimmten rechten Weg bringen wird."

„Was hat er getan?"

„Was hat wer getan?"

„Sam, äh, Mr. Henderson."

„Das geht dich nichts an. Deine Aufgabe ist es, für die Bedürfnisse deines Mannes und deines Schwiegervaters zu sorgen, den Haushalt zu führen und zu gegebener Zeit und wenn der Herr es will, deinem Mann Kinder zu gebären. Jetzt will ich keine Fragen mehr hören. Geh stattdessen in dein Zimmer und lies den ersten Korintherbrief, Kapitel 7. Dort findest du die Grundregeln für das Eheleben. Du wirst auch sehen, dass Paulus sagt, ein Mann, der seine Tochter in die Ehe gibt, handelt richtig, aber auch ein Mann, der seine Tochter nicht in die Ehe gibt, handelt richtig. Ich bin ein rechtschaffener Mann und habe zwei Töchter. Darum habe ich beschlossen, dass du verheiratet wirst, deine Schwester jedoch nicht. Sie wird hierbleiben, um deiner Mutter zu helfen, sich dem Herrn zu widmen und zum Unterhalt der Familie beizutragen."

Hannah spürte, wie sich ihre Kehle zuschnürte. „Du meinst, Judith darf nicht heiraten?"

„Du hast mich verstanden."

„Aber ... in diesem Fall, Vater, könnte Judith vielleicht Mr. Henderson heiraten und ich bleibe ledig? Judith wäre mehr als glücklich ..."

„Judiths Glück interessiert mich nicht. Sie täte gut daran, sich darauf zu konzentrieren, dem Herrn zu dienen und sich um dieses Haus zu kümmern."

„Aber ..."

„Halte den Mund. Ich will nichts mehr von dir hören, Hannah. Geh jetzt in dein Zimmer. Ich möchte, dass du die Verse, die ich dir aufgetragen habe, auswendig lernst. Ich will, dass du sie heute Abend nach dem Essen rezitierst." Hannah, wie betäubt vor Schrecken, ging zur Tür.

Als sie den Knopf drehte, sagte er: „Schick Judith jetzt zu mir."

❧

Nach dem Besuch der Hendersons teilte Dawson Hannah mit, dass sie nicht mehr zur Arbeit in *Morton's Coffee Company* kommen solle. Er war der Ansicht, dass es für eine verheiratete Frau – oder eine, die bald verheiratet sein würde – unangemessen sei, in einem Büro zu arbeiten. Nach dem Treffen mit Hannahs künftigem Ehemann blieb Charles Dawson zwei Tage lang zu Hause, statt zur Arbeit zu gehen. Hannah und ihre Mutter konnten nicht unter vier Augen sprechen, und es kam ihnen vor, als säßen sie beide im Gefängnis. Dawson hatte sich in seinem Arbeitszimmer eingeschlossen – niemand wusste, was er dort tat –, ließ sich jedoch von Zeit zu Zeit Erfrischungen bringen.

Jeden Morgen erschien Mr. Busby pünktlich um neun Uhr, um sich mit Dawson zu besprechen, und blieb bis zu einer Stunde bei ihm, bevor er ins Büro zurückkehrte. Als Hannah ihn am zweiten Tag hinausbegleitete, sagte er: „Sind Sie wieder krank, Miss Dawson? Überlassen Sie die ganze Arbeit mir?" Er sah sie finster an. „Sie müssen wissen, dass er mich nicht mehr dafür bezahlt, dass ich Ihre Arbeit übernehme." Er hielt sich ein Taschentuch über Nase und Mund.

Ihr Vater hatte dem Angestellten also nicht den wahren Grund für ihre Abwesenheit genannt. Sie beschloss, es ihm nicht selbst zu sagen. „Machen Sie sich keine Sorgen, Mr. Busby, es ist nicht ansteckend." Dann fügte sie mit einem Anflug von Verschlagenheit hinzu: „Reine Frauensache", und amüsierte sich einen kurzen Moment, als er mit rotem Gesicht davon hastete.

Die meiste Zeit saß Hannah am Tisch in der hinteren Stube und tat so, als würde sie die Bibelverse lesen, die ihr Vater ihr zur Vorbereitung auf die Ehe aufgetragen hatte. Sarah war dazu übergegangen, ihre Tage oben in ihrem Schlafzimmer zu verbringen – obwohl sie nicht mehr ständig im Bett lag.

Eingesperrt im Haus, dachte Hannah ständig darüber nach, was sie tun könnte, um ihre unmittelbar bevorstehende Hochzeit zu verhindern, um aus dem Haus zu entkommen und Will zu treffen. Unmittelbar bevorstehend – was bedeutete das eigentlich? Diese Woche? Nächste? Nächsten Monat?

„Du musst gehen, um Will zu treffen", flüsterte ihre Mutter, als sie ihr am zweiten Nachmittag eine Tasse Tee brachte. „Bring ihn dazu, dich wegzubringen."

„Ich weiß nicht einmal, wann er wieder im Hafen ist."

Sarah, deren lustlose Haltung nun der Vergangenheit angehörte, zählte die Tage an ihren Fingern ab. „Es müsste ungefähr jetzt sein. Ich glaube, er hat gestern angedockt und wird heute wieder abreisen."

Hannah bedeckte ihr Gesicht mit den Händen. „Aber Vater ist unten. Er bewacht die Tür."

„Überlass ihn mir. Ich werde ihn ablenken, während du durch die Hintertür verschwindest. Aber du solltest dich beeilen. Ich werde ihm sagen, dass du dich unwohl fühlst. Komm zurück, so schnell du kannst. Sag Will, dass er schnell handeln muss." Sie hielt inne, zog ihre Tochter an sich und drückte sie an ihre Brust. „Fakt ist, wenn du ihn findest, wird es besser sein, wenn du bei ihm bleibst. Andernfalls bleibt vielleicht keine Zeit mehr."

„Aber das bedeutet ... du und Judith ..."

„Ich werde Judith alles erklären, wenn du in Sicherheit bist."

„Aber das bedeutet, dass ich mich nicht verabschieden kann. Ich weiß nicht, wann ich dich und Jude wiedersehen werde."

„Ich habe dir doch gesagt: Sobald du sicher verheiratet bist, kannst du schreiben und den Brief an die Nachbarn schicken. Dann, wenn er weiß, dass du verheiratet bist, und sich an den Gedanken gewöhnt hat, werden wir sehen, ob du uns besuchen kommen kannst."

„Nur, wenn er nicht hier ist. Oh, Mutter, ich will ihn wirklich nie wiedersehen. Ist das grausam von mir?"

„Nein. Natürlich nicht. Ich wünschte, ich wäre schon vor Jahren mit euch Mädchen durchgebrannt. Aber ..."

„Ich weiß. Du konntest nicht gehen."

„Als ich Babys erwartete, konnte ich nicht gehen. Ich habe immer gehofft und gebetet, dass wir irgendwann eine richtige Familie sein würden. Wären die Babys nicht gestorben. Und dann der Verlust von Timothy ..." Sie schloss ihre Augen fest, holte tief Luft und drückte die Hand ihrer Tochter. „Geh jetzt! Ich bringe ihm etwas Tee und sage ihm, dass du dich mit Kopfschmerzen hingelegt hast. Geh!" Sie schob Hannah in Richtung Tür.

Hannah rannte, so schnell ihre Beine sie trugen, in Richtung der Docks. Sie durchquerte das Tor des Gladstone Docks gerade noch rechtzeitig, um zu sehen, wie ein Schiff in die Flussmündung hinausfuhr, bereit, in die Irische See zu stechen. Im Dock befanden sich keine anderen Schiffe, nur ein weiteres Schiff, das auf die Einfahrt wartete.

Mit brennenden Lungen rannte sie auf einen der Hafenarbeiter zu, die leere Sackkarren zur Hafenanlage schoben, um das ankommende Schiff zu entladen. „Entschuldigen Sie. Das Schiff, das gerade abgefahren ist, wie hieß es?"

„*Arklow*, Richtung Dublin."

„Aber ich dachte, es würde erst später ablegen."

„Nun, da hast du falsch gedacht, Schätzchen."

„Wann soll es wieder zurückkommen?"

Er zuckte mit den Schultern. „Weiß nicht, Puppe. Zwei oder drei Tage? Vielleicht auch mehr."

Enttäuschung durchflutete sie, und sie ging an den Rand des Hafenbeckens und sah zu, wie Wills Schiff in die Ferne segelte und ein aufgewühltes Kielwasser hinter sich ließ.

Mit stechendem Herzen und einem überwältigenden Gefühl von Verlassenheit machte sie sich auf den Weg zurück zum Haus. Alles, was sie jetzt noch tun konnte, war zu beten, dass Will zurückkommen würde, bevor es zu spät wäre.

KAPITEL ACHTZEHN

In Dublin angekommen, ging Will direkt zu den O'Connors.

Er war enttäuscht, dass Hannah es dieses Mal nicht geschafft hatte, ihn zu treffen, zumal er sogar am Büro vorbeigegangen war, durch das Fenster geschaut hatte und gesehen hatte, dass sie nicht bei der Arbeit war. Die Versuchung, ihr Haus aufzusuchen, war groß gewesen, doch er hielt sich an das Versprechen, das er Hannah gegeben hatte, genau das nicht zu tun. Es war wahrscheinlich das Beste, den Verdacht ihres Vaters nicht zu wecken, bis die Zeit für ihre Abreise gekommen war, und außerdem war Will noch damit beschäftigt, die Pläne für ihre Flucht auszuarbeiten. Er musste sich darauf konzentrieren, das alles zu organisieren, konnte es sich jedoch nicht leisten, irgendwelche Details zu übersehen. Sie würden vermutlich nur eine einzige Chance haben.

Bei seiner letzten Überfahrt nach Dublin hatte er keine Zeit gehabt, die O'Connors zu besuchen, da er zur Hafenwache eingeteilt war und daher das Schiff nicht verlassen konnte. Dieses Mal würde er jedoch genügend Zeit haben, um mit Mrs. O'Connor zu sprechen und die notwendigen

Vorkehrungen zu treffen. Er hatte genug Geld beiseitegelegt, um eine eigene Wohnung für Hannah und sich zu mieten, doch diesmal war nicht genug Zeit, um sich auf die Suche zu machen. Außerdem wollte er, dass auch Hannah entscheiden könnte, wo sie ihr erstes Zuhause einrichten würden – und da sie allein in einer fremden Stadt wäre, würde sie es wahrscheinlich vorziehen, zunächst bei ein paar freundlichen Menschen unterzukommen. Eddie hatte ihm versichert, dass seine Mutter Hannah nur zu gern bei sich aufnehmen würde, und Will war zuversichtlich, dass Bridget ihr eine gute Freundin sein würde.

Will versuchte, sich vorzustellen, wie es wohl wäre, verheiratet zu sein. Wie er nach jeder Reise das Schiff verlassen und ihr in die Arme fallen würde. Er stellte sich vor, wie sie gemeinsam essen und vor ihrem eigenen Kamin sitzen würden, während sie dem Radio lauschten. Vielleicht würden sie tanzen gehen. Ins Kino. Sie liebte Bücher – er würde ihr ein ganzes Regal davon kaufen, um sie zu beschäftigen, während er auf See war. Auch schöne Kleider, um die abgetragenen, altmodischen Kleidungsstücke zu ersetzen, die sie normalerweise trug. Er stellte sich vor, mit ihr in deren eigenem Bett zu liegen, sich stundenlang zu lieben und dann gemeinsam spazieren zu gehen, verloren im Wohlgefallen der Gesellschaft des anderen.

Es war schwer zu glauben, dass er in so kurzer Zeit solche Gefühle entwickelt hatte. Bevor die *Christina* in Liverpool angelegt hatte, hatte er sich nur darum gekümmert, wo es den nächsten Drink gab, die nächste Frau, den nächsten Hafen, ob er Landgang bekommen würde, auf welchem Dienstplan er stünde. Eine sinnlose, ziellose, leere Existenz. Jetzt stellte er sich vor, wie er mit Hannah Kinder bekommen würde, wie er ihr erstes Kind in den Armen hielte, wie sie deren gemeinsames Baby stillte. Er hoffte, es würde aussehen wie sie. Ein hübsches, fröhliches, glückliches Kind. Ein Kind wie der kleine Mikey, sein armer verstorbener Halbbruder. Nur wusste er jetzt, dass er vermutlich nicht *sein* Halbbruder gewesen war, sondern der von Hannah. Dieser Gedanke führte ihn zu Charles Dawson – an den er eigentlich nicht denken wollte. Er spürte, wie sich seine Hände zu Fäusten ballten und Wut in ihm aufstieg. Der Mann war das personifizierte Böse. Er musste Hannah von ihm wegschaffen.

Wie er gehofft hatte, waren Mrs. O'Connor und Bridget nur zu gern bereit, Hannah bei sich aufzunehmen. „Wenn es ihr nichts ausmacht, dass es nicht besonders komfortabel ist und sie auch ein wenig mithelfen muss", sagte die Mutter. „Bridget und ich teilen uns ein Bett, aber wir können in unserem Zimmer eine Matratze für sie unterbringen. Zwei der Jungs können sich für eine Weile ein Bett teilen. Es wird ihnen nichts ausmachen. Und wir können sie ja schlecht hier unten bei den Jungs unterbringen." Sie gestikulierte durch den kleinen Raum. „Es ist nicht viel, aber es ist ein Zuhause, und deine Auserwählte ist uns herzlich willkommen."

Bridget grinste ihn an. „Ich kann dir nicht sagen, Will, wie sehr ich mich für dich freue, und kann es kaum erwarten, Hannah kennenzulernen."

Ihre Mutter warf ihr einen wehmütigen Blick zu.

„Meine Gebete für dich wurden erhört. Dank sei der seligen Jungfrau Maria." Bridgets Gesicht glühte vor Freude. „An jenem Tag, als wir zum St. Stephen's Green spaziert sind, habe ich dir gesagt, dass du es verdienst, glücklich zu sein. Seitdem habe ich wie verrückt dafür gebetet."

Mrs. O'Connor sah ihre Tochter von der Seite an. „Du hast mir gar nicht gesagt, dass du mit Willy auf der anderen Seite des Flusses spazieren gegangen bist." Sie sah entrüstet aus.

Bridget lachte. „Ich habe es dir deswegen nicht gesagt, Mami, weil du alles Mögliche hineininterpretiert hättest, das nie passiert ist." Sie warf Will ein weiteres Grinsen zu, der nicht zum ersten Mal dachte, dass es furchtbar schade war, dass diese Frau eine Nonne werden wollte.

Mrs. O'Connor schürzte die Lippen, schüttelte leicht den Kopf und sagte: „Nun ja. Sind wir nicht alle hilflos dem Willen des lieben Gottes ausgeliefert?" Sie wandte sich wieder Will zu. „Wir werden uns gut um das Mädchen kümmern. Bring sie einfach hierher, und du kannst sicher sein, dass sie bei uns gut aufgehoben ist. Jetzt, wo du kirchlich heiraten wirst, kann ich gerne mit Pater O'Leary sprechen."

„Weder Hannah noch ich sind römisch-katholisch. Es wird eine standesamtliche Trauung sein müssen."

Die beiden Frauen sahen sich an. „Damit kennen wir uns nicht aus", sagte Mrs. O'Connor etwas steif. „Aber wir werden uns erkundigen."

„Es wäre vielleicht einfacher, wenn wir in Liverpool heiraten würden, bevor wir abreisen."

„Ja, vielleicht", antwortete Mrs. O'Connor etwas wortkarg.

„Aber es wäre ebenso riskant. Ich habe Ihnen doch von ihrem Vater erzählt. Ich dachte daran, alles bis kurz vor dem Auslaufen des Schiffes geheim zu halten. Wenn wir erst heiraten müssen, besteht immer die Gefahr, dass ihr Vater davon erfährt und Zeit hat, sie zurückzuholen. Abgesehen davon weiß auch nichts darüber, wie man dort drüben zu einer Trauung kommt."

„Ich dachte, Kapitäne wären dazu befugt, Paare auf See zu vermählen", sagte Bridget. „Kannst du deinen Kapitän nicht auch dazu bringen, dich während der Überfahrt zu trauen?"

„Das ist nur ein Mythos. Es gibt nichts, was besagt, dass ein Schiffskapitän dazu befugt ist, ein Paar rechtskräftig zu verheiraten – schon gar nicht auf einer so kurzen acht- bis zehnstündigen Überfahrt über die Irische See."

„Oh, das ist schade." Mrs. O'Connor lächelte reumütig.

„Ich hatte es immer für möglich gehalten. Zumindest für die Nicht-Katholiken. Das wäre so romantisch gewesen." Sie korrigierte sich schnell. „Aber natürlich wäre es in den Augen Gottes keine richtige Ehe. Wir Katholiken brauchen dafür einen Priester. Aber für dich als Kalathumpianer ist das etwas anderes."

Bevor Will fragen konnte, was ein Kalathumpianer sei, sprang Bridget auf und ging, um den Kessel zu füllen. „Mach dir keine Sorgen, Will. Wir werden alle nötigen Erkundigungen einholen, damit du hier standesamtlich heiraten kannst. Wenn du mit deiner zukünftigen Braut zurückkehrst, werden wir bereits alles geklärt haben."

„Und wir werden eine Party für dich schmeißen", fügte ihre Mutter hinzu. „Die Jungs werden darauf bestehen!"

Bridget kam mit der Teekanne und drei Tassen zurück. Während sie den Tee einschenkte, sagte sie: „Vergiss nicht, deinen Kapitän um ein paar Tage Urlaub zu bitten. Ihr müsst Flitterwochen machen. So könnt ihr ein paar Teile von Irland sehen und entdecken, was für ein schönes Land es ist."

„Und woher willst du das wissen, Bridget? Du hast noch nie einen Fuß außerhalb von Dublin gesetzt." Ihre Mutter verschränkte die Arme über ihrem üppigen Busen.

„Das ist nicht wahr, Mami. Hast du vergessen, wie ich mit der Kirchengemeinde nach Knock gepilgert bin?"

„Das bist du. Und, ja, ich hatte es vergessen."

„Du hast recht", sagte Will. „Ich hatte vergessen, um Landgang zu bitten, aber ich werde den Kapitän fragen. Er ist ein anständiger Kerl. Ich bin sicher, wenn er weiß, dass ich heiraten werde, wird er mir ein paar Tage Urlaub geben." Er grinste Bridget an.

IHR VATER HATTE SIE NICHT GEWARNT. DIE FAMILIE frühstückte gerade, als er seine Teetasse abstellte und verkündete, dass Hannah an diesem Morgen verheiratet werden sollte.

„Nein!" Ihre Reaktion erfolgte sofort. Sie verschüttete ihren Tee und sprang auf.

Charles Dawson kniff seine Augen zusammen. „Was habe ich dir über deinen Trotz gesagt, Hannah? Ich werde das nicht dulden. Denk daran, was die Bibel sagt. *Es ist besser, in der Wüste zu leben, als bei einem streitsüchtigen und zornigen Weib.*"

Hannah drehte sich zu ihrer Mutter um, die erschüttert aussah. „Es ist zu früh, Charles. Hannah braucht Zeit, um sich vorzubereiten. Sie hat Mr. Henderson gerade erst kennengelernt. Sie braucht mehr Zeit, um sich an den Gedanken zu gewöhnen."

„Ich entscheide, was das Beste für meine Tochter ist. Es ist alles arrangiert." Zu seiner jüngeren Tochter gewandt, sagte er: „Judith, es wird Zeit, dass du zur Arbeit gehst."

„Aber du hast doch gerade gesagt, dass die Hochzeit heute stattfindet." Judith sah ihre Schwester an.

„Es ist Hannahs Hochzeit, nicht deine. Und jetzt verschwinde."

„Darf ich nicht dabei sein?" Judiths Stimme klang verzweifelt. „Bitte! Mutter?"

„Weder du noch deine Mutter werden dabei sein. Verabschiedet euch jetzt. Hannah, du wirst von heute an bei der Familie deines Mannes leben." Er wandte sich seiner Frau zu. „Was dich betrifft, so wirst du von nun an hier arbeiten müssen."

Dawson erhob sich vom Tisch und deutete Hannah, ihm zu folgen. Er sah auf seine Uhr. „Beeil dich, Mädchen. Ich will nicht zu spät kommen."

„Nein. Das werde ich nicht. Ich kann nicht." Sie spürte Tränen der Wut aufsteigen. „Ich werde das nicht tun."

Dawson packte ihren Oberarm mit einem Schraubstockartigen Griff, der sie vor Schmerz aufschreien ließ. „Wage es, dich mir zu widersetzen, du schamlose Kreatur, und du wirst nicht nur meinen Zorn erleiden, sondern auch den Zorn Gottes. Ebenso wie deine Mutter, die dir diesen aufsässigen Unsinn in den Kopf gesetzt hat. Ich bin Gottes Werkzeug und ich vollstrecke seinen Willen." Er stieß sie brutal quer durch den Raum, sodass sie mit der Schulter gegen die Tür prallte.

Tränen liefen über ihr Gesicht, der Schock durchströmte ihren Körper, und sie blickte zu ihrer Mutter. Würde sie ihr helfen? Sollte Hannah einfach weglaufen? Doch ihre Mutter schüttelte den Kopf und vergrub ihr Gesicht in ihren Händen. Judith stand mit offenem Mund da und weinte ebenfalls.

Vom Schock betäubt, warf Hannah einen letzten Blick zurück zu ihrer Mutter und ihrer Schwester, als ihr Vater sie vor sich her aus dem Haus schob.

୫୬୫

HANNAH HATTE NOCH NIE EINEN FUß IN DIE KAPELLE gesetzt, die ihr Vater besuchte. Einer der wichtigsten Grundsätze der religiösen Sekte, der er angehörte, war, dass die Rolle des Ehemannes darin bestand, seine Frau und alle anderen weiblichen Mitglieder des Haushalts in der Einhaltung der religiösen Vorschriften anzuleiten, und daher hatte Hannah ihr gesamtes Wissen über die Bibel ausschließlich von ihm. Die von den Ordensbrüdern genutzten Räumlichkeiten durften ausschließlich von Männern betreten werden.

Das unerlaubte Lesen von Büchern aus der Bibliothek hatte ihr deutlich vor Augen geführt, dass die Dinge in der weiten Welt ganz anders gehandhabt wurden, und aus Neugier hatte sie sich gelegentlich in eine Kirche – meist eine katholische in der Nähe ihres Hauses – geschlichen, um mit eigenen Augen zu sehen, wie es dort zuging. Sie traute sich nur hinein, wenn kein Gottesdienst stattfand, und setzte sich in den hinteren Teil, um die Stille zu genießen, während sich der Duft des Weihrauchs, der noch von einer der Messen in der Luft lag, mit dem Geruch der Blumen auf dem Altar vermischte. Fasziniert hatte sie die bemalten Statuen begutachtet, die Kreuzwegstationen, die Reihen der Holzbänke und den kunstvoll geschnitzten Altar mit seinem glänzenden Tabernakel. Der Ort hatte etwas Wunderschönes und Geheimnisvolles an sich, und wenn sie gelegentlich eine Münze übriggehabt hatte, hatte sie stets eine Kerze angezündet.

Als ihr Vater heute flott mit ihr zu seinem Gotteshaus marschierte, erwartete sie daher, dass es so ähnlich aussehen würde wie jene Kirche – ein Ort, der die Herrlichkeit Gottes widerspiegeln und zelebrieren sollte. Ihre Erwartung wurde enttäuscht, als sie das kleine Holzgebäude betrat, das einer Hütte ähnelte, wie sie von Pfadfindern benutzt wurden. Der Raum im Inneren stand leer, abgesehen von einem Halbkreis aus Holzstühlen und einem Rednerpult, das an der vorderen Front stand.

Als sie mit Dawson den Raum betrat, drehten alle im Halbkreis sitzenden Männer ihre Köpfe, um sie anzusehen. Ihr Vater ließ sich auf einem der wenigen leeren Stühle nieder. Hannah zögerte, unsicher, ob sie sich auf einen der anderen setzen sollte, die beide in einiger Entfernung von dem Platz standen, den Dawson eingenommen hatte. Einen Moment lang dachte sie daran, auf dem Absatz kehrt zu machen und wegzulaufen, doch sie wusste, dass sie keine Chance hatte zu entkommen, nachdem all diese Männer bereit wären, sie zu verfolgen. Ein weiterer Blick ihres Vaters ließ sie bis ins Mark erschauern.

Ihr Dilemma fand ein Ende, als der Pfarrer hinter einem

Vorhang im hinteren Teil des Raumes hervortrat und sie aufforderte, sich vor ihm auf den Boden zu knien. Sie war sich der vielen Augenpaare bewusst, die auf sie gerichtet waren, und wollte immer noch aufspringen und aus dem Raum rennen. Plötzlich fühlte sie sich wie die heilige Johanna, die an den Scheiterhaufen gefesselt war – jedoch ohne den Trost des Glaubens an ihre bevorstehende ewige Erlösung. Warum hatte sie nicht bemerkt, dass ihr Vater dies tun würde – das Überraschungsmoment zu nutzen, um die Sache zu erzwingen? Wäre sie nur weggelaufen und hätte sich in der Ecke eines Lagerhauses versteckt, bis Wills Schiff zurückkehrte. Wie dumm sie doch war.

Pastor Hendersons Stimme schwankte zwischen einem tiefen, monotonen Brummen und fast hysterischem Gejammer. Sie war sich nicht ganz sicher, worüber er sprach, doch sie wusste, dass er ihr auf irgendeine Weise zeigen wollte, dass ihre Anwesenheit und ihre persönlichen Gefühle für die versammelten Männer wenig bis gar keine Bedeutung hatten.

Oh, wo war Will? Wann würde er herausfinden, was mit ihr geschehen war? Würde er es überhaupt herausfinden? Sie war sich sicher, dass er es erfahren würde. Und sie wusste, dass es dann zu spät wäre. Wenn sie nicht an der Küste oder am Hafen auftauchen würde, würde ihr zu ihrem Haus gehen, und ihre Mutter würde ihm sagen, dass sie mit einem anderen verheiratet wurde. Sie unterdrückte ein Schluchzen. Wenn er doch nur in diesem Moment auftauchen könnte – bevor es zu spät war –, durch die Tür stürmen, sie mitnehmen und in Sicherheit bringen, weg von der Feindseligkeit dieser grimmig dreinblickenden Männer und ihrem zukünftigen Ehemann.

Und was war mit ihm? Samuel Henderson? Sie hob den Blick vom rauen Holzboden und versuchte, ihn – ohne den Kopf zu heben – irgendwo zu entdecken, was, wie sie befürchtete, als Respektlosigkeit ausgelegt werden würde. Alles, was sie erkennen konnte, war eine gebogene Reihe von

Füßen, alle einheitlich in ihren polierten schwarzen Schnür-
schuhen. Welche davon waren seine?

Nach einer gefühlten Ewigkeit, einer endlosen Tortur, die
sie dennoch so lange wie möglich hinauszögern wollte, um
Zeit für das Unmögliche zu gewinnen – Will würde erscheinen, um sie irgendwie zu retten –, wurde sie aufgefordert,
aufzustehen. Als sie aufstand, drehte sie den Kopf und war
endlich in der Lage, sich umzusehen. Sam Henderson stand
jetzt neben ihr, sein Gesichtsausdruck war so unleserlich wie
der eine Marmorstatue, sein Blick starrte ins Leere.

Die Stimme von Henderson Senior durchbrach ihre
Gedanken. *„Eine tugendhafte Frau ist eine Krone für ihren Mann“*,
sagte er, *„aber eine Frau, die ihn beschämt, ist wie Fäulnis in seinen
Gebeinen.* Das wusste schon König Salomo.“ Sie dachte an die
Worte, die Sam gesagt hatte, als sie bei ihr Zuhause im
Hinterzimmer saßen – darüber, dass ihre Väter wie Gräber
waren, die außen weiß gestrichen, innen jedoch mit verfaulten
Knochen gefüllt waren. Die Fäulnis, von der er gesprochen
hatte, rührte von deren Heuchelei her, nicht von dem schändlichen Verhalten irgendeiner Frau. Und was sollte überhaupt
ein schändliches Verhalten sein? Doch sie kannte die Antwort
darauf bereits. Für diese Männer rührte Scham daher, dass
Frauen ihre Meinung offen sagten, es wagten, Bücher zu
lesen, oder auch nur die kleinste Andeutung von Ungehorsam
zeigten – ja, alles taten, was nicht direkt den Wünschen eines
Mannes entsprach.

Der Pastor war nun zu einem Thema übergegangen, bei
dem sie sich noch unbehaglicher fühlte – und als sie Sam von
der Seite ansah, bemerkte sie, dass auch er sich unwohl fühlte.
Wieder zitierte er die Bibel: *„Dein Brunnquell möge gesegnet sein,
dass du am Weibe deiner Jugend dich erfreust. Das liebreizende Reh,
die anmutige Gazelle – ihr Busen möge dich allzeit ergötzen, in ihrer
Liebe sei immerdar trunken!“* Der Pastor blickte in die Runde der
versammelten Männer, und Hannah spürte, wie alle ihre

Augen auf sie gerichtet hatten. Es war schlimmer als die Rufe und Pfeifkonzerte der Hafenarbeiter. Sie wusste, dass sie sich alle ihre nackten Brüste vorstellten. Alle außer Sam Henderson. Er studierte den Boden, und sie konnte seinen wütenden Gesichtsausdruck sehen.

Schließlich erklärte Henderson das Paar zu Mann und Frau. Der eigentliche Teil der Zeremonie war so kurz, dass er eigentlich nur ein Nachspiel war. An diesem Punkt gab der Pfarrer Hannah und Samuel ein Zeichen, ihm zu folgen, und führte sie zu einem Tisch an der Seite des Raumes, wo sie das Heiratsregister unterschreiben sollten. Auch Dawson unterschrieb, und zwei weitere Männer fungierten als Zeugen. Die Tat war vollbracht. Sie war nun Mrs. Samuel Henderson.

Kein Ring. Keine Blumen. Keine Brautjungfern. Kein Hochzeitsfrühstück. Kein Kleid. Nicht einmal die Anwesenheit ihrer Mutter und ihrer Schwester. War sie wirklich verheiratet? Alles, was das bestätigte, war ihre Unterschrift in einem Buch.

Die Männer versammelten sich um Sam, um ihm die Hand zu schütteln und ihm alles Gute zu wünschen. Ihr zukünftiges Glück war offensichtlich nicht von Bedeutung. Sie stand an der Seite und wartete, ihre Augen brannten noch immer, der Schmerz in ihrem Arm pochte und ihre Laune war so schlecht wie noch nie zuvor in ihrem Leben.

KAPITEL NEUNZEHN

Hannah spürte keinen unmittelbaren Unterschied zwischen ihrem Status als verheiratete Frau und ihrem Ledigenstatus. Als die Hochzeitszeremonie, wenn man das so nennen konnte, beendet war, wurde sie von allen Anwesenden ignoriert.

Sam kam mit düsterer Miene auf sie zu.

„Was passiert jetzt?", fragte sie ihn.

„Ich soll dich zu unserem Haus zurückbringen. Ich glaube, mein Vater hofft, dass du es gründlich saubermachst." Er hatte den Anstand, entschuldigend dreinzublicken.

Sie wandte sich Sam zu. „Was ist mit dir?"

Er sah sie ausdruckslos an. „Was mit mir ist? Ich gehe zurück zur Arbeit."

„Ich weiß nicht einmal, womit du dein Geld verdienst." Sie schaute nervös durch den Raum, wo ihr Vater sich gerade mit dem Pfarrer und drei anderen Männern unterhielt.

„Ich bin Buchhalter", sagte Sam. „Ich arbeite für die Stadtverwaltung und muss jetzt dorthin zurück." Er verzog die Lippen zu einem angedeuteten Lächeln. „Ich setze dich ab und wir sehen uns dann heute Abend zu Hause."

Sie nahmen den Bus. Sie hatte weder eine Ahnung, wo Walton lag oder wie man dorthin kam, noch kam es infrage, dass sie nach Bootle zurückfuhr. Nicht, nachdem Sam sie bewachte und sie nicht einmal einen halben Penny in der Tasche hatte. Ihr Angebot, allein zu fahren, wurde abgelehnt – Sam hatte eindeutige Befehle erhalten. Während der Fahrt schwieg er, offensichtlich verärgert über die Notwendigkeit, sie zu begleiten und seine Ankunft bei der Arbeit weiter zu verzögern. Hannah schaute aus dem Fenster des Busses und versuchte, sich zu orientieren, in der Hoffnung, einen Anhaltspunkt ausmachen zu können und herauszufinden, wo genau sie sich befand und wie weit sie von ihrer Mutter und Schwester in Bootle und den Docks entfernt war. Aber was nützte es, das zu wissen? Sie saß fest. Keiner von ihnen konnte ihr helfen. Sie war jetzt Mrs. Samuel Henderson, und konnte sich genauso gut daran gewöhnen, auch wenn ihr Herz noch so sehr dagegen anschrie.

Als sie in Walton Vale aus dem Bus stiegen, stapften sie die Straße entlang zu ihrem Ziel in der Moss Lane. Hannahs Laune war an einem Tiefpunkt angelangt. Was lag vor ihr? An einen Mann gebunden zu sein, der sich eindeutig wünschte, nicht mit ihr verheiratet zu sein – oder vielleicht generell verheiratet zu sein – und unter dem Dach des strengen und kaltherzigen Pfarrers zu leben, der sie zweifellos häufig mit Tiraden belegen würde. Ihr Vater hatte nach der Zeremonie kaum ein Wort mit ihr gesprochen. Keine liebevolle Umarmung – nicht einmal ein Händedruck oder ein Wort der Glückwünsche. Für sie bestand kein Zweifel daran, dass er ihre Hochzeit als eine Art Geschäftsvorgang betrachtete.

Einen Moment lang wünschte sich Hannah, sie hätte Will Kidd nie kennengelernt, denn dann wäre ihre jetzige Situation vielleicht nicht ganz so schrecklich. Aber sie *hatte* ihn kennengelernt, sich in ihn verliebt und konnte nicht aufhören, in jedem wachen Moment an ihn zu denken. Warum war

Gott so grausam, ihr diesen Mann zu schicken, sie sich in ihn verlieben zu lassen und sie dann von ihm zu trennen? Das alles war ein hässlicher, bösartiger Scherz. Genau die Art von Scherz, die der rachsüchtige, kleinliche Gott, den ihr Vater so sehr respektierte, machen würde. Ein Gott, der einem Mann befiehlt, seinen eigenen Sohn zu ermorden, und dann in letzter Sekunde einen Engel schickt, um zuzugeben, dass er ihn getestet hat. Gott hatte nicht einmal den Mut, es Abraham selbst zu sagen, und überließ es einem Engel, seine Drecksarbeit zu erledigen.

Hannah redete sich ein, dass es zumindest ein gewisser Trost war, zu wissen, dass sie geliebt hatte und geliebt worden war. Aber unfähig, diese Liebe auszuleben, war alles, was sie jetzt noch von Will hatte, die Erinnerung an ein paar zärtliche Küsse und die Aussicht auf ihre Ehe, die sie nun nicht eingehen könnten.

Sam blieb vor einem großen Haus stehen. Laurel House war mindestens so groß wie Trevelyan House, das ehemalige Haus der Familie Morton. Es war eine imposante, frei stehende viktorianische Villa, die von der Straße aus teilweise durch eine ungeschnittene Ligusterhecke verdeckt wurde. Der Garten war einst als Rasenfläche angelegt worden, bestand jetzt aber nur noch aus einem heruntergekommenen Durcheinander von Unkraut und Müll, der von der Straße hereingeweht worden war. Im Gegensatz zu den umliegenden Häusern, die alle hübsch gestrichen und von gepflegten Gärten umgeben waren, machte dieses einen verwahrlosten Eindruck.

„Ich gehe jetzt, bin spät dran. Wir sehen uns heute Abend. Sie wird dich hineinlassen." Dann war er weg.

Hannah stand auf dem Weg, der zum Vordereingang führte. Wer war „sie"? Der Pfarrer war Witwer, aber vielleicht hatte er ein Dienstmädchen.

Nachdem die Türklingel kein Geräusch verursacht hatte,

holte sie tief Luft und betätigte den glanzlosen Messingklopfer. Sie nahm Bewegung im Inneren wahr und wartete geduldig, während die Angst an ihr nagte. Die Tür öffnete sich und eine blonde Frau lehnte am Türrahmen, während sie Hannah von oben bis unten musterte. „Und wer sind Sie?"

„Ich habe gerade Samuel geheiratet. Ich bin die neue Mrs. Henderson", sagte sie und bemerkte dabei, dass diese Worte lächerlich klangen.

Zu ihrem Erstaunen brach die Frau in Gelächter aus. „Sind Sie das wirklich? Niemand sagt mir irgendetwas."

„Es tut mir leid. Wer sind Sie? Mir sagt auch niemand etwas." Hannah lächelte sie an.

Die Frau ignorierte die Frage und sagte: „Kommen Sie besser herein." Sie trat zurück in das düstere Innere und hielt Hannah die Tür auf, damit sie eintreten konnte. Drinnen roch es schal nach gekochtem Kraut.

„Keine Taschen?"

Zum ersten Mal fiel Hannah auf, dass sie nicht einmal Kleidung zum Wechseln mitgebracht hatte. Alles war so schnell gegangen. „Nein, ich werde meine Sachen von zu Hause abholen müssen." Wieder kam ihr die Aussage dumm vor.

„Und wo befindet sich dieses Zuhause? Nun – bis jetzt." Die Frau gluckste.

„Bootle. Ganz in der Nähe der Huskisson Docks."

„Nicht, dass es mir das etwas sagen würde. Ich stamme aus London." Sie gab keine Erklärung dafür ab, warum sie hier war oder welche Rolle sie in diesem Haus spielte. „Ich schätze, Sie könnten eine Tasse des alten Rosy Lee vertragen." Inzwischen waren sie in der Küche angelangt. Über ihnen hing eine hölzerne Wäschestange, und Hannah musste einen Schritt zur Seite gehen, um den Tropfen der verschiedenen Strümpfe, Socken und Unterhosen auszuweichen, die dort hingen. Die Frau forderte sie auf, sich zu setzen, und ging in die dahinter liegende Spülküche, um den Tee zuzubereiten.

Hannah setzte sich und zuckte erschrocken zusammen, als sie etwas an ihrem Knöchel spürte. Eine Katze mit rotem Fell. Sie glitt an ihrem anderen Bein vorbei und wanderte dann ebenfalls in die Spülküche. Sie hörte, wie die Frau die Hintertür öffnete. „Raus mit dir, du kleiner Mistkerl!"

Sie kam mit zwei Tassen Tee zurück, jedoch ohne Untertassen. „Erspart den Abwasch", sagte sie. Nachdem sie Platz genommen hatte, reichte sie Hannah die Hand. „Ich bin Nancy Cunningham. Aber du kannst mich Nance nennen. Das tut jeder."

Sie schüttelte ihr die Hand und antwortete: „Ich bin Hannah."

Während sie an ihrem Tee nippte, studierte Hannah die Frau. Sie war gertenschlank, knochig sogar, und ihr schmaler Mund war dick mit leuchtend rotem Lippenstift überzogen, der über die natürliche Linie ihrer Lippen hinaus auf die umliegende Haut gewandert war, möglicherweise mit Absicht. Ihr Haar sah aus, als hätte es mehr als nur eine flüchtige Bekanntschaft mit der Wasserstoffflasche gemacht. Am Scheitel konnte man deutlich den breiten, dunklen Nachwuchs erkennen. Hinter ihrem rechten Ohr befand sich ein Lockenwickler, den sie offensichtlich vergessen hatte zu entfernen, als sie am Morgen ihre Haare ausgebürstet hatte. Hannah schätzte ihr Alter auf fünfunddreißig bis vierzig.

„Du hast einen Lockenwickler in deinem Haar vergessen", bemerkte sie.

Nance hob eine Hand und entfernte den betreffenden Gegenstand. „Das passiert mir ständig. Kein einziger Spiegel in diesem Haus. Danke." Sie sah Hannah unverblümt bewertend an. „Du hast also den jungen Sam geheiratet. Ich hätte nicht angenommen, dass er heiraten wollte. Wenn du verstehst, was ich meine." Sie kicherte ein wenig. „Er hat dich mir also verschwiegen. Wann ist das denn passiert? Ihr kanntet euch wohl noch nicht so lange, oder?"

Hannah war peinlich berührt. „Wir haben heute Morgen geheiratet. Es kam alles ziemlich plötzlich. Unsere Väter sind befreundet."

„Mach dir keine Sorgen, Liebes. Ich kann mir vorstellen, dass ihr beide nicht viel zu sagen hattet." Wieder ein kleines Lachen. „Nicht gerade romantisch, oder? Haben sie dich dann allein in einem Taxi nach Hause geschickt?"

Hannah spürte, wie sie wieder rot wurde. „Wir haben den Bus genommen. Er hat mich bis zum Eingangstor begleitet."

Die Frau brach in Gelächter aus, hielt dann inne und schenkte Hannah ein – wie sie es interpretierte – freundliches Lächeln. „Wie alt bist du, Liebes?"

„Zweiundzwanzig. Fast."

„Ich hätte auf fünfzehn getippt. Woher hast du dieses Kleid? Sieht aus wie etwas, das meine verstorbene Mutter getragen hätte."

Peinlich berührt erwiderte Hannah nichts.

„Vielleicht finde ich ja etwas, das dir passt. Wir Mädchen müssen zusammenhalten."

„Entschuldige bitte, Nance, bist du die Tochter von Mr. Henderson? Die Schwester von Sam?"

Die Frau lachte wieder, was wie ein Brüllen klang. „Ich werde verrückt! Du machst wohl Witze! Ich bin sein Flittchen. Seine kleine Nebenbeschäftigung. Seine Geliebte."

„Von Sam?" Hannah hatte Mühe, ihren Schock zu verbergen.

„Oh Gott, nein! Vom alten Mann, dem richtigen Mann."

„Mr. Henderson! Aber er ist ein Pastor, ein Mann Gottes. Das kann doch nicht richtig sein. Ist das kein Ehebruch, wenn man nicht verheiratet ist?"

„Mehr als nur Ehebruch, Mädchen. Er ist ein wandelndes Aushängeschild für all die Sünden, die er von seiner Plattform aus verurteilt. Pervers ist nicht das richtige Wort. Dann watschelt er hier hinaus, geht in seine Kapelle und sagt den Leuten, dass sie alle in der Hölle schmoren werden, wenn sie nur die Hälfte von dem tun, was er tut."

Hannahs Gesicht brannte vor Verlegenheit. „Es tut mir leid. Ich wollte nicht neugierig sein."

„Hör zu, Liebes, ich halte nichts davon, um den heißen Brei herumzureden. Ich kam nach Liverpool, um von einem niederträchtigen Ehemann wegzukommen. Er hat mich ständig nur verprügelt, also habe ich ihn verlassen. Ich kam nach Liverpool, weil es genauso weit weg war, wie ich es mir leisten konnte, ein Zugticket zu bezahlen." Sie drehte den Deckel der Teekanne gelangweilt hin und her. „Um es kurz zu machen: ich landete auf dem Strich. Seine Lordschaft war einer meiner besten Kunden."

„Seine Lordschaft?"

„Mr. Von-und-Zu-Henderson. Mr. Fegefeuer höchstpersönlich."

Hannah zuckte zusammen. „Der Pastor suchte Prostituierte auf?"

Die Frau lachte. „Du bist wirklich ein naives Ding, nicht wahr? Er war dort gut bekannt. Aber er hat einen eher ungewöhnlichen Geschmack, um es gelinde auszudrücken. Nicht allen Mädchen gefiel das. Ich bin für alles zu haben, wenn das Geld stimmt und es keine blauen Flecken gibt. Also hat er immer nach mir gefragt. Nach einer Weile beschloss er, den Mittelsmann zu umgehen und mich hierherzubringen. Zu seinem alleinigen Gebrauch."

Hannah fand keine Worte mehr. Sie starrte Nance auf der anderen Seite des Tisches an.

„Hast du noch nie eine Nutte getroffen?"

Sie schüttelte den Kopf.

„Nicht, dass ich noch eine wäre. Eine Mätresse trifft es

eher. Aber wenn es dir damit besser geht, bin ich die Schwester seiner verstorbenen Frau."

„Seine Schwägerin?"

„Er hätte gerne, dass ich mich als die Haushälterin bezeichne, ich habe ihm jedoch gesagt, dass ich das nicht möchte, weil das die Leute auf die Idee bringen könnte, dass ich koche und putze. Eines muss dir von Anfang an klar sein, Mrs. Hannah Henderson: Ich mache keine Hausarbeit. Das ist ausschließlich dein Ressort."

„Ich verstehe."

„Na gut, sag aber keinem, dass ich dir das alles erzählt habe. Seine Lordschaft möchte nicht, dass du von seinen Neigungen erfährst. Er möchte den Schein wahren, er sei ein Mann Gottes. Wobei er so viel verdammten Lärm macht, dass ich mir gut vorstellen kann, dass die ganze verdammte Straße weiß, was er tut."

„Er ist also kein Mann Gottes?"

„Er ist es, wenn es ihm passt. Religion kann ein lukratives Geschäft sein. Zumindest hat er einen Weg gefunden, einen ordentlichen Gewinn daraus zu ziehen. Nicht, dass ich mich mit solchen Dingen auskennen würde." Sie erhob sich vom Tisch. „Gut. Wenn du deinen Tee ausgetrunken hast, führe ich dich herum."

Nance ließ den Rest des Erdgeschosses beiseite und führte sie die Treppe hinauf. „Die Räume im Erdgeschoss braucht er für sich selbst. Das vordere benutzt er, wenn Männer aus seiner Kirche zu Besuch kommen. Er trifft sich manchmal mit ihnen. Und dann gibt es noch den Salon und das Arbeitszimmer. Das Arbeitszimmer darfst du nicht betreten. Wenn du schlau bist, hältst du dich von allen Räumen fern. Wenn du keinen Ärger haben willst, bleibst du am besten mit mir im Salon, Mädchen."

Der Flur im Obergeschoss war dunkel, mit schweren, schmutzigen Gardinen vor dem einzigen Fenster, das immerhin von einem Baum beschattet wurde. Alle Türen waren geschlossen.

„Das Badezimmer ist da drin“, sagte sie. „Benutze es nur, wenn er nicht zu Hause ist. Im Hinterhof gibt es eine Toilette, für den Fall, dass er da ist.“ Hannah schaute hinein. Das Bad war stark verschmutzt, der Linoleumboden rissig, und ein paar graue Handtücher hingen über einer Stange. „Du wirst waschen müssen, wenn du ein sauberes Handtuch haben willst. Wie ich schon sagte, ich bin nicht die verdammte Haushälterin. Du kannst einmal in der Woche ein Bad nehmen, aber nur, wenn er nicht da ist. Er wird nicht erfreut sein, wenn er scheißen will und du in der Badewanne liegst.“

Hannah ignorierte das unangenehme Bild, das sich ihr aufdrängte, und fragte: „Ist er viel unterwegs?“

„Das sind sie beide. Wer weiß, wo – Sam geht zur Abendschule, glaube ich. Ich beschwere mich jedenfalls nicht, wenn sie nicht da sind. Es ist schön, etwas Ruhe und Frieden zu haben. Manchmal gehe ich ins Kino, und mit meiner Mädelsrunde spielen wir ab und zu eine Partie Bingo.“

Sie öffnete eine weitere Tür auf dem Flur. „Das ist mein Reich. Ich habe darauf bestanden, mein eigenes Zimmer zu haben. Ich tue, was ich für ihn tun muss, aber ich habe keine Lust, die ganze Nacht in seinem Bett zu verbringen und von seinem Schnarchen wachgehalten zu werden.“ Sie rollte mit den Augen. „Davon hatte ich schon genug, als ich diesen verdammten Ehemann hatte. Nein, danke!“ Bevor Hannah einen Blick hineinwerfen konnte, hatte Nance die Tür wieder zugezogen. Sie deutete auf den angrenzenden Raum. „Das da ist das Zimmer seiner Lordschaft. Das größte im Haus. Du hast natürlich keinen Zutritt. Da sind Sachen drin, die du besser nicht sehen solltest.“

Hannah erschauderte. Der Gedanke, die Schwelle zum Schlafzimmer des Pfarrers zu überschreiten, klang nicht gerade verlockend.

„Hier drinnen ist eine Abstellkammer. Sie ist voll mit Gerümpel, soweit ich das beurteilen kann." Sie hielt die Tür weit auf, und Hannah sah ein zerlegtes Bettgestell, eine Sammlung von ramponierten Koffern und Truhen und mehrere Teedosen. „Das wäre ein schönes Kinderzimmer." Sie stieß sie locker in die Rippen.

Nance schleuderte die Tür zum letzten Zimmer auf. „Und ich nehme an, du wirst hier drin wohnen. Mit ihm. Sam." Das Zimmer war ein ordentlicher, spärlich möblierter Raum, der nur ein Messingbett, einen Teppich auf der einen Seite, ein Waschbecken in der Ecke, einen Nachttisch mit einer Lampe und einer Ausgabe der Bibel enthielt.

Hannah versuchte, nicht daran zu denken, dass sie in diesem Bett neben Sam Henderson liegen müsste. Der ganze Tag war bisher surreal gewesen, und sie wollte sich nicht vorstellen, unter diese Bettdecke kriechen zu müssen, um die Nacht mit einem praktisch Fremden zu verbringen. Ihr Wissen über Sex beschränkte sich auf das, was sie in Büchern gelesen hatte, und auf die Geräusche, die sie aus dem Zimmer ihrer Eltern gehört hatte – die in den letzten Jahren meist verstummt oder durch Schreie und Schläge ersetzt worden waren. In den Büchern, die sie las, wurden die Details meist übergangen, aber sie hatte den Eindruck, dass die Beteiligten von einer verzehrenden Leidenschaft überwältigt waren. Das war etwas, was sie sich zwischen ihr und Sam nicht vorstellen konnte, aber sie hatte in letzter Zeit begonnen, es mit einem Kribbeln zu erahnen, wenn sie an Will dachte.

Da ihr einfiel, dass sie kein Gepäck hatte, wandte sie sich an Nance. „Ich muss nach Hause gehen und eine Tasche holen. Ich habe nicht einmal meine Zahnbürste oder mein Nachthemd dabei."

Nance lachte. „Eine Frau braucht normalerweise kein Nachthemd in ihrer Hochzeitsnacht, Liebes." Sie hielt inne. „Aber nachdem es sich um Sammy Boy handelt, wirst du es vielleicht doch brauchen. Irgendwie kann ich mir nicht vorstellen, dass er einem Mädchen die Kleider vom Leib reißt. Das ist schade, denn er ist ein gutaussehender Junge. Ich würde lieber mit ihm ein wenig rummachen als mit seinem alten Herrn. Aber irgendwie glaube ich nicht, dass Rummachen sein Ding ist."

Sie warf Hannah einen fragenden Blick zu. „Wie gut kennst du ihn?"

Hannah ging zum Fenster hinüber und sah hinaus. Von hier aus konnte man über die Straße und den überwucherten Vorgarten blicken. Sie drehte sich wieder zu Nance um. „Ich kenne ihn überhaupt nicht. Ich habe ihn bis heute einmal getroffen, und zwar nur kurz."

Nance gab einen langen, melodischen Pfiff von sich. „Verflixt, Liebes. Wie geht es dir dann damit?"

„Wenn du es wirklich wissen willst, ich bin ganz und gar nicht glücklich. Um ehrlich zu sein, wünschte ich sogar, ich wäre tot."

Nance ging quer durch den Raum und umarmte sie kurz. „Es ist nicht so schlimm wie du denkst, Liebes. Es könnte viel schlimmer sein. Er ist ein anständiger Kerl, dieser Sam. Immer anständig. Kümmert sich um seine eigenen Angelegenheiten. Er ist sauber. Höflich. Kleidet sich adrett. Hat einen Job. Einen ziemlich guten, glaube ich. Solange du dem alten Mann aus dem Weg gehst. Ja, du hättest es viel schlimmer treffen können. Und im Gegensatz zu meinem Ex kann ich mir nicht vorstellen, dass er die Hand heben würde, um dich zu verprügeln. Nicht Sam."

„Aber er ist ein Fremder für mich."

Nance setzte sich auf das Bett und klopfte auf die Tagesdecke, um Hannah zu signalisieren, dass sie sich neben sie setzen sollte. „Hör zu, Liebes, erwarte nicht, dass ich in diesem Punkt viel Mitgefühl für dich empfinde. Wenn du auf den Strich gehst, ist jeder Mann ein Fremder, bis du dir eine

Stammkundschaft aufgebaut hast. Und viele von ihnen sind alt, stinken, haben Mundgeruch, sind hässlich und erwarten, dass du alles Mögliche für sie tust. Wenn man verzweifelt ist und das Geld braucht, muss man einfach in den sauren Apfel beißen."

Hannah war entrüstet. „Wie kannst du nur Prostitution mit einer Ehe vergleichen?"

„Weil ich beides kenne. Du hingegen kennst nichts davon." Sie tätschelte Hannahs Knie. „Im Grunde genommen sind sie alle nur Männer. Die meisten von ihnen wollen nur das eine. Und ich vermute, dass Sam Henderson dich weder verprügeln wird, wie mein Mann es mit mir gemacht hat, wenn er einen über den Durst getrunken hatte – und das war in den meisten Nächten der Fall –, noch von dir erwarten wird, dass du all die perversen Dinge tust, die sein Vater von mir erwartet." Sie stand auf. „Sagen wir es mal so, Liebes. Ich glaube, du kannst froh sein, wenn er ihn überhaupt für dich hochbekommt."

„Was meinst du damit?"

„Ich meine, wenn er es überhaupt schafft, sich mit dir zu vergnügen, dann ist doch alles in Ordnung. Ich wette, wenn er es hinbekommt, dir ein Kind zu machen, wird er dich danach in Ruhe lassen. Sobald er seinem Vater beweisen kann, dass er ein Kind gezeugt hat. Du solltest also hoffen, dass das eher früher als später passiert. Jetzt werde ich mal sehen, ob ich ein schönes Nachthemd für dich finde." Sie schaute zurück und zwinkerte, als sie das Zimmer verließ.

KAPITEL ZWANZIG

Sobald die *Arklow* angelegt hatte, konnte Will nicht schnell genug von Bord gehen. Er war in Gedanken bei Hannah und wollte sie unbedingt wiedersehen, um ihr zu sagen, dass in Dublin alles für sie arrangiert war. Er fragte sich, ob sie versucht hatte, ihn zu treffen, bevor das Schiff abgelegt hatte, und stellte sich vor, wie sie möglicherweise erst danach am Dock angekommen war. Meistens waren sie aufgrund von Verzögerungen aller Art zu spät losgefahren, doch diesmal hatte der Kapitän beschlossen, mehr als eine Stunde früher als geplant abzulegen, um das für diesen Tag vorhergesagten Schlechtwetter zu umgehen. Trotzdem waren sie in die Sturmböen geraten, und Will war wütend, frustriert und verärgert gewesen, bis die Freundlichkeit und Hilfsbereitschaft der O'Connors seine Laune wieder gehoben hatte.

Nun wollte er das alles hinter sich lassen. Er ließ sich nicht von dem Gerede darüber abschrecken, wie grässlich Hannahs Vater war. Im Gegenteil, es machte ihn nur noch entschlossener, sie von ihm wegzubringen. Als er herausgefunden hatte, dass Dawson Elizabeth vergewaltigt hatte, hätte er den Mann am liebsten in Stücke gerissen. Die liebenswerte Elizabeth, jene Frau, die sein Leben in den letzten Jahren in Australien erhellt hatte. Wenn er in der Lage gewesen war, sie zu vergewaltigen und ihrer Schwester den Arm zu brechen, was würde er dann wohl mit Hannah anstellen? Nein. Es war richtig, dass er schnell handelte und sie in den nächsten Tagen aus dem Land schaffen würde.

Nach ihrer Heirat würde er vielleicht sogar die Seefahrt aufgeben. Sie könnten nach Amerika ziehen, oder er könnte sie mit nach Australien nehmen. Ihm wurde klar, dass er Australien zum ersten Mal, seit er es vor elf Jahren verlassen hatte, als sein Zuhause in Betracht ziehen würde. Von nun an würde jeder Ort, an dem Hannah war, für ihn Heimat sein.

Er versuchte, sich Wilton's Creek vor seinem geistigen Auge vorzustellen. Das lange, niedrige Holzhaus mit seiner Veranda, die Eukalyptusbäume, die Büsche, der Bach, in dem er gefischt hatte, der ausgetretene Pfad, der in die Stadt führte. Doch das Bild war für immer getrübt durch die Erinnerung an seinen Bruder, der Elizabeth beim Aufhängen der Wäsche packte, durch die Wut, die in Will aufstieg, als er sich auf Nat stürzte, um ihn von ihr wegzuziehen, durch den Schmerz einer kalten Stahlklinge, die sich in seinen Körper bohrte, und durch die Dunkelheit, die folgte. Nein. Selbst jetzt noch – und für immer – war Wilton's Creek für Will mit dem Schauplatz der letzten Momente der Freiheit seines Vaters kontaminiert, bevor er ins Gefängnis und zu seinem endgültigen Schicksal geführt wurde.

Stattdessen dachte Will an den Canyon. An die Schönheit des blauen Nebels, der sich über dem Meer von Eukalyptusbäumen erhob, die die zerklüfteten Berge bedeckten und ihnen ihren Namen gaben. Das Geräusch der Wasserfälle, die über Felsen und Farne hinabstürzen. Die Farbspritzer der Regenbogenloris, das plötzliche Aufblitzen von Weiß oder Grün eines Papageis. Die saubere, klare, unverschmutzte

Luft. Der Anblick eines Opossums, das in einem Baum verschwindet, oder eines Kängurus, das beim Grasen gestört wird und in die Ferne davon hüpft.

Jetzt, hier in den Docks von Liverpool, lag schwerer Dieselgeruch in der Luft. Um ihn herum befanden sich kohlschwarze Gebäude, das Klirren der vorbei donnernden Schwebebahn, Autohupen, das Rattern der Straßenbahnen, Pfiffe und Flüche der Hafenarbeiter, die ihrer Arbeit nachgingen, das lange, tiefe Klagelied eines Nebelhorns und das Gefühl von Feuchtigkeit und Nieselregen an seinem Kragen. Er sehnte sich danach, Liverpool zu verlassen, und war fest entschlossen, Hannah zu überreden, sofort mit ihm zu kommen. Egal, um was sie ihn gebeten hatte, er würde jetzt zu dem Haus in Bootle fahren und nicht ohne sie gehen.

❧

WILL SASS AM TISCH UND STÜTZTE DEN KOPF IN DIE Hände. Im Hintergrund hörte er das Klappern von Tassen und das Zischen eines brodelnden Wasserkochers, aber alles, woran er denken konnte, war Hannah. Für immer sie.

Sarah kam mit einem Tablett mit Tee zurück und schenkte ihn ein. „Hier, trink das, Will. Danach wirst du dich besser fühlen. Da ist viel Zucker drin. Gut gegen den Schock." Sie reichte ihm die Tasse und legte dann das frisch gewaschene Taschentuch, das er ihr beim letzten Mal geliehen hatte, vor ihm auf den Tisch.

„Wie ist das möglich? Warum so schnell? Warum hat sie mir nicht gesagt, dass es so bald passieren würde?"

Sarah schüttelte den Kopf. „Keiner von uns wusste, dass es so schnell gehen würde. Ich hatte keine Ahnung, dass er bereits alles arrangiert hatte. Als der Mann und sein Vater herkamen, um sie zu treffen, dachten wir, wir hätten noch etwas Zeit. Ich sagte Hannah, sie solle zum Dock gehen, um dich zu suchen, aber sie kam zu spät. Du warst schon abgereist. Dann, zwei Tage später, als wir hier beim Frühstück saßen, sagte er uns, dass sie an diesem Tag heiraten würde."

„Hättest du es nicht verhindern können?" Er schlug frustriert auf den Tisch. „Hättest du nicht in der Kirche aufstehen und Einspruch erheben können, als sie fragten, ob jemand einen berechtigten Grund hätte? Du weißt doch, wie das geht – ich habe einen Film gesehen, in dem das passiert ist."

Sarah senkte ihren Blick. „Ich war nicht einmal dort. Bei der Hochzeit meiner eigenen Tochter. Ich bezweifle, dass sie das überhaupt gefragt hätten. Es geschah alles an jenem Ort, den mein Mann verehrt." Sie verzog die Lippen zu einem schmalen Strich zusammen. „Sie wurden von dem Vater ihres neuen Ehemanns getraut. Er ist der Pfarrer."

„Ist das überhaupt legal?"

Sie zuckte mit den Schultern. „Anscheinend schon. Nicht, dass es Charles aufhalten könnte, wenn es nicht so wäre."

„Nein, aber das wäre ein Grund, die Ehe zu annullieren. Oder etwa nicht? Habe ich recht?" Er sah sie verzweifelt an. „Ich habe mein ganzes Leben als Erwachsener damit verbracht, allein zu sein, und jetzt, wo ich diese eine Frau getroffen habe, die ich liebe, wurde sie mir gestohlen." Er schlug mit der Faust auf den Tisch. „Wo ist sie? Ich muss sie finden! Es ist mir egal, ob sie rechtmäßig verheiratet ist oder nicht. Ich werde sie finden und wegbringen."

Sarah schloss ihre Augen. „Ich weiß es nicht. Ich weiß nur den Namen ihres Mannes, Samuel Henderson. Sie wohnt bei ihm und seinem Vater, aber ich habe keine Ahnung, wo das sein könnte. Mein Mann weigert sich, mir irgendetwas darüber zu sagen."

Will ballte seine Hände zu Fäusten, seine Frustration wuchs. „Um Himmels willen, Sarah. Wie ist das überhaupt möglich? Du bist ihre Mutter! Gerade du solltest wissen dürfen, wo sie ist."

„Er sagt, dass ich sie irgendwann sehen kann, wenn sie sich an ihr neues Leben gewöhnt hat. Er sagte, es würde nur stören, wenn wir uns früher treffen würden, weil sie Zeit brauche, um sich anzupassen." Sarah begann zu weinen. „Oh Gott! Wie konnte das nur passieren? Meine Tochter." Ihr Schluchzen nahm zu, und Will schob das saubere Taschentuch zurück über den Tisch. Während sie sich die Augen abtupfte, trank er Tee und versuchte verzweifelt, sich einen Plan auszudenken.

„Wann segelst du wieder?", fragte Sarah.

„Heute Abend. Aber ich werde nicht gehen. Wie könnte ich auch?"

„Du musst. Hier kannst du nichts tun. Während du weg bist, werde ich versuchen, ihn zu bearbeiten. Versuchen, herauszufinden, wo sie ist. Bestimmt kann ich die Adresse ausfindig machen. Es muss Verzeichnisse geben, und es kann nicht so viele Samuel Hendersons in Liverpool geben. Aber das Haus wird auf den Namen seines Vaters laufen, nicht wahr? Diesen Namen kenne ich nicht. Charles spricht immer von ihm als Pastor." Sie rieb sich mit dem feuchten Taschentuch über die Wangen. „Ich kann es herausfinden. Ich werde es schaffen. Du fährst nach Irland und ich verspreche dir, wenn du zurückkommst, werde ich sie aufgespürt haben."

„Ich hatte einen Plan, wollte sie nach Dublin bringen. Ich hatte bereits alle Vorkehrungen getroffen. Zu spät, verdammt – tut mir leid, Sarah. Ich wollte nicht vor dir fluchen."

„Fluche ruhig. Du kannst mich nicht schockieren." Zum ersten Mal lächelte sie. „Ich habe dieses Schwein von einem Ehemann zu lange auf meinen Töchtern und mir herumtrampeln lassen. Ich hole mir mein Leben zurück. Und irgendwie werde ich dir helfen, Hannah zurückzubekommen."

HANNAH HALF NANCE BEI DER ZUBEREITUNG DES Abendessens – wobei die Frau, die älter war als Hannah, klarstellte, dass dies in Zukunft ganz in Hannahs Verantwortung liegen würde. „Auch das Einkaufen. Du brauchst kein Bargeld, denn es gibt Konten beim Gemüsehändler, beim Metzger und im Gemischtwarenladen, aber pass auf, was sie alles auf die Rechnung setzen. Der feine Herr rechnet immer am Ende des Monats ab."

Nance zog es offensichtlich vor, den Vornamen von Mr. Henderson nicht auszusprechen. Hannah fragte sich, wie er lautete, beschloss jedoch, nicht nachzufragen.

Die beiden Frauen standen Seite an Seite in der Spülküche, Hannah schälte Kartoffeln, während Nance ein Stück Schinken langsam dahinköcheln ließ und einen Kohlkopf wusch.

„Ich nehme an, du kannst kochen?"

„Ich habe zu Hause immer gekocht. Aber nichts Ausgefallenes."

„Na, das ist ja großartig. Das heißt, ich bekomme mein Leben zurück." Sie erläuterte nicht, was das bedeuten sollte. „Und keine Sorge – seine Lordschaft mag ohnehin nichts Ausgefallenes. Üblicherweise Fleisch und zwei Sorten Gemüse. Einmal in der Woche Fisch, niemals jedoch freitags, weil das seiner Meinung nach zu päpstlich ist. Er kann die Katholiken nicht ausstehen. Ich habe ihm nie erzählt, dass ich als Katholikin geboren wurde."

„Bist du religiös, Nance?"

„Ich? Du machst Witze! Ich schätze, Gott hat mich aufgegeben, als ich auf den Strich gehen musste. Und ich habe ihn aufgegeben, als er zuließ, dass der Bastard, mit dem ich verheiratet war, mich Nacht für Nacht verprügelte. Und du?"

„Mein Vater gehört jenen Ordensbrüdern an, die im

Dienst von Mr. Henderson stehen. Ich bin mit der Bibel vertraut, seit ich ein Kleinkind war. Das einzige Buch, das im Haus erlaubt ist."

Nance zeigte sich nicht überrascht. „Glaubst du an all das Zeug?"

„Ich glaube an Gott. Nun ja, die meiste Zeit zumindest ... Manchmal wird mein Glaube allerdings zu sehr auf die Probe gestellt."

„Was meinst du?"

Hannah nickte.

„Also, wer ist denn dein Vater? Wie ist sein Name?"

„Charles Dawson."

Nance stieß einen ihrer typischen langen Pfiffe aus. „Das hätte ich nie vermutet."

„Kennst du ihn?"

„Oh ja, ich kenne ihn allerdings." Nance sah aus, als wollte sie etwas sagen, hätte es sich jedoch anders überlegt. Schließlich sagte sie: „Er ist hier im Haus gewesen. Henderson hält hier manchmal Treffen ab. Sie sind befreundet." Sie legte den Deckel auf die Pfanne, in dem sich der Schinken befand, drehte das Gas auf niedrigste Stufe und sagte Hannah, sie solle ein Auge auf das Essen haben. „Wir sehen uns später. Ich werde ein Nickerchen machen. Er mag es, wenn das Essen um Punkt sieben Uhr auf dem Tisch steht. Außer freitags, da muss es um sechs Uhr dreißig fertig sein. Das Besteck findest du in der Schublade dort drüben." Dann verschwand sie.

KAPITEL EINUNDZWANZIG

Henderson Senior kam an diesem Abend pünktlich vor dem Abendessen nach Hause. Er nahm am Kopfende des Tisches Platz, Nance saß zu seiner Linken. Rechts von ihm war ein freier Platz, auf dem der abwesende Sam sitzen sollte. Hannah nahm den Stuhl daneben.

Als sie dem Pfarrer seinen Teller hinstellte, sagte er: „Du hast also meine Schwägerin kennengelernt?"

„Ja." Sie hielt das für eine dumme Frage.

„Tu, was sie dir sagt. Sie hat das Sagen. Komm nicht auf dumme Gedanken oder versuche, ihre Position infrage zu stellen."

Er begann zu essen, wobei er laut kaute. Hannah ekelte sich. Er war ein großer Mann, mit einem rundlichen, glattrasierten Gesicht, wulstigen Augenbrauen, riesigen Nasenlöchern, stahlgrauem Haar, das ihm bis über den Kragen fiel, und kalten grauen Augen. Sam musste sein Aussehen von seiner Mutter geerbt haben. Hannah fragte sich, wie Nance es ertragen konnte, das Bett mit ihm zu teilen, und ihr schauderte es bei der Vorstellung, welche Handlungen von ihr erwartet wurden, die sie mit ihm vollziehen sollte. Es würde sie nicht überraschen, sollte Nance sie eines Tages aufklären – aber sie hoffte, dass dieser Tag noch in weiter Ferne lag.

Nach einigen Minuten blickte Henderson von seiner Mahlzeit auf und sprach Hannah direkt an. „Wo ist mein Sohn?"

„Ich weiß es nicht, Sir. Er ist noch nicht von der Arbeit zurückgekehrt."

„Mache es dir zur Aufgabe, es zu wissen. Jetzt, wo er ein verheirateter Mann ist, erwarte ich, dass du dafür sorgst, dass er zur vereinbarten Zeit zu Hause ist. Das ist deine Verantwortung als Ehefrau."

Sie schluckte, verwirrt über ihre neue Situation und verblüfft darüber, wie sie für die verspätete Ankunft des Ehemanns, den sie überhaupt nicht kannte, verantwortlich gemacht werden konnte.

Schweigend aßen die drei den Rest der Mahlzeit, während die hässliche Messinguhr auf dem Kaminsims laut tickte, als wolle sie das Fehlen einer Unterhaltung unterstreichen.

Hannah spülte gerade die Teller, die sie beim Abendessen verwendet hatten, in der Spülküche ab, als Nance hereinkam. Sie starrte an die Decke. „Zeit für mich, an die Arbeit zu gehen." Sie zwinkerte Hannah an und fügte hinzu. „Wenn Sam bis zehn Uhr nicht da ist, kannst du ins Bett gehen, aber fang lieber an zu beten, dass er da ist, sonst wird die Hölle los sein, und ich könnte wetten, wer dafür die Schuld bekommt. Ich gebe dir einen kleinen Hinweis: Ich sehe die Schuldige gerade an."

Hannah saß in der Stube und trank eine Tasse Tee. Über ihrem Kopf hörte sie eine ganze Reihe von Geräuschen: Möbel, die bewegt wurden, unterdrückte Schreie und Stöhnen, tiefes Stöhnen, dann nach einer Weile das laute Grunzen eines Tieres und schließlich das rhythmische Knarren der Bettfedern und ein Geräusch, von dem sie erkannte, dass es das Kopfteil sein musste, das laut und schnell gegen die Wand schlug. Die ganze lärmende Tortur dauerte über eine Stunde. Am Ende herrschte eine lange Stille, dann hörte sie eine Toilettenspülung und eine Reihe von Türen, die sich öffneten und schlossen.

Ihre Situation war bizarr und unerträglich. Wenn ihr Vater wüsste, was für unmoralische Dinge unter diesem Dach vor sich gingen, hätte er sicher nicht von ihr erwartet, in die Familie Henderson einzuheiraten. Sie musste fliehen. Was sollte sie davon abhalten, aus dem Haus zu gehen? Und zwar sofort. Bevor Sam zurückkehrte und während ihr neuer Schwiegervater und Nance schliefen. Es spielte keine Rolle, dass sie keine Ahnung hatte, wie sie nach Hause kommen sollte. Wenn sie lange genug lief und immer bergab ging, musste sie irgendwann den Mersey River erreichen, und von dort aus könnte sie den Weg nach Bootle finden. Sobald sie ihrem Vater erzählt hatte, was hier in Laurel House vor sich ging, würde er zustimmen müssen, dass sie nicht bei den Hendersons bleiben könnte, und da die Ehe nicht vollzogen war, konnte er sie annullieren lassen. Erfüllt von einem Gefühl der Entschlossenheit und Hoffnung stand sie vom Tisch auf, spülte ihre Teetasse und Untertasse ab und verließ auf Zehenspitzen den Raum.

Sie schlich den dunklen Flur entlang, tastete im Vorraum nach ihrem Mantel und zog ihn an. Dann griff sie nach dem großen Türknauf und drehte ihn, doch die Eingangstür rührte sich nicht. Sie musste mit einem Riegel verschlossen sein, und von einem Schlüssel war keine Spur zu sehen. Mit den Schuhen in der Hand ging sie den Flur entlang zurück in die Spülküche, wo sie es an der Hintertür versuchte. Das Gleiche. Verschlossen und kein Schlüssel. Alle Fenster im Erdgeschoss waren geschlossen und mit Lack versiegelt, sodass sie sich nicht öffnen ließen. Also öffnete sie die Schubladen und Schränke in der Küche und suchte nach den Schlüsseln. Sie schaute unter das Geschirrtuch, das an der Rückwand der Spülküchentür hing, weil sie dachte, der Schlüssel könnte dort am Haken hängen, doch auch dort fand sie nichts. Auch die Durchsuchung des Flurs und des Vorraums führten zu keinem positiven Ergebnis.

Als sie zum Küchentisch zurückkehrte, setzte sie sich unter den Baldachin aus Nances nun trockenen Strümpfen, die noch immer am hölzernen Trockengestell hingen, und weinte sich die Augen aus.

Sam Henderson kam um Viertel vor Mitternacht durch die Vordertür herein. Ohne in den hinteren Teil des Hauses zu gehen, wo Hannah saß, ging er direkt nach oben, von wo aus sie schließlich das Knarren der Schlafzimmertür hörte. Was sollte sie tun? Ihm nach oben folgen? Die ganze Nacht hier unten bleiben?

Sie wartete eine halbe Stunde lang in der abgedunkelten Stube, umgeben von einer Totenstille, und schlich dann erschöpft die Treppe hinauf. Sam würde sicher schon schlafen. Nachdem sie sich in der Dunkelheit schnell entkleidet hatte, zog sie sich das dünne Nachthemd, das Nance ihr geliehen hatte, über den Kopf und schlüpfte neben Sam ins Bett, wobei sie versuchte, ihn nicht zu stören.

Seine flüsternde Stimme klang unheimlich in der Dunkelheit und ließ sie zusammenzucken. „Du warst also noch unten? Ich dachte, du wärst schon weg."

Sie erzählte ihm, dass sie in der hinteren Stube auf ihn gewartet hatte.

„Es tut mir leid. Ich wollte heute Abend nicht nach Hause kommen. Ich habe nichts gegen dich, Hannah. Du scheinst ein nettes Mädchen zu sein. Ich will nur nicht mit dir verheiratet sein. Na ja, mit niemandem."

Hannah dachte, sie würden bestimmt wie zwei ägyptische Mumien aussehen, wie sie da nebeneinander auf dem Rücken lagen und regungslos zur nicht erkennbaren Decke des stockdunklen Schlafzimmers hinauf starrten.

„Ich will auch nicht verheiratet sein", sagte sie.

„Nun, wir verstehen uns zumindest."

Sie zögerte, dann sagte sie: „Ich habe heute Abend versucht, das Haus zu verlassen. Nachdem dein Vater zu Bett gegangen war. Aber die Türen waren alle verschlossen."

Er drehte sich im Bett neben ihr auf die Seite. Sie spürte, wie er sie ansah, doch im Zimmer war es zu dunkel, als dass sie sich hätten sehen können. „Er wird geahnt haben, dass du das versuchen würdest, also hat er sie abgeschlossen. Normalerweise versperrt er nur das Hauptschloss. Zum Glück hatte ich den kompletten Schlüsselsatz dabei. Was hättest du getan, wenn du rausgekommen wärst? Wo wärst du hingegangen?"

„Zurück nach Hause. Zu meiner Familie."

Sie hörte ihn schnauben. „Das kannst du nicht machen, Hannah. Du musst dich an den Gedanken gewöhnen. Wir sind aneinander gebunden."

„Wo warst du heute Abend? Dein Vater war wütend, weil ich es nicht wusste. Er sagte mir, es wäre meine Aufgabe, darüber informiert zu sein."

„Es tut mir leid." Er rollte sich wieder auf den Rücken. Seine Stimme war ein lebloses Flüstern. „Hör mal, ich möchte dir einen Vorschlag machen. Ich verspreche dir, dich in Ruhe zu lassen, wenn du mir Deckung gibst."

„Was meinst du damit?"

„Wenn ich nachts ausgehe."

Hannah war völlig verwirrt.

„Weißt du, ich kann dir kein guter Ehemann sein, Hannah. Verstehst du, was ich damit sagen will? Du weißt doch, was wir als Ehemann und Ehefrau tun sollten?"

Hannah sagte nichts, zu verwirrt, um zu antworten.

„Ich spreche davon, wie Babys gemacht werden." Er klang genauso verlegen wie sie sich fühlte.

„Ja", flüsterte sie in die Dunkelheit. „Ich weiß."

„Wenn du mich deckst und sagst, dass ich in der Abendschule bin, wenn ich abends ausgehe, verspreche ich, dich in Ruhe zu lassen. Ich glaube, das ist es, was die meisten Frauen bevorzugen, wenn sie die Wahl haben, nicht wahr?"

„Ich weiß es nicht. Ist das so? Sie wollte weinen, doch stattdessen schluckte sie und biss sich auf die Lippe, um die Tränen zurückzuhalten.

Sie wollte zu Hause in ihrem Schlafzimmer sein, mit Judith an ihrer Seite und nicht mit diesem seltsamen Mann. Noch mehr wünschte sie sich, neben Will Kidd zu liegen. Irgendwie wusste sie, dass sie von Will nicht in Ruhe gelassen werden wollte – auch wenn ihr Mangel an Wissen über die Feinheiten dessen, was sie tun würden, alles etwas lückenhaft erscheinen ließ. Sie wusste nur, dass sie ihn wollte. Sie wollte ihm nahe sein, wollte ihre Arme um ihn schlingen, wollte, dass er sie hielt und liebte. Doch sie würde niemals neben Will liegen. Niemals seine Arme um sie spüren. Niemals erfahren, wie es wäre, mit ihm zu schlafen. Momentan schien es, als würde sie nicht einmal mehr erfahren, wie es generell wäre, mit einem Mann zusammen zu sein. Hannah wusste nicht, ob sie dankbar oder traurig sein sollte. Verheiratet mit einem Mann, der nicht einmal ein Kind mit ihr zeugen wollte. Der sie nicht berühren, streicheln, küssen wollte.

Schließlich sagte sie: „Willst du keine Kinder haben? Warum hast du mich dann geheiratet?"

Er stieß einen langen, übertriebenen Seufzer aus. „Ich habe es wegen meinem Vater getan. Hör zu, Hannah, ich kann jetzt nicht darüber nachdenken. Alles ist ein durcheinander und ich bin hundemüde. Schlaf erst mal, und wir reden morgen weiter."

Der nächste Tag war ein Samstag, und beim Frühstück verkündete Sam, dass er und Hannah einen Spaziergang machen würden. Nance schenkte Hannah ein freches

Lächeln, und der Pastor grunzte, was sie für eine Zustimmung hielt.

Sie gingen Seite an Seite durch die Straßen mit den roten Backsteinhäusern. Die Häuser waren zwar fast alle kleiner als die Villa, in der die Hendersons wohnten, jedoch größer als das Reihenhaus, in dem sie selbst gewohnt hatte, und sahen gepflegter aus als jene in der Bluebell Street. Einige hatten winzige Gartenstreifen hinter niedrigen roten Backsteinmauern zwischen Haus und Bürgersteig.

Als sie fünf Minuten von Laurel House entfernt waren, bog er in eine Straße ein, die an der einen Seite an einem öffentlichen Garten entlangführte, der von Ligusterhecken umgeben war und Kieswege und Rosenbeete beinhaltete. Er führte sie hinein und sie setzten sich auf eine Bank.

Sam räusperte sich und sagte: „Ich mache dir hiermit einen Vorschlag. Ich komme nach der Arbeit nach Hause, esse mit dir, meinem Vater und seiner Nutte, dann, wenn er weggegangen ist oder oben, werde ich selbst ausgehen, will jedoch nicht, dass sie davon erfahren. Die meisten Abende verbringt er ohnehin in seinem sogenannten Gotteshaus. Du musst so tun, als ob ich die ganze Nacht zu Hause wäre, auch wenn ich es nicht bin." Er holte eine Schachtel Filterzigaretten aus seiner Jackentasche und zündete sich eine Zigarette an. „Wenn ich nicht da bin und er fragt, wo ich bin, musst du ihm sagen, dass ich in meinem Abendkurs bin. Ich soll noch mehrere Buchhaltungsprüfungen machen. Und wenn er fragt, sagst du ihm, dass ich um zehn Uhr zu Hause war und zu Bett gegangen bin. Aber er wird nicht fragen. Wie du dir wahrscheinlich denken kannst, ist er in den Nächten, in denen er zu Hause ist, viel zu sehr mit seiner Mätresse hinter verschlossener Schlafzimmertür beschäftigt, als dass er bemerken würde, dass ich nicht da bin."

„Wo wirst du sein?"

„Unterwegs. Ich treffe Freunde. Darüber musst du dir keine Gedanken machen."

Sie drehte sich zur Seite und sah ihn an. Sein Gesicht war attraktiv, eine lange, wohlgeformte Nase, strahlend blaue Augen, ein markantes Kinn. Sein blondes Haar machte den Eindruck, als wolle man es gerne anfassen. Weich. Seidig. „Hast du schon eine Frau, Sam? Eine geheime?"

Er prustete ein wenig, lächelte sie mit traurigen Augen an, beugte sich zu ihrer Überraschung vor und küsste sie leicht auf die Stirn. „Nein, ich habe keine andere Frau außer dir, Hannah. Keine Freundin. Keine heimliche Frau. Nur dich."

„Dann verstehe ich das nicht."

Er lächelte sie wieder an und schüttelte den Kopf. „Solche Unschuld." Er nahm ihre Hand. „Ich kann dir genauso gut die ganze Wahrheit erzählen, wenn du mir versprichst, nicht schockiert zu sein und meinem Vater nicht zu sagen, dass ich dir das erzählt habe."

Sie nickte und fürchtete sich vor dem, was nun folgen würde.

„Ich habe keine Gefühle für Frauen. Nicht die Art von Gefühlen, die Männer für Frauen empfinden sollen. Ich bevorzuge Männer."

Hannah stieß einen überraschten Schrei aus.

„Wie du dir vorstellen kannst, ist mein Vater nicht bereit, dies zu akzeptieren. Er hat mir das Buch Levitikus und Passagen über die ewige Verdammnis, die mich erwartet, eingetrichtert, bis ich sie rückwärts aufsagen konnte. Ich habe es versucht, glaub mir, ich habe versucht, mich zu ändern, aber es liegt nicht in meiner Natur."

„Hast du es deinem Vater erklärt? Dass du versucht hast, dich zu ändern, es aber nicht schaffst?"

„Immer wieder. Er will es nicht akzeptieren. Für ihn ist es die schlimmste aller Abscheulichkeiten. Er glaubt, es sei reine Willkür meinerseits. Wenn ich eine Frau habe, meint er, werde ich anfangen, anders zu fühlen. Aber um ehrlich zu sein, glaube ich nicht, dass ich das ertragen könnte." Er beugte sich vor, stützte seinen Kopf in seine Hände. „Es wäre nicht natürlich." Er hustete und drückte den Zigarettenstummel mit seinem Absatz aus. „Jahrelang habe ich es verborgen gehalten. Mein Vater hat es entweder nicht bemerkt oder wollte es nicht wahrhaben. Doch dann drohte ein Skandal. Um es zu vertuschen, musste er bezahlen, und da beschloss er, dass eine Heirat mein Problem lösen würde – oder zumindest vertuschen. Du, arme Hannah, bist also meine Tarnung. Da ich nun ein respektabler verheirateter Mann bin, kann ich unmöglich einer dieser schrecklichen Perversen sein."

Hannah konnte kaum atmen. Sie war völlig unvorbereitet darauf, sich mit so etwas auseinanderzusetzen. Es lag außerhalb ihrer Vorstellungen – war sicherlich nichts, was jemals in ihrem Haus diskutiert wurde. Sie kannte niemanden, der so war. Bei der Lektüre der Bibel und anderer Bücher hatte sie nie ein Beispiel dafür gefunden, dass ein Mann andere Männer bevorzugte. Sie begann sich zu fragen, ob sie vielleicht einfach nur naiv war. „Aber wie ist das möglich?", fragte sie. „Stimmt etwas nicht mit dir?"

„Mein Vater würde wollen, dass du das glaubst. Dein Vater auch. Im Buch Levitikus steht: *Wenn ein Mann bei einem Mann wie bei einer Frau schläft, haben sie beide einen Gräuel begangen; sie sollen getötet werden, ihr Blut klebt an ihnen*."

Hannah keuchte erschrocken auf. „Wenn es so in der Bibel steht ..."

„In der Bibel stehen viele Dinge geschrieben, die ich lieber ignoriere. Und sie beschreibt Dinge, die widersprüchlich sind. Denk nur an David und Jonathan: *Deine Liebe zu mir war wunderbar und übertraf die Liebe der Frauen*."

Hannah presste ihre Hände zusammen, drehte und wendete ihre Finger. „Das ist zu viel für mich, um es zu verarbeiten. Ich weiß nicht, was ich sagen soll. Ich weiß nichts über die wirkliche Welt. Nur das, was ich in Büchern lesen konnte." Sie versuchte zu denken, aber ihr Gehirn wusste nicht, wie es all das verarbeiten sollte, was er ihr gesagt hatte. „Willst du damit sagen, dass wir immer nur auf dem Papier verheiratet sein werden?"

„Ich nehme an, dass ich genau das damit sagen will. Es tut mir leid, Hannah, wenn das nicht das ist, was du wolltest."

„Und du wirst nie ein Kind mit mir haben?"

„Das habe ich nicht gesagt." Er stöhnte und scharrte mit dem Fuß über den Kies. „Vielleicht irgendwann. Ich weiß, dass mein Vater großen Druck auf mich ausüben wird, einen Erben zu zeugen. Aber das ist etwas, worüber ich jetzt nicht nachdenken möchte. Es tut mir leid, Hannah, das ist offensichtlich ein großer Schock für dich."

„Wusste mein Vater davon?"

Sam antwortete nicht, sondern kratzte weiter mit seinem Schuh über den Kies.

„Bitte, wusste er es?"

„Ja."

Sie versuchte, all das zu verdauen, konnte jedoch nicht glauben, dass ihr Vater einer Heirat mit einem solchen Mann zugestimmt hatte.

„Hör zu, du solltest alles wissen. Das ganze furchtbare Chaos. Dein Vater ist derjenige, der herausgefunden hat, was ich getan habe. Er sah zufällig, wie ich einen Ort verließ, an dem sich Männer wie ich treffen. Dein Vater hat mich mit einem anderen Mann weggehen sehen und ist uns gefolgt. Er erwischte uns ... Wir waren ... Wir haben ... nun, egal was wir getan haben, ... es passierte in einer kleinen Gasse. Spät in der Nacht. Unten bei den Docks. Ich musste ihm Geld geben, damit er es vor meinem Vater und meinen Arbeitgebern geheim halten würde. Ich wäre entlassen worden. Ich hatte keine andere Wahl. Ich musste ihn bezahlen."

Das war wie ein Schlag in die Magengrube für Hannah. „Er hat dich erpresst?"

„Ja, so kann man es wohl nennen. Es ging so weiter, dass er immer höhere Summen verlangte, bis ich mich weigerte, noch mehr zu zahlen, und er zu meinem Vater ging. Er erzählte ihm alles und drohte, es auch meinen Arbeitgebern zu sagen. Er sagte, es sei seine christliche Pflicht. Seine moralische Verpflichtung."

Hannah spürte, wie ihr die Tränen in die Augen schossen, doch sie war fest entschlossen, keine Träne zu vergießen, die von ihrem Vater verursacht worden war. „Mein Vater ist ein schlechter Mensch. Bis vor Kurzem war mir nicht klar, wie grauenvoll er ist. Ich schäme mich, seine Tochter zu sein."

Sam schüttelte leicht den Kopf und scharrte wieder im Kies.

„Ist der Pastor nicht sein Freund? Wie konnte Vater das tun? Wenn er glaubte, dass das, was du tust, falsch ist und gegen die Lehre der Bibel verstößt, warum sollte er dann versuchen, davon zu profitieren, indem er Geld von dir und deinem Vater erpresst?" Hannah fühlte sich unwohl. „Was ist dann passiert?"

„Mein Vater mag es nicht, erpresst zu werden, wollte jedoch auch nicht, dass sich herumspricht, sein Sohn sei ein Perverser. Statt der Erpressung nachzugeben, beschloss er, die Angelegenheit ein für alle Mal zu regeln, indem er Charles Dawsons Schweigen mit einer hohen Summe erkaufte und zustimmte, dass wir beide heiraten sollten. Auf diese Weise sicherte er ab, dass Dawson den Ehemann seiner Tochter nicht bloßstellen könnte, ohne Schande über sich und seine eigene Familie zu bringen. Du siehst also, dass es bei dieser Ehe nicht darum geht, den Nachwuchs zweier Männer zusammenzubringen, die eine gemeinsame religiöse Einstellung teilen. Es geht nur um Korruption, Gier und Heuchelei."

Die Sonne schien, und der kleine Park war in ein Licht

getaucht, das die Farbe der Frühlingsrosen erstrahlen ließ. Es stand in krassem Gegensatz zu der dunklen Welt, die Sam ihr gezeigt hatte und von der Hannah nie geglaubt hätte, dass sie existierte.

Sam griff nach ihrer Hand und nahm sie zwischen seine beiden. „Es tut mir leid, dass ich deine Illusionen zerstört habe, Hannah. Es tut mir leid, dass ich dir das alles sagen musste. Du scheinst so ein nettes Mädchen zu sein. Eine gute Frau. Ich hoffe, wir können Freunde sein."

Sie zog ihre Hand zurück. „Wir sollten zur Polizei gehen. Wir sollten ihnen von der Erpressung erzählen. Wir könnten die Ehe annullieren lassen."

„Nein!" Seine Stimme war ein Kreischen, und er griff erneut nach ihrer Hand und riss sie herum, damit sie ihn ansah. „Das können wir nicht tun. Es würde mich ruinieren. Sie könnten mich ins Gefängnis werfen. Ich würde meinen Job verlieren. Verstehst du denn nicht, dass nicht nur die Bibel Männer wie mich verdammt? Ich verstoße damit auch gegen das Gesetz."

Hannah fühlte sich, als wäre sie in eine Falle geraten. Wie könnte sie sich gegen Sams Wünsche stellen, wenn es ihn alles kosten könnte? Natürlich schuldete sie ihm nichts, aber sie hatte bereits entschieden, dass sie ihn mochte. Ihm vertraute. Genau wie sie war auch er Opfer eines grausamen Vaters – und ihr eigener Vater hatte ihn in diese Lage gebracht.

Sam beugte sich vor und griff erneut nach ihrer Hand. „Wirst du mir helfen? Kannst du mich decken?" Als er sie mit seinen blauen Augen fixierte, sah sie weg. „Bitte, Hannah."

Sie bemerkte, dass sie das als Druckmittel benutzen konnte und wandte sich ihm erneut zu. „Du musst auch etwas für mich tun."

„Ah, *quid pro quo*. Ich dachte mir schon, dass es eines geben würde. Was ist es?" Er lächelte sie an.

„Eigentlich geht es um zwei Dinge. Erstens möchte ich meine Mutter sehen. Kannst du mich zu ihr bringen oder mir zumindest sagen, wie ich dorthin komme? Vielleicht könntest du mir etwas Geld für die Busfahrt geben?"

„Okay", sagte er langsam. „Ich werde darüber nachdenken müssen. Mein Vater hat gesagt, er möchte nicht, dass du deine Familie siehst, bevor du nicht genügend Zeit hattest, dich einzuleben."

Ungeduld überkam sie. „Das ist lächerlich. Meine eigene Mutter? Meine Schwester? Außerdem habe ich nicht einmal Kleidung zum Wechseln dabei. Nur das, was ich gerade trage. Nance musste mir sogar ein Nachthemd leihen."

Einen Moment lang sah er nachdenklich aus. „Na gut. Aber sag es um Himmels willen Nance nichts, sonst findet mein Vater es heraus, und dann wird für uns beide die Hölle losbrechen. Wir werden Folgendes tun." Er griff in seine Brusttasche und zog seinen Geldbeutel heraus. „Hier sind zehn Schilling, das sollte fürs Erste reichen. Wenn du nach Walton Vale gehst, findest du dort einen Bus, der nach Bootle fährt. Also, was ist die andere Sache?"

Sie zögerte einen Moment und überlegte, ob sie sich ihm anvertrauen sollte. Schließlich hatte er ihr schon so viel mehr anvertraut. „Ich möchte jemandem einen Brief zukommen lassen", sagte sie.

„Du hast jetzt Geld für eine Briefmarke. Ich bringe dir am Montag Papier und Briefumschläge."

„So einfach ist das nicht. Der Brief wird an ein Schiff adressiert sein. Ich habe keine Ahnung, wie man an ein Schiff schreibt."

Sam lachte, und sie dachte, wie viel netter er wirkte, wenn er sich entspannte. „Und warum solltest du einen Brief an ein Schiff schreiben wollen?"

„Ich war nicht ganz ehrlich zu dir, als du mich gefragt hast, ob ich einen Freund habe." Die Tränen überkamen sie in einem plötzlichen Ansturm, nachdem sie sich so lange aufgestaut hatten.

„So schlimm?" Er reichte ihr ein Taschentuch.

„Ich liebe ihn."

„Und er ist ein Seemann?"

Sie nickte. „Wir wollten heiraten."

Für einen Moment kniff Sam seine Augen fest zusammen. „Es tut mir wirklich leid, Hannah. Das muss alles so viel schlimmer für dich machen."

Sie schnäuzte sich und sagte: „Ich werde ihn nie wieder sehen."

„Gott, wie furchtbar. Wusste dein Vater davon?"

„Ich weiß es nicht. Ehrlich gesagt glaube ich es nicht. Hätte er es gewusst, wäre er wütend gewesen. Er hätte mich wieder geschlagen."

„Er hat dich geschlagen? Mehrmals?" Sams Gesichtsausdruck war entsetzt.

„Nur einmal, aber dann hat er Mutter geschlagen und sie hat sich den Arm gebrochen. Er tut so, als wäre es ein Unfall gewesen. Ich bin sicher, wenn er von Will gewusst hätte, hätte er es an mir und Mutter ausgelassen."

Sam zog seine Zigarettenschachtel heraus, zündete sich eine weitere Zigarette an und paffte langsam. „Das ist so niederträchtig. Frauen zu schlagen. Wie primitiv." Er schüttelte den Kopf. „Was wirst du deinem Seemann in dem Brief, den du ihm schreibst, mitteilen, Hannah?"

Sie begann wieder zu schluchzen. „Ich muss ihm sagen, dass er mich vergessen und sein Leben weiterleben soll."

„Und wird er das?"

Sie bedeckte ihr Gesicht mit den Handflächen und stieß einen langen, tiefen Seufzer aus. „Er muss. Aber er wird es nicht wollen. Deshalb muss ich den Brief schreiben. Ich muss ihm sagen, dass ich nicht will, dass er versucht, mich zu finden." Sie sah Sam an, der ihr aufmerksam zuhörte. „Es wird mir das Herz brechen, aber ich habe keine andere Wahl. Ich muss das Beste aus der Situation machen. Vielleicht ist es Gottes Wille."

„Du glaubst doch nicht etwa an das ganze Zeug!" Er drehte sich zu ihr und wandte dann den Kopf ab, um den Rauch über seine Schulter auszuatmen.

„Natürlich glaube ich an Gott. Nur nicht an alle Geschichten aus dem Alten Testament. Ich glaube, dass Gott über mich wacht, und wenn es sein Plan für mich ist, dass ich mit dir verheiratet bin, dann muss ich einfach damit klarkommen. Es muss scheinbar bedeuten, dass, egal wie sehr ich Will liebe, wir nicht füreinander bestimmt sind." Wieder begann sie zu weinen. „Es ist wie bei meiner Tante, der älteren Schwester meiner Mutter. Sie sollte jemanden heiraten, der im Krieg getötet wurde. Ich sehe aus wie sie. So habe ich Will kennengelernt. Er dachte, ich wäre sie."

„Kann sie dir nicht helfen? Wenn sie doch weiß, wie es ist, jemanden zu verlieren."

„Sie ist in Australien. Unsere Familie hat den Kontakt zu ihr verloren." Ihr Körper zitterte, als ein Weinkrampf sie überkam. Sie versuchte, sich zusammenzureißen. Was, wenn jemand sie sehen würde. Doch der Park war leer.

„Das ist alles meine Schuld. Wenn ich nicht schwul wäre, wäre das alles nicht passiert." Er schlug mit der Faust auf die Rückenlehne der Bank.

„Es ist nicht deine Schuld. Wenn Vater mich nicht gezwungen hätte, dich zu heiraten, hätte er mich jemand anderen heiraten lassen, den er ausgesucht hätte. Das hat er deutlich gesagt. Und es hätte jemand viel Schlimmeres sein können als du – entschuldige, ich wollte nicht unhöflich klingen." Sie schenkte ihm ein trauriges Lächeln. „Ich dachte zuerst, er wollte, dass ich deinen Vater heirate."

„Großer Gott – das wäre ein weit schlimmeres Schicksal gewesen als der Tod." Er verzog das Gesicht. „Aber du hättest doch mit deinem Seemann durchbrennen können." Er sah verwirrt aus. „Warum hast du das nicht getan?"

„Ich hatte keine Ahnung, dass das alles so schnell gehen würde. Ich dachte, wir hätten noch etwas Zeit. Nachdem ich dich getroffen habe und wusste, dass alles arrangiert war, machte ich mich auf die Suche nach ihm, aber sein Schiff war schon ausgelaufen. Er segelt zwischen Dublin und hier hin und her und ist normalerweise drei oder vier Tage weg, manchmal auch länger. Dann dachte ich, es wäre noch Zeit. Du weißt schon – bis alle Vorbereitungen für unsere Hochzeit getroffen wären. Ich hatte keine Ahnung, dass es gar keine Vorbereitungen geben würde. Nur ein Haufen alter Männer und eine Unterschrift in einem Buch."

„Nicht gerade ein Mädchentraum, was? Ich kann mir auch nicht vorstellen, dass viele Mädchen davon begeistert wären, eine Schwuchtel zu heiraten."

„Nennt man Leute wie dich so?"

„Für uns gibt es allerhand verschiedene Bezeichnungen. Diese ist noch die netteste." Er nahm ihr Kinn in die Hand und neigte ihren Kopf leicht nach hinten. „So ein hübsches Mädchen. Es ist eine Schande, dass deine Schönheit und dein Charme an mich verschwendet werden." Er ließ seine Hand sinken und sagte: „Nun gut, Hannah, ich werde dir helfen, einen Brief an deinen Seemann zu schicken. Auch, wenn es dem armen Kerl wahrscheinlich das Herz brechen wird."

Ein Gedanke schien ihn innehalten zu lassen. „Woher weiß ich, dass du ihm nicht schreibst, wo du bist, damit er kommen und dich mitnehmen kann. Dann könnte dein Vater die ganze Erpressung wieder von vorne beginnen."

Sie zögerte, biss sich auf die Lippe und sagte dann: „Ich werde dich den Brief lesen lassen."

„Ich kann doch nicht deine Liebeserklärungen lesen. Das wäre nicht richtig."

„Es wird keine Liebeserklärung sein. Das würde ihn nur

noch entschlossener machen, mich zu suchen. Ich muss ihm klarmachen, dass es keine Hoffnung für ihn gibt. Nur so kann ich meine Mutter schützen und mein Leben weiterführen. In ständiger Hoffnung zu leben, ist mehr, als ich ertragen kann. Verstehst du das?"

Er nickte feierlich. „Du bist eine ganz besondere Frau, Hannah. Ich habe dich nicht verdient. Und du verdienst so viel mehr, als ich dir jemals geben könnte."

„Ich danke dir."

Er sprang auf und zog sie auf die Beine. „Genug von all dieser Traurigkeit. Wir müssen zurück. Ich muss so tun, als würde ich lernen, und du musst das Mittagessen zubereiten." Er streckte einen Arm aus, um ihr die Hand zu reichen. „Sollen wir?"

Hannah schob ihren Arm durch den angebotenen Ellbogen und sie machten sich auf den Weg aus dem Park.

„Ich muss sagen, du hast einen ausgezeichneten Geschmack. Ich habe selbst eine kleine Schwäche für Matrosen."

„Wirklich?" Ihre Augen weiteten sich. „Sogar Seeleute können ..."

„Perverse sein? Ja, das können sie. Nicht alle Schwulen sind zarte Blümchen mit einer Vorliebe für Kostüme, weißt du. Einige von ihnen sind sehr maskulin. Unter uns nennen wir das grobschlächtig. Ich hatte einige regelmäßige Verabredungen mit einem netten australischen Seemann."

Hannah blieb auf der Stelle stehen. „Einem Australier?"

„Ja, uns Schwule gibt es in jeder Statur, Größe und sogar Nationalität."

„Will ist auch Australier."

„Ich glaube nicht, dass das derselbe Kerl sein kann. Ich hoffe es jedenfalls nicht. Um deinetwillen."

„Natürlich ist er das nicht." Als sie sich an die Leidenschaft seiner Küsse erinnerte, wusste sie, dass es nicht möglich war, dass Will irgendwelche Gefühle für Männer hegen könnte. „Es muss viele australische Seemänner geben. In Liverpool gibt es Seemänner aus der ganzen Welt. Wie heißt er?"

Sam runzelte die Stirn.

„Ich habe dir Wills Namen verraten."

„Du hast eine außergewöhnliche Art, mir alle meine dunklen Geheimnisse zu entlocken. Sein Name ist Jacob – aber er nennt sich Jake." Sams Augen schweiften von ihr ab und blickten in die Ferne, als würden sie eine Erinnerung herbeirufen. „Er ist Stammgast in dem Club, in den ich gehe. Klein und stämmig, mit einem dunklen Bart und einem sehr starken australischen Akzent. Ich kann mir nicht vorstellen, dass er auch nur im Entferntesten wie der Mann deiner Träume aussieht, Hannah."

„Aber du liebst ihn?"

„Ja, aber ich fürchte, er liebt mich nicht."

„Wie kommst du darauf?"

„Ich glaube, er schämt sich dafür, wer er ist, wie er fühlt und was er tut. Viele Schwule sind so. Sie können es nicht ertragen, sich dem zu stellen. Einige von ihnen suchen sich sogar eine Frau, in der Hoffnung, sie würden dadurch geheilt werden. Das funktioniert aber nicht – es macht sie nur noch unglücklicher. Ich selbst könnte so etwas nie tun." Er sah sie von der Seite an. „Tut mir leid."

„Und du sagtest, das sei gegen das Gesetz?"

„Ja. Das allein beschämt manche Männer schon. Ich nehme an, sogar mich. Ich würde sterben, würde jemand im Büro davon erfahren."

„Und dein Jake? Versucht er, es geheim zu halten?"

„Bei der Marine zu arbeiten ist wahrscheinlich der toleranteste aller Berufe, wenn es um Schwule geht. Wobei es auf See die eine Sache ist, an Land jedoch eine andere. Und Jake ist arbeitslos. Er war Bootsmann, aber er bekommt keinen

Job auf einem anderen Schiff, weil er dafür verantwortlich gemacht wurde, dass ein Mann über Bord gegangenen ist."

„Wie furchtbar. Es war also nicht seine Schuld?"

„Natürlich nicht. Aber er hat ein schlechtes Dienstzeugnis bekommen und niemand will ihn damit einstellen, also arbeitet er jetzt in den Docks."

„Aber wenn er nicht schuld war, warum kann er sich dann nicht über das schlechte Dienstzeugnis beschweren?"

Sam zuckte mit den Schultern. „In dem Bericht wird es nicht wirklich erwähnt. Es beinhaltet lediglich eine Bewertung ohne Erklärung. Er bekam ein befriedigend, was offensichtlich ein Code für unbefriedigend ist. Man muss ein gut bekommen, um eingestellt zu werden."

„Ich hoffe, er hört auf, sich für dich zu schämen, Sam Henderson, und erkennt, wie glücklich er sich schätzen kann, jemanden wie dich zu haben."

Sam lächelte schief und schüttelte den Kopf. „Ich würde es mir wünschen. Aber ich befürchte, seine Gefühle für mich reichen nur für den Moment. Danach ist es, als wolle er mich umbringen. Neulich Abend trafen wir uns am Strand. Es war eine wunderschöne Nacht, der Mond leuchtete vom Himmel, und ich wollte noch länger bleiben, reden, Händchen halten. All die Dinge tun, die du vermutlich auch mit deinem Seemann gemacht hast, aber sobald er bekommen hatte, was er wollte, lief er weg und ließ mich dort zurück."

„Das tut mir leid, Sam." Sie wollte ihm gerade sagen, dass sie hoffte, er würde jemanden finden, der ihn auch liebte, aber es fühlte sich falsch an, so über zwei Männer zu sprechen. Wenn sie Sam zuhörte, wirkte alles ganz natürlich, doch irgendetwas in Hannah gab ihr das Gefühl, dass es falsch sein musste, so zu sein wie er.

Sobald Hannah ihren Brief an Will geschrieben und Sam gegeben hatte, versprach der, einen Weg zu finden, um ihn zuzustellen. Hannah wurde von Trauer überwältigt. Es war, als hätte sie hinter Will eine schwere Tür zugeschlagen, was bedeutete, dass sie ihn nie wieder sehen würde.

In dem Wissen, dass es der einzig richtige Schritt gewesen war, um Will von der Last zu befreien, sinnlos nach ihr suchen zu müssen, konnte sie sich dennoch den Schmerz vorstellen, den ihre Worte in ihm verursachen würden. Der Brief war das Ergebnis mehrerer Entwürfe und der einzige, von dem sie sich sicher war, dass er nicht missverstanden werden konnte. Sie hatte ihm unmissverständlich klargemacht, dass sie ihn nicht wiedersehen wollte. Aber wie wankelmütig musste sie Will dadurch erscheinen, wie oberflächlich, wie grausam.

Während sie sich quälte, versuchte sie sich vorzustellen, wie er ihn lesen würde. Wie würde er reagieren? Mit Wut? Mit Kummer? Mit Fassungslosigkeit? Sie stellte sich vor, wie er die Stirn runzelte, sich mit den Händen das Haar aus dem Gesicht strich und dann niedergeschlagen den Kopf nach vorne sinken ließ. Sobald er den Brief gelesen hatte, würde er sie hassen, sie verachten – und genauso fühlte sie sich schon jetzt. Doch welche Wahl hatte sie? Wenn sie sich nicht bei ihm meldete, würde er sicher versuchen, sie zu finden – auch wenn er inzwischen gemerkt haben musste, dass es zu spät war. Selbst wenn sie versuchen würde, ihm zu erklären, dass sie nicht mit Sam Henderson verheiratet sein wollte, ihm sagen würde, dass sie in einem großen alten Haus in einem anderen Teil der Stadt lebte und praktisch als unbezahlte Haushälterin für einen korrupten Pastor, seine Ex-Prostituierte und seinen homosexuellen Sohn arbeitete, wäre es trotzdem zu spät für sie gewesen.

KAPITEL ZWEIUNDZWANZIG

Will stand am Kai und sah den Hafenarbeitern beim Entladen der *Arklow zu*. Die kurzen, regelmäßigen Fahrten über die irische See hatten seinen Abenteuersinn kaum gestillt. Mit einem Schiff voller Rinder über eine trübe See, oft im Schutz der Dunkelheit, von einem englischsprachigen Hafen zum anderen zu fahren, war nicht der Stoff, aus dem Wills Träume waren. Der wolkenlose blaue Himmel Afrikas, der Duft von Gewürzen und die ungewohnten Gerüche eines riesigen Kontinents lagen in weiter Ferne. Jetzt waren seine Tage dunkel, trübe und voller Nieselregen.

Doch er wusste, dass seine melancholische Stimmung wenig mit jenen oberflächlichen Begleiterscheinungen zu tun hatte. Wäre Hannah Dawson Teil seines Lebens, könnte es niemals so trüb erscheinen. Ihre Anwesenheit würde den dunkelsten, trübsten Tag erhellen. Er wusste genau, dass er sich ohne sie, auch unter der heißen afrikanischen Sonne, genauso trübsinnig fühlen würde wie jetzt. Nach nur kurzer Zeit in seinem Leben hatte Hannah eine Leere hinterlassen, von der er nicht annahm, dass sie jemals gefüllt werden könnte. Die Begegnung mit ihr hatte die elf nutzlosen Jahre, die er seit dem Verlassen Australiens verschwendet hatte, ausgelöscht. Es war, als wäre er wieder geboren worden, doch jetzt, wo sie nicht mehr da war, begann er erneut zu sterben.

Es war eine grausame, harte Welt. Wie hatte er sich jemals der Illusion hingeben können, es könnte anders sein? Hatten ihn all die leeren Jahre nicht gelehrt, dass es keinen Sinn im Leben gab, dass die Welt ihm nichts zu bieten hatte? Es ging nur darum, die Zeit abzusitzen, im Moment zu leben und dann weiterzuziehen.

Es gab zwei Arten von Seemännern: diejenigen, die zur See fuhren, um ein Leben frei von Verantwortung und Bindungen zu führen, und diejenigen, die die Welt bereisten und nur an zu Hause dachten. Will hatte seine Zeit strikt im ersten Lager verbracht und glaubte, dass er sich immer so fühlen würde. Als er schließlich Hannah kennenlernte, wurde er in das zweite Lager katapultiert. Er hatte begonnen, sich ein Leben vorzustellen, das er an einem bestimmten Ort verbrachte, ein Leben, das er mit einer anderen Person teilte – bereitwillig an einen Anker gebunden, der sich Hannah nannte.

Doch dieser kurze Traum war geplatzt. Das Glück und die Liebe waren ihm vor die Nase gehalten worden wie eine Karotte dem Esel, nur um ihm weggeschnappt zu werden, als er sein Maul öffnete, um zuzubeißen.

Will hatte Frauen immer gemocht, ihre Gesellschaft gesucht, sich an ihren Körpern erfreut, aber keine hatte ihn je auch nur annähernd dazu veranlasst, daran zu glauben, dass Liebe eine Möglichkeit darstellte. Nicht mehr seit Elizabeth – und jetzt wusste er, dass seine Gefühle für sie eine jugendliche Schwärmerei und aufrichtige Zuneigung gewesen waren. Nicht diese alles verzehrende Liebe, die er für Hannah empfand. Eine Liebe, die körperliches Verlangen mit einer

Zärtlichkeit verband, die er noch nie für jemanden empfunden hatte.

Es fiel ihm schwer, sich an die hübschen Gesichter, die straffen Körper, die zahlreichen breiten Lächeln zu erinnern, die er bisher kennengelernt hatte. Sie waren alle ineinander verschmolzen – eine Überfrau, die in Wirklichkeit niemand war. Abgesehen von Rafqa – sie war anders gewesen. Sie hatte ein instinktives Gespür für ihn und für genau das gehabt, was er brauchte. Wahrscheinlich, weil sie – wie er – versucht hatte, Traurigkeit und Verlust zu verdrängen. Rafqa war wie Balsam für ihn gewesen – er hatte sie gerngehabt –, aber er hätte sie niemals lieben können. Erst jetzt, da sie ihm entrissen worden war, war er sich absolut sicher, dass es echt Liebe war, die er für Hannah empfand.

Während der letzten Tage auf See hatte Will an sie gedacht und daran, dass er sie finden und ihr helfen musste, dieser kranken Ehe zu entfliehen, die eindeutig gegen ihren Willen und ihre Interessen geführt wurde. Aber wie könnte er ihr helfen, wenn er nicht wusste, wo sie sich befand?

Morgen würde er wieder bei ihrer Mutter vorbeischauen. Vielleicht hatte sie inzwischen die Adresse herausgefunden. Wenn nötig, würde er die Tür von Hendersons Haus eintreten und sie mitnehmen.

Er lehnte an einer riesigen eisernen Seilwinde und paffte den Rest seiner selbst gedrehten Zigarette. Die *Christina* würde in ein paar Wochen wieder bereit sein, auszulaufen. Aber wie konnte er nur daran denken, Hannah in Liverpool zurückzulassen?

Er versuchte, sich die kleinen Händlerboote in Port Suez vorzustellen, die Gully-Gully-Männer in ihren langen weißen Gewändern und roten Kappen, die Lederwaren verkauften und Zaubertricks vorführten, das tiefe Grün des Wassers, die riesigen Strohkörbe voller Früchte und Gewürze, deren Duft sich mit dem Geruch von Schweröl vermischte. Doch er konnte nur Hannahs Gesicht sehen, das sich ihm zuwandte, diese gefühlvollen Augen und diesen Mund, den er unbedingt wieder küssen wollte.

Er warf seine Zigarettenkippe ins Wasser und drehte sich um, um die Uferpromenade hinunter zum Pier Head zu blicken. Es dauerte ein paar Sekunden, bis er erkannte, dass ihm die Gestalt, die in seine Richtung ging, bekannt vorkam. Der Gang, der leichte Schwung in den Bewegungen, das zerzauste dunkle Haar unter der kecken Mütze. Paolo Tornabene. Es musste sechs oder sieben Wochen her sein, dass sie sich getrennt hatten. Will ging auf seinen Freund zu und begann zu rennen. Sie umarmten sich herzlich und trennten sich dann grinsend und leicht verlegen.

„Ciao amico!"

„Bin ich froh, dich zu sehen! Was zum Teufel machst du wieder hier, mein Freund? Ich dachte, du wärst zurück nach Italien gegangen?"

Paolo drehte den Kopf, um den Blick abzuwenden, aber Will hatte bereits die Traurigkeit in seinen Augen erkannt. „Ich musste weg aus *Italia*. Ich werde niemals zurückkehren."

„Was? Wir müssen reden. Warte mal eine Sekunde, ja?"

Er sprach mit einem seiner Kameraden und kehrte dann zu seinem Freund zurück. „Ich habe eine Stunde Zeit. Lass uns eine Tasse Tee trinken, dann kannst du mir erzählen, was passiert ist."

Fünf Minuten später saßen sie sich an einem Tisch in einer Hafenkneipe gegenüber, die als Bar für durstige Hafenarbeiter bekannt war.

„Was ist passiert?", fragte Will.

Paolo nahm einen Schluck von seinem Tee und verzog dabei das Gesicht. „Meine Loretta *è morta*. Tot."

„Oh mein Gott! Verdammt, Paolo, Kumpel, es tut mir leid."

„Sie wurde gezwungen, einen bösen Mann zu heiraten. Einen der *Camorristi*.“

„Aber sie sagte doch, sie würde auf dich warten.“

Paolo hob seinen Blick und sah Will an. „Ich weiß. Aber das hat sie nicht getan. Sie konnte nicht. Sie war in einem großen Haus in den Hügeln außerhalb der Stadt eingesperrt, bewacht von *i fascisti* – den Schwarzhemden. Der Mann, den sie heiraten musste, ist ein Führer der faschistischen Partei.“

„Wer hat sie dazu gezwungen, diesen Trottel zu heiraten?“

„Ihre Brüder. Alles, was sie interessiert, ist Macht und Geld. Sie zwangen sie, einen alten Mann zu heiraten. In seinen Sechzigern. Sie würde nie einen Mann wie ihn heiraten.“ Er knallte seine Tasse auf den Tisch und verschüttete einen Teil des Inhalts auf das gewachste Tischtuch, das ihn bedeckte. „Ein sehr schlechter Mann. Ihre Familie ist mit den Faschisten verstrickt.“

„Was ist passiert? Wie ist sie gestorben?“

„Es war *Colpa Mia*. Mein Fehler. Ich habe versucht, sie zu treffen. Ich bin zum Haus gegangen, aber sie haben mich nicht reingelassen. Vielleicht haben sie sie bestraft. Ich weiß es nicht. Oder vielleicht hat sie es selbst getan, weil sie mich gesehen hat.“

Will wartete und fürchtete sich vor dem, was sein Freund gleich sagen würde.

„Sie hat getan, was deine Schwester getan hat. Sie hat sich umgebracht, sich von einer Klippe gestürzt.“

Will legte seine Stirn in eine Handfläche. „Das tut mir so leid für dich, Kumpel. Das ist ja schrecklich.“

„Jetzt weißt du es. Wir werden nicht mehr darüber sprechen.“ Paolo wischte sich mit dem Handrücken über die Augen, nahm einen Schluck Tee und verzog das Gesicht. „Ekelhaft! *Madonna*!“ Er setzte ein gezwungenes Lächeln auf. „Was ist mit dir, Will? *Come stai?* Bist du immer noch auf dem Schiff, das nach Irland fährt?“

Will warf ihm einen reumütigen Blick zu. „Ja. Ich segle immer noch mit der *Arklow*. hin und her wie ein Jo-Jo. Auf dem Rückweg ist das Deck voll mit verdammtem Vieh. Es stinkt zum Himmel." Er begann, sich eine Zigarette zu drehen. „Aber das Schiff ist mir egal. Du wirst es nicht glauben, aber ich sitze im selben Boot wie du. Na ja, fast – tot ist sie allerdings nicht." Kaum waren die Worte heraus, verfluchte er seine eigene Taktlosigkeit. Warum war er Paolo gegenüber immer so rücksichtslos? Vielleicht lag es daran, dass er sich ihm so nah wie einem Familienmitglied fühlte.

„Was meinst du?"

„Ich habe mich Hals über Kopf in ein Mädchen verliebt, und ihr Vater hat sie gezwungen, einen anderen zu heiraten."

Paolo prustete seinen Tee heraus, sodass es gleich so spritzte. Er setzte seine Tasse wieder ab. „Wer? Wie? Wann?"

So erzählte Will ihm, wie er Hannah kennengelernt hatte, wie er sich vom ersten Augenblick an zu ihr hingezogen fühlte und sich dann auf eine Weise in sie verliebt hatte, wie er es noch nie zuvor erlebt hatte. „Mich hat es schlimm erwischt, Paolo. Richtig schlimm."

„*Non ci credo!*"

„*Du kannst mir ruhig* glauben."

„Gerade du! Was war immer dein Motto? Sie lieben und dann verlassen?"

Will grinste ihn an. „Nun, ich habe mich in sie verliebt. Hals über Kopf. Aber es nützt nichts, sie ist jetzt verheiratet und ich weiß nicht einmal, wo sie wohnt."

„Du liebst diese *Ragazza* wirklich?"

Will nickte und fühlte sich verlegen.

„Dann musst du um sie kämpfen."

„Aber ..."

„*Sag nicht Aber*. Glaub mir, Will, mein Freund, ich wünschte, ich wäre mit Loretta weggelaufen, als ich es konnte. Jetzt ist sie für immer für mich verloren."

„Ich habe keine verdammte Ahnung, wo Hannah ist. Und ich sagte doch, sie ist verheiratet."

„Aber wenn du diese Anna findest und sie dazu bringst, mit dir nach Irland zu gehen, kannst du sie dort heiraten? Es ist ein anderes Land."

„Mach dich nicht lächerlich, Kumpel. Man kann nur einmal heiraten. Auch in einem anderen Land. Und sie heißt Hannah, nicht Anna."

Paolo verdrehte die Augen und sagte dann: „Aber selbst in England ist es gegen das Gesetz, eine Frau zur Heirat zu zwingen. Oder?"

„Theoretisch, ja."

„*Va bene*. Dann könnt ihr zur Polizei gehen."

Will verzog das Gesicht. „Zuerst muss ich sie finden, dann einen Anwalt überzeugen, den Fall zu übernehmen. Ihr Vater wird Himmel und Erde in Bewegung setzen, um zu argumentieren, dass es eine freiwillige Ehe war, und ich bezweifle, dass Hannah und ihre Mutter in der Lage wären, ihm das Gegenteil zu beweisen."

„Wie das?"

„Weil er ein Mann der Kirche sein soll. Na ja, von irgendeiner Kirche. Das lässt ihn sehr glaubwürdig erscheinen. Aber noch wichtiger ist, dass er gewalttätig ist. Er hat Hannah schon einmal geschlagen und würde es wieder tun. Er hat ihrer Mutter den Arm gebrochen. Sie würden ein großes Risiko eingehen, wenn sie gegen ihn vorgehen."

„*Che bastardo!* "

„Du hast recht. Er ist ein richtiger Mistkerl. Und ein Bibelfanatiker. Er benutzt seine Religion als Deckmantel für sein gewalttätiges Verhalten."

„Bibelfanatiker. Was ist das?"

„Er spricht die ganze Zeit über Gott. Er glaubt, er habe eine Art göttliches Recht, zu entscheiden, wen seine Töchter heiraten. Er behauptet, Gott spricht zu ihm." Will schüttelte den Kopf und hob die Hände in Verzweiflung. „Er ist ein verdammter religiöser Irrer."

„Wie die Brüder von Loretta – nur dass ihre Religion Geld und nicht Gott ist." Paolo beugte sich vor. „*Caro*, Will, wenn du jetzt nicht versuchst, es zu verhindern, wirst du es für den Rest deines Lebens bereuen. Glaub mir."

Will schloss die Augen und versuchte, sich nicht vorzustellen, wie Hannah – gleich wie Loretta und Hattie – sich in den Mersey stürzte und ertrank. „Vielleicht hast du recht. Ihre Mutter ist eine anständige Frau. Ich verstehe mich gut mit ihr. Sie will, dass Hannah bei mir ist. Sie sagte mir, sie wolle uns helfen. Auch wäre sie bereit, sich dafür gegen ihren Mann zu behaupten. Vielleicht kann ich mit ihr reden und mehr über diese Scheinehe herausfinden."

„*Bravo!*"

„Was machst du später?"

„Ein Bier mit dir trinken, hoffe ich."

„Ich treffe dich im Baltic. Jetzt werde ich erst einmal mit Sarah sprechen – Mrs. Dawson."

„*In bocca al lupo!*"

„Hör auf, Italienisch zu sprechen, als ob ich es verstehen müsste." Will wusste, dass er genervt klang und es falsch war, seine Laune an seinem Freund auszulassen.

Paolos Bestürzung stand ihm ins Gesicht geschrieben. „Ich wollte dir nur viel Glück wünschen."

Will legte ihm eine Hand auf die Schulter. „Tut mir leid, Kumpel. Ich bin im Moment etwas gereizt."

„*Non fa niente* – ich meine, keine Sorge, es ist alles in Ordnung. " Der Italiener korrigierte sich schnell.

Während Will durch die Straßen ging, hoffte er inständig, dass Sarah Dawson ihm Informationen über den Verbleib ihrer Tochter geben könnte. Andernfalls wäre der Versuch, Hannah in einer Stadt von der Größe Liverpools zu finden, wahrscheinlich ein aussichtsloses Unterfangen geworden – zumal er die meiste Zeit auf See oder in Dublin war.

Er hoffte, dass sich Charles Dawson in weiter Ferne bei der Arbeit befinden würde, und verfluchte sich dafür, dass er nicht zuerst am Büro der Mortons vorbeigegangen war, um sich zu vergewissern. Er beschloss, vorsichtig zu sein, und ging zu der Gasse, die hinter der Häuserreihe verlief, wo er erleichtert feststellte, dass die Hausnummern an den Toren angebracht waren und das Tor zum Haus der Dawsons nicht verriegelt war. Er öffnete es vorsichtig und schlüpfte in den kleinen Hinterhof. Dort hockte er sich hinter den Kohlebunker und schlich dann langsam und leise zum Fenster der Spülküche. Sarah stand an der Spüle, direkt vor dem Fenster. Eine Welle der Erleichterung überkam ihn, also klopfte er leicht ans Fenster, woraufhin sie zusammenzuckte und sich zur Tür bewegte.

„Was tust du hier, Will? Ich habe dir gesagt, ich würde dich finden, wenn es etwas zu berichten gibt. Du musst gehen. Und zwar sofort." Er sah, dass ihr linkes Auge blau unterlaufen und aufgedunsen war. Es musste ein direkter Schlag gewesen sein.

„Hat er das getan?" Wut stieg in ihm auf wie Wasser in einem Brunnen.

„Geh. Jetzt. Bitte. Du machst es nur noch schlimmer." Ihre Augen flehten ihn an. „Ich weiß nicht, wo sie ist. Wenn ich es herausfinde, komme ich zu den Docks und sage es dir."

„Aber ich könnte auf See sein." Dann erinnerte er sich an Eddie. „Frag nach einem Hafenarbeiter namens Eddie O'Connor unten am Gladstone. Er ist normalerweise dort eingeteilt, kennt den Vorarbeiter und hat immer dort zu tun. Er ist ein Freund. Ich vertraue ihm. Du kannst ihm eine Nachricht hinterlassen, wenn ich nicht im Hafen bin."

Sie drückte bereits die Tür zu und sagte wortlos, dass ihr Mann im Haus sei.

Als er sich zum Gehen wandte, hörte er sie durch die Tür sprechen. „Da war eine streunende Katze im Hof, aber ich konnte sie vertreiben."

Einen Moment lang dachte Will daran, die Küchentür aufzustoßen, hineinzugehen und Dawson zur Rede zu stellen. Wenn der Tyrann eine Schlägerei wollte, konnte er sie mit einem Mann austragen, statt immer nur Frauen anzugreifen. Aber irgendetwas ließ ihn zurückschrecken. Den Mann mit ein paar Schlägen plattzumachen, würde Will zwar Befriedigung verschaffen, aber Sarah und Hannahs Schwester müssten mit den Konsequenzen leben. Es war besser, eine Lösung zu finden, wie man sie von Dawson wegbringen könnte oder ihn – vorzugsweise – hinter Gitter brachte. Und Dawson war die einzige Möglichkeit, herauszufinden, wo sich Hannah befand. Es ergab keinen Sinn, diese Möglichkeit zu verlieren.

❦

Es dauerte fast eine Woche, bis Will in den Hafen zurückkehrte. Paolo wartete am Hafen auf ihn, als die *Arklow an* ihren Liegeplatz fuhr.

Die Reise nach Dublin war miserabel gewesen, da er von Gedanken an das, was hätte sein können, heimgesucht worden war. Überall, wo er hinkam, stellte er sich vor, wie Hannah ihn begleitete. Als er die O'Connors aufsuchte, um ihnen mitzuteilen, dass ihre neue Untermieterin nicht kommen würde, weil sie einen anderen Mann geheiratet hatte, stand er vor offenen Mündern. Die Jungs wollten ihn mit in das Pub nehmen, um seinen Kummer zu ertränken, doch Will hatte kein Interesse. Er war an gar nichts interessiert.

Als er das Mietshaus verließ, lief Bridget ihm hinterher. Das Letzte, was er wollte, war ihr Mitleid – oder ihre Gebete –, da sie bisher nichts genutzt hatten. Doch sie wollte ihm weder eine Predigt halten, noch ihr vergangenes Angebot, in ihren Gebeten an ihn zu denken, auffrischen. Stattdessen nahm sie seine beiden Hände in die ihren und drückte sie. „Du bist ein guter Mann, William Kidd. Möge Gott über dich wachen." Dann drehte sie sich auf den Fersen um und lief zurück zum Haus der Familie.

Als er Paolo sah, der geduldig am Kai wartete, wurde ihm klar, dass der Italiener momentan der einzige Mensch war, mit dem er etwas Zeit verbringen wollte. Auch Paolo hatte die Frau verloren, die er liebte. Ihre Situationen wiesen bemerkenswerte Parallelen auf.

„Vielleicht sind wir beide verflucht", meinte der Italiener später, als sie in der Kneipe saßen und keiner dem anderen viel zu sagen hatte, da beide wussten, dass Worte zwischen ihnen nicht mehr nötig waren. „Vielleicht ist ein böser Geist an Bord gekommen und hat diese Schwierigkeiten über uns gebracht."

„Sei nicht dumm."

„In Afrika glaubt man an solche Dinge. In Italien auch. Auch wenn uns der Priester sagt, dass solche Gedanken das Werk des Teufels sind."

Will sah von seinem Bier auf. „Die einzigen Teufel, an die ich glaube, sind Hannahs Vater und die Brüder deiner Loretta."

Hai ragione. Du hast recht."

Sie verfielen wieder in Schweigen.

Keiner der beiden bemerkte, wie sich Jake Cassidy näherte, bis Will eine Hand auf seiner Schulter spürte. Der ehemalige Bootsmann zog einen Stuhl heran, drehte ihn um und setzte sich mit verschränkten Armen und gespreizten Beinen rücklings auf den Sitz. „Guten Tag, meine Lieben", sagte er sarkastisch. „Schön, euch beide hier zu sehen. Ich dachte, du wärst zurück ins Itaka-Land gegangen, Turney-bainy. Wie wäre es, wenn du mir ein paar Minuten mit meinem Kumpel hier gibst? Wir Aussies haben einiges nach-zuholen."

Paolo wollte aufstehen, doch Will legte ihm eine Hand auf den Arm. „Bleib sitzen, mein Freund." Er sah Cassidy an. „Du bist nicht mein Kumpel. Und wie kommt es, dass du nicht im Gefängnis sitzt?"

„Du hast zwar nichts dazu beigetragen, Kidd, aber die Richter waren der Meinung, dass ein aufrechter Mann wie ich, der nicht vorbestraft ist, es nicht verdient hat, ruiniert zu werden. Und komischerweise ist keiner der Zeugen vor Gericht aufgetaucht." Er blinzelte. „Die Nasen mussten mich mit einer Verwarnung davonkommen lassen."

„Also, was willst du von mir?"

„Die Frage ist viel mehr, was ich für *dich* tun kann. Ich habe etwas für dich, einen Brief von einer jungen Dame. Sie bat darum, dass du ihn so schnell wie möglich erhältst. Meinem Freund zufolge war sie sehr besorgt." Er holte einen Umschlag aus seiner Jackentasche, hielt ihn Will entgegen und zog ihn weg, als dieser ihn entgegennehmen wollte. „Sie ist mit einem Freund von mir verheiratet. Ihr Name ist Hannah. Ich habe gehört, sie wäre ein hübsches Mädchen. Klingt viel zu gut für jemanden wie dich. Nicht die Art von Puppe, die ihre Zeit mit einem Mann verbringen sollte, dessen Vater wegen Mordes gehängt wurde, der der Bruder eines zuge-dröhnten Mädchens war, das sich das Leben genommen hat, und dessen Bruder so verdorben war, dass sein eigener Vater ihm in den Rücken schoss. Nein, das ist nicht die Art von Familie, mit der eine nette junge Dame in Verbindung gebracht werden sollte." Er schüttelte den Kopf in pantomi-mischer Ernsthaftigkeit. „Deshalb hat sie meinen Freund geheiratet." Er fuchtelte mit dem Brief in der Luft herum.

Will widerstand dem Drang, ihm den Umschlag aus den Händen zu reißen. Er wusste nur zu gut, dass Cassidy genau das wollte – und ebenso gut, dass der ehemalige Bootsmann ihn wieder wegziehen würde, sollte er das wagen. Er beschloss, geduldig abzuwarten, auch wenn jede Faser seines Wesens sich danach sehnte, Hannahs Brief in die Hände zu bekommen – und Jake Cassidy zu verprügeln wäre ein willkommener Bonus. Er lehnte sich zurück, verschränkte die Arme und wartete.

Frustriert wandte sich Cassidy an Paolo. „Wusstest du, dass er versucht hat, eine Frau aufzureißen? Wollte sie heiraten, aber sie hatte andere Vorstellungen, hat deswegen einen gutaussehenden Kerl geheiratet, lebt in einem großen Haus. Hat eine Menge Geld. Ich vermute, sie hat mit deinem Freund Kidd hier nur gespielt."

Paolo sagte nichts, da er sich an Wills Schweigen orientierte.

Als Cassidy merkte, dass dies zu nichts führte, stand er auf und stieß dabei seinen Stuhl um. Er spuckte auf den mit Sägemehl bedeckten Boden. „Mein Freund soll ein echter Hengst sein. Deine Freundin bekommt viel davon. Er sagte mir, dass sie nicht genug davon bekommen kann." Cassidy vollführte eine plumpe Pantomime des Sexualakts, indem er seine Hüften schnell vor und zurück schob. Will sprang wütend auf.

Paolo jedoch trat zwischen die beiden Männer, bevor Will zum Schlag ausholen konnte. „*Basta*! Genug!" Er stieß Will zurück in seinen Stuhl und stellte sich Cassidy gegenüber. „*Vai a fare in culo, stronzo*." Weder Cassidy noch Will noch irgendjemand um sie herum brauchte eine Übersetzung. Die Intention war klar.

Vielleicht erinnert an seine Nacht in der Zelle und sein knappes Entkommen vor Gericht, trat Cassidy zurück. Er warf den Brief auf den Tisch. „Lies ihn und weine, du Mistkerl!" Dann verschwand er.

Erst da bemerkte Will, dass in der ganzen Kneipe Stille herrschte – alle hatten das Drama verfolgt. Er sah Paolo an.

Der Italiener leert den Rest seines Bieres und sagte: „Trink aus. Wir gehen."

Paolo wohnte in der Seemannsherberge, also gingen die beiden Freunde dorthin. Der Gemeinschaftsraum war fast leer, die meisten Männer befanden sich zweifellos in den örtlichen Gaststätten oder drüben im Atlantic House. Der einzige Anwesende war ein alter Marinesoldat, der in der Ecke schnarchte.

Ungeduldig riss Will den Umschlag auf, um zu lesen, was Hannah geschrieben hatte, in der Hoffnung, sie würde ihm darin mitteilen, wo sie war, damit er sie aufsuchen konnte. Im Moment war die Tatsache, dass sie verheiratet war, unerheblich. Er musste sie von diesem Ehemann wegholen, sie sicher nach Dublin bringen, und dann würden sie nachforschen, wie sie die Ehe annullieren lassen könnten. Mit klopfendem Herzen begann er zu lesen.

> Lieber Will,
>
> ich nehme an, du hast inzwischen gehört, dass ich geheiratet habe. Als wir uns das letzte Mal trafen, sagte ich, ich wolle nicht dem Wunsch meines Vaters folgen und den Mann heiraten, der nun mein Ehemann geworden ist. Das war, bevor ich Sam getroffen habe. Als ich ihn näher kennenlernte, änderte ich meine Meinung. Er ist ein netter Mann, gutaussehend, wohlhabend, und als wir uns kennenlernten, haben wir uns sofort verstanden. Starke Gefühle.
>
> Wir beide hatten kaum Zeit, uns kennenzulernen, und jetzt, wo ich die Gelegenheit hatte, darüber nachzudenken, bin ich zu dem Schluss gekommen, dass unsere Beziehung keine Zukunft hatte. Als Seemann wärst du nicht in der Lage gewesen, mir das Zuhause und die Stabilität zu geben, die

ich brauche. Auch deine familiären Umstände haben mir einige Sorgen bereitet.

Du bist ein guter Mann und ich bin sicher, dass du, wie meine Tante dir einmal sagte, eines Tages jemanden finden wirst, mit dem du dich niederlassen kannst. Ich bedaure, nicht diese Person zu sein. Meine Aufregung darüber, dass du Tante Elizabeth kennst, hat mein Urteilsvermögen getrübt.

Bitte versuche nicht, mich zu finden und meine Meinung zu ändern. Ich bin sehr glücklich mit meinem neuen Leben und meinem Mann.

Mit freundlichen Grüßen
Hannah.

KEINE ADRESSE. KEIN HINWEIS DARAUF, WO SIE WAR. Will starrte auf die Seite, auf die saubere Handschrift, die formschöne Unterschrift. Das konnte nicht von Hannah sein. Wie war das möglich? Wie konnte sie ihre Meinung so grundlegend und vollständig geändert haben? Hatte jemand sie gezwungen, das zu schreiben? Er las noch einmal. Als er die Worte in sich aufnahm, wurde ihm klar, dass es vielleicht tatsächlich die Wahrheit war. Er hatte ihr nichts anderes zu bieten als seine Liebe. Diese Liebe war bedingungslos, und hier war der Beweis, dass ihre es nicht war. Konnte er ihr verübeln, dass sie einen Mann, der die meiste Zeit auf See verbrachte, nicht heiraten wollte? Er erinnerte sich daran, was Mrs. O'Connor gesagt hatte, als Will sie zum ersten Mal getroffen hatte: *„Das Meer ist eine harte Geliebte. Es gibt nicht viele Frauen, die bereit sind, einen Mann mit ihr zu teilen."* Und seine Überlegungen, Hannah mit nach Australien oder nach Amerika zu nehmen ... Wie war er auf die Idee gekommen, sie würde das wollen? Von ihr zu erwarten, um die halbe Welt zu reisen und sich ein neues Leben aufzubauen, so weit weg von ihrer Mutter, ihrer Schwester und allem, was sie je gekannt hatte, war absurd. Dann wurde ihm klar, dass er diese Option nicht einmal mit ihr besprochen hatte – so wenig Zeit hatten sie miteinander verbracht. So viele ihrer Unterhaltungen hatten nur in seinem Kopf stattgefunden. Sie hatten so wenig Zeit gehabt, um über die Zukunft zu sprechen, außer dass sie sich einig waren, dass sie sie gemeinsam verbringen wollten.

Und doch – wie war es möglich, dass sie sich in so kurzer Zeit so sehr verändert haben konnte? Als sie ihm in die Augen geblickt hatte, war Will sich sicher gewesen, dass er darin ihre Liebe erkennen konnte. Seine eigenen Gefühle für sie waren unverkennbar. Vollkommen. Unveränderlich.

Aber er hatte diesen Fehler schon einmal gemacht. Vor all den Jahren hatte er sich eingeredet, dass Hannahs Tante romantische Gefühle für ihn haben könnte, und er war eines Besseren belehrt worden – warum sollte es also nicht jetzt wieder so sein? Vielleicht war er der Liebe einer Frau nicht würdig. Vielleicht gab es etwas an ihm, das Hannah plötzlich misstrauisch gemacht und sie vertrieben hatte. Etwas, das sie veranlasst hatte, gerade zu dem Zeitpunkt zurückzuschrecken, als er dachte, sie hätte ihm ihr Herz geschenkt.

Gab es etwas in ihm, das ihn unwürdig machte, und sowohl Elizabeth als auch Hannah hatten es gesehen? Es war falsch von ihm, den Vergleich zwischen Hannah und ihrer Tante zu ziehen: Elizabeth hatte nie das geringste Anzeichen für etwas anderes als eine mütterliche Liebe zu ihm gezeigt, die Wärme von Freundschaft und Zuneigung – aber niemals romantische Liebe. Die hatte es nur in seinem Kopf gegeben. Jugendliebe. Verliebtheit. Hannah war anders. Sie hatte seine Küsse mit Leidenschaft erwidert. Sie hatte ihm auch ihre Liebe erklärt. Und würde ihr Vater nicht alles tun, um sie daran zu hindern, gegen seinen

Willen zu handeln? Wurde dieser Brief unter Zwang geschrieben?

Als er aufschaute, sah er, dass Paolo ihn aufmerksam beobachtete. Er reichte ihm den Brief. „Lies ihn.“

Paolo blickte erstaunt drein. „*Ma non posso*. Das ist doch privat, oder?“

„Lies ihn“, wiederholte er. „Da steht nichts, was dich in Verlegenheit bringen könnte. Das sind meine Entlassungspapiere. Ich bin kein brauchbares Material für einen Ehemann.“ Er lehnte sich in seinem Sitz zurück, atmete aus und starrte gedankenverloren an die Decke.

Paolo sah verwirrt aus und las langsam den Brief. „Ich verstehe nicht alles, einige Worte, ... aber es scheint schlimm zu sein.“

„Ich verstehe das *überhaupt* nicht. Und ja, es *ist* schlimm. Sehr schlimm. Schlimmer könnte es nicht sein.“

Er nahm den Brief erneut in die Hand und las ihn noch einmal. Er war sich sicher: wäre er unter Zwang geschrieben worden, hätte sie ihm sicher einen Hinweis gegeben. Etwas, das nur ihm klarmachte, dass die Worte nicht von ihr stammten. Das neuerliche Lesen brachte keine solche Hoffnung mit sich. Keine geheime Botschaft, die in den geschriebenen Worten verschlüsselt war. Sie hatte ihn aus freien Stücken verlassen. Er hatte geglaubt, sie zu kennen, dennoch hatte sie nun eine Entscheidung auf materieller Basis getroffen. Um zu überleben. Um eine Chance auf eine bessere Zukunft zu haben, als er sie ihr bieten konnte. Er sackte in seinem Stuhl zurück, eine schreckliche Leere höhlte ihn innerlich aus, saugte seine Hoffnungen und sein Glück ab und hinterließ eine leere Hülle.

Paolo sah ihn an, und seine dunklen Augen verrieten, dass er um seinen Freund trauerte. Sofort ballte Will die Fäuste und zog seinen emotionalen Schutzpanzer an. Was hatte ihn dazu veranlasst, sich vom ersten Moment an so hineinzusteigern? Er stieß ein trockenes Lachen aus. „Tja, mal gewinnt man, mal verliert man."

Stirnrunzelnd sah der Italiener ihn an, da er diese Angeberei offensichtlich durchschaute. „Es tut mir leid, *amico mio*. Ich weiß nicht, was ich sagen soll."

Will sprang auf. „Du brauchst nichts zu sagen, Kumpel. Lass uns einfach gehen und uns betrinken."

Die beiden Männer machten sich auf den Weg zu einer nahegelegenen Kneipe, beschlossen aber angesichts der hohen Preise und ihres Wunsches, ihre Sorgen zu ertränken, dass das billige Bier im Atlantic House die bessere Wahl sein würde.

Will war entschlossen, das Geschehene zu verdrängen – Mitleid war das Letzte, was er wollte. Doch er wusste, dass er Paolo nichts vormachen konnte. Seine erzwungene Nonchalance hatte den Italiener offensichtlich nicht überzeugt.

Er bemerkte, dass er seinen Freund eigentlich beneidete. Während sie beide geliebt und verloren hatten, hatte Paolo wenigstens nicht den schrecklichen Schmerz erlitten, dass seine Geliebte sich für einen anderen entschieden hatte. Während Loretta in die Ehe gezwungen worden war, hatte Hannah – sollte Will den Worten des Briefes Glauben schenken dürfen – sie mit offenen Armen empfangen. Paolo war sich darüber im Klaren, dass Loretta ihn so sehr geliebt hatte, dass sie sich das Leben nahm. Müsste er jedoch wählen, Hannah lebend, aber getrennt von ihm, oder tot zu sehen, wollte er, dass sie lebte. Er hoffte für sie, dass sie so glücklich war, wie es der Brief andeutete, sosehr sich das auch anfühlte, als würde jemand mit einem Messer in sein Herz schneiden.

Diesen Abend wurde im Atlantic House nicht getanzt – Männer spielten Snooker und drängten sich in der Bar, um das billige Bier und die Gesellschaft der ortsansässigen Mädchen zu genießen. Pastor O'Driscoll war, wie immer, sehr präsent. Er nickte Will zur Begrüßung zu, der drei Glas Bier bestellte und eines davon über die Theke zum Priester bringen ließ.

Will und Paolo fanden einen Tisch in der Ecke, abseits des Gedränges. Während Will sein Bier trank, wurde er immer melancholischer und fatalistischer. Er war ein Narr, dass er an Hannahs Liebe zu ihm geglaubt hatte.

Paolo beugte sich über den Tisch und erhob seine Stimme über das Getümmel. *„Ho deciso,* Will. Ich habe mich entschieden. Ich unterschreibe, wieder mit der *Christina zu* segeln", sagte der Italiener. „Sie wird nächste Woche das Trockendock verlassen. *Tutto pronto.* Wir segeln über das Kap zurück nach Ostafrika."

Will antwortete nicht.

„Il Capitano Palmer hat mich gefragt, ob du auch kommst. Bitte, Will. *Vieni, vieni con me*! Lass uns zusammen nach Afrika gehen. Lassen wir diese ganze Traurigkeit hinter uns. Diese ganze Scheiße. Wir werden beide die Vergangenheit und die Frauen, die wir verloren haben, vergessen. Wir lassen sie zurück und beginnen ein großes neues Abenteuer. Was denkst du, Will, mein Freund?"

Will dachte einen Moment lang nach und trank dann den Rest seines Bieres aus. „Du hast gewonnen, mein Freund. Ich bin dabei. Ich kann es nicht ertragen, noch einmal nach Irland rüberzufahren. Lass uns dorthin gehen, wo jeden Tag die Sonne scheint."

Paolo beugte sich über den Tisch, nahm Wills Kopf zwischen seine Hände und drückte seinem Freund einen freundschaftlichen Kuss auf die Stirn.

„Immer mit der Ruhe, Kumpel. Wir sind nicht in Italien." Er schob sein leeres Bierglas in Richtung Paolo. „Jetzt lass uns noch ein Bier trinken."

❧ 23 ❧

KAPITEL DREIUNDZWANZIG

Hannah schlief schon, als Sam nach Hause kam. Das Geräusch der sich öffnenden Schlafzimmertür weckte sie. Er stand am Fußende des Bettes, und obwohl es stockdunkel war und sie nur seine Umrisse erkennen konnte, wusste sie sofort, dass etwas nicht stimmte.

„Was ist los, Sam?"

Sie griff nach der kleinen Lampe auf dem Nachttisch und knipste sie an. Keuchend vor Schreck kroch sie an das Ende des Bettes, wo er mit gesenktem Kopf stand.

„Was ist passiert? Deine Jacke ist ja zerrissen."

Er hob den Kopf und sie keuchte erneut. Sein Gesicht war rot und geschwollen und seine Lippe war aufgeplatzt. Morgen würde er einen riesigen Bluterguss haben. Am Bettende kniend hob sie eine Hand, um sein Gesicht zu berühren. Er zuckte zusammen und wich zurück.

„Wer hat dir das angetan, Sam?"

Er ging um das Fußende des Bettes herum und setzte sich auf seine Bettseite. Sie schwang ihre Beine hinüber und setzte sich neben ihn.

„Jake." Er gab einen leisen, schluchzenden Laut von sich.

„Warte hier", sagte sie. „Im Badezimmerschrank gibt es Hamamelis und Jod."

Sie kam mit den Fläschchen zurück, zog das Taschentuch aus seiner Brusttasche, tränkte es mit Hamamelis und begann, sein Gesicht zu betupfen.

„Warum?", fragte sie schließlich. „Warum hat er dir wehgetan?"

Sam schloss die Augen. „Ich habe ihm deinen Brief gegeben, und er sagte, er kenne deinen Freund und würde dafür sorgen, dass er ihn bekommt. Wir verabredeten uns für später an unserem üblichen Treffpunkt – einem stillgelegten Lagerhaus im Hafenviertel. Als er auftauchte, war er betrunken und wütend." Er beugte sich vor und stützte den Kopf in die Hände. „Ich habe versucht, ihn zu beruhigen, weil ich nicht wusste, warum er so wütend war. Ich wollte ihn wissen lassen, dass ich für ihn da bin, egal was passiert." Er gab einen erstickten Laut von sich, als er versuchte, das Schluchzen zu unterdrücken. „Ich habe ihm gesagt, dass ich ihn liebe."

Hannah griff nach Sams Hand und drückte sie.

„Zuerst hat er nichts geantwortet. Für einen kurzen, magischen Moment dachte ich, er würde sagen, dass er dasselbe empfindet, doch das tat er nicht. Er hat überhaupt nichts gesagt. Er holte einfach mit dem Arm aus und schlug mir ins Gesicht. Ich war so schockiert, dass ich mich nicht bewegen konnte. Ich landete auf dem Boden, prallte gegen einige Getreidesäcke. Dann hat er mich getreten. Als ob er beim Fußball einen Elfmeter schießen und den Ball direkt ins Netz hämmern wollte. Hier." Er zeigte auf seinen linken Oberschenkel. „Zweimal. Dann ertönte das Nebelhorn eines Schiffes und er rannte weg, ließ mich auf dem Boden liegend zurück. Es tat so weh, dass ich nicht einmal weiß, wie ich es bis zum Taxistand geschafft habe, um nach Hause zu kommen."

Sie forderte ihn auf, seine Hose auszuziehen. Die Haut an

seinem Oberschenkel blühte bereits zu einem riesigen Bluterguss auf, der wie eine Chrysantheme aussah. Trotz der Hose war die Haut aufgesprungen, und am ganzen Bein klebte reichlich getrocknetes Blut. Hannah betupfte die Wunden mit dem Jod. „Jetzt leg dich hin und versuche zu schlafen. Soll ich dir einen Kakao machen?"

Sam schüttelte den Kopf. „Danke, Hannah. Ich bin so froh, dass ich dich habe. Deine Liebenswürdigkeit ist im Moment das einzig Positive in meinem Leben." Er schlüpfte unter die Decke. Sie legte sich auf die andere Seite des Bettes. „Darf ich dich halten?", fragte er. „Nur, bis ich eingeschlafen bin?"

„Natürlich darfst du das", flüsterte sie und knipste das Licht aus. Er legte einen Arm um ihre Taille und atmete bald den schweren Rhythmus des Schlafes. Hannah blieb wach und starrte in die Dunkelheit des Schlafzimmers. Sie wünschte sich, es wäre Wills Arm, der da um sie lag, denn sie wusste, wenn es so wäre, würde keiner von ihnen schlafen.

❧

MIT DER ZEIT UND DEM VERSUCH, NICHT MEHR ÜBER IHRE unmögliche Situation, ihre verlorene Liebe und ihre düstere Zukunft nachzudenken, stürzte sich Hannah voll und ganz in die Aufgabe, Laurel House in einen besseren Zustand zu bringen. Nance Cunningham hatte nicht übertrieben, als sie gesagt hatte, sie mache nicht gern die Hausarbeit. Die Fenster waren wahrscheinlich nicht mehr geputzt worden, seit die Frau des Pastors gestorben war. Das Bad war mit einem Film von Schmutz überzogen und die Toilette war besudelt und stank. Auf allen Oberflächen hatte sich Staub angesammelt, und in den Ecken der Decken hingen Spinnweben. Es gab Anzeichen für das Vorhandensein von Mäusen, die wahrscheinlich nur durch das häufige Eindringen der

Katze in Schach gehalten wurden, der sie am ersten Tag begegnet war und von der sie jetzt wusste, dass sie dem älteren Mann gehörte, der nebenan wohnte.

Nance, die sich offensichtlich nach Gesellschaft und Konversation sehnte, folgte Hannah gern von Zimmer zu Zimmer, setzte sich auf einen Stuhl oder lehnte sich an die Fensterbank und beobachtete sie bei der Arbeit, während sie die eine oder andere Zigarette rauchte. Nicht ein einziges Mal bot sie an, ihr zu helfen, aber sie brachte immer wieder Tee und ging gelegentlich sogar so weit, eine Dose Sardinen zu öffnen oder Käsetoast zu machen, damit sie gemeinsam zu Mittag essen konnten. Ihre Faulheit berührte Hannah nicht, die froh war über den Trost, den sie in der körperlichen Betätigung fand, und die Ablenkung, die Nances Monologe ihr boten. Die Frau zeigte kaum Interesse an Hannah oder ihrer Herkunft, zögerte aber nicht, ihre eigene Lebensgeschichte im Detail zu erzählen. Sie erzählte Hannah, dass sie ihren Jugendfreund geheiratet hatte, sobald er nach dem Waffenstillstand aus dem Kriegsdienst entlassen worden war, doch jener Junge, der in den Krieg gezogen war, war nicht der Mann gewesen, der zurückkehrte. Ihr Mann war zwar körperlich unversehrt geblieben, aber sein fröhliches Wesen hatte sich in düstere Stimmung, eine Neigung zu starkem Alkoholkonsum und daraus resultierende Aggressionen verwandelt, die er an seiner Frau ausließ.

Eines Morgens überraschte Nance sie, indem sie Hannah fragte, wie sie mit ihrem neuen Mann zurechtkomme.

„Gut", antwortete Hannah und sah überrascht auf.

„Habt ihr es schon getan?"

„Was getan?"

„Sex gehabt."

Hannah starrte sie verblüfft an.

„Ich nehme an, du denkst, es geht mich nichts an, und du

hast recht, das tut es auch nicht, aber ich bin eben neugierig. Das liegt in meiner Natur."

„Dann musst du neugierig bleiben. Was zwischen einem Ehemann und einer Ehefrau passiert, sollte privat sein."

Nance schnaubte. „Das heißt dann wohl Nein."

Hannah drehte ihr den Rücken zu und polierte weiter den hölzernen Esstisch.

„Dass er eine Schwuchtel ist, weißt du doch, oder? Das musst du doch inzwischen herausgefunden haben. Eine Tunte – obwohl mir nicht klar ist, woher der Begriff stammt." Ihr Lachen klang wie ein kleines Trillern. „Wobei ich persönlich nichts gegen sie habe. Jedem das Seine. Ich verurteile sie nicht. Und Sam hat mir immer leidgetan mit diesem Vater, der ihm eingeredet hat, dass er für immer in der Hölle schmoren wird. Letztendlich muss das einen Mann doch zermürben. Seine Lebensgeister beeinträchtigen. Ich nehme an, deshalb hat er auch zugestimmt, dich zu heiraten. Nichts für ungut, wohlgemerkt."

Hannah würde den Köder nicht schlucken. Sie ging hinüber, um die Anrichte abzustauben und zu polieren.

Obwohl sie nicht geantwortet hatte, fuhr Nance fort. „Ich glaube nicht an die Hölle, aber eines sage ich dir: Sollte es eine Hölle geben, dann wird es nicht Sam sein, der dort schmoren wird – er hat noch nie jemandem etwas zuleide getan. Oh nein." Sie schüttelte übertrieben den Kopf. „Die wahren Perversen sind Männer wie sein Vater und wie deiner. Sie sind sehr gut darin, ihre Sünden vor der Welt zu verbergen. Doch sollte es ihren Gott geben, können sie sich nicht vor ihm verstecken. Er ist dazu bestimmt, alles zu sehen. Weiß Gott, warum sie das in Anbetracht auf sich selbst vergessen." Sie lachte wieder, diesmal leiser.

„Was meinst du damit?" Jetzt hatte Hannahs Neugierde gesiegt.

„Als Amos Henderson mich bat, nur noch für ihn zu

arbeiten und hierherzuziehen, schlug er vor, dass ich mich auch um deinen Vater kümmern sollte. Nicht zu dritt, wohlgemerkt – seine Lordschaft teilt nicht gerne. Ich glaube, er wollte deinem Vater einen Gefallen tun. Aber perverses Zeug ist eine Sache, Schmerz und Gewalt eine ganz andere. Ich habe nichts dagegen, wenn man mir den Hintern versohlt – auch wenn der feine Herr lieber derjenige ist, der den Hintern versohlt bekommt, als dass er es selbst tut. Er hat Freude daran, diszipliniert zu werden." Sie kicherte vor sich hin. „Ich muss die Rolle seiner Mutter spielen und so tun, als wäre er ein böser Junge gewesen. Er mag es, wenn ich ihn mit einem Rohrstock oder einem Lineal schlage, bis er so erregt ist, dass er seinen kleinen Schwanz hochbekommt. Aber er ist mir gegenüber nicht gewalttätig. Nicht wie dein alter Herr."

„Das verstehe ich nicht. Was ist mit meinem Vater?"

„Sieh mal, Liebes, ich weiß, dass er dein Vater ist, aber er ist ein verdammter Sadist, nicht wahr? Dagegen wirkt mein Mann wie ein Lämmchen."

Hannah legte ihren Staubwedel ab. „Woher wusstest du, dass er mich und meine Mutter geschlagen hat? Wer hat dir das gesagt?"

Nance pfiff. „Ich wusste es nicht, Püppchen. Es tut mir leid, das zu hören. Und ich bin froh, dass du von ihm weggekommen bist. Hier bist du in Sicherheit. Sam wird nie die Hand gegen dich erheben. Und der alte Mann auch nicht."

„Aber, was hast du damit gemeint, dass er ein Sadist ist? Und damit, dass Mr. Henderson dich gebeten hat, dich auch um meinen Vater zu kümmern?"

Nance schürzte die Lippen, seufzte und sagte dann: „Na gut. Ich kann es dir genauso gut sagen. Dein Vater war früher einer meiner Kunden – bevor ich exklusiv für den alten Henderson zu arbeiten begann. Am Anfang war es ganz in Ordnung. Er war nicht schlimmer als jeder andere Kunde, obwohl er gerne Bibelstellen schrie, wenn er kam. Das hat mich jedoch nie gestört. Jedem das Seine." Sie kniff die Augen zusammen. „Eines Abends – er saugte gerade an meinen Titten wie ein hungriges Baby – biss er mir in den Nippel. Hat mir fast die Brustwarze abgerissen. Wie das geblutet hat. Und es dauerte Ewigkeiten, bis es wieder aufhörte. Das wollte ich mir nicht gefallen lassen. Nicht mal ansatzweise."

Hannah keuchte, Übelkeit stieg in ihr auf. Sie sackte in einen der Stühle.

„Das war's. Das würde kein zweites Mal vorkommen. Und ich war nicht die Einzige. Jedes Mädchen, mit dem er sich traf, beschwerte sich. Am Ende bekam er Hausverbot, weil es niemand mehr mit ihm machen wollte. Ich weiß nicht, wo er jetzt hingeht, um zu bekommen, was er will."

Das war alles zu viel für Hannah. In nur kurzer Zeit hatte sie mehr über sexuelle Perversion gelernt, als sie sich vorstellen konnte oder wollte. Die Vorstellung, dass ihr eigener Vater zu Prostituierten ging, war abscheulich. Wie lange ging das schon so? Wusste ihre Mutter davon? Sarah hatte ihr erzählt, dass er ihr früheres Dienstmädchen belästigt hatte, aber nichts über Prostituierte und zwanghafte Gewalt erzählt. Kein Wunder, dass ihre Mutter besorgt war über die Art, wie er Hannah manchmal angesehen hatte. Dieser Mann war offensichtlich zu allem fähig. War Judith sicher, unter demselben Dach wie er? Sie sprang auf, rannte in die Spülküche und erbrach sich in die Spüle.

In dieser Nacht weinte sich Hannah in den Schlaf und war dankbar, dass Sam noch unterwegs war und ihren Kummer nicht miterleben musste.

Nachdem die Männer des Hauses am nächsten Morgen das Haus verlassen hatten, sagte sie zu Nance, dass sie einkaufen gehen würde.

„Nein, das wirst du nicht, Liebes. Ich muss es verdammt

noch mal tun. Seine Lordschaft sagt, du darfst das Haus nicht verlassen."

Hannah keuchte. „Aber es gibt Dinge, die ich besorgen muss."

„Sag mir was, und ich werde sie auf die Liste setzen."

„Du willst mir damit sagen, dass ich in meinem eigenen Haus gefangen gehalten werde?"

„Ich nehme an, das tue ich. Strenge Anweisungen. Nur, bis du dich eingewöhnt hast." Sie sah nachdenklich aus. „Ich vermute, er hat Angst, dass du nach Hause zu deiner Familie rennst."

Hannah spürte, wie sie errötete. War es so offensichtlich? Natürlich war es das.

„Allerdings wärst du eine ziemlich dumme Nuss, wenn du das versuchen würdest. Du weißt, dass dein Vater mit Henderson unter einer Decke steckt. Und bei dem, was wir alle über Mr. Charles Dawsons Temperament wissen, bin ich mir sicher, dass du nicht mit seiner Faust konfrontiert werden willst."

Hannah zuckte zusammen.

„Sie werden dich auf Schritt und Tritt beobachten. Mein Rat an dich, Kleines, ist, Geduld zu üben, bis die Kerle dir vertrauen, bevor du irgendeinen Versuch startest. Vorausgesetzt, du willst es dann immer noch tun, was, wenn du nur halbwegs bei Verstand bist, nicht der Fall sein wird. Du und Mister Schönling scheint euch gut zu verstehen, und zumindest wird dir hier niemand eine Tracht Prügel verpassen. Und vergiss nicht, unser alter Henderson hat eine Menge Geld, das eines Tages an Sammy Boy gehen wird. Du musst lernen, auf lange Sicht zu planen, Mädchen."

„Ist es das, was du tust?"

„Vielleicht ist es das. Aber das ist meine Sache." Dann entspannte sie sich ein wenig und verzog ihr Gesicht zu einem verschwörerischen Lächeln. „Ich habe faktisch dafür gesorgt, dass er mich berücksichtigt."

„Berücksichtigen?"

„In seinem Testament." Sie zündete sich eine Zigarette an. „Ein netter kleiner Notgroschen und ein kleines Taschengeld, damit ich noch mal neu anfangen kann. Genug, um mir ein kleines Haus am Meer in Southend zu kaufen." Es dauerte einen Moment, bis Hannah begriff, was sie meinte, da Nance den Namen „Sarfend" aussprach."

„Kommst du von dort?"

„Nein, aber ich war vor dem Krieg einmal mit meinem Mann dort, als er sich um meine Liebe bemühte. Es ist wunderschön. Dort gibt es einen Pier, der angeblich der längste im ganzen Land ist – er erstreckt sich kilometerweit über das Meer. Ich und mein Alf haben dort Herzmuscheln an einem Verkaufsstand gegessen. Vielleicht werde ich das später mal machen – einen Herzmuschelstand eröffnen. Ich könnte nachts durch die Kneipen ziehen und sie verkaufen. Ein netter kleiner Verdienst." Sie blies eine Reihe von Rauchringen, dann grinste sie. „Und kein verdammter Sex mehr!"

Hannah bot an, eine weitere Kanne Tee zu kochen.

„Nur zu, Puppe, lass dich nicht aufhalten!"

Als sie den frisch gebrühten Tee tranken, beugte sich Hannah vor und sagte: „Kann ich dich um einen besonderen Gefallen bitten, Nance?"

„Kommt darauf an, was es ist? Die Antwort ist Nein, wenn es darum geht, dich aus dem Haus zu lassen, Mädchen."

„Darum geht es nicht. Gibt es eine Bibliothek in der Nähe?"

„Woher zum Teufel soll ich das wissen? Sehe ich aus wie jemand, der seine Zeit mit dem Lesen von Büchern verschwendet?"

„Das vielleicht nicht, aber du musst doch hier in der Nähe

schon einmal an einer vorbeigekommen sein. Bitte denk nach."

Nance schloss die Augen, drückte ihre Zigarette aus und griff nach der Schachtel, um sich eine neue zu nehmen. „Hmm, wenn ich so darüber nachdenke, weiß ich vielleicht doch, wo es eins gibt. Sie hat diese schicken Säulen draußen. Ich gehe daran vorbei, wenn ich zum Bingo gehe. Warum fragst du?"

„Ich habe mich gefragt, ob du ein paar Bücher für mich ausleihen könntest."

„Bücher? Seine Lordschaft mag keine Bücher. Er will sie nicht im Haus haben. Als er herausfand, dass Sam einen Vorrat im Lüftungsschrank versteckt hatte, bekam er einen Anfall. Man könnte meinen, der Lüftungsschrank wäre Sodom und Gomorrha. Er hat sie alle ins Feuer geworfen."

Das Verbrennen von Büchern war also eine Leidenschaft, die Henderson mit ihrem Vater teilte – und mit Adolf Hitler. Sie zitterte.

„Ich hatte gehofft, du würdest sie für mich in deinem Schlafzimmer verstecken. Du hast gesagt, dass er da nicht hineingeht."

Nance zog an ihrer Zigarette und dachte nach. „Was springt für mich dabei heraus?"

Hannah starrte ins Leere. In Nances Welt musste es für alles eine Gegenleistung geben – auch wenn sie es wahrscheinlich als „du kratzt mir den Rücken und ich kratze dir den Rücken" beschreiben würde. Sie sagte: „Ich weiß es nicht. Was brauchst du? Was soll ich für dich tun?"

„Darüber muss ich erst nachdenken. Aber denk daran, du schuldest mir was. Wie bekomme ich jetzt ein Buch aus der Bibliothek? Einfach reingehen und es mitnehmen?"

„Du musst ein Mitglied sein. Dazu musst du ein Formular ausfüllen und bekommst dann einen Ausweis. Ich kann eine Liste der Bücher schreiben, die ich haben möchte, und du gibst sie der Person am Schalter, die dir dann sagt, wo du sie finden kannst."

„Ich muss verrückt sein, so ein Risiko einzugehen." Sie dachte einen Moment lang nach. „Ein Buch nach dem anderen. Ich stapfe doch nicht mit einem Sack voller schwerer Bücher den Hügel herauf."

„Ich lese schnell. Du wirst die ganze Zeit hin und her laufen."

„Nein, das werde ich nicht. Du wirst dich mit dem begnügen, was du bekommst, und wenn du zu schnell fertig bist, wirst du es eben noch einmal lesen müssen. Ich bin nicht das Dienstmädchen von Mylady. Und wenn er ein Buch findet, habe ich nichts damit zu tun. Verstehst du?"

„Ja, natürlich. Aber er wird nichts finden. Ich werde vorsichtig sein."

Später am Nachmittag kam Nance mit einem Exemplar von *Wie Wind in den Straßen* zurück, über das sich Hannah hermachte wie eine hungrige Krähe über ihre Beute. Nachdem sie so lange gewartet hatte, würde sie es nun endlich zu Ende lesen können. Es würde ihr Leben ein wenig erträglicher machen.

❧

BEIM FRÜHSTÜCK AM NÄCHSTEN MORGEN sprach der Pfarrer Hannah direkt an.

„Du hattest Zeit, dich einzuleben, jetzt musst du das Werk Gottes tun."

Sie legte ihr Toastbrot ab und wartete gespannt darauf, was er ihr vorschlagen würde. Ihre Hausarbeit konnte gar nicht unzureichend sein. Das Haus glänzte jetzt, poliertes Messing, gut geschliffenes Holz, Fenster, durch die man tatsächlich sehen konnte, gründlich ausgeklopfte Teppiche und kein einziges Spinnennetz in Sicht. Die Bettwäsche und die Handtücher hatte sie ausgekocht und gebleicht. Sicher konnte der Pfarrer mit der Qualität ihrer Arbeit nicht unzufrieden sein – obwohl nicht einmal das strahlend weiße Bad ihrem Schwiegervater einen Kommentar entlockt hatte.

„Frauen sind – ganz klar – unwürdige Geschöpfe, die für das Vergnügen und den Dienst am Mann bestimmt und nicht in der Lage sind, die Lehre Gottes vollständig zu verstehen und zu erklären. Sie alle tragen die Sünde Evas in sich." Er wandte sich an sie, stellte aber wie üblich keinen Blickkontakt her sondern sprach stattdessen ins Leere. „Die Lehre Gottes umzusetzen, ist die Arbeit, die der Mann zu verrichten hat. Nur *wir sind in* der Lage, das enorme Wissen und die Tiefe zu verstehen, um die Schriften zu vermitteln und Gottes Wort zu verbreiten." Er lehnte sich in seinem Stuhl zurück und genoss seine eigenen Worte wie einen guten Wein. „Die Rolle der Frau ist es, Gott zu dienen, indem sie dem Mann dient."

Er hustete, sein Gesicht wurde rot, und sie warteten, bis er sich erholt und zu Ende gesprochen hatte. „Ich habe beschlossen, dass du diese Flugblätter nehmen und jeden Tag in einem von mir ausgewählten Viertel von Tür zu Tür verteilen wirst." Er deutete auf ein Bündel, das auf der Anrichte hinter ihm lag. „Ab morgen wirst du an jede Türe klopfen, nach der Dame des Hauses fragen, den von mir ausgewählten Vers aufsagen und die Frau anweisen, das Flugblatt in die Hände ihres Mannes und Herrn zu übergeben."

„Was beinhalten die Flugblätter?" Sie stellte die Frage in der Erwartung, er würde sie dafür zurechtweisen, dass sie sich um Dinge kümmerte, die sich nichts angingen. Zu ihrer Überraschung nickte er und wedelte mit einem Finger in der Luft.

„Gute Frage. Es sind Einladungen, in denen die Männer der Nachbarschaft aufgefordert werden, an einem Gottesdienst in meiner Versammlungshalle teilzunehmen, damit sie erfahren, wie sie ihre unsterblichen Seelen vor der ewigen Verdammnis retten können." Er reichte ihr ein Flugblatt. „Du darfst eines lesen. Aber nicht jetzt. Zuerst musst du dich vorbereiten, indem du den Vers lernst, den ich für dich ausgewählt habe."

Zumindest hatte sie nun endlich die Gelegenheit, aus diesem Haus zu verschwinden und ihre Mutter zu besuchen. Sie könnte die Flugblätter einfach in einem Mülleimer entsorgen und hatte immer noch die zehn Schilling, die Sam ihr für die Busfahrt gegeben hatte.

„Ich werde dich überprüfen, Hannah Henderson, genauso wie die verschiedenen Stadtteile und die Verse, die ich dir jeden Tag aufgeben werde."

„Mich überprüfen?"

„Nach Ergebnissen. Die Macht der Mathematik. Jeden Tag werden wir sehen, wie viele Männer kommen, um die Wahrheit Gottes zu hören und Zeugnis abzulegen. Ich werde herausfinden, welche Straßen und Bezirke sich als die fruchtbarsten und welche Bibelverse als die wirksamsten erweisen. Ich werde auch herausfinden, ob du deinen Auftrag wie vorgeschrieben erfüllt hast."

„Wie?"

„Was meinst du, Weib?" Das Wort Weib wurde ausgesprochen, als wäre es ein Fluch.

„Wie werden Sie den Unterschied zwischen den verschiedenen Stadtteilen, den Versen und meiner eigenen Rolle erkennen können? Wenn ich jeden Tag ein anderes Viertel aufsuche und einen anderen Vers vortrage, wie können Sie dann feststellen, welcher Faktor den größten Einfluss hatte? Und woher wollen Sie wissen, ob nicht andere Dinge die Menschen davon abhalten, an einem bestimmten Abend zu kommen – zum Beispiel, ob eine Sportveranstaltung oder eine Sendung im Radio läuft, die niemand verpassen will?"

„Ich werde es wissen, denn ich bin Gottes Werkzeug.

Gott wird mich leiten", donnerte er. „Und wie kannst du es wagen, die Chance, Gott zu bezeugen und meine Predigt über sein Wort zu hören, mit einem Fußballspiel oder einer Radiosendung zu vergleichen? Hat dein Vater dir denn gar nichts beigebracht? Der Rundfunk, das Kino und die Bibliothek sind allesamt Schöpfungen des Teufels. Gott wird dich dafür bestrafen, dass du solche Dinge aussprichst, dass du deine sündigen Gedanken unter dieses Dach und Schande über meinen Sohn bringst!" Er schlug mit der Faust auf die Tischplatte, schob seinen Stuhl zurück und verließ den Raum. Einen Augenblick später hörten die drei das Knallen der Eingangstür.

„Verdammt, Liebes, du solltest es doch inzwischen besser wissen." Nance schüttelte den Kopf und ging in die Spülküche, um den Kessel wieder aufzusetzen.

Sam warf Hannah einen vielsagenden Blick zu und stand vom Tisch auf. „Provoziere ihn nicht. Das wird nur zurückkommen und alles noch schlimmer für dich machen. Du wirst nie gewinnen, wenn du versuchst, clever zu sein." Er ging in den Flur, um seinen Mantel anzuziehen und Hut und Aktentasche zu holen, dann steckte er den Kopf wieder durch die Tür. Mit leiser Stimme sagte er: „Mach keine Dummheiten, Hannah. Warte deine Zeit ab." Dann verschwand er.

Sie ging zur Anrichte und sah, dass dort ein Blatt Papier lag, auf dem der ausgewählte Vers aus dem Buch Maleachi aufgeschrieben war.

Siehe, ich werde euch den Propheten Elia senden, bevor der große und schreckliche Tag des Herrn kommt. Er wird die Herzen der Väter zu ihren Kindern und die Herzen der Kinder zu ihren Vätern zurückbringen, damit ich nicht komme und das Land mit einem Fluch belege.

Am nächsten Morgen verlangte Henderson, dass sie den

auswendig gelernten Vers vortrug. Obwohl sie sich unsicher und albern fühlte, sagte sie den Vers korrekt auf.

„Zeig mehr Begeisterung", sagte er. „Bei dir klingt es so, als würdest du nicht daran glauben. Wenn du die Frauen von der Dringlichkeit überzeugen willst, dass ihre Männer dem Ruf Gottes folgen, musst du mit Überzeugung sprechen."

„Aber sie werden mich für verrückt halten, wenn sie ihre Türen öffnen und ich einfach anfange, diese Worte zu beschwören. Kann ich vorher noch etwas anderes sagen?"

„Tu, was ich dir sage. Sag den Vers auf, gib ihnen die Broschüre und weise sie an, sie ihren Männern zu geben, damit sie vom Herrn gerettet werden." Sein Gesicht verriet seine Ungeduld. „Bist du dumm, Weib?"

„Nein, natürlich nicht. Aber ..."

„Dann tu, was ich dir sage, denn es ist Gottes Wille." Er schaute auf seine Uhr. „Zeit zu gehen. Nimm die Broschüren mit."

Hannah folgte ihm aus dem Zimmer und aus dem Haus, das Bündel mit den Flugblättern im Arm.

Sie starteten ein paar Straßen weiter in einer Straße mit Reihenhäusern, jedes mit einem Vorgarten, der weniger als einen Meter breit war und aus Beton oder Erde bestand. Niedrige Mauern bildeten eine etwas extravagante Abgrenzung, die diese kargen Grundstücke in einer symbolischen Geste vom Bürgersteig trennten.

Henderson deutete auf das erste Haus, das sie aufsuchen sollte.

„Sie meinen, ich soll es allein tun?"

„Ich werde zusehen."

Sie wollte gerade antworten, als sie beschloss, dass es am besten wäre, sich an die Vorschriften zu halten, um das Vertrauen dieses Mannes zu verdienen und die Missionarsarbeit künftig allein machen zu können. Sie zog ein Flugblatt aus dem Bündel, trat näher und klopfte an die Tür.

Fast unverzüglich öffnete sie sich. Eine Frau in einer Schürze erschien. Ihr Haar war unter einem Kopftuch versteckt, die Strümpfe waren bis zu den Knöcheln gerollt. „Ja?"

Hannah begann mit ihrem Bibelvortrag. Noch bevor der erste Satz zu Ende gesprochen war, wurde ihr die Tür vor der Nase zugeschlagen. Sie drehte sich wieder in Richtung Bürgersteig. Henderson machte eine Handbewegung nach vorn und deutete ihr, noch einmal anzuklopfen. Gekränkt gehorchte sie.

Die Tür öffnete sich wieder. „Verschwinde. Wir sind Katholiken. Und wenn du noch einmal an diese Tür klopfst, bekommst du einen Eimer Wasser ins Gesicht."

Im nächsten und im übernächsten Haus war der Empfang ähnlich. Gedemütigt, beschämt und mit dem Wunsch, davonzulaufen, wandte sich Hannah an ihren Schwiegervater. „Bitte, Mr. Henderson, es ist sinnlos. Niemand ist daran interessiert. Es ist eindeutig ein katholisches Viertel."

Seine Augen verengten sich. *„Viele sind berufen, aber wenige sind auserwählt.* Dies ist Gottes Werk. Bewahre Haltung und tu, was er dir sagt."

Mehrere Stunden lang zogen sie durch die Straßen. Als ihr eine Tür nach der anderen vor der Nase zugeschlagen wurde, riet Henderson ihr, die Flugblätter in den Briefkasten zu stecken. Sie fragte ihn, ob es nicht besser wäre, dies von vornherein zu tun und sich das Klopfen an den Türen zu sparen, das nur zu Anfeindungen führte.

„Frauen wollen bei der Hausarbeit nicht gestört werden. Wenn ich die Flugblätter einfach an die Türen hängen würde, wäre die Wahrscheinlichkeit geringer, dass sie sich dadurch gestört fühlen. Sie würden sie wahrscheinlich aus Neugierde lesen, während sie sie, wenn sie verärgert sind, vielleicht in den Mülleimer werfen würden."

Er warf ihr einen finsteren Blick zu, musste aber wohl

anerkennen, dass sie recht hatte, denn er stimmte zwar nicht zu, erhob aber auch keine Einwände, als sie begann, den Plan in die Tat umzusetzen. Schließlich kehrten sie, nachdem sie alle Flugblätter ausgehängt hatten, zu Laurel House zurück.

⚜

AM NÄCHSTEN MORGEN WAR KEINE REDE MEHR DAVON, weitere Flugblätter zu verteilen. Der Stapel blieb auf der Anrichte liegen. Vielleicht wollte Henderson nicht noch einen weiteren Morgen mit ihr durch die Straßen ziehen und war nicht bereit, sie ohne seine Aufsicht allein gehen zu lassen.

Nachdem die Männer des Hauses gegangen waren, teilte sie Nance mit, dass sie heute mit der Missionsarbeit weitermachen würde.

„Das hat er mir nicht gesagt." Nance war eindeutig misstrauisch. „Kein Wort."

„Wirklich?" Hannah verlieh ihrer Stimme einen Hauch von Vertrauenswürdigkeit. Sie erinnerte sich an ein Straßenschild, das sie gestern beim Klopfen an einer Tür gesehen hatte, und sagte: „Er will, dass ich heute nach Walton Hill fahre. Ich soll weitere hundert Flugblätter verteilen."

Nance verschränkte die Arme. „Da bin ich mir nicht so sicher. Er hätte mir das sicher gesagt."

„Er hat es mir gestern gesagt. Er war sehr konkret." Sie fügte einige erfundene Details hinzu, erfreut über ihre Fähigkeit, so überzeugend zu lügen. „Bis zur Chestnut Avenue, dann zurück in die Northport Road. Und ich kann gleichzeitig mein Buch aus der Bibliothek austauschen. Das erspart dir die Arbeit."

„Nun, wenn du meinst." Die Frau runzelte die Stirn. „Seltsam, dass er nichts zu mir gesagt hat. Nun gut. Ich werde dich begleiten müssen, aber ich klopfe nicht an irgendwelche

Türen. Ich werde nur da sein, um ein Auge auf dich zu haben."

„Das ist nicht nötig. Ich bin gegen Mittag zurück."

Nance brummte. „Er hätte es mir verdammt noch mal sagen sollen. Ich bin die Letzte, die hier irgendetwas erfährt." Sie begutachtete ihre Handrücken. „Ich werde jetzt nach oben gehen und mir die Nägel machen. Wenn du zurückkommst, musst du uns etwas zu essen kochen. Ich möchte nicht riskieren, sie zu zerkratzen, wenn sie lackiert sind."

Hannah erinnerte sich daran, einen Stapel Prospekte mitzunehmen, suchte in ihrer Tasche nach dem Rest von Sams Geld – sie hatte Nance für die Fahrt zur Bibliothek davon bezahlt – und verließ Laurel House. Dann machte sie sich auf den Weg nach Walton Vale, um einen Bus nach Bootle zu finden. Als sie zügig die Moss Lane hinunterlief, spürte sie eine große Erleichterung darüber, dass sie von der bedrückenden Atmosphäre im Haus befreit war.

Es war nicht sicher, die Flugblätter irgendwo in der Nachbarschaft in einem Mülleimer zu entsorgen, wo sie möglicherweise irgendwie den Weg zurück zu Henderson finden könnten. Besser, sie erst einmal aufzubewahren. Dann fiel ihr ein, dass sie ihr Bibliotheksbuch zurückgeben wollte. Sie könnte die Tüte mit den Flugblättern dort lassen. Eine Bibliothek wäre der letzte Ort, an dem Henderson sie finden würde.

Nachdem sie ihren Auftrag erfüllt hatte, stieg sie in den Bus nach Bootle. Sie nahm eine weggeworfene Zeitung in die Hand und warf einen flüchtigen Blick auf die Titelseite, auf der Bilder von Männern zu sehen waren, die im Londoner Hyde Park Schützengräben aushoben, von Sperrballons – im Volksmund „Silberwürste" genannt –, die aufgeblasen und in Position gebracht wurden, um Schutz vor möglichen Luftangriffen der Deutschen zu bieten, und von der Nachricht, dass jetzt Gasmasken an die gesamte Bevölkerung verteilt würden, angefangen mit den großen Städten, einschließlich ihrer eigenen. Sie hatte den Anschluss an das Geschehen auf der Welt verloren. Die Bedrohung durch Hitler und den Krieg hatte sie weitgehend unbeeindruckt gelassen, während der kleinere Krieg im eigenen Land, in den sie hineingezogen worden war, ihr viel unheimlicher erschien.

Hier, vom Bus aus, blickte sie auf die Reihen der mit Ruß verschmutzten Häuser und machte sich einen Moment lang Gedanken über Will. Wo war er jetzt? Würde er vielleicht auch gerade an sie denken? Die Schroffheit der Worte, die sie geschrieben hatte, überzeugte sie davon, dass er es nicht tun würde. Sie wischte eine Träne weg und dachte stattdessen daran, dass sie ihre Mutter bald wiedersehen würde.

Als sie die Straße zu ihrem ehemaligen Zuhause hinaufging, schien es ihr, als sei eine Ewigkeit vergangen, dass sie hier gelebt hatte. In dieser Zeit hatte sie ihre Ahnungslosigkeit verloren, ihren Glauben an die Möglichkeit des Glücks und jeden Rest von Respekt vor dem Mann, der ihr Vater war. Dagegen hatte sie eine neue Härte in sich gewonnen, eine Unverwüstlichkeit. Nichts konnte sie mehr erschüttern. Sie hatte eine Feuertaufe hinter sich, doch sie fühlte eine Sehnsucht nach der Naivität und Unschuld, die sie noch vor wenigen Wochen gehabt hatte.

Nur wenige Schritte vor dem Haus erstarrte sie, als sich die Tür öffnete und ihr Vater ins Freie trat. Eine gefühlte Ewigkeit lang standen sie sich gegenüber. Hannahs Herz hämmerte so laut, dass es sich anfühlte, als würde es in ihrer Brust zerspringen. Sie dachte darüber nach, sich umzudrehen und wegzulaufen, konnte jedoch nirgendwo hinlaufen – es hatte auch keinen Sinn.

Dawson ging auf sie zu, packte sie mit der einen Hand am Handgelenk, schwang die andere nach hinten und schlug ihr ins Gesicht. Es war wie ein Peitschenhieb. Ihre Wange begann unter dem stechenden Schmerz der Ohrfeige zu brennen.

Auf der anderen Straßenseite unterbrachen zwei Frauen, die sich über die Türschwelle hinweg unterhielten, ihr Gespräch, um das Schauspiel zu beobachten. Keine der beiden machte Anstalten, einzugreifen. Da sie wahrscheinlich ebenfalls häufig von ihren Ehemännern geschlagen wurden, war es eine unterhaltsame Abwechslung, zu sehen, wie jemand anderes eine Tracht Prügel bezog. Hannahs Vater sah die Frauen ebenfalls, und da er sich offensichtlich seiner Würde bewusst war und stets das Bild eines Mannes vermitteln wollte, der Respekt und Ansehen verdiente und sich von den anderen Bewohnern der Straße abhob, zog er Hannah am Handgelenk weg.

Er nahm sie nicht mit ins Haus, wie sie es erwartet hatte. Stattdessen führte er sie zurück zur Hauptstraße, wo er sie vor sich herschob, um sich in die Schlange der wartenden Menschen vor einem der Busse einzureihen. Sie fuhren zurück nach Orrell Park.

Als sie bei Laurel House ankamen, klopfte er nicht an die Vordertür, sondern zerrte sie zur Hintertür, die er aufstieß. Während der ganzen Fahrt hatte er kein Wort gesagt.

Kaum befanden sie sich in der Spülküche, versetzte er ihr einen Schlag. Hannah fiel gegen das emaillierte Waschbecken, schlug mit dem Ellbogen auf den Rand und stieß vor Schmerz einen Schrei aus. Sie versuchte, ihren Kopf mit den Armen zu schützen, und stolperte in die hintere Stube, wo eine erstaunte Nance gerade ihre Maniküre zu Ende brachte.

Ohne auf ihren frisch aufgetragenen Nagellack Rücksicht zu nehmen, schnappte sich Nance den Schürhaken aus dem Feuer, schwang ihn über ihren Kopf und ging damit auf Dawson zu. „Verschwinde von hier, bevor ich dir das Ding über den Schädel ziehe, du dreckiger Bastard."

Dawson ignorierte die Warnung und trat auf sie zu. Sofort

schlug der Schürhaken seitlich in seinen Kopf ein und ließ ihn taumeln. Er schwankte rückwärts, die Augen vor Schreck geweitet. Nance, die nun die Oberhand hatte, zog ihren Arm zurück und schlug erneut zu. Diesmal traf sie seinen Oberarm mit einer Wucht, die man hören konnte. „Das ist für Madges blaues Auge." Sie schlug erneut zu und erwischte ihn an der Hüfte. „Und das ist für das Mal, als du Tina die Nase gebrochen hast."

Inzwischen kauerte Dawson am Boden, die Arme über dem Kopf. „Tu mir nicht weh! Bitte!" Er wich, immer noch halb kauernd, in Richtung Tür zurück. Flehend sah er Hannah an.

„Du brauchst sie nicht um Hilfe anzuflehen. Nicht nach dem, was du ihr angetan hast, du verdammter Tyrann. Sie weiß alles über dich. Jedes Detail. Ich habe ihr all deine kleinen, schmutzigen Geheimnisse erzählt. Es gibt noch ein paar Tatsachen, von denen sie bald hören wird. Darüber, wie du Geld aus deinem Familienunternehmen in die Bezahlung von Prostituierten gesteckt hast. Und wie du Mädchen bestichst, damit sie nicht zur Polizei gehen, um deine perversen Spiele aufzudecken."

Hannah stand der Mund offen. Ihr Vater wimmerte.

„Wenn du weißt, was gut für dich ist, dann verschwindest du auf der Stelle und kommst nie wieder hierher. Sie will dich nicht sehen und ich schon gar nicht. Außerdem wird der alte Henderson nicht gerade erfreut sein, wenn er erfährt, dass du einfach in sein Haus spaziert bist, seine Schwiegertochter geschlagen hast und versucht hast, seine Freundin anzugreifen." Sie wedelte mit dem Schürhaken, um ihren Standpunkt zu unterstreichen. „Und jetzt verschwinde!"

Dawson zögerte nicht. Er schnappte sich seinen Hut, der auf den Boden gefallen war, und flüchtete durch die Hintertür hinaus.

Nance setzte sich an den Tisch und nahm die Flasche mit

Aceton in die Hand. „Jetzt muss ich meine Nägel wieder neu machen. Setz den Kessel auf, Püppchen." Sie blickte zu Hannah auf. „Bist du in Ordnung? Hat er dir wehgetan?"

„Ich komme schon zurecht. Danke, dass du das getan hast."

„War mir ein Vergnügen, Kindchen. Ich hätte ihm gerne den Schädel eingeschlagen. Aber ich habe keine Lust, dafür ins Gefängnis zu gehen." Sie wischte mit einem in Aceton getränkten Lappen über einen Nagel, um den Lack zu entfernen. „Aber lass uns eines klarstellen. Wenn du mich noch einmal anlügst, gehe ich direkt zu seiner Lordschaft. Und von jetzt an bist du hier eingesperrt."

„Glaubst du, mein Vater wird es dem Pfarrer sagen?"

„Pah! Und ihm erzählen, was passiert ist? Das ist unwahrscheinlich. Wenn er nur halbwegs bei Verstand ist, wird er sich von nun an von hier fernhalten. Sagst du mir jetzt, was du vorhattest?"

„Ich wollte meine Mutter sehen. Es ist nicht richtig, dass wir auf diese Weise getrennt wurden. Ich vermisse sie."

„Deine Mutter muss eine arme Frau sein, verheiratet mit einem Bastard wie ihm. Lass mich mal nachdenken. Mal sehen, ob mir ein Plan einfällt."

KAPITEL VIERUNDZWANZIG

Zwei Tage später schnippelte Hannah Gemüse für eine Suppe, während Nance untätig in einer Frauenzeitschrift blätterte.

„Weiß Mr. Henderson, dass du Zeitschriften liest – oder sie im Haus aufbewahrst?"

„Das ist sehr unwahrscheinlich. Würde er das hier sehen, wäre es im Nu Brennmaterial für das Feuer. Aber was das Auge nicht sieht ... Außerdem weiß er nur zu gut, dass ich meine Sachen packe und zurück auf den Strich gehe, wenn er mir in die Quere kommt. Er weiß, wo er steht. Es gibt nicht viele Mädchen, die ihm so den Hintern versohlen können wie ich und die sich seine fiesen Angewohnheiten gefallen lassen. Habe ich dir schon erzählt ..."

„Ich möchte es lieber nicht wissen, wenn es dir nichts ausmacht." Hannah kippte die Schalen in den Mülleimer. „Ich möchte mir das bisschen Unschuld bewahren, das mir noch geblieben ist."

„Du bist eine echte Nummer, Kindchen!" Nance brach in Gelächter aus. „Unschuld, was? Daran kann ich mich nicht einmal erinnern." Sie warf die Zeitschrift zur Seite. „Was für eine Zeitverschwendung das ist. Lauter Strickmuster, Rezepte und Tipps, wie man sein Haus sauber hält. *Zehn Wege, den Mann in deinem Leben zu erfreuen* – anscheinend geht es darum, dass sein Abendessen auf dem Tisch steht, seine Hausschuhe vor dem Kamin gewärmt sind und du ein Lächeln im Gesicht hast, wenn er von der Arbeit nach Hause kommt." Sie schnaubte spöttisch. „Ich sage dir, es gibt bessere Wege, um einen Mann glücklich zu machen – und dazu gehört nicht, ein Sklave der Hausarbeit zu sein. Ich könnte dir das eine oder andere erzählen, Püppchen – aber für den jungen Master Samuel wäre das alles verschwendet." Sie kicherte. „Er würde verrückt werden, wenn du einige meiner kleinen Tricks an ihm ausprobieren würdest. Hey, vielleicht solltest du das tun – vielleicht könntest du ihn davon abbringen, schwul zu sein. Ich wette, wenn du ..."

„Nein, danke, ich habe nicht die Absicht, irgendwelche deiner Tricks zu lernen. Und ich bin vollkommen zufrieden mit den Dingen, wie sie sind."

Bevor Nance antworten konnte, wurden sie durch ein Klopfgeräusch gestört. Beide schauten auf, und sahen Hannahs Mutter, Sarah, die sie durch das Küchenfenster beobachtete.

Hannah sprang auf und rannte zur Tür, um sie zu öffnen. Sie stürzte sich in die Arme ihrer Mutter und rief: „Ich bin so froh, dich zu sehen! Wie hast du mich gefunden? Nance, hast du das arrangiert?"

Nance hob die Hände. „Das hat nichts mit mir zu tun, Liebes."

„Ich habe dich und deinen Vater beobachtet, als ihr ins Haus kamt. Ich stand am Fenster, als er dich mitnahm. Ich bin euch gefolgt, habe mich gerade noch rechtzeitig in den Bus geschlichen und habe mich auf der oberen Etage versteckt. Zum Glück hat mich die Schaffnerin erst bemerkt, als du schon ausgestiegen warst – ich hatte kein Geld für die

Fahrkarte und sagte ihr, dass ich mein Portemonnaie zu Hause vergessen hatte. Ich behielt dich im Auge, bis ihr hier hereingegangen seid, dann ging ich nach Hause. Ich wollte nicht, dass er mich erwischt. Heute ist die erste Gelegenheit, die ich hatte, zu kommen. Er hat mich wie ein Falke beobachtet."

Hannah umarmte ihre Mutter und drückte sie fest an sich, unfähig zu glauben, dass sie endlich wieder vereint waren.

„Wie geht es Judith?"

„Ihr geht es gut. Arbeitet hart. Er nimmt ihr am Zahltag jeden Penny ab."

Nance begleitete sie in die hintere Stube. „Ich mache mir einen Tee und lasse euch dann allein, damit ihr euch in Ruhe unterhalten könnt." An Sarah gewandt, sagte sie: „Sieh zu, dass du um fünf Uhr weg bist, wenn seine Lordschaft nach Hause kommt."

Nachdem der Tee fertig war, ließ Nance sie allein, und Mutter und Tochter setzten sich gegenüber an den schmalen Küchentisch. Hannah erzählte ihrer Mutter, was passiert war, als ihr Vater sie in das Haus geschleppt hatte. Sarah ließ ihren Tee kalt werden, so gefangen war sie in der Sorge um die Gewalt, die Charles Dawson ihrer Tochter angetan hatte.

Als Hannah zu dem Teil kam, in dem Nance ihn mit dem Schürhaken angegriffen hatte, beschloss sie, alle Details über Nances frühere Verbindungen zu ihrem Vater und dessen Umgang mit Prostituierten wegzulassen. Es war ohnehin schon schlimm genug.

Nach einer Weile fragte Sarah: „Behandelt man dich hier gut?"

Mit einem Kopfnicken erzählte Hannah ihr, dass sie genug zu essen habe, das Haus groß sei, Sam höflich und Nance nett zu ihr sei und ihr sogar die Bücher aus der Bibliothek hole.

„Sam hat dir doch nicht wehgetan, oder? Ich meine, er ist nicht grob zu dir? Rücksichtslos?"

„Nein. Er ist ein netter Mann. Er würde mir nie ein Haar krümmen." Sollte sie ihrer Mutter alles erzählen? „Er fasst mich überhaupt nicht an."

„Du meinst im Bett?"

Hannah nickte und spürte, wie ihr das Blut in die Wangen schoss. „Er mag keine Frauen. Er bevorzugt Männer."

„Ist das dein Ernst? Du bist also noch Jungfrau?"

„Ja."

Sarahs Gesicht verzog sich zu einem Lächeln.

„Er geht nachts aus. Um Männer zu treffen." Hannahs Gesicht glühte.

„Das wird es einfacher machen, eine Annullierung zu erreichen." Sarah schlug ihre Hände zusammen. „Aber dazu müssen wir dich erst einmal von hier wegbringen. Dann können wir zur Polizei gehen."

„Nein, das können wir nicht."

„Aber wir müssen. Wir werden Will finden. Er wird dich doch noch heiraten wollen."

Hannah begann zu weinen.

„Was ist los, Liebes? Willst du nicht mit Will zusammen sein? Ich dachte, ihr liebt euch."

Sie schniefte und fummelte nach einem Taschentuch. „Ich habe ihm einen Brief geschrieben. Ich teilte ihm mit, er solle mich vergessen. Ich habe einige grausame Dinge geschrieben."

Ihre Mutter stützte den Kopf in die Hände und sackte nach vorne. „Deshalb hat er also Liverpool verlassen."

„Hat er das?" Hannah wusste nicht, ob sie erleichtert sein sollte, dass ihr Brief die gewünschte Wirkung erzielt hatte, oder ob sie am Boden zerstört sein sollte, dass er gegangen war.

„Ich habe ihn heute Morgen gesucht, um ihm zu sagen,

dass ich herausgefunden habe, wo du wohnst. Ich dachte, er würde kommen wollen, um dich von hier wegzubringen. Ich ging zum Hafen, und da die *Arklow*, sein Schiff, nicht im Hafen lag, fragte ich nach dem Iren, von dem Will mir gesagt hatte, dass er immer wüsste, wann das Schiff anlegt." Sie spitzte die Lippen. „Der Mann sagte mir, Will habe auf einem Schiff nach Afrika angeheuert. Er ist vor ein paar Wochen abgefahren. Er sagt, er wird mindestens achtzehn Monate weg sein – vielleicht sogar zwei Jahre. Offenbar völlig aus heiterem Himmel. Ich konnte nicht verstehen, warum er nicht zuerst zu mir gekommen ist und mir gesagt hat, was er vorhat und warum."

„Nun, jetzt weißt du es."

„Aber warum hast du das getan, Han? Das ergibt doch keinen Sinn. Er wollte versuchen, dich zu finden. Er und ich haben darüber gesprochen. Er liebt dich."

„Ich wollte sein Leben nicht zerstören. Ich wollte, dass er mich vergisst."

„Das ist albern, Liebes. Es ist eine Scheinehe. Du hattest kein Mitspracherecht, wurdest gezwungen. Wir hätten zur Polizei gehen können. Das können wir immer noch. Wir werden die Ehe annullieren lassen. Ich habe eine gute Nachricht. Deshalb bin ich so schnell wie möglich zu dir gekommen."

Hannah sah sie niedergeschlagen an, unfähig zu glauben, dass irgendetwas noch als gute Nachricht bezeichnet werden könnte.

„Ich habe herausgefunden, dass der Ort, an dem dein Vater dich verheiraten wollte, keine vorschriftsmäßige religiöse Einrichtung ist. Es gibt keine Lizenz für Eheschließungen. Pastor Henderson ist nicht einmal ein anerkannter religiöser Bediensteter. Du bist nicht rechtmäßig mit Samuel Henderson verheiratet." Ihre Mutter grinste und griff über den Tisch, um die Hände ihrer Tochter zu nehmen. „Ich bin zum Standesamt gegangen, und dort sagte man mir, dass es keinen solchen Ort oder Geistlichen gibt. Ich bat sie um eine Kopie eurer Heiratsurkunde, und sie sagten, es gäbe keine. Sie rieten mir, zur Polizei zu gehen."

Das war für Hannah wie ein Schlag ins Gesicht, und sie sackte auf den Tisch, wo sie laut schluchzte. „Es hat keinen Sinn. Es ist zu spät. Will ist weg und das wird Sam ruinieren."

„Wovon sprichst du?"

„Wenn du wegen dieser Sache zur Polizei gehst, bedeutet das, dass Sams Leben ruiniert ist. Er wird seinen Job verlieren."

„Das ist Sams Problem, nicht deines."

„Das kann ich ihm nicht antun. Er könnte auch verhaftet werden. Es verstößt gegen das Gesetz, homosexuell zu sein."

Eine Stimme erklang von hinten und Nance betrat den Raum. „Eigentlich tut es das nicht. Es ist nur gegen das Gesetz, bei einem homosexuellen Akt erwischt zu werden."

Hannah zuckte zusammen und sah ihre Mutter an. Keine von beiden wollte sich vorstellen, was das beinhalten könnte.

„Wenn ihr mich fragt, ist es nur eine Frage der Zeit, bis das passiert." Nance zog eine Augenbraue hoch. „Sie deckt ihn, wenn er nachts ausgeht", sagte sie, und deutete mit dem Kopf in Richtung Hannah, während sie sich an Sarah wandte.

Hannah gab ein leises Keuchen von sich.

„Ich bin nicht von gestern. Der Alte schläft zwar wie ein Murmeltier, aber ich höre Sam jedes Mal die Treppe hinaufschleichen. Wenn er nicht aufpasst, wird er eines Nachts erwischt werden." Sie machte sich groß und setzte sich auf die Kante des Tisches. „Die meiste Zeit drückt die Polizei ein Auge zu, aber ab und zu gibt es eine kleine Säuberungsaktion. Nur um die Politiker bei Laune zu halten − und die Zeitungen. Sie sprechen immer davon, die Docks zu säubern."

„Du scheinst eine Menge darüber zu wissen." Sarah sah

Nance neugierig an, dann blickte sie zu ihrer Tochter, die den Blick abwandte.

„Das sollte ich verdammt nochmal auch." Nance lachte. „Als ich anfing, lief ich immer durch die Straßen rund um die Docks."

„Du warst eine Polizistin?"

Nance brach in schallendes Gelächter aus. „Verdammt noch mal! Das ist ja der Brüller. Nein. Liebes. Ich war eine Prostituierte. Auf dem Straßenstrich. Als ich das erste Mal nach Liverpool kam, arbeitete ich auf der Straße, doch dann bekam ich einen Platz in einem Etablissement. Viel stilvoller. Pastor Henderson war einer meiner Kunden, und er bezahlt mich seit einem Jahr dafür, privat zu arbeiten." Sie streckte ihre Hände theatralisch aus. „Und hier bin ich also."

Sarahs Mund stand offen. Sie wandte sich an ihre Tochter. „Wusstest du das?"

Hannah nickte stumm und betete, dass Nance die Rolle ihres Vaters bei all dem nicht erwähnen würde. Es war zu viel, um es Sarah auf einmal aufzubürden. Sie fühlte sich, als müsste sie ihre Mutter beschützen.

Nance erkannte dies offensichtlich und sagte stattdessen: „Wenn Sam einen Funken Verstand in sich trägt, wird er sich von den Docks fernhalten."

„Er hat einen besonderen Freund. Einen Seemann." Hannah wurde rot. „Sie haben sich gestritten, und ich glaube, er hält sich deswegen nicht mehr in der Nähe der Docks auf."

Nance verdrehte die Augen. „Ein Seemann, was? Er mag es gerne etwas härter, der junge Sam, nicht wahr? Wenn es nicht am Hafen ist, dann wahrscheinlich in einer dunklen Gasse oder in einem Schwulenclub. So oder so wird er irgendwann geschnappt werden." Sie sah Sarah an, in der Hoffnung, sie würde sie unterstützen. „Ich sage deiner Hannah immer wieder, dass sie versuchen sollte, ihn zu überreden, damit aufzuhören. Ich könnte ihr ein paar Tipps geben. Es lohnt sich, zu dem jungen Sam zu halten, denn er wird eines Tages all das hier erben." Sie wedelte mit dem Arm durch die Luft. Dann senkte sie ihre Stimme zu einem verschwörerischen Tonfall und fügte hinzu: „Und unter uns gesagt, der alte Mann neigt dazu, sich zu überanstrengen. Es würde mich nicht wundern, wenn er eines Nachts auf mir den Löffel abgibt."

Sarah warf ihr einen Blick zu, der einen kochenden Teekessel zum Gefrieren gebracht hätte. „Meine Tochter hat kein Interesse an finanziellen Vorteilen. Sie muss von dieser Scheinehe befreit werden. Und ich werde alles dafür tun, dass das geschieht. Jetzt möchte ich mit meiner Tochter unter vier Augen sprechen."

„Ich habe mehr Recht, hier zu sein, als du, Liebes." Nance verschränkte die Arme. Sie saß immer noch auf der Kante des Tisches. „Außerdem habe ich vielleicht ein paar nützliche Informationen für dich."

Sarah ignorierte dies und wandte ihre Aufmerksamkeit wieder Hannah zu. „Ich muss Beweise sammeln." Sie sah Nance wieder an und fragte: „Warst du bei der sogenannten Hochzeit anwesend?"

„Nein."

Hannah sagte: „Es waren nur Männer da. Etwa zwölf von ihnen."

„Es geht nicht nur um die Hochzeit. Ich werde alles erdenklich Mögliche herausfinden, um deinen Vater zu belasten. Ich will, dass er an einen Ort gebracht wird, an dem er dir und Judith nicht schaden kann."

„Wenn du eine Zeugin dafür brauchst, dass er Hannah angegriffen hat, dann bin ich deine Frau. Er ist ein Mistkerl, euer Charles Dawson. Der gewalttätigste Mann, dem ich je begegnet bin."

Hannah seufzte innerlich. Jetzt würde alles ans Tageslicht kommen.

„Kennst du ihn?" Sarah runzelte die Stirn.

„Oh ja. Ich war das Opfer seiner üblen, gewalttätigen Vorlieben. Am Ende wollte keines der Mädchen mehr etwas mit ihm zu tun haben. Er wurde verbannt. Und glaub mir, da gehört viel dazu."

Wenn Sarah schockiert war, verbarg sie es gut. Sie schürzte die Lippen über Nances Bemerkung und wandte sich an Hannah: „Hast du nicht gesagt, dass du einen Verdacht hast, was bei Morton vor sich geht?"

„Es wurde mehr Geld ausgegeben, als nötig gewesen wäre. Ich konnte der Sache nicht auf den Grund gehen, aber ich habe versucht, eine der Rechnungen zu überprüfen. Sie ging an eine Firma, die es gar nicht gibt, und belief sich auf über 40 Pfund. Merseyside Maritime Services."

Nance lachte. „Nun, dabei kann ich euch behilflich sein, meine Damen." Sie sah aus, als wäre sie zufrieden mit sich selbst. „Viele der Herren, die das Etablissement besuchten, in dem ich früher gearbeitet habe, verbargen gerne ihre dortigen Ausgaben vor ihren Frauen – und nutzten sie vermutlich auch, um ihre Steuern zu senken. Sie wollten Rechnungen. Wir ließen sie auf Merseyside Maritime Services ausstellen, denn das war für die meisten unserer Kunden ein glaubwürdiger Name für einen Gläubiger. Clever, was?"

„Du sagst, dass mein Mann Geld für Prostituierte ausgegeben und dies über unser Familienunternehmen bezahlt hat?"

„Allerdings." Nance zwinkerte ihr zu.

„Bist du bereit, dies zu bezeugen?"

„Nein, das bin ich nicht. Ich würde gerne dabei helfen, deinen miesen Ehemann auffliegen zu lassen, aber es gibt eine Menge anständiger Männer, die dadurch auch hineingezogen würden. Männer, die nichts falsch gemacht haben, außer zu versuchen, die Angelegenheit privat zu halten. Die meisten meiner Kunden waren Familienväter, die es von ihren Frauen einfach nicht bekommen haben. Daran ist nichts auszusetzen.

Wir haben einen öffentlichen Dienst geleistet." Nance warf einen Blick auf die Uhr an der Wand. „Mrs. Dawson, ich störe nur ungern bei der Wiedervereinigung mit deiner Tochter, aber es ist an der Zeit, dass du dich aus dem Staub machst. Der alte Mann wird bald nach Hause kommen, und er wird nicht erfreut sein, dich hier vorzufinden."

Hannah warf Nance einen appellierenden Blick zu. „Bitte lass uns fünf Minuten allein."

„Solange du nicht daran denkst, abzuhauen. Wenn du verschwindest, bin ich diejenige, die es zu spüren bekommt. Du weißt vielleicht nicht, wo du stehst, aber ich weiß nur zu gut, wo ich stehe. Du hast fünf Minuten Zeit, dann schließe ich die Türe wieder auf." Sie schloss die Hintertür ab.

Als sie den Raum verlassen hatte, umarmte Hannah ihre Mutter. „Es tut mir so leid, dass du das alles hören musstest, Mutter."

„Nicht dir sollte es leidtun, mein Schatz, sondern mir. Ich bin diejenige, die zugelassen hat, dass du in all das hineingezogen wirst. Bist du dir absolut sicher, dass du hier mit dieser Kreatur leben kannst?"

„Nance ist in Ordnung. Sie war wirklich nett zu mir."

„Ich werde nicht eher ruhen, bis du wieder sicher zu Hause bist und dein Vater dort ist, wo er hingehört. Hinter Gittern. Es wird nur etwas länger dauern, als ich gehofft hatte. Vor allem, wenn sie mir nicht helfen will."

„Mach dir keine Sorgen um mich. Mir geht es hier gut. Vater wird nicht zurückkommen. Nance hätte ihn beinahe mit dem Schürhaken erschlagen."

Sarah lächelte. „Ich kann mir vorstellen, dass das ein denkwürdiger Anblick war."

„Er war ganz weinerlich, wie ein verängstigtes Kind." Sie drückte ihre Mutter. „Da wurde mir klar, dass er nur ein erbärmlicher Feigling ist."

„Das sind die meisten Tyrannen."

„Du kommst doch wieder, Mutter?"

„Ich werde es versuchen. Aber ich will nicht, dass er Verdacht schöpft. Ich habe es nur geschafft, heute zu kommen, weil er in Manchester ist. Es ist ein Treffen mit einem unserer letzten verbliebenen Kunden. Es würde mich nicht überraschen, wenn dieser sich seinen Vorgängern anschließt."

„So schlimm?"

„Ich habe mich mit Mr. Busby unterhalten. Er sagt, die Verkäufe seien auf ein Minimum geschrumpft. Er zeigte mir den Brief eines langjährigen Kunden, der so sein Konto gekündigt hat. In dem Brief heißt es, dass die Preise nicht wettbewerbsfähig sind und der Service schlecht ist."

„Mr. Busby hat dir das gesagt? Immer, wenn ich ihn etwas gefragt habe, sagte er, es ginge mich nichts an und ich solle Vater fragen."

Sarah strich ihr über das Haar. „Ich kenne Mr. Busby, seit mein Vater das Geschäft führte. Seit ich ein Kind war. Jetzt muss ich gehen, bevor mich diese Schlampe zur Tür hinauswirft. Wir müssen geduldig sein, mein liebes Mädchen."

KAPITEL FÜNFUNDZWANZIG

Die meisten Besatzungsmitglieder an Bord der *Christina* waren andere als jene, die im März in den Hafen von Liverpool eingelaufen waren. Ein Großteil hatte während der langen Zeit, die die *Christina* im Trockendock gelegen hatte, auf anderen Schiffen angeheuert. Fred, der zweite Maat, und auch der Chefingenieur hatten wieder einen Vertrag unterzeichnet, und Will freute sich auch, Abuchi und ein oder zwei andere zu sehen. Obwohl er Eddie und die O'Connors vermissen würde, bedauerte er es nicht, dass er die Irlandüberfahrten hinter sich gelassen hatte.

Er hatte seinen Seesack in seiner Kabine verstaut und war auf dem Weg nach oben, als er auf Mr. Palmer stieß.

Der Kapitän klopfte ihm auf die Schulter. „Schön, Sie zu sehen, Kidd. Wie hat Ihnen Dublin gefallen? Eine ziemliche Abwechslung, diese kurzen Überfahrten."

„Es war ein wenig wie der Job eines Stewards auf einem Kreuzfahrtschiff, Sir – abgesehen von den Rindern."

Der Kapitän lächelte schief. „Ah ja. Das hatte ich ganz vergessen. Wir fahren nicht zur See, um Bauern zu werden, nicht wahr, mein Junge?"

Will grinste. „Tiere sind auf rauer See kein Vergnügen."

„Trotzdem eine gute Erfahrung, Mann. Lernen Sie fleißig?"

Will überlegte, ob er lügen sollte, beschloss aber, die Wahrheit zu sagen. „Um ehrlich zu sein, Sir, habe ich mich in Liverpool etwas ablenken lassen. Aber jetzt, wo ich wieder auf der *Christina* bin, werde ich hart daran arbeiten. Ich bin fest entschlossen, die Matrosenprüfung zu bestehen."

Palmer gluckste. „Ich wette, es ging um eine Frau. Etwas Ernstes?"

„Nichts draus geworden."

„Tut mir leid, das zu hören. Es ist gut für einen Mann, eine Frau zu haben, zu der er nach Hause kommen kann. Aber ich denke, ich habe Sie immer für einen Vollblutseemann gehalten, also sollte ich vielleicht nicht überrascht sein. Es gibt Männer, die nur auf See glücklich sind, so weit wie möglich von zu Hause weg."

Will nickte zustimmend, während er daran dachte, dass das auf ihn früher sicher zugetroffen hatte, er jetzt jedoch das Meer sofort aufgeben würde, wenn er dafür wieder mit Hannah zusammen sein könnte.

Der Kapitän kniff seine Augen zusammen. „Ich habe mit dem ersten und zweiten Maat gesprochen, und, wie Sie wissen, brauchen wir einen neuen Bootsmann. Ich möchte, dass Sie den Job übernehmen, Kidd. Sind Sie dazu bereit?"

Noch vor ein paar Monaten wäre Will begeistert gewesen, aber jetzt musste er sich ein Lächeln verkneifen. Mehr Geld – aber wozu?

NACHDEM SIE CASABLANCA UND TENERIFFA ANGELAUFEN hatte, fuhr die *Christina* ohne Unterbrechung nach Dakar im Senegal und nahm von dort aus eine Reihe von Überfahrten zwischen verschiedenen westafrikanischen Häfen wie Lagos und Accra in Angriff. Dieser Teil Afrikas war bei der Besatzung nicht sehr beliebt. Die Länder, die sie besuchten, waren arm, die Städte schäbig, das Klima heiß und feucht, und so waren die meisten der Besatzungsmitglieder froh, endlich den Tafelberg zu sehen. Nach einem mehrtägigen Aufenthalt im Hafen von Kapstadt, der bei der Besatzung immer sehr beliebt war, würden sie Fracht entlang der Ostküste Afrikas hin und her transportieren und all jene Häfen ansteuern, wo auch immer sich Ladung befand.

Als sie in Kapstadt anlegten, erreichte sie die Nachricht von dem bedeutsamen Treffen zwischen Premierminister Chamberlain und Hitler in München. Die Besatzung jubelte erleichtert, dass der drohende Kriegsausbruch abgewendet worden war. Chamberlains Erklärung, *Frieden für unsere Zeit*, war eine weitaus bessere Alternative, als nur zwanzig Jahre nach dem Ende des letzten Krieges in einen weiteren hineingezogen zu werden. Die Männer an Bord der *Christina* waren sich nur allzu bewusst, dass sich ihr Leben im Falle eines Krieges radikal geändert hätte.

Vor allem Paolo Tornabene war erleichtert über diese Nachricht. Wäre ein Krieg ausgebrochen, wäre es nicht schwer zu erraten gewesen, auf welcher Seite Italien gestanden hätte. Chamberlain und Mussolini hatten vor Kurzem einen weiteren Vertrag unterzeichnet, in dem Großbritannien Italien das Recht auf Äthiopien unter jener Bedingung zugestand, dass die italienischen Truppen Spanien verlassen müssten – aber was war das schon angesichts Mussolinis anhaltendem Werben um den deutschen Kanzler?

Will verbrachte die meiste Zeit damit, für seine Matrosenprüfung zu lernen. Nach so vielen Jahren auf See war ihm ein Großteil des Lehrstoffs bereits vertraut, doch er stellte fest, dass seine Konzentration häufig abschweifte und immer in dieselbe Richtung ging. Er konnte Hannah nicht aus dem

Kopf bekommen. Wann immer die Ablenkung zu groß wurde, holte er den inzwischen gut abgegriffenen Umschlag aus seinem Spind und las ihre Worte erneut, um sich einzubläuen, dass sie ihn nicht wollte. Ständig an sie zu denken, war sinnlos.

Hannah konnte ihn nicht geliebt haben. Es war alles eine Lüge gewesen. Sonst hätte sie sich nicht so schnell damit abfinden können, einen anderen zu heiraten. Auch wenn Sam Henderson ein bemerkenswerter Mann war, so war es doch eine sehr rasche Wendung in ihrer Zuneigung gewesen, sodass es Will schwerfiel, das zu akzeptieren. Es ergab einfach keinen Sinn. Jedes Mal, wenn er versuchte, das Bild und die Erinnerung an sie zu verdrängen, sah er ihr Gesicht vor sich: ihre Augen, die tief in seine blickten, das Gefühl ihres Mundes auf seinem, die Liebe, die aus jeder ihrer Poren erstrahlte. Er sah ihr Gesicht in den Wolkenformationen über ihm, im schimmernden Wasser des Ozeans, in den Mustern auf seiner Netzhaut, wenn er die Augen schloss.

Konnte sie wirklich eine so gute Schauspielerin sein? So wankelmütig in ihrer Zuneigung? Wenn sie sich nichts aus ihm gemacht hatte, warum hatte sie ihm dann schöne Augen gemacht? Hatte er etwas getan, das sie dazu veranlasst hatte, ihre Gefühle für ihn plötzlich zu ändern?

Diese ganze Selbstquälerei führte zu nichts. Er musste sie vergessen und mit dem Studium von Gezeitentabellen und Navigationskarten weitermachen.

Auch Paolo fiel die Reise schwer. Er sprach nie wieder über seine Trauer um Loretta, doch Will beobachtete oft, wie er gedankenverloren ins Leere starrte und über das weite Meer blickte. Keiner von ihnen musste oder wollte dem anderen etwas davon erzählen, dennoch gab es ein unausgesprochenes Band zwischen ihnen. Wenn die anderen Besatzungsmitglieder sich aufmachten, um die örtlichen Sehenswürdigkeiten in den einzelnen Häfen zu erkunden, blieben die beiden Freunde meist an Bord: Will lernte und Paolo las oder schrieb an seine Familie. Gelegentlich gingen sie an Land, um ein paar Bier zu trinken oder landestypische Gerichte zu essen, doch sie mieden die Brennpunkte der Häfen, die sie besuchten.

Weihnachten 1938 wurde an Bord verbracht, auf See zwischen Durban und Lourenço Marques in Mosambik. Das Essen auf dieser Reise war wesentlich schlechter als auf der vorherigen Afrika-Rundreise. In Liverpool hatte man einen neuen Koch eingestellt, der zum Trinken neigte und sorglos mit dem Salz umging. Die Mahlzeiten an Bord eigneten sich in den Augen der Besatzung bestenfalls zum „kauen und wieder ausspucken". In Durban war der gekränkte Koch nicht an Bord zurückgekehrt, vermutlich war er irgendwo in einer Bar betrunken umgefallen. Der Kapitän zögerte nicht, ohne ihn in See zu stechen, und überließ ihn seinem Schicksal ohne Schiff und Kombüse. Er würde seinen Weg zurück nach England alleine finden müssen. Um ihn zu ersetzen, wurde einer der Hilfsköche, ein Lascar – zur Freude der Besatzung –, zum Chefkoch befördert, sodass ihre Weihnachtsfeierlichkeiten – wenn man es so nennen konnte – nicht beeinträchtigt wurden. Essen war das Letzte, woran Will dachte. Die ausgelassene Stimmung der Besatzung, die sich an den Extra-Rationen von Rum und Bier erfreute, war wie Hohn für ihn. Als sie in einem tropischen Regensturm Weihnachtslieder sangen, stellte er sich die verregneten Straßen von Liverpool vor, die kalten Wintertemperaturen, die mit Lichterketten beleuchteten Tannenbäume und die um Kohlefeuer versammelten Familien.

Als sie Anfang Januar in Sansibar einliefen, waren sieben Monate vergangen, seit sie in Liverpool abgelegt hatten. Auf dieser Reise war es ihr erster Besuch dort.

„Lass uns zu Rafqa gehen", sagte Will zu Paolo.

Der Italiener sah ihn erstaunt an. „Du willst Rafqa sehen?"

„Warum nicht?", fragte Will. „Genug gelernt. Genug Elend. Es ist 1939 und wir sind einem Krieg entgangen. Rafqas Essen ist das Beste in Ostafrika und ich habe Lust, mich zu betrinken."

„Ist das *alles*, wozu du Lust hast?"

„Ich kann doch nicht ewig wie ein Mönch leben, oder?"

Paolo zuckte mit den Schultern. „Vielleicht hast du recht, Mr. Bootsmann, vielleicht ist es das, was du brauchst."

„Kommst du jetzt mit?"

Paolo schüttelte den Kopf.

„Komm schon! Wenigstens auf ein Essen und ein paar Drinks. Im Rafqa's spielt immer eine gute Band. Wir brauchen beide etwas Aufmunterung." Will hoffte, dass seine gezwungene Fröhlichkeit für Paolo glaubwürdiger klang als für ihn selbst.

Die Freunde machten sich zusammen mit Fred und Abuchi auf den Weg durch Stone Town zum Rafqa's. Wie üblich war die Café-Bar voll mit Menschen, die Luft war verraucht und die Musik schwungvoll. Sie fanden einen Tisch im hinteren Bereich und bestellten Getränke. Von Rafqa war keine Spur.

Nach mehreren Bieren und einem würzigen libanesischen Fischeintopf schlug der zweite Maat vor, das Lokal zu wechseln. Einige der Jungs wollten in eine Bar gehen, die gerade in der Nähe des Kais eröffnet hatte. „Wie wäre es, wenn wir das mal ausprobieren? Wir können später immer noch hierher zurückkommen, wenn es uns nicht gefällt."

Es herrschte allgemeines Einverständnis, doch Will

verkündete, er würde noch eine Weile hier bleiben. „Vielleicht komme ich später noch nach."

Paolo äußerte seine Zweifel. „*Non penso.*" Er zwinkerte Will zum Abschied zu.

Will rief den Kellner, um Rum zu bestellen. Es bestand keine Eile, zum Schiff zurückzukehren, da sie den Hafen erst in etwa einem Tag verlassen würden. Da immer noch keine Spur von Rafqa zu sehen war, lehnte er sich in seinem Stuhl zurück und hörte der Band zu. Sie traten zusammen mit einer Sängerin auf, einer Afrikanerin, die auf Französisch sang. Die Musikrichtung hatte sich geändert, der beschwingte Swing-Jazz wurde nun durch eine emotionale Ballade ersetzt. Will konnte den Text des Liedes nicht verstehen, aber die Sentimentalität war unüberhörbar.

> „*J'attendrai*
>> *Le jour et la nuit, j'attendrai toujours*
>> *Ton retour.*"

ER LIEß DIE TRAURIGE UND GEFÜHLVOLLE MUSIK AUF SICH wirken und versuchte, nicht an Hannah zu denken.

Nachdem fast eine halbe Stunde vergangen war – Will wollte das Warten auf Rafqa schon aufgeben –, öffnete sich der Vorhang im hinteren Teil des Raumes, und der Deutsche, den er noch von vor einem Jahr kannte, trat zum Vorschein. Wie Will nur zu gut wusste, verbarg dieser Vorhang jene Treppe, die zu Rafqas Privatwohnung führte. Der plötzliche Anflug von Eifersucht überraschte ihn. Der Mann ging an Will vorbei, ohne ihn eines Blickes zu würdigen, und verließ das Gebäude durch die Haupttür an der Vorderseite.

Einige Minuten später öffnete sich der Perlenvorhang, und Rafqa kam herein. Auf dem Weg zur Bar ging sie zwischen den Tischen hindurch, ohne ihn zu sehen. Will nutzte die Gelegenheit, um sie genau zu beobachten. Hinter dem Lächeln und der Begrüßung, die sie den Gästen schenkte, sah sie ängstlich aus, mit einem müden Blick, der ihre Augen umspielte, und einem leicht nach unten gezogenen Mund. Sie war immer noch schön – eine exotische Schönheit mit dunklen Augen und dichtem schwarzem Haar, und Will spürte eine kleine Woge von Verlangen.

Er leerte sein Glas und wollte gerade zur Bar gehen, als sie den Kopf hob und ihn sah. Sie warf ihm die winzige Andeutung eines Lächelns zu, das sie ausschließlich durch ihre Augen vermittelte, ihr Mund bewegte sich nicht. Während sie ihr Gespräch mit Bebe, dem Barmann, fortsetzte, zeigte sie ihm hinter ihrem Rücken eine offene Handfläche mit fünf gespreizten Fingern. Dann verschwand sie, ohne Will noch einmal anzusehen, wieder durch den Vorhang.

Will wartete die angedeuteten fünf Minuten ab, ließ dann das Geld für sein Getränk auf dem Tisch liegen und nutzte den Applaus für die Band, um durch den Vorhang zu schlüpfen und die Treppe hinaufzugehen.

Sie wartete in ihrem Zimmer, doch dieses Mal war sie nicht nackt. Sie trug ein grünes Seidenabendkleid, elegant in seiner Schlichtheit, stand am Fenster, ein Glas Wein in der Hand, und blickte über die mondbeschienenen Dächer der Stadt hinaus. Unter ihnen schwebte der leise Klang eines wehmütigen Saxophonsolos nach oben.

Wie lange war es her, dass sie das letzte Mal zusammen hier in diesem Raum gestanden hatten. Ein Jahr, das sich eher wie eine Ewigkeit anfühlte. Rafqa drehte sich zu ihm um, schenkte ihm jedoch kein Lächeln. „Es ist eine Weile her, William. Ich hatte das Gefühl, dass ich dich nicht wiedersehen würde."

Will sagte nichts, sondern trat auf sie zu.

Sie ging hinüber zu einem Beistelltisch, auf dem eine

offene Flasche Wein stand. „Ich kann dir etwas Stärkeres holen, wenn du willst", sagte sie und hielt die Flasche hoch.

Er bemerkte, dass sie bereits halb leer war. Als er einen Blick hinter sich warf, sah er, dass ein weiteres Glas auf dem Abtropfbrett neben dem kleinen Waschbecken stand. Er konnte nicht umhin, einen Blick auf das Bett zu werfen, doch es sah ordentlich und unbenutzt aus. Vielleicht hatte sie es neu gemacht.

„Wein ist in Ordnung", sagte er, nahm ihr das Glas ab und setzte sich auf den Fensterplatz. „Warum hast du nicht daran geglaubt, dass ich zurückkommen würde?"

„Ich weiß es nicht. Nur ein Gefühl. Weibliche Intuition."

Er wollte sie nach dem Mann fragen, unterdrückte jedoch den Drang. Es war besser, es nicht zu wissen. Und außerdem hatte er kein Recht zu fragen. Rafqa war ihm keine Rechenschaft schuldig.

Doch sie schien erraten zu haben, was er dachte. „Du hast gesehen, wie mein Freund gegangen ist?"

„Ja. Der Deutsche, mit dem ich dich letztes Mal gesehen habe. Der, von dem du behauptet hast, ihn nicht zu kennen."

„Warum sagst du das?" Sie runzelte die Stirn.

„Weil du abgestritten hast, mit ihm gesprochen zu haben, als ich dich in jener Nacht fragte."

„Ja, ich habe dich angelogen. Ich war eben vorsichtig." Sie sah ihn mit festem Blick an.

„Also, du und er ..."

„Wir hatten geschäftlich etwas zu besprechen. Er ist heute Abend heraufgekommen, damit wir unter vier Augen sprechen können."

Will zuckte mit den Schultern. „Du musst mir nichts erklären, Rafqa. Ich bin nur irgendjemand, der alle heiligen Zeiten einmal in die Stadt kommt. Du bist mir nichts schuldig, nur weil wir ein paar Mal miteinander geschlafen haben ..."

„Nicht! Sag so etwas nicht, William. Ich dachte, wir hätten mehr Respekt voreinander. Du weißt, dass ich keine offenen Beziehungen führe."

„Ich habe nicht gesagt, dass es eine offene Beziehung ist."

„Ich habe *keinerlei* Beziehungen. Für dich habe ich eine Ausnahme gemacht. Vielleicht hätte ich das nicht tun sollen."

Will lächelte sie an und fühlte sich plötzlich sehr traurig. „Ich sollte gehen."

Sie berührte seinen Arm. „Geh nicht. Ich will nicht, dass du gehst. Da ist nichts zwischen mir und diesem Mann. Es ist rein geschäftlich."

Er zog sie zu sich heran, küsste ihren Kopf, strich mit den Händen über ihr Haar und drückte sie an seine Brust. „Oh, Rafqa, Rafqa." Es war wie ein Seufzer.

Rafqa sah zu ihm auf, ihre Augen fixierten sein. „Du bist anders, William. Etwas in dir hat sich verändert." Sie streichelte seine Wange mit einer Handfläche, während sie ihn immer noch aufmerksam ansah. „Ich glaube, du bist verliebt. Ich kann es in deinen Augen sehen. Traurigerweise nicht in mich." Sie lachte ein wenig bitter, dann lächelte sie. „Aber du bist traurig. Du wurdest verletzt." Sie stellte sich auf die Zehenspitzen und küsste ihn sanft auf die Mitte seiner Stirn. „Mein armer, lieber William."

Er zwang sich zu einem Lachen. „Du hast eine blühende Fantasie, Rafqa. Es gibt niemanden."

Sie lächelte, griff hinter sich, öffnete den Reißverschluss ihres Kleides und ließ es auf den Boden gleiten. „Dann komm. Wir werden uns lieben und dann kannst du mir alles erzählen, was mit dir passiert ist, seit wir uns das letzte Mal gesehen haben – sofern du es mir erzählen willst." Er betrachtete ihren nackten Körper und ließ sich von ihr zum Bett führen, wo sie ihn entkleidete, während er sie küsste. Er hatte recht gehabt: Der beste Weg, eine Frau zu vergessen und ein gebrochenes Herz zu heilen, war, sich mit einer anderen Frau zu vergnügen.

Sie gingen zum Bett, wo sie ihn erneut küsste. Als er in ihre Augen blickte, sagte er sich, dass es das war, was er wollte, was er brauchte, doch alles, was er sehen konnte, war, dass ihre Augen – so schön sie auch waren – nicht die Augen von Hannah waren. Er drehte sich auf den Rücken. „Es tut mir leid, Rafqa. Ich kann das nicht tun. Ich kann es einfach nicht. Es fühlt sich nicht mehr richtig an."

Im Mondlicht des offenen Fensters konnte er sehen, wie sie sich auf die Lippe biss und gegen die hochkommenden Tränen ankämpfte. Sie griff nach ihrem Weinglas und richtete sich auf, um sich an die Kissen zu lehnen. „Ein Jammer", sagte sie. „Wirst du mir jetzt sagen, warum?"

„Du hast recht", gab er zu. „Ich habe jemanden kennengelernt. Sie ist alles, was ich mir immer gewünscht habe. Ich habe es nie für möglich gehalten, so etwas in einer Frau zu finden. Ich kann nicht einmal sagen, warum. Ja, sie ist schön, ja, sie ist freundlich und nett und klug und interessant. Aber es ist mehr als das. Es ist, als würde ich sie schon ewig kennen, war aber nie in der Lage gewesen, sie zu finden. Als hätte ich sie gesucht, ohne zu wissen, wonach ich eigentlich suche – oder dass ich überhaupt etwas gesucht habe."

Rafqa nahm noch einen Schluck Wein, dann rutschte sie ein Stückchen hinunter und drehte sich auf die Seite, ihm zugewandt und auf einen Ellbogen gestützt.

Er griff nach ihrer Hand. „Es fällt mir schwer, dir das zu sagen, aber du und ich haben uns immer besonders gut verstanden. Ich fühle mich dir näher und kann dir mehr vertrauen als jeder anderen Frau – außer ihr. Ich wünschte, ich könnte ein besserer Mann für dich sein. Ich wünschte, ich könnte auf eine andere Art für dich empfinden. Du verdienst so viel mehr, als ich dir jemals geben könnte. Du bist eine wahre Freundin. Du warst immer eine wunderbare Liebhaberin, aber so sehr ich es auch möchte, ich kann dich nicht lieben, Rafqa. Kannst du das verstehen?" Er hob ihre Hand und küsste sanft ihre Finger.

Sie nickte, dann seufzte sie. „Du und ich verbringen stets wunderschönes Stunden miteinander und ich würde dich gerne öfter in meinem Leben begrüßen, aber vermutlich würde ich mir etwas vormachen, würde ich behaupten, dass ich dich wirklich liebe, mein Schatz. Auch ich hatte das Glück, wahre Liebe zu erfahren, doch in meinem Fall wurde sie mir entrissen, als mein Mann starb."

Will runzelte die Stirn. Sie hatte noch nie von ihm gesprochen. Er hatte immer angenommen, dass ihr verstorbener Ehemann ein älterer Mann gewesen war, und dass es sich um eine arrangierte Ehe gehandelt haben musste.

„Vielleicht habe ich sie aus diesem Grund heute Abend in dir erkannt. Willst du diese Frau heiraten?"

„Sie ist mit einem anderen verheiratet."

„Ah! So ist das also? Du solltest es besser wissen, William."

„Als wir uns kennenlernten, war sie nicht verheiratet. Sie stimmte zu, mich zu heiraten, doch dann heiratete sie jemanden, den ihr Vater für sie ausgesucht hatte."

Rafqa verzog das Gesicht. „Konntest du das nicht verhindern?"

„Ich habe es erst erfahren, als es schon zu spät war, doch selbst dann noch wollte ich versuchen, sie zu finden, sie mitzunehmen. Wollte nach einem Weg suchen, sie aus der Ehe herauszuholen. Aber es scheint, als hätte ich alles falsch verstanden. Sie habe ich auch falsch verstanden." Er erzählte ihr von Hannahs gewalttätigem und tyrannischem Vater und wie die Ehe innerhalb weniger Tage arrangiert und vollzogen worden war, während Will auf See war.

„Dann musst du ihr helfen. Das ist schrecklich." Mit einem Ruck richtete sie sich auf, schüttelte die Kissen hinter sich auf und setzte sich aufrecht hin, die Knie vor sich angezogen, die Arme um sie gelegt.

Will griff aus dem Bett, zog seine Baumwolljacke vom Boden hoch und suchte in der Tasche nach Hannahs Brief. „Lies ihn. Er beweist, dass ich in einer Fantasiewelt gelebt habe." Er sah, wie sie zögerte. „Mach schon. Da steht nichts Privates oder Persönliches drin. Es ist wie ein Geschäftsbrief, in dem ich entlassen werde. Ich kann nicht glauben, dass er von der Frau geschrieben wurde, in die ich verliebt war." Er schüttelte den Kopf. „Wem mache ich etwas vor? In die ich verliebt *bin*."

Rafqa nahm den Brief an sich, doch bevor sie ihn las, fragte sie: „Woher weißt du, dass er von ihr geschrieben wurde? Vielleicht hat ihn ihr Ehemann oder ihr Vater geschrieben oder sie wurde dazu gezwungen, ihn zu schreiben."

Will schüttelte erneut den Kopf. „Nein. Er ist von ihr. Ich bin sicher, darauf kannst du dich verlassen."

Sie entfaltete das Papier und las erst schnell, dann wieder langsamer. „Wenn du den Brief nicht bekommen hättest, was hättest du dann getan?"

„Nach ihr gesucht. Auch wenn es ewig gedauert hätte, hätte ich an jede Tür in Liverpool geklopft, wenn das nötig gewesen wäre. Aber ich hätte sie gefunden."

„Weiß sie das?"

Ohne einen Moment zu zögern, sagte er: „Natürlich."

„Dann hat sie es geschrieben, um jemanden zu schützen. Vielleicht sich selbst? Vielleicht jemanden aus ihrer Familie? Möglicherweise sogar dich. Ich glaube diese Worte nicht, genauso wenig wie die Behauptung, sie hätte dich nie geliebt."

„Wie kommst du darauf?"

„Weil ich dich kenne, William. Du gibst deine Liebe nicht so leicht frei. Wenn jemand das weiß, dann ich. Um ihr deine Liebe so vollständig entgegengebracht zu haben, muss sie sie scheinbar erwidert haben. Du bist keiner dieser eitlen Männer, die zu wissen glauben, wie eine Frau denkt und fühlt. Wenn du der Meinung warst, dass sie in dich verliebt ist, dann *war* sie auch in dich verliebt." Sie gab ihm den Brief zurück. „Hierin spielt sie eine Rolle. Sie hat das mit der klaren Absicht geschrieben, dich wütend auf sie zu machen. Um dich zu ermutigen, sie zu verlassen. Aufzuhören, nach ihr zu suchen. Und genau das hast du getan. Nur ist es eben genau das Gegenteil von dem, was du eigentlich tun solltest." Sie griff nach ihrem Weinglas und leerte es. „Dies zu schreiben muss ihr großen Schmerz bereitet haben."

„Woher weißt du das? Du kennst Hannah nicht. Was macht dich so sicher?"

„Ich kenne Hannah nicht, aber ich kenne dich, und ich weiß, dass sie eine ganz besondere Frau sein muss, die dir so viel Schmerz und so viel Liebe bereitet hat." Sie schwang ihre Beine aus dem Bett und trippelte durch den Raum, um die Weinflasche zu holen. Dann goss sie den Rest in ihre Gläser. „Du musst zurück nach Liverpool gehen, William. Du musst sie suchen. Ich bin sicher, dass sie deine Hilfe braucht."

„Was?"

„Ich meine es genauso, wie ich es gesagt habe. Du liebst sie. Du glaubst doch, dass du für sie bestimmt bist, oder?"

Er nickte.

„Dann darfst du nicht so leicht aufgeben. Wenn es sich lohnt, für sie zu kämpfen, musst du deine Rüstung anlegen und in den Krieg ziehen." Sie hob ihr Glas und stieß mit ihm an. „So gern ich auch einige Zeit damit verbringen würde, dich zu überreden, mit mir zu schlafen, so bin ich doch schlau genau, um zu wissen, wann ich verloren habe. Zieh dich an, mein Lieber, und lass uns zusammen die Sterne betrachten. Ich habe das Gefühl, dass wir uns heute Abend zum letzten Mal sehen, und ich möchte noch etwas Zeit mit dir verbringen. Glaubst du, deine Hannah würde mir das nicht vergönnen?“

Will zog sich an, Rafqa schlüpfte in einen seidenen Morgenmantel und sie setzten sich zusammen auf den großen Teppich am Fenster. Er griff nach ihrer Hand und erinnerte sich an das letzte Mal, als sie hier gesessen und zwischen dem Liebesspiel Haschisch geraucht hatten.

Als ob auch sie sich dieser Erinnerung bewusst war, wechselte Rafqa das Thema. „Euer Mr. Chamberlain hat euch also alle gerade noch vor dem Krieg bewahrt.“

„Offensichtlich.“

„Ich hoffe zwar, dass er es nicht eines Tages bereuen wird, Hitler besänftigt zu haben, aber ich fürchte, dass er das doch tun wird. Wie wir alle.“ Sie lächelte ein wenig. „Oder bist du immer noch entschlossen, den Kopf in den Sand zu stecken, wenn es um Politik geht?“

„In England war es unmöglich, das zu tun. Es gab kein anderes Gesprächsthema: Hitler und das Sudetenland. Sie bauten zivile Verteidigungsanlagen auf, hoben Gräben aus und verteilten Gasmasken. Letztlich hat sich all das als Zeitverschwendung erwiesen.“

„Das glaube ich nicht. Ganz und gar nicht. Ich hoffe, sie haben auch Schiffe, Flugzeuge und Waffen gebaut. Ich glaube, sie werden sie brauchen.“

Er lehnte sich zurück. Ihr Gesicht lag teilweise im Schatten, der Rest wurde vom Mondlicht beleuchtet. „Hast du das mit ihm besprochen?“

„Mit wem?“, fragte sie, während sie offensichtlich so tat, als wüsste sie es wirklich nicht.

„Dein Gast heute Abend. Das ist es doch, was du tust, oder Rafqa? Du sammelst Informationen für ihn. Aber auf welcher Seite steht er?“

„Du meinst, auf welcher Seite ich stehe?“

Er grinste. „Du bist clever genug, um auf beiden Seiten

mitzuspielen." Dann runzelte er die Stirn. „Bist du dir so sicher, dass wir nicht doch noch ‚Frieden für unsere Zeit' haben werden?"

Sie umklammerte ihre Knie und schob sich eine Haarsträhne hinters Ohr. „Ich wünschte, ich wüsste es. Ich hoffe, es ist ein dauerhafter Frieden. Aber ich fürchte, das wird er nicht sein."

„Du bist doch vorsichtig, oder? Es ist nur, dieser Deutsche gefällt mir nicht. Bist du sicher, dass du ihm wirklich vertrauen kannst? Er sieht zwielichtig aus."

„Ich bin ein großes Mädchen, William. Mach dir keine Sorgen um mich. Und außerdem bin ich viel zu unwichtig, um irgendjemandem gefährlich zu werden." Sie lächelte.

Einige Augenblicke lang saßen sie schweigend da, während die Musik spielte. Eine schwungvolle Jazznummer endete und das Tempo änderte sich. Es war wieder derselbe Song, den die Frau vorhin gesungen hatte.

„Dieser Song ist wunderschön", sagte er. „Ich mag ihn sehr, auch wenn ich kein einziges verdammtes Wort davon verstehe."

„Das liegt daran, dass er dein Herzen anspricht."

„Was bedeutet es?"

„Es bedeutet: *Ich werde auf dich warten. Tag und Nacht. Ich werde immer auf deine Rückkehr warten* – sie spricht zu ihrem Geliebten, der sie verlassen hat, um zu fernen Ufern aufzubrechen."

„Soll das ein Witz sein?"

„Ich schwöre. Ich spreche fließend Französisch. Und du weißt, dass ich nie lüge. *J'attendrai toujours ton retour.*"

Er wiederholte die Worte und sie korrigierte seine unbeholfene französische Aussprache, bis er die kurze Zeile beherrschte. „Ich werde es nicht wieder vergessen", sagte er, stand auf und zog sie auf die Beine. „Ich muss jetzt gehen. Ich danke dir, Rafqa. Aus tiefstem Herzen."

„Was wirst du tun? Wann kehrt dein Schiff nach England zurück?"

„Frühestens in einem Jahr. Ich muss einen anderen Weg finden, nach Hause zu kommen. Und wenn ich mich auf eigene Faust durchschlagen muss."

„Sprich mit deinem Kapitän. Er wird es verstehen. Du willst doch deine zukünftige Karriere nicht gefährden." Sie streichelte ihm über das Haar. „Zufällig weiß ich, dass Ende der Woche ein britischer Kohletanker einlaufen wird. Sie fahren über das Kap zurück nach England."

„Und das, obwohl ich gerade zum Bootsmann befördert wurde. Jetzt muss ich wieder als Helfer an Deck arbeiten."

„Spielt das eine Rolle?"

„Jetzt nicht mehr." Er beugte sich vor und küsste sie sanft auf die Lippen. „Danke, Rafqa. Du bist – und wirst auf ewig – meine beste Freundin bleiben."

„Auf Wiedersehen, William. Und Gott segne dich."

Ein paar Minuten später, als er davon marschierte, blickte er noch einmal die Straße hinauf zur Café-Bar und sah, wie sie ihn vom Fenster aus beobachtete.

KAPITEL SECHSUNDZWANZIG

Es dauerte drei Wochen, bis Will Liverpool erreichte. Er hatte die *Christina* mit Palmers Segen und dem Versprechen verlassen, dass es einen Schlafplatz für ihn geben würde, falls sein Versuch, Hannah zu retten, nicht klappen sollte. Der gut vernetzte Palmer sorgte dafür, dass er auf dem Kohletanker, den Rafqa erwähnt hatte, seine Überfahrt antreten konnte.

Nachdem er sein Gepäck in der Seemannsherberge deponiert hatte, ging er direkt zur Bluebell Street. Auf der Rückreise nach England hatte er viel Zeit gehabt, um zu proben, was er Hannah sagen wollte, doch erst müsste er herausfinden, wo sie sich befand.

Um keine der Dawson-Frauen zu gefährden und den Zorn von Charles Dawson, einem Mann, den er noch nicht kannte, auf sich zu ziehen, näherte sich Will dem Haus über die dahinterliegende Gasse. Es war früh am Abend und bereits dunkel. Am Himmel war kein Mond zu sehen, und in der Gasse gab es keine Beleuchtung, also tastete er sich mit der Hand an der Backsteinmauer entlang und hätte dabei fast eine leere Mülltonne über das Kopfsteinpflaster geschleudert, konnte sie aber gerade noch rechtzeitig festhalten. Als er annahm, in der Nähe des Hauses zu sein, zündete er ein Streichholz an und hielt es an die Gartentüre. Die unsauber auf die Holzplatten gemalte Zahl zeigte ihm, dass er sich vor dem Nachbarhaus befinden musste. Als er diesmal versuchte, das rechte Gartentor zu öffnen, war es verriegelt. Die Müllabfuhr musste an diesem Tag die Mülltonnen geleert haben, denn mehrere davon standen in der Gasse herum. Er stellte eine davon auf, um mit ihrer Hilfe über die Mauer klettern zu können, und war dankbar, dass die Dawsons – im Gegensatz zu den meisten ihrer Nachbarn – keine Glasscherben oben in die Mauer eingelassen hatten, um Einbrecher abzuschrecken.

Als er auf dem Hof landete, fühlte er sich wie ein Einbrecher und schlich sich an das Licht des Küchenfensters heran. Als er hineinspähte, dachte er zunächst, der Raum sei leer. Er wollte schon zur Hintertür gehen, als ihm einfiel, dass es Abend war und Dawson zu Hause sein könnte. Sofort verfluchte er seine eigene Dummheit und wollte eben zur Straße gehen, um an die Haustür zu klopfen – hätte Dawson geöffnet, hätte er einfach so getan, als hätte er das falsche Haus erwischt –, als er genau in diesem Moment den Schuh bemerkte. Es war ein schwarzer Damenschuh aus Leder mit einem Fesselriemchen und einem kleinen Absatz. Er ragte hinter dem Küchentisch im dahinterliegenden Raum hervor. Als sein Gehirn diese Information langsam verarbeitete, machte sein Herz einen Sprung, und das Adrenalin schickte eine Woge des Schreckens durch seinen Körper. Es war nicht nur ein Schuh. Ein Fuß steckte darin, und auch ein Knöchel war sichtbar.

Ohne zu zögern, griff Will nach dem Türknauf und versuchte, ihn zu drehen. Verriegelt. Er stemmte sich mit seinem ganzen Gewicht dagegen, und versuchte die Türe mit der Schulter aufzudrücken. Nichts. Sie musste fest verriegelt sein. Dann steckte er seine Hand zum Schutz in die Jackentasche und schlug die Glasscheibe der Tür ein. Das Geräusch hallte wider, als das Glas zerbrach. Mit nur zwei Schritten war er in der hinteren Stube angekommen.

Sarah Dawson lag in dem Raum zwischen dem Tisch und der geschlossenen Tür, die zum Flur führte. Es dauerte nicht länger als eine Sekunde, um festzustellen, dass sie tot war. Sie lag in einer Blutlache und ihre Augen waren glasig wie die einer Porzellanpuppe. Will konnte erkennen, dass sie mit irgendeinem stumpfen Gegenstand auf den Kopf geschlagen worden war. Auf einer Seite war ihr angesengtes Haar blutverschmiert, und ihr Schädel hatte eindeutig einen schweren Schlag abbekommen. Ein Bügelbrett lag zusammengeklappt neben ihr auf dem Boden. Das noch warme Bügeleisen, offensichtlich die Tatwaffe, lag an der Fußleiste.

Da er wusste, dass Hannahs Schwester in Gefahr sein könnte, trat er über Sarahs Leiche hinweg und stieß die Tür zu dem winzigen Flur auf. Die Tür zum vorderen Wohnzimmer stand weit offen, doch der Raum war leer. Er drehte sich um, um die Treppe hinaufzugehen, und sah sich zum ersten Mal Charles Dawson gegenüber. Dawson erstarrte in der Sekunde, dann bewegten sich seine Augen wie wild und sein Kopf zuckte wie von einem elektrischen Schlag getroffen.

„Unfall." Dawson versuchte, sich an ihm vorbeizudrängen. „Die Polizei. Jemand ist eingebrochen und hat meine Frau angegriffen."

Will trat vor, um Dawson daran zu hindern, die letzte Stufe der Treppe herunter ihn den Flur zu treten.

„Du gehst nirgendwo hin, du Mistkerl."

„Sie verstehen nicht. Meine Tochter ist oben. Ich wollte mich nur vergewissern, dass sie unverletzt ist. Ich muss eine Telefonzelle finden, um die Polizei und einen Krankenwagen zu rufen."

„Ich habe dir gesagt, dass du nirgendwo hingehst. Und

deine Frau wird keinen Krankenwagen brauchen. Sie ist tot. Du hast sie umgebracht. Aber das weißt du so gut wie ich, nicht wahr?"

„Gehen Sie zur Seite!" Dawson begann zu schreien. „Wer auch immer Sie sind, Sie werden dafür bezahlen. Gott wird Sie schlagen, wie er die Bösen in den Städten Sodom und Gomorrha geschlagen hat. Ich bin Gottes Werkzeug!" Er hämmerte gegen die Wand. „Hilfe! Mörder! Hilfe! Hilfe! Ruft die Polizei!" Seine Faust schlug gegen die Wand. Gleich darauf hämmerte es an der Haustür und jemand rief durch den Briefkasten: „Was ist hier los?"

Will antwortete schreiend: „Holt die Polizei. SOFORT!"

Er hörte den Mann sagen: „Madge, lauf und hol die Polizei. Hey Frank, hilf uns. Da ist etwas im Haus des Bibelfritzen passiert!"

Dawson nutzte die Aufregung vor der Tür und versuchte erneut, sich an Will vorbeizudrängen. Diesmal stürzte er sich auf ihn, wobei er sein Körpergewicht gegen Will warf und ihm so den Atem raubte.

Will sah rot. Sarah war tot und Hannahs Schwester war oben, möglicherweise verletzt. Er richtete sich auf und packte Dawson am Arm, als dieser gerade dabei war, die Haustür zu öffnen. Sofort verdrehte er ihm den Arm hinter seinen Körper und stieß Dawsons Gesicht hart gegen die Wand.

Inzwischen hatte sich eine kleine Menschenmenge auf dem Bürgersteig gebildet, und der Erste trat durch die offene Tür in den engen Raum. „Was ist hier los? Wer zum Teufel sind Sie?" Er meinte Will.

Ein anderer Mann drängte sich an ihnen vorbei und ging in das Hinterzimmer. „Oh mein Gott. Die Frau ist tot. Sie hat einen eingeschlagenen Schädel."

Als er es sagte, ertönte ein gedämpfter Schrei vom oberen Ende der Treppe. „Nein! Mutter!"

Die beiden Männer stürmten in der Enge des Flurs auf

Will zu, packten jeweils einen seiner Arme und befreiten Dawson. Bevor Will etwas tun konnte, hatten sie seinen Kopf gegen die Wand gedrückt. Dawson war durch die offene Haustür geflüchtet und rannte die Straße hinunter.

Judith stolperte die Treppe hinunter. Ihre Stimme war verzerrt, als hätte sie sie überanstrengt. „Lassen Sie ihn los!", röchelte sie. „Es war mein Vater. Er hat Mutter umgebracht. Er hat ihr den Kopf mit dem Bügeleisen eingeschlagen." Sie brach am Fuße der Treppe zusammen.

Will wandte sich an seine Peiniger. „Gibt es jemanden, der sich um sie kümmern kann? Sie steht unter Schock." Er griff nach Judiths Hand und hockte sich vor sie. „Ich bin Will. Hannahs Freund. Ich muss wissen, wo sie ist."

„Du musst zu ihr, bevor er ihr wehtut. Ich glaube, er ist verrückt geworden." Sie begann zu schluchzen, und ihr Weinen wurde immer intensiver.

„Sag mir, wo sie ist, Judith. Wie lautet die Adresse?"

Sie sagte nichts, denn ihre Tränen verwandelten sich nun in große, alles verschluckende Schluchzer.

Eine Stimme dröhnte durch die Halle. „Polizei. Alle raus, außer Sie wohnen hier. Wir werden Sie später aufsuchen, sollten wir Sie brauchen." Die körperliche Größe des Wachtmeisters und die Autorität seiner Uniform erfüllten den Raum. „Nun, was haben wir denn hier?"

„Dort drüben liegt eine tote Frau. Ihr Mann hat sie getötet, und das ist ihre Tochter. Sie müssen ihn mit Ihren Männern verfolgen. Er ist gerade weggelaufen."

Endlich blickte Judith auf und Will sah, dass ihr Hals rot war, wo ihr Vater versucht haben musste, sie zu erwürgen. Mit wachsendem Entsetzen stellte er fest, dass er gerade noch rechtzeitig gekommen sein musste. Das konnte ihn wenig beruhigen, denn er wusste, dass Sarah vielleicht noch am Leben wäre, wäre er direkt hierhergekommen, ohne seinen Seesack abzulegen.

„Und wer sind Sie?" Der Polizist zückte sein kleines Notizbuch und hielt den Bleistift bereit.

„Es ist egal, wer ich bin. Wir müssen ihn aufhalten. Seine andere Tochter ist in Gefahr. Ich muss zu ihr." Er wandte sich wieder an Judith. „Sag mir die Adresse, Judith."

Ihre Stimme war ein schwaches Krächzen. „Ich weiß es nicht. Es ist ein Haus mit einem Namen, der mit Bäumen zu tun hat, und es liegt im Orrell Park."

Der Polizist rief über seine Schulter einem anderen Polizisten zu, der vor der Tür wartete. „Rufen Sie beim Orrell Park Revier an und sagen Sie ihnen, sie sollen zu jedem Haus gehen, das den Namen eines Baumes trägt. Die Eichen, die Kastanien, die Linden, was auch immer. Sagen Sie ihnen, dass es sich um einen Mord handelt und der Mörder dorthin unterwegs sein könnte." Er wandte sich an Will. „Also, wo ist die Leiche?"

Doch alles, woran Will denken konnte, war, dass Hannah in tödlicher Gefahr war. Er drängte sich an dem Polizisten vorbei und rannte die Straße hinunter. Wenn er Glück hätte, konnte er auf der Stanley Road ein Taxi erwischen. Er rannte, so schnell ihn seine Beine trugen, und war erleichtert, dass die Polizisten, die versucht hatten, ihm zu folgen, die Verfolgung aufgegeben hatten, bevor er die Hauptstraße erreichte.

Er hatte Glück. Ein Taxi setzte eine Gruppe von Männern vor einem Club ab. Kaum eingestiegen sagte er dem Fahrer, er solle in Richtung Orrell Park fahren.

„Wohin genau, Junge?"

„Ich weiß es nicht. Es ist ein Haus, das nach einem Baum benannt ist. Das ist alles, was ich weiß."

Der Fahrer stieß einen übertriebenen Seufzer aus.

„Hören Sie, Kumpel, es wurde gerade ein Mord begangen, und wenn Sie mich nicht rechtzeitig dorthin bringen, könnte es einen weiteren geben."

Erschrocken trat der Fahrer auf die Bremse.

„Nicht ich, Kumpel. Ich versuche, es zu verhindern." Er hielt seine Hände hoch. „Es geht um meine Freundin. Ihr Vater hat gerade ihre Mutter umgebracht und ist wahrscheinlich auf dem Weg dorthin, um auch sie zu töten." Während er diese Worte sprach, wurde ihm die Dringlichkeit der Situation bewusst und er schrie. „Jetzt geben Sie Gas!"

Der Fahrer fuhr mit quietschenden Reifen los. Er blickte über seine Schulter und sagte: „Die meisten Häuser hier haben Nummern. Wenn es einen Namen hat, ist es vielleicht in der Orrell Lane oder der Moss Lane. Dort gibt es einige große Häuser mit Gärten und Bäumen."

Will lehnte sich besorgt in seinem Sitz vor. Er musste vor ihrem Vater zu Hannah gelangen. Der Fahrer, der es jetzt genoss, in ein Drama verwickelt zu sein, drückte aufs Gaspedal und peitschte um die Kurven wie ein Rallyefahrer. Als sie sich einer Weggabelung in der Nähe des Ballsaals von Orrell Park näherten, wurde er langsamer. „Welchen Weg sollen wir zuerst nehmen? Moss links oder Orrell rechts?"

„Links."

Das Auto bog in die Moss Lane ein.

„Ich steige aus und gehe zu Fuß weiter. Vom Auto aus können wir die Hausnamen nicht erkennen." Er reichte dem Fahrer eine Münze.

„Willst du, dass ich mit dir komme?"

„Nein. Ich bin sicher, dass ich ihm voraus bin. Ich werde es finden."

„Wenn es hier nicht ist, bieg an der Ladenpassage rechts ab, dann bringe ich dich in die Orrell Lane."

„Danke, mein Freund."

„Viel Glück!"

Wills Herz schlug höher, als er sah, dass das erste große Haus Cherry Tree Lodge hieß. Er rannte auf die Tür zu und klopfte laut. Eine ältere Frau öffnete ihm.

„Ich bin auf der Suche nach den Hendersons."

Sie musterte ihn von oben bis unten. „Falsches Haus." Die Tür schloss sich vor seiner Nase, bevor er fragen konnte, ob sie wusste, wo sie wohnten. Das nächste Haus war eine Arztpraxis, und die beiden folgenden Häuser gehörten zusammen und hießen Galway Villas. In der Ferne konnte er die Reihe von Läden sehen, die der Taxifahrer erwähnt hatte. Nach Runnymede und Kelvinside näherte er sich mit wachsender Dringlichkeit dem vorletzten Haus. Laurel House. Es schien dunkel im Haus zu sein, doch als er an die Tür hämmerte, hörte er Schritte, ein Licht fiel durch den Glaseinsatz oberhalb der Tür, und die Tür schwang auf.

Eine wasserstoffblonde Frau stand auf der Schwelle und begutachtete Will wie ein Fohlen auf einer Viehauktion. Sie trug einen seidenen Morgenmantel mit einem Muster von roten, wuchernden Rosen. Eine Zigarette baumelte lässig aus ihrem Mundwinkel, wie bei einem bösen Mädchen in einem Gangsterfilm. „Und was kann ich für Sie tun, Seemann?", fragte sie. „Sie sind doch ein Seemann, nehme ich an? Erkenne ich immer."

Will dachte, es müsse das falsche Haus sein, aber um keinen Fehler zu machen, sagte er: „Ich suche Hannah."

Kaum waren die Worte über seine Lippen gekommen, gab es eine Bewegung hinter der Blondine, die einen Schritt zur Seite machte. Hannah stand wie erstarrt in der Mitte des Flurs. Für den Bruchteil einer Sekunde, die sich ewig zu erstrecken schien, starrte sie ihn an, doch dann öffnete er seine Arme, und sie lief direkt hinein.

Will drückte sie an sich, spürte, wie ihr Herz gegen sein eigenes pochte und sie in kleinen Stößen atmete. Sie war es tatsächlich. Er hatte sie gefunden. Rechtzeitig. Unverletzt. Das Gefühl der Dankbarkeit überwältigte ihn. Sie liebte ihn *wirklich*. Rafqa hatte recht gehabt. Daran gab es keinen Zweifel. Wie hätte er je daran zweifeln können?

„Ich dachte, ich würde dich nie mehr wiedersehen. Es tut

mir so leid, dass ich diesen schrecklichen Brief geschrieben habe. Ich kann alles erklären. Oh Will, ich kann nicht glauben, dass du es bist.“

Bevor er antworten konnte, durchbrach Nances Londoner Akzent ihr Wiedersehen. „*Ich* kann nicht glauben, dass es heute Abend so verdammt kalt ist. Schafft eure Ärsche rein, dann kann ich die verdammte Tür schließen.“

Sie taten, wie ihnen geheißen, während sie sich immer noch aneinander klammerten, als würden beide ertrinken, wenn sie losließen.

„Kann mir jemand sagen, was zum Teufel hier los ist?“ Nance dämpfte ihre Zigarette aus und lehnte sich gegen die Wand.

Eine Tür an der Hinterseite des Flurs öffnete sich. „Was ist das für ein Aufruhr? Wer sind Sie? Was machen Sie in meinem Haus? Nehmen Sie die Hände von meiner Schwiegertochter.“ Amos Henderson stand in der Mitte des Flurs, die Hände in die Hüften gestemmt. Er erinnerte Will an ein Nilpferd: ein hageres Gesicht, ein unverhältnismäßig großer Kiefer, riesige Nasenlöcher, kurze Beine und ein dicker Bauch. Er brüllte die Treppe hinauf: „Komm herunter, Samuel. Sofort.“

Hannah drehte sich um und sah Henderson an. „Ich bin nicht Ihre Schwiegertochter. Sam und ich sind nicht legal verheiratet. Meine Mutter hat den Beweis dafür. Sie wird zur Polizei gehen. Ihre ganze Kirche ist ein Schwindel. Meine Hochzeit war ein Schwindel, und darum hat sie keine Rechtsgültigkeit.“

Hendersons verzog den Mund und ging zum Angriff über. „Du hast als Mann und Frau mit meinem Sohn gelebt, und in den Augen Gottes seid ihr verheiratet.“

„Das ist nicht wahr.“ Sams Stimme durchbrach die Spannung. „Wir waren nie Mann und Frau.“ Er kam die Treppe herunter und streckte eine Hand aus, um die von Will zu schütteln. „Sie müssen Will sein. Ach, Sie können sich glücklich schätzen. Hannah ist eine wunderbare Frau. Ich wünschte nur, ich hätte ihr ein Ehemann sein können, aber ich konnte es nicht." Er lächelte. „Aber ich nehme an, Sir, Sie sind glücklich darüber?"

Will zog Hannah näher zu sich heran. Sie sah zu ihm auf. „Es ist wahr. Er hat mich niemals angerührt."

Amos Hendersons Gesicht war scharlachrot und er sah aus, als würde er gleich einen Herzinfarkt bekommen. „Du bist eine nutzlose Ausrede für einen Sohn. Ein Weichei! Ich schäme mich für dich. Deine verstorbene Mutter würde sich im Grab umdrehen, könnte sie dich hören."

„Nein, Vater. Die Wahrheit ist, dass Mami mich immer so akzeptiert hat, wie ich bin. Ich musste keine Rolle für sie spielen. Sie hat mich trotzdem geliebt."

„Dann ist es gut, dass sie tot ist."

Angesichts dieses Gesprächs über die verstorbene Mrs. Henderson wurde Will klar, dass Hannah noch nichts über den Tod ihrer eigenen Mutter wusste. Er spürte, wie sich ihm die Kehle zuschnürte. Wie sollte er ihr die Nachricht überbringen? Wie sollte er in der Lage sein, die Freude über ihr Wiedersehen zu zerstören?

Bevor er etwas tun oder sagen konnte, hämmerte es an der Tür.

Bevor Will sie warnen konnte, griff Nance, die am nächsten an der Tür stand, hinter sich und öffnete sie. Charles Dawson stand auf der Schwelle, ein Tranchiermesser in den Händen.

Der Pfarrer trat vor. „Charles! Was ist denn hier los? Kennen Sie diesen Mann?" Er deutete mit einer Hand in Wills Richtung.

Dawson griff nach der nächstgelegenen Person, die zufällig Nance war. Er bewegte sich schnell, schlang seinen Arm von hinten um ihren Hals und hielt sie fest. Sie versuchte zu schreien, doch der Druck seiner Armbeuge verhinderte es.

Mit der anderen Hand nahm er das Messer hoch und hielt es ihr an die Kehle. Ihre Augen weiteten sich vor Angst und sie hörte auf, sich zu wehren. Dawson hielt sie immer noch fest, zog sie an sich und hob ein Bein, um die Tür hinter sich zu schließen. Alle warteten. Die Standuhr an der Rückseite der Halle schlug die Stunde. Sieben Uhr. Dawson sah völlig irre aus, mit wilden Augen und Speichelspuren in den Mundwinkeln. Er schien ein nervöses Zucken entwickelt zu haben. Will war der Einzige im Raum, der wusste, dass er ein Mörder war. Wo war die Polizei? Wenn er Laurel House gefunden hatte, warum hatten sie es nicht? Er versuchte herauszufinden, was er tun sollte. Er konnte spüren, wie Hannahs Körper zitterte, als er sie an sich drückte. Ihre Sicherheit war ihm das Wichtigste.

„Meine Frau ist tot und dieser Mann hat sie umgebracht." Dawsons Stimme wurde immer lauter. „Jetzt will er meine Tochter töten."

Während er sprach, geschah alles auf einmal. Sam schnaubte vor Hohn. Der Pastor drehte sich zu Will um und war im Begriff, ihn zu packen. Will spürte, wie Hannahs Körper zuckte, dann kippte sie nach vorne und sackte auf den Boden, während ihr ein Stöhnen entwich, das in seiner Intensität markerschütternd war. Ein Schrei der Trauer, des Verlusts, der Angst und Wut. Er stützte sie und half ihr dann auf einen Stuhl, den Sam herangezogen hatte. Will ließ sich neben ihr auf die Knie fallen und wiegte sie in seinen Armen. Sie sah ihn an, ihr Gesicht war weiß, ihre Lippen blass. „Ist das wahr? Ist Mutter tot?"

Will nickte und drückte sie an sich. Ihre Atmung war ruckartig und schwerfällig, und er spürte ihre Tränen auf seinem Gesicht. In diesem Moment wünschte er sich nichts sehnlicher, als das Messer direkt in Charles Dawsons Körper zu rammen. Er drehte sich zu ihm um, hörte Nance wimmern und sah, dass sich unter ihrem Kinn eine dünne rote Blutspur befand.

„Lass sie los." Die Stimme des Pfarrers klang wie ein Donnerschlag. „Sofort! Oder ich bringe dich persönlich um, Dawson."

„Ich werde sie gehen lassen, sobald du diesen Mann der Polizei übergeben hast. Sie werden jeden Moment hier sein. Er muss dafür bezahlen, was er getan hat. Ausgeburt des Teufels!" Er zeigte mit einem Finger auf Will, während die andere Hand weiterhin das Tranchiermesser an Nances Kehle hielt. „Er hat meine Tochter verführt und den Kopf meiner Frau mit Lügen und Verleumdungen gegen mich gefüllt. Der Herr wird ihn erschlagen, wie er die Heere Israels erschlagen hat. Wie der Sohn Judas war auch dieser Mann *böse in den Augen des Herrn, und der Herr wird ihn erschlagen*."

Bevor jemand reagieren konnte, hob Nance ihr rechtes Bein an und stieß mit der Ferse nach hinten gegen Dawsons Leiste. Dawson krümmte sich vor Schmerz, hielt jedoch das Messer immer noch umklammert. Aus seinem Griff befreit, sackte Nance zu Boden. Blut befleckte ihren Morgenmantel und verband die Rosen zu einem roten Meer.

Von dem Anblick erschüttert löste sich Hannah von Will und kniete sich neben ihrer Freundin auf den Boden. Dawson lag an der Fußleiste, hielt eine Hand auf seine Verletzung gepresst und stöhnte immer noch. Will trat vor und trat mit einem Fuß auf den Arm, der das Messer hielt. Dawson japste erneut auf. Sam schwang sein Bein zurück und versetzte Dawson einen Tritt in den unteren Rücken.

Nance atmete noch, und Hannah spürte, wie sie beiseitegeschoben wurde. Der Pastor kniete nun neben ihr auf dem Boden und versuchte, Nance aufzurichten. Tränen liefen ihm über die hageren Wangen und die Vorderseite seines weißen

Hemdes war von ihrem Blut gefärbt. Sein Gesicht war hochrot.

Bevor Hannah etwas tun konnte, um Nance zu helfen, hämmerte es an der Tür und Will öffnete sie, um vier Polizisten vorzufinden. Am Ende der Einfahrt warteten ein Krankenwagen und eine *Black Maria*, in der üblicherweise Verbrecher transportiert wurden.

„Also, was geht hier vor sich?" Jener Polizist mit den Streifen auf seiner Schulterklappe trat über die Schwelle und sah die blutüberströmte Nance, die nun bewusstlos war. Er rief über seine Schulter: „Krankenwagen. Da ist eine verletzte Frau. Aus dem Weg!"

Die Sanitäter eilten in den Flur und hatten Nance innerhalb weniger Augenblicke auf einer Trage aus dem Haus gebracht. Ein schluchzender Henderson wurde von einem der Polizisten zurückgehalten.

„Darf ich mit ihr kommen?", fragte Hannah.

„Für den Moment verlässt niemand den Raum. Wenn wir mit Ihnen fertig sind, können Sie zu ihr gehen. Sie werden sie ins Walton Hozzie bringen, gleich die Straße runter. Aktuell wären Sie nur im Weg, und ich habe ein paar Fragen an Sie alle."

Er wandte seine Aufmerksamkeit Charles Dawson zu, der sich zusammenkauert hatte und wimmerte, die Messerhand immer noch unter dem Gewicht von Wills Fuß eingeklemmt. Eine Urinlache breitete sich unter ihm aus und vermischte sich mit dem Blut auf dem mit Minton-Fliesen gepflasterten Hallenboden.

Der Wachtmeister wandte sich an die beiden Polizisten. „Legt ihm Handschellen an und nehmt ihn fest. Dann sagt der Zentrale, sie sollen Bootle informieren, dass wir ihn haben. Er hat sich in die Hose gepisst, also haltet euch die Nasen zu, Jungs." Als die Polizisten Dawson auf die Beine zogen, ließ er das Messer fallen und leistete keinen Widerstand, während er abgeführt wurde, wobei er immer noch biblische Flüche murmelte und Gott anrief, ihn zu rächen.

„Was ist hier drin?" Der Wachtmeister deutete auf die erste Tür.

„Der Salon." Sam hielt ihm die Tür auf, um ihm Einblick zu gewähren.

„Alles klar, wir werden diesen Raum nutzen. Der Kriminalinspektor wird bald hier sein. Sie sind der Erste." Er deutete Will mit dem Daumen, dass er hineingehen sollte, und wies dann den verbleibenden Polizisten an, die Hendersons und Hannah in einen anderen Raum zu bringen. „Behalten Sie sie im Auge. Ich werde mich nach der Reihe mit ihnen beschäftigen, der Nächste wird er dort sein." Er deutete auf den Pastor, der aussah, als stünde er unter Schock.

HANNAH WAR WIE BETÄUBT. INNERHALB VON WENIGER ALS einer halben Stunde hatte sich ihr ganzes Leben verändert. Die Freude über die Rückkehr von Will und die Gewissheit, dass er sie immer noch liebte, wurde durch die schreckliche Nachricht gedämpft, die sie nur schwer verkraften konnte: Ihre Mutter war tot, Nance lag im Krankenhaus und kämpfte um ihr Leben, und all das durch die Hand ihres Vaters. Der Hass und der Wahnsinn, den sie in seinen Augen gesehen hatte, waren an sich schon schockierend. Seine früheren unvorhersehbaren Wutausbrüche und Gewalttätigkeiten hatten sie nicht auf jene Seite des Bösen in ihm vorbereitet, das sie heute Abend gesehen hatte. Böswilligkeit vermischt mit Feigheit und Schwäche. So wie sie es an dem Tag gesehen hatte, als Nance mit dem Schürhaken auf ihn losgegangen war. Charles Dawson war ein Lügner, ein Heuchler, ein Tyrann und jetzt ein kaltblütiger Mörder. Während der Polizist neben ihnen Wache hielt, saß sie am Küchentisch zwischen Sam und seinem Vater. Sie legte den Kopf auf ihre verschränkten Arme und weinte leise um ihre Mutter. Jemand legte eine Hand auf ihren Rücken, und sie hob ihren Kopf, als Sam ihr eine Tasse Tee reichte.

Dann schoss es wie ein Blitz in sie ein. Was war mit Judith? Wo war sie? Ging es ihr gut?

„Meine Schwester!", rief sie und sprang vom Tisch auf. „Ich muss sie finden und nachsehen, ob es ihr gut geht." Sie versuchte, den Raum zu verlassen, doch der Polizist hielt sie auf. „Bitte! Ich muss zu ihr."

„Setzen Sie sich", knurrte der Wachtmeister, doch seine Augen zeigten Mitleid. „Rühren Sie sich nicht von der Stelle, sonst bekommen Sie Ärger. Ich werde mich nach Ihrer Schwester erkundigen." Er verschwand für ein paar Minuten.

Als er zurückkam, lächelte er Hannah an. „Anscheinend geht es Ihrer Schwester gut, Liebes. Das behauptet zumindest Ihr Freund im Nebenraum, Mr. Kidd." Er deutete auf den Salon. „Er war derjenige, der die Leiche Ihrer Mutter entdeckt hat, und er hat Ihre Schwester gesehen, bevor er hierherkam. Sie war verzweifelt, aber unverletzt. Der Kriminalinspektor ist gerade eingetroffen und wird am Wachposten Bootle anrufen und darum bitten, Ihre Schwester in einem Wagen herzubringen."

Hannah seufzte erleichtert auf, dass Judith in Sicherheit war. Sie und ihre Mutter zu verlieren, wäre mehr gewesen, als sie ertragen könnte. Sam drückte ihren Arm ein wenig. Als sie sich zu ihm drehte, um ihn anzusehen, ertönte ein dumpfer Schlag. Der Kopf von Amos Henderson schlug auf dem Tisch auf.

Hannah und Sam sprangen auf, doch der Constable war zuerst da. Henderson war nach vorne gekippt, den Kopf zur Seite gedreht, die offenen Augen starrten ins Leere. Der Constable tastete nach einem Puls.

Nichts.

Mit Sams Hilfe richtete der Polizist den Pastor auf, doch sein Kopf blieb nach vorne gekippt. Es war klar, dass er tot war.

⚜

NANCE LAG ZWEI WOCHEN LANG IM KRANKENHAUS. SIE hatte viel Blut verloren, aber zum Glück hatte das Messer ihre Halsschlagader nicht durchtrennt. Hannah und Sam saßen an ihrem Bett und überbrachten ihr die Nachricht, dass der Pastor tot war.

„Armer alter Kerl. Ich mochte den alten Perversling eigentlich ganz gern, trotz all des Feuers und Schwefels. Irgendwie tat er mir leid. Gott sei seiner Seele gnädig."

„Das bezweifle ich." Sam runzelte die Stirn. „Kein Mensch hat das Recht, einen anderen zu verurteilen, wenn er selbst voller Sünde ist."

„Sünde? Verdammt noch mal, Sammy. Was gibt dir zum Teufel noch mal das Recht, über Sünde zu urteilen?"

„Ich habe dasselbe Recht dazu, wie jeder andere auch. Wie auch mein Vater. War es keine Sünde, mich in die Ehe zu zwingen? Eine Sünde, Hannah gegen ihren Willen zu verheiraten? Eine Sünde, mit Prostituierten zu verkehren, während meine Mutter im Sterben lag? Über sündige Frauen zu predigen und sie gleichzeitig zur Befriedigung seiner eigenen Lust auszubeuten?" Seine Stimme klang zornig. „Und ist es keine Sünde, eine Kirche zu gründen, die nur dazu dient, Geld zu verdienen?"

Nance schloss ihre Augen. „Ich werde nicht mit dir streiten. Das alles ist ein verdammtes Hornissennest von schrecklichen Dingen, aber ich gebe Dawson die meiste Schuld. Der alte Henderson war ein Vollidiot mit einer Vorliebe für körperliche Züchtigung, aber er hat nie etwas wirklich Schlimmes getan. Zumindest mir nicht."

Hannah dachte kurz nach und sagte dann: „Er hat sich mit meinem Vater abgesprochen, um mich in eine Ehe zu zwingen. Eine Ehe, die er rechtlich nicht vollziehen durfte. Und er muss von der Gewalttätigkeit meines Vaters gewusst haben – wie sollte es auch anders gewesen sein? Trotzdem hat er das alles mitgemacht. Er hat ihm Geld bezahlt, damit er Sam nicht auffliegen lässt."

Nance sagte nichts. Sie hatte ihre Augen wieder geschlossen, und Hannah sah Sam an. „Zeit zu gehen", sagte sie.

❀ 27 ❀
KAPITEL
SIEBENUNDZWANZIG

Will machte Hannah am Sandstrand von Crosby einen Heiratsantrag. Diesmal war es ein warmer Frühlingstag und Schäfchenwolken zogen über den türkisblauen Himmel.

„Als deine Mutter starb, hatte ich mehr Angst als je zuvor in meinem ganzen Leben", sagte er ihr. „Der Gedanke, dass dein Vater dich vor mir finden könnte, ... ich weiß nicht, was ich getan hätte. Wenn dir etwas zugestoßen wäre, hätte ich selbst nicht mehr weiterleben können." Er sah auf ihr Gesicht hinunter. „Ich möchte dich so bald wie möglich heiraten. Ich kann den Gedanken an einen weiteren Tag ohne dich nicht ertragen."

„Das will ich auch. Mehr als alles andere. Aber bitte, lass uns warten, bis der Prozess vorbei ist. Ich kann nicht an die Zukunft denken, während all das über uns schwebt. Ich möchte, dass das alles hinter uns liegt, wenn wir heiraten. Ich möchte, dass es ein Tag von endlosem Glück wird."

„Der Ausgang des Prozesses steht fest, Hannah. Keine Jury könnte deinen Vater *nicht* verurteilen."

„Er wird dafür hängen, nicht wahr?"

Will blickte resolut geradeaus. „Ja."

„Wir werden also beide einen Vater haben, der wegen Mordes hingerichtet wurde. Ich bezweifle, dass es viele Paare gibt, die das von sich behaupten können."

Er sagte nichts, sondern griff nach ihrer Hand und legte seine eigene um sie.

„Mein Vater verdient es zu sterben. Dein Vater hat es nicht verdient", sagte sie.

Er zog sie an sich und stützte ihren Hinterkopf mit einer Handfläche. „Ich liebe dich so sehr und ich wünschte, ich könnte dich vor all dem beschützen. Vor dem Prozess. Vor dem wahrscheinlichen Urteilsspruch. Vor allem."

„Ich muss vor nichts davon beschützt werden. Das Einzige, wovor ich beschützt werden will, ist, dich zu verlieren."

„Ich werde dafür sorgen, dass das nicht passieren wird." Er nahm ihr Gesicht in seine Hände und sah ihr in die Augen. „Wenn wir verheiratet sind, werde ich das Meer aufgeben."

Sie war erschrocken. „Aber es ist dein Leben."

„Das war es. Doch jetzt bist du mein Leben, und ich mag den Gedanken nicht, um die Welt zu segeln und dich monatelang in Liverpool zurückzulassen. Das ist nicht das, was ich will. Nicht das, was ich mir für dich wünsche. Für keinen von uns. Die Monate, die ich auf See war, nachdem ich deinen Brief erhalten hatte, waren unerträglich. Das Wissen, dass ich dich vielleicht niemals wiedersehen würde. Es war zu schmerzhaft, daran zu denken."

„Dann denk nicht daran. Ich schäme mich immer noch für diesen Brief. Auch wenn ich ihn nur geschrieben habe, weil ich dich so sehr liebe und wollte, dass du frei bist."

„Ich konnte nur auf diese Reise gehen, weil ich geglaubt habe, dass du mich nicht liebst. Wie könnte ich das jetzt noch tun? Jetzt, wo ich weiß, dass ich dich monatelang zurücklassen müsste, obwohl wir uns doch so sehr lieben? Nein, Hannah, das kann ich nicht tun."

„Du könntest wieder auf einem der irischen Schiffe anheuern."

Er schüttelte den Kopf. „Das ist kein Leben. Nicht viel besser als die Arbeit auf den Fähren."

„Was willst du also tun?"

„Ich möchte dich mit zurück nach Australien nehmen." Als er spürte, wie sich ihr Körper anspannte, fügte er hinzu: „Judith natürlich auch. Ich weiß, wie viel ihr euch gegenseitig bedeutet. Wenn du nicht mehr da bist, wird sie ganz allein sein. Wir können uns dort alle ein neues Leben aufbauen, weit weg von all dem hier. Weit weg von all den schrecklichen Dingen, die passiert sind. Aber wir müssen es so schnell wie möglich tun. Alle sagen, dass es doch noch einen Krieg geben wird. Der Friedensvertrag war das Papier nicht wert, auf dem er geschrieben wurde. Wenn es zu einem Krieg kommt, wird man von mir erwarten, dass ich wieder zur See fahre. Das könnte unsere letzte Chance sein, zu entkommen."

Er führte sie zu den Dünen und sie setzten sich in den weichen Sand, ihr Kopf ruhte auf seiner Schulter.

„Australien", sagte sie und kostete das Wort aus. Sie runzelte die Stirn, ihr Mund war nachdenklich verzogen, dann lächelte sie. „Das klingt wie das perfekte Abenteuer. Erzähl mir davon. Ist es schön dort?"

„Es ist ein wunderbares Land. Weite leere Flächen mit nichts als Canyons und kilometerlangen Eukalyptuswäldern. Endlose Ebenen für Schafe und Rinder. Kleine freundliche Städte wie MacDonald Falls, wo ich herkomme. Großstädte wie Melbourne und Sydney. Die Städte sind sauber, mit Bäumen, guter Luft und schimmerndem Wasser." Er deutete mit dem Arm in Richtung Liverpool. „Keine Spur dieser geschwärzten Gebäude, dem Elend und den überfüllten Häusern. Wenn wir jetzt dort wären, würden wir auf den Hafen von Sydney blicken und nicht auf den grauen, schmutzigen Mersey. Es ist der schönste Ort der Welt, wenn du mich fragst – und ich habe schon viel gesehen. Wasser in der Farbe deines Kleides, strahlender Sonnenschein, kein Smog wie hier, warmes Wasser, in dem man schwimmen kann, viele kleine Buchten, Strände und Inseln. Sydney ist wunderschön." Er dachte einen Moment lang nach. „Hier ist alles schwarz, weiß und grau, selbst wenn die Sonne scheint wie heute. Dort sind die Farben so leuchtend, dass man blinzeln muss, um sich an die Helligkeit zu gewöhnen."

„Das klingt wunderschön. Würden wir dort leben? In Sydney?"

„Vielleicht. Wir werden es auf jeden Fall besuchen. Aber ich dachte, ich würde gerne ein Stück Land kaufen und es bewirtschaften."

Hannah lächelte. „Wirklich? Ich wäre also die Frau eines Bauern?"

„Wie würde dir das gefallen?" Er grinste sie an.

„Solange du der Bauer bist, würde es mir sehr gut gefallen." Sie hob ihr Gesicht, um ihn zu küssen.

Als sie sich schließlich trennten, sagte er: „Ich habe an die Lehrerin in MacDonald Falls geschrieben. Ihr Name ist Verity Radley und sie war die beste Freundin deiner Tante. Ich habe sie gebeten, ihr einen Brief weiterzugeben, in dem steht, dass ich dich gefunden habe und wir heiraten werden. Wenn jemand weiß, wo Lizbeth ist, dann ist es Miss Radley."

„Du hast doch nicht etwa Mutter erwähnt, oder?"

Er strich mit einem Finger über ihre Lippen. „Nein, ich dachte, das wäre etwas, das du ihr selbst sagen müsstest, wenn du sie endlich wiedersiehst."

„Das würde es noch besser machen, nach Australien

auszuwandern. Zu wissen, dass Judith und ich eines Tages Tante Elizabeth wiedersehen könnten. Oh, Will, das würde mich so glücklich machen."

„Das ist alles, was ich jetzt tun will. Dich glücklich machen, meine Liebste."

WÄHREND SIE AUF DEN BEGINN DES PROZESSES GEGEN Charles Dawson warteten, kehrte Will vorübergehend auf das irische Schiff zurück. Wenn er Hannah und ihre Schwester nach Australien bringen wollte, brauchte er Geld. Während er für seine Überfahrt arbeiten könnte, müsste er für ihre bezahlen. Außerdem wollte er so viel wie möglich für die Anzahlung auf ein Stück Land sparen, wenn sie in Australien ankommen würden.

Vier Monate nach Sarahs Tod wurde Dawson wegen des Mordes an seiner Frau und der versuchten Morde an seiner Tochter Judith und Nance Cunningham angeklagt. Zu ihrer großen Erleichterung musste Hannah nicht aussagen.

Sie besuchte ihren Vater nur ein einziges Mal, als er noch in Untersuchungshaft saß, doch der Besuch war erschütternd. Er zeigte keinerlei Reue wegen des Mordes an ihrer Mutter. Er schimpfte weiter und spuckte Verse aus der Bibel aus, um zu rechtfertigen, was er im Rahmen seiner göttlichen Mission getan hatte. Am Ende des kurzen Besuchs war Hannah zu dem Schluss gekommen, dass er wahnsinnig war. Vielleicht war er das schon immer gewesen. Vielleicht hatte ihre Angst sie daran gehindert, zu erkennen, dass er ein Psychopath war.

Von der Verteidigung wurde die strafrechtliche Unzurechnungsfähigkeit als milderndes Argument vor Gericht vorgebracht, hatte jedoch für den Richter wenig Gewicht. Die Staatsanwaltschaft rief eine Vielzahl von Zeugen auf. Die

Nachbarn gaben zu, dass sie Dawsons gewalttätige Ausbrüche häufig durch die Wände gehört hatten, sich jedoch nicht über deren Ernsthaftigkeit oder Lebensbedrohlichkeit bewusst gewesen waren. Sam Henderson bezeugte den Angriff auf Nance Cunningham. Eine Reihe von Frauen, darunter auch Nance Cunningham selbst, bezeugten Dawsons gewalttätige Übergriffe – untermalt mit vielen anzüglichen Details – zur großartigen Unterhaltung des Publikums auf der Tribüne und zur anhaltenden Dankbarkeit der Liverpool Post und des Echo, die während der Dauer des Prozesses Rekordumsätze erzielten. Will erzählte von der Entdeckung von Sarahs Leiche, den Spuren an Judiths Hals und dem anschließenden Angriff auf Nance.

Die belastendsten Beweise kamen von Judith. Hannahs Befürchtungen, dass ihre Schwester unter der Befragung zusammenbrechen würde, waren unbegründet gewesen. Die Achtzehnjährige stand aufrecht im Zeugenstand und gab ihre Antworten klar und knapp. Sie wurde zu den Umständen unmittelbar vor dem Tod ihrer Mutter befragt.

„Mutter war in der Spülküche und wusch ab. Ich war in der hinteren Stube und bügelte ein Kleid, das ich gerade nähte. Wäre mein Vater kein Alkoholgegner, hätte ich gedacht, er hätte getrunken, als er nach Hause kam. Sofort fing er an, Mutter anzuschreien. Er beschimpfte sie."

„Inwiefern?", fragte die Staatsanwältin.

„Er nannte sie eine schamlose Hure. Eine sündige Tochter Evas."

„Und wie hat Ihre Mutter darauf reagiert?"

„Gar nicht. Jedenfalls zu Beginn. Sie spülte weiter ab."

„Was ist dann passiert, Miss Dawson?"

„Er wurde wütend, ging in die Spülküche, packte sie an den Haaren und zog sie in die hintere Stube. Er tat ihr weh. Sie flehte ihn an, genau wie ich, aufzuhören. Dann stieß er sie hart gegen die Wand und sie stürzte zu Boden. Als sie aufstand, machte sie einen schrecklichen Fehler."

„Ein schrecklicher Fehler?", wiederholte der Anwalt.

„Sie sagte ihm, sie habe Beweise dafür, dass die Ehe zwischen meiner Schwester und deren Mann ungültig sei."

Ein Raunen ging durch den Saal.

„Sie wurden von meinem Vater zur Heirat gezwungen, und die Hochzeit wurde an einem Ort vollzogen, der keine richtige Kirche war, und zwar von einem Mann, der nicht befugt war, Trauungen vorzunehmen. Mutter hatte außerdem herausgefunden, dass er jemanden erpresst hatte. Er hatte auch Geld unserer Firma ausgegeben, das er nicht hätte ausgeben dürfen. Sie hatte falsche Rechnungen gefunden."

Der Anwalt der Verteidigung stand auf und sagte: „Euer Ehren, dies hat keinen Einfluss auf den Fall. Mein Mandant ist nicht wegen Betrugs oder Erpressung angeklagt."

„Ich nehme an, auf dem Anklageschreiben war kein Platz mehr", murmelte der Richter unter großem Gelächter. Mit finsterem Blick setzte sich Dawsons Anwalt wieder.

Der Richter wandte sich an Judith. „Fahren Sie bitte fort, Miss Dawson."

Judith blickte durch den Saal zu ihrem Vater, der auf der Anklagebank saß. Zum ersten Mal schien sie zu schwanken, nervös zu werden. Dann wanderte ihr Blick durch den Raum, bis sie Hannah entdeckte, die ihr ein aufmunterndes Lächeln schenkte.

„Mutter kam schließlich wieder auf die Beine. Sie sagte, dass mein Vater kein Recht hätte, sie zu beschimpfen, nachdem sie herausgefunden hatte, dass er Prostituierte aufgesucht und sie mit dem Geld der Firma bezahlt hatte. Sie nannte ihn einen dreckigen Heuchler."

Wieder ging ein Raunen durch den Gerichtssaal und der Richter schlug mit dem Hammer zu.

Judiths Lippen zitterten und sie begann zu weinen. Sie tastete nach ihrem Taschentuch, trocknete sich die Augen und richtete sich nach einem weiteren kurzen Blick auf Hannah wieder auf. „In dem Moment griff er nach dem Bügeleisen. Er nahm es am Griff vom Bügelbrett und schlug es ihr auf den Kopf." Tränen liefen ihr über die Wangen. „Meine Mutter hat keinen Laut von sich gegeben. Sie brach einfach zusammen. Ich rannte aus dem Zimmer, wollte Hilfe holen, doch er hatte die Haustür abgeschlossen, also rannte ich nach oben und schloss mich in meinem Schlafzimmer ein. Fast in der Sekunde kam er die Treppe hoch und trat die Tür ein."

„Was ist dann passiert?"

„Ich dachte, ich würde sterben. Er hat versucht, mich zu erwürgen. Er hatte beide Hände um meinen Hals gelegt und drückte zu. Dann hörte ich ein Geräusch von zerbrechendem Glas von unten. Er ließ los. Einen Moment lang dachte ich, es sei Mutter. Dachte, dass es ihr gut ginge. Dass sie versucht hatte, Alarm zu schlagen." Sie trocknete wieder ihre Augen. „Aber es war Mr. Kidd, der das Glas an der Hintertür eingeschlagen hatte. Daraufhin ging mein Vater nach unten. Das war das letzte Mal, dass ich ihn gesehen habe, bis heute. Danach hörte ich, dass sich viele Leute im Haus befinden mussten, Nachbarn und Polizei, also dachte ich, es sei sicher, nach unten zu kommen. Zu diesem Zeitpunkt war mein Vater schon weg. Ich wurde von der Polizei befragt, dann kümmerte sich der Arzt um mich. Er versuchte, mich zu überreden, ins Krankenhaus zu gehen, doch ich fühlte mich gut und wollte nur bei meiner Schwester sein." Ihre Stimme zitterte. „Also brachten sie mich schließlich in einem Polizeiauto zu ihr."

Die einzige Frage, die Dawsons Anwalt stellte, war, ob Judith sicher sein konnte, dass es der Schlag ihres Vaters gewesen war, der Sarah Dawson umgebracht hatte. Sollte er vorgehabt haben, eine Theorie aufzustellen, jemand anderes –

zweifellos William Kidd – wäre der tatsächliche Mörder gewesen, hatte er keine Chance, sie weiterzuverfolgen, denn der Richter unterbrach ihn auf der Stelle. „Verschwenden Sie nicht die Zeit des Gerichts, Mr. Davies, wir haben bereits den medizinischen Befund des Pathologen gehört, dass das Opfer durch einen einzigen Schlag an den Schädel getötet wurde. Miss Dawson ist keine medizinische Expertin. Noch so ein Ablenkungsmanöver und ich werde Sie wegen Missachtung des Gerichts belangen."

Die Argumente der Verteidigung waren dürftig. Die Entscheidung, Mitglieder von Hendersons Kirche als Leumundszeugen aufzurufen, ging nach hinten los, als im Kreuzverhör durch die Staatsanwaltschaft aufgedeckt wurde, dass sowohl Dawson als auch Henderson beträchtliche und stetig wachsende Geldsummen in Form von sogenannten religiösen Zehntabgaben von ihnen erpresst hatten.

Als die Geschworenen Charles Dawson nach nur einer Stunde für schuldig befanden, platzte das Gericht aus allen Nähten, und als der Richter das Todesurteil verkündete, ging von der Zuschauertribüne ein Jubel aus.

Seit dem Tod ihrer Mutter hatte Judith zusammen mit Hannah, Sam und Nance im Haus der Hendersons gewohnt. Die Schwestern teilten sich nun das ehemalige Schlafzimmer von Sam und Hannah, während Sam die Peitschen und Stöcke ausräumte und in das ehemalige Schlafzimmer seines Vaters zog. Das ganze Haus fühlte sich jetzt anders an. Die Freude darüber, dass kein Risiko bestand, jemand könnte einen Wut- oder Gewaltausbruchs haben, die Freude daran, Bücher nach Hause bringen zu können, Gäste zu empfangen, Radio zu hören und gemeinsam am Esstisch zu essen, war für beide eine neue Erfahrung. Wann immer Will im Hafen war, war er ein willkommener Gast beim Abendessen.

Am Tag der Urteilsverkündung blieben Judith und Hannah in Laurel House, da sie nicht im Gerichtssaal anwesend sein wollten, um die Verurteilung ihres Vaters mitzuerleben. Sie warteten auf die Rückkehr der anderen drei.

„Du brauchst es uns nicht zu sagen", sagte Hannah. „Wir wussten alle, wie es ausgehen würde."

Will nickte und nahm Hannah in seine Arme. „Jetzt ist alles vorbei, Liebling. Wir können unser Leben weiterführen."

Hannah vergoss keine Tränen. Sie hatte sich über den Verlust ihrer Mutter ausgeweint und hatte nicht vor, Tränen an ihren Vater zu verschwenden. Als Will sie festhielt, streckte sie eine Hand aus und ergriff die von Judith. Dann löste sie sich von Will und wandte sich Nance und Sam zu. „Wir sind jetzt eine Familie. Wir alle." Sie sah Will an, der nickte. „Wir möchten, dass ihr drei die Ersten seid, die es erfahren. Will und ich werden heiraten, sobald wir die Genehmigung dafür haben." Sie schenkte Sam ein kleines Lächeln. „Eine richtige Genehmigung. Und wir werden in einer richtigen Kirche heiraten. Ich habe mich gefragt, ob du mich zum Altar führen würdest, Sam?"

„Es wäre mir eine Ehre." Ein breites Grinsen machte sich auf seinem Gesicht breit.

„Und wir werden dafür sorgen, dass du dieses Mal eine richtige Hochzeit bekommst, Kindchen. Eine richtige Party." Nance rieb ihre Hände aneinander.

Judith hüpfte vor Freude auf und ab. „Endlich gute Nachrichten! Ich kann es kaum erwarten, mit dem Nähen deines Kleides zu beginnen."

„Bist du eine Schneiderin, Liebes?" Nance zog die Augenbrauen hoch. „Du und ich werden bald beste Freundinnen sein, das kann ich dir sagen." Sie legte ihren Arm um Judiths Schulter.

Nach britischem Recht mussten zwischen der Verurteilung zum Tode und der Hinrichtung mindestens drei Sonntage vergehen, damit neue Beweise vorgelegt werden konnten. Es gab keine, und so wurde Charles Henry Dawson am frühen Morgen des 28. August 1939 im Walton-Gefängnis, das sich weniger als fünfzehn Minuten Fußweg von Laurel House entfernt befand, gehängt. Niemand der Anwesenden, die an jenem Morgen am Frühstückstisch des Hauses saßen, sprach darüber, doch alle vier waren sich bewusst, dass Dawson ohne Reue seinem Schöpfer entgegengehen würde.

Hannahs Hochzeit mit Will war für den darauffolgenden Samstag geplant. Als sie den Termin fixierten und ihre Pläne schmiedeten, hatte keiner von ihnen damit gerechnet, dass Hitler am Tag zuvor in Polen einmarschieren würde. Doch zu diesem Zeitpunkt wusste Will bereits, dass ihre geplante Reise nach Australien wahrscheinlich verschoben werden müsste. Einige Passagierschiffe waren bereits aus dem Verkehr gezogen worden, mit Kanonen ausgerüstet und bereit, unter dem Kommando der Royal Navy zu agieren, um Handelskonvois zu schützen. Großbritannien war auf die Handelsschiffe angewiesen, um die Insel mit Lebensmitteln, Rohstoffen und Rüstungsgütern zu versorgen. Nun, da der Krieg unausweichlich war, musste Will eine bedeutende Entscheidung treffen. Am Abend vor ihrer Hochzeit, als die Nachricht von der Invasion Polens sie sehr beschäftigte, saß das Paar allein im Salon von Laurel House. Nach all den Jahren, in denen Musik unter dem Dach seines Vaters verboten gewesen war, hatte Sam einen Grammofonspieler gekauft, den sie regelmäßig benutzten.

Will holte eine Schallplatte hinter seinem Rücken hervor. „Ich habe überall danach gesucht, und heute habe ich sie endlich in einem Laden in der Bold Street gefunden. Das erste Mal habe ich den Song in einer Bar in Afrika gehört und musste dabei sofort an dich denken. Es ist Französisch." Er nahm die Platte aus ihrer Papierhülle und legte sie auf den Plattenspieler. Bevor er den Arm darüber schob und die Nadel auf die Scheibe setzte, sprach er die Worte, an die er sich so sorgfältig erinnert hatte. Mit seinem australischen Slang klangen sie unbeholfen. *„J'attendrai toujours ton retour.“*

Hannah legte verwirrt den Kopf zur Seite, dann, als die Musik den Raum erfüllte, lächelte sie. „Was für ein schönes Lied. Wie traurig. Weißt du, was der Text bedeutet?“

„Ich werde immer auf dich warten, bis du zurückkommst.“

Hannah legte eine Hand auf seinen Arm, stellte sich vor ihn, legte dann ihre andere Hand auf seine und sah ihm tief in die Augen. „Ich wusste, dass du dir Sorgen gemacht hast. Du musst mir nicht sagen, warum.“

Er sah erschrocken aus. „Was meinst du?“

„Wir können nicht nach Australien gehen. Jedenfalls noch nicht.“

Wills Mund klappte auf. „Woher wusstest du das?“

„Weil ich dich gut kenne. Du bist ein Ehrenmann, der mutigste Mann, den ich je gekannt habe. Du kannst kein Bauer werden, wenn du weißt, dass hier ein Krieg herrscht.“

„Oh, Hannah, ich weiß nicht, was ich tun soll. Ich bin so aufgewühlt. Ich kann den Gedanken nicht ertragen, jemals wieder von deiner Seite zu weichen, aber ich kann nicht einfach vor Hitler weglaufen. Heute Morgen war ich in einer Besprechung. Jeder rechnet damit, dass demnächst der Krieg erklärt wird. Wahrscheinlich irgendwann an diesem Wochenende. Chamberlain gibt Hitler eine Chance, sich zurückzuziehen, doch wir wissen alle, dass er das nicht tun wird. Der Premierminister hat keine andere Wahl. Es gibt keine Möglichkeiten zur Versöhnung mehr, er muss das Land in den Krieg führen, und das bedeutet, dass das ganze Reich, einschließlich Australien, mit hineingezogen wird. Ich kann nicht einfach dastehen und nichts tun.“

„Will, du musst dich nicht rechtfertigen. Ich verstehe dich

vollkommen. Ich würde dich nicht so lieben, wie ich es tue, wärst du ein Mann, der sich selbst an die erste Stelle setzt."

„Ich habe *dich* an die erste Stelle gesetzt. Genau das ist mein Problem." Er zog sie dicht an seinen Körper, ihr Kopf ruhte an seiner Brust. „Hör zu, ich möchte, dass du und Judith ohne mich nach Australien fahrt. Mein altes Schiff, die *Christina*, ist bereits auf dem Weg zurück nach Liverpool. Wenn sie mich haben wollen, werde ich wieder an Bord gehen. Ich bin bereit, alles für den Krieg zu tun, was nötig ist, aber ich möchte, dass du nach Australien gehst, wo du in Sicherheit bist. Hitlers Blitzkrieg wird nicht so weit reichen."

„Ich werde nicht gehen. Nicht ohne dich, Will Kidd. Ich möchte, dass ich den wunderschönen Hafen, von dem du gesprochen hast, zum ersten Mal sehe, wenn du neben mir stehst, deine Hand in meiner. Bis dahin bleibe ich in Liverpool. Wo auch immer sie dich hinschicken, du wirst wahrscheinlich hier in den Hafen zurückkehren. Ich rühre mich nicht vom Fleck."

„Liverpool ist der wichtigste Hafen des Landes – vor allem für den Schiffsverkehr zwischen Großbritannien und Amerika. Sobald der Krieg beginnt, wird Hitler ihn in Schutt und Asche legen." Er hielt inne und strich sich nervös die Haare aus dem Gesicht. „Wenn du nicht nach Australien gehst, wirst du dann mit Judith nach Dublin gehen? Du wirst Eddie O'Connors Schwester Bridget kennenlernen, wenn sie morgen zur Hochzeit kommt. Sie und ihre Familie sind gute Menschen, die sich um dich und Judith kümmern werden. Ich denke, du und Bridget werdet gut miteinander auskommen."

Sie schüttelte den Kopf, ihr Mund war fest geschlossen. „Ich bin sicher, das würden wir. Aber meine Familie ist *hier*. Ich meine damit nicht nur Judith, sondern auch Sam und Nance. Wir werden uns alle umeinander kümmern. Ich will bleiben, damit ich am Pier Head stehen kann, wenn dein

Schiff in den Hafen einläuft. Schick mich nicht weg, Will. Bitte."

Er zog sie in seine Arme und küsste sie, beide sehnten sich nach dem darauffolgenden Tag, an dem sie endlich verheiratet sein würden, aber beide fürchteten sich vor dem, was der bevorstehende Krieg bringen könnte.

„Was auch immer passiert, wir werden es gemeinsam durchstehen. Ich liebe dich, Will."

WENN IHNEN DAS BUCH GEFÄLLT...

Warum abonnieren Sie nicht den monatlichen Newsletter von Clare?

Clare wird Sie über ihre Arbeit und ihre Reisen auf dem Laufenden halten, und Sie erfahren als Erster, wenn sie ein neues Cover vorstellt, eine Leseprobe veröffentlicht oder Neuigkeiten zu Sonderangeboten und Aktionen veröffentlicht. Oft bittet sie ihre Abonnenten um Vorschläge für Coverdesigns, Buchtitel und Namen der Charaktere.

Keine Sorge – Ihre E-Mail-Adresse wird NIE an Dritte weitergegeben und wenn Sie auf einen der Newsletter antworten, erhalten Sie eine persönliche Antwort von Clare. Sie LIEBT es, von Lesern zu hören.

Als besonderes Dankeschön erhalten Sie einen kostenlosen Download ihrer Kurzgeschichte, *Eine feines Paar Schuhe*

Hier ist der Link, um sich anzumelden – Klicken Sie unten auf den Link oder gehen Sie zu https://clareflynn.co.uk, um das Anmeldeformular aufzurufen. (Datenschutzbestimmungen auf der Website von Clare)

Abonnieren Sie meinen Newsletter | Clare Flynn

gar nie über den Weg laufen sollen – und verlieben stand noch viel weniger auf dem Plan.

Elizabeth Morton wurde in die privilegierte Welt einer wohlhabenden Familie hineingeboren. **Michael Winterbourne**, ein Minenarbeiter, der sich sein Handwerk selbst beigebracht hat, kommt aus einer ganz anderen Welt. Als sie beide lebensverändernde Schicksalsschläge erleiden, kreuzen sich ihre Wege an Bord der SS *Historic*, während sie sich auf ihre Reise von Liverpool, England, nach Sydney, Australien begeben.

Sich ineinander zu verlieben, hätte all ihren Problemen ein Ende setzen sollen. Aber das Schicksal und der mysteriöse **Jack Kidd** sorgen dafür, dass das nur der Anfang ist.

Diese mitreißende Erzählung von Liebe und neuen Anfängen vor dem Hintergrund der atemberaubenden Blue Mountains in Australien wird Sie die ganze Nacht über wachhalten!

DURCH MEERE GETRENNT (JENSEITS DES MEERES 3)

Ein dramatisch-emotionaler Kriegsroman

1940, Liverpool. Die Strapazen des Krieges drohen, die Beziehung zweier Schwestern zu zerrütten, die vom Mord ihrer Mutter durch ihren Vater traumatisiert zurückgeblieben sind.

Jetzt, wo ihr Ehemann **Will**, ein Matrose, auf gefährlichen Missionen im Atlantik eingesetzt wird, braucht **Hannah** ihre jüngere Schwester **Judith** mehr denn je. Aber als Mussolini Großbritannien den Krieg erklärt, wird Judiths italienischer Geliebter, **Paolo**, zum Kriegsgefangenen und Judiths Loyalität wird auf die Probe gestellt.

Jede der beiden Schwestern will nur mit dem Mann zusammen sein, den sie liebt, doch als der Krieg voranschreitet, geraten die Spannungen zwischen ihnen außer Kontrolle und sie stehen vor einer der schwierigsten Entscheidungen ihres Lebens.

Ein herzzerreißendes und fesselndes Buch über die alltägliche Tapferkeit gewöhnlicher Menschen während des Krieges. Vom schwer vom Krieg getroffenen Liverpool über die Schrecken im Nordatlantik bis hin zu den niedergebrannten Ebenen Australiens wird *Durch die Meere getrennt* Sie zu Tränen rühren und Ihr Herz jubeln lassen.

DANKSAGUNG

David McFarlin für seine Einblicke in das Leben in der Handelsmarine und das dankenswerte Geschenk eines Buches, das ein sehr hilfreiches Glossar über all die komplizierten Begriffe darstellte, die von Seeleuten, auch für die verschiedenen Schiffsteile, verwendet werden. Tony Lundy ging freundlicherweise in die Bibliothek von Crosby und fotografierte lokale Straßenpläne des Hafenviertels zwischen Seaforth und Blundellsands aus der Vorkriegszeit. Dies war eine Unterstützung von unschätzbarem Wert.

ÜBER DEN AUTOR

Clare Flynn ist die Autorin von vierzehn historischen Romanen und einer Sammlung von Kurzgeschichten. Sie ist die Gewinnerin des UK 2020 Selfies Award for Adult Fiction für *„The Pearl of Penang"*. Die ehemalige Marketing-Direktorin und Strategieberaterin wurde in Liverpool geboren und hat in London, Newcastle, Paris, Mailand, Brüssel und Sydney gelebt. Mittlerweile genießt sie ihr Leben in Eastbourne an der Küste von Sussex, wo sie das Meer und die Downs (eine hügelige Kreidelandschaft, die zur südenglischen Kreideformation gehört, Anm. d. Ü.) von ihren Fenstern aus sehen kann.

Wenn sie nicht schreibt, reist sie gerne (oft zu Forschungszwecken) und malt gerne in Öl und Aquarell, näht Patchwork-Decken und übt sich im Klavierspielen.

Lesen Sie mehr über Clare und ihre Bücher auf ihrer Website

https://clareflynn.co.uk